[中国新文学发展史研究丛书]

U0749938

五四文学：启蒙的维度与向度

——以文学社团为中心的考察

潘正文 著

浙江工商大学出版社
ZHEJIANG GONGSHANG UNIVERSITY PRESS

·杭州·

图书在版编目（CIP）数据

五四文学：启蒙的维度与向度：以文学社团为中心
的考察 / 潘正文著 . — 杭州：浙江工商大学出版社，
2020.1（2020.12 重印）
（中国新文学发展史研究丛书 / 高玉主编）
ISBN 978-7-5178-3499-1

Ⅰ . ①五… Ⅱ . ①潘… Ⅲ . ①新文学（五四）– 文学研
究 Ⅳ . ① I206.6

中国版本图书馆 CIP 数据核字 (2019) 第 222184 号

五四文学：启蒙的维度与向度——以文学社团为中心的考察
WUSI WENXUE: QIMENG DE WEIDU YU XIANGDU —— YI WENXUE SHETUAN WEIZHONGXING DE KAOCHA

潘正文 著

策划编辑	郑　建	
责任编辑	唐　红　谭娟娟	
封面设计	王　辉　张俊妙	
责任印制	包建辉	
出版发行	浙江工商大学出版社	
	（杭州市教工路 198 号　邮政编码 310012）	
	（E-mail: zjgsupress@163.com）	
	电话：0571-88904980, 88831806（传真）	
排　　版	庆春籍研室	
印　　刷	杭州高腾印务有限公司	
开　　本	710mm×1000mm　1/16	
印　　张	17.75	
字　　数	273 千	
版 印 次	2020 年 1 月第 1 版　2020 年 12 月第 2 次印刷	
书　　号	ISBN 978-7-5178-3499-1	
定　　价	49.00 元	

总　序

当今文学教育主要是通过文学史来完成的，本科教育是这样，研究生教育也是如此。在学科分类和学术研究中，文学史都是文学中最重要的内容，没有之一。在某种意义上，文学史涵盖或牵涉所有的文学现象和理论问题，所以不论是学术研究还是教材编写，文学史都将是说不完的话题，文学史作为教材"常编常新"，作为学术"常研究常新"。

大约从 2008 年起，我和同事们有意编一套中国现当代文学史教材，并且希望有所突破和创新。这种突破和创新不仅体现在教材内容上，也体现在体例上。我们也希望这能对中国现当代文学的教学改革有所推进，避免各种陈陈相因。我发现，很多教材之所以陈陈相因，很重要的一个原因是编纂者缺乏对他书写内容的深入研究，因而多是人云亦云，甚至以讹传讹。我们最大的努力就是把教材编写建立在研究的基础上，以此希望能够提供一些新鲜的东西，于是就有了"中国新文学发展史研究丛书"这个项目，并于 2015 年申请浙江省高校人文社科重大攻关项目，获得通过（编号 2014GH006）。

需要特别说明的是关于中国现当代文学（或"新文学"）"时间段"划分及其模式的问题。虽然说中国新文学发展至今只有一百余年的历史，就时间而论其无法与古代几千年的文学史相提并论，但这百余年与古代的任何一百年都不一样，就其发展演变的复杂性、内容的丰富性（如涉及的材料、文学现象、文化背景的交融等）、矛盾的多重性（古／今、中／外、城／乡、传统／

现代等）、作家作品数量上的巨大性（21 世纪以来，仅每年出版的长篇小说，就达数千部之多）等特征而论，它是全新的类型和品质，所以中国现当代文学史与古代断代文学史式的简单叙述不同，需要一种新的研究方式。

同时，百年来的新文学本具有一体性，把它简单地划分为中国现代文学与中国当代文学，在 20 世纪 80 年代是适合的，在今天则完全不合适了，最重要的原因就是内容上的严重不平衡。现当代文学史在发展上是"自由落体运动"式的，也即文学现象特别是作品在量上是以"加速度"的形式增加的，90 年代以来的中国文学"密度"很大，内容非常丰富且复杂，但在文学史的版图里却被"压缩"在非常有限的空间里。现代文学仅 30 年，而当代文学已有 70 年，且时间上还在向前延伸，这不仅在时间上不平衡，在内容上更不平衡。当代文学内部，由于内容的丰富性与复杂性，再加上巨大的差异性，笼统地研究中国现当代文学已经不可能，笼统地研究当代文学也不可能，因此，中国现当代文学研究也需要分工协作，需要分"时间段"来研究。

事实上，自晚清以来，新文学经历了多次转型，其中既有晚清以降传统向现代的新旧转型、中华人民共和国成立后"十七年"文学的当代转折，以及 70 年末 80 年代初的新时期裂变等这样具有"知识型"层面的大的转折，也有像五四时期新文学的发生发展、20—30 年代的新文学繁荣、40 年代初至 1949 年的文学发展的区域性分割、"文革"前后文学演变的反转、80 年代文学的盛世想象、90 年代文学的"大转型"等阶段性特征非常明显的时段。如此种种，使得以发展阶段为基础，对其特征进行深入、细致的"史"的研究，成为必要。中国现当代文学史研究既需要宏观的演变研究，也需要更为细致甚至琐碎的"横断面"的"解剖性"研究。

狭义的"中国现代文学"最初作为一个独立的学科有它的合理性，它意味着一种不同于过去三千年文学的新文学的开始，但随着新文学的发展，它越来越成为新文学的一个组成部分而不具有独立性，现代文学在实绩上的确具有巨大成就，伟大作家群星闪耀，但从文学史的角度来说，现代文学作为一个宏观时期越来越不合适，它甚至没有纯粹属于自己时代的作家，鲁迅、郭沫若、茅盾、巴金、老舍、曹禺等多跨两个时代，或者从晚清到民国，或者从现代到当代，没有跨越时间之外的叙述，这些作家都不可能是完整的。正是从"完整"的角度，本丛书专著"清末民初"文学一册。我相信，将百余年文学发展的自然时段作为分段的依据，这既是一种分期法和对约定俗成的文学现象的认知，也是一种新的文学史观的体现。这一体例既能有效避免在现代和当代之间人为强制地划定界限，避免对现代文学和当代文学中各自复杂性的化约，也能更为详细地梳理百年文学的纹理脉络，有利于我们更好地把握百年文学的历史走向。

高 玉

2019 年 10 月 23 日于浙江师范大学

目 录

绪　论

　　五四文学阶段，是中国文学由传统向现代转型中最为关键的一环，它不仅以轰轰烈烈的白话新文学运动开创了中国文学全新发展的广阔天地，还基本奠定了 20 世纪中国文学的发展方向乃至格局，具有巨大的历史意义，因此历来受到学术研究界垂青，其受关注程度远远高出 20 世纪中国文学的其他阶段。可以毫不夸张地说，五四文学研究已经是 20 世纪中国学术研究中的一门显学，有关五四文学研究的论文论著可以用汗牛充栋来形容，而且这种趋势还将在 21 世纪乃至更为久远的未来持续下去。

　　五四文学研究，从来就不是"纯粹艺术问题"的研究，而是包容了"文史哲"三方的综合性研究，因为五四文学是中国的文化、伦理、思想、审美全面转型的结晶。我们如果用"关键词"的方式来描述五四文学研究，就能很清楚地看到这一特点，迄今为止，它经历了以"革命""启蒙""现代性"为整体性命名的三大研究阶段。在李何林、胡云翼、唐弢、王瑶等第一代现代文学史家的著述中，政治色彩较强的"革命"一词，是他们描绘五四文学的突出词眼，当然，其间也涉及"启蒙"问题，但由于当时的特殊历史原因造成的政治化诉求，在第一代文学史家那里，后者的地位显然远远没有前者突出，时至 1957 年，尽管钱谷融的《论"文学是人学"》发出了以五四文学的"人的启蒙"为标杆的呼声，但很快就为时代的政治因素所压制而消沉，这种情形一直持续到新时期前后。到了杨义、钱理群、王富仁、吴福辉、温儒敏、刘纳、赵园、汪晖、陈思和、王晓明这一批新时期崛起的中国现代文学史家的著述中，"启蒙"一词的地位已经远远超过了"革命"一词，成为了这一代文学史家描绘五四文学的关键词，个性、自由、立人、人道成了他们论述五四文学的重要维度，即使在他们的论述中出现"革命"一词，政治化的指向也已经大大淡化，而成了文化转型的代名词。20世纪90年代以来，"现代性"一词之于五四文学研究的地位越来越突出，俞兆平、宋剑华等有关中国现代文学现代性的真伪问题的论述引起了较大的讨论，而到了一批更为年轻的学人那里，"现代性"一词则获得了更大的垂青，杨联芬、郑家健、张宝明、张光芒、王桂妹等一批青年学人都倾向于用"现代性"来对五四文学做整体性的描述，而把"启蒙"作为描述"现代性"的辅词。这种转变，恐怕包含的不仅仅是年轻一代学人在学术研究上的创新需要，还包含着他们对五四文学的客观史实的一种新认识。

迄今为止，尽管有关五四文学的研究已经相当广泛和深入，但这并不代表所有的问题都已经得到了很好的解决，因为研究越深入，发现的问题也就越多。本著之所以想在五四文学研究的已有大厦中不揣浅陋地加砖添瓦，是想在现有研究的基础上解决一些实际存在的问题。

迄今为止，许多五四新文化运动的亲历者和后来的研究者都喜欢用"文艺复兴""启蒙运动"来比附五四新文化运动，因为，"人的解放"是新文化运动的主题。但是，具体到新文学上，这种比附显然对五四新文化运动与新文学革命的特殊性重视不够。稍加对比，我们就会发现，以文艺复兴为背景的西方文学，个人的享受、个人欲望的满足受到了较大的尊重，如《十日谈》；但五四新文学，则反对个人享乐主义，也反对个人欲望的单纯满足，婚姻恋爱的自由只有和"反封建"、社会改造的宏大意义联系在一起时才受到肯定，而鸳鸯蝴蝶派的不少写婚姻恋爱自由的半新半旧的小说，却因为对"封建"采取了某种程度的妥协，而广受新文学界的批评，被视为娱乐主义、个人享乐主义。再如，具有启蒙运动背景的西方文学，人道主义往往成了最高准则，人道的价值被看得比国家和民族更为重要，如雨果的《九三年》。朗特纳克虽然是保皇党，但他并不是一个丑角，他在战场上受挫逃亡之时，由于受到人道主义的内心召唤，从大火中救出了革命党

五四文学——启蒙的维度与向度

人无辜的孩子耽误了逃跑时间而被捕，革命党领袖郭文给予了他这种人道情怀相当的尊敬，放跑了他，而宁愿自己受绞刑。在小说中，伟大的不仅是革命者郭文，反面人物朗特纳克也同样因为忠于他自己的人道理想而得到了应有的尊敬。而在五四新文学当中，人道主义虽然受到了重视，鲁迅对于封建文化"吃人"的批判，文学研究会的大量的"爱"和"美"的作品，都有较强的人道主义色彩，但人道一旦和革命、民族救亡相比，则显然又是后者成为最高准则。鲁迅虽然讲人道，但也主张"不宽容"，而事实上，"宽容"是人道主义最为基本的教义；在文学研究会的"爱"与"美"的文学中，《九三年》这种把人道主义视为高于革命和国家利益的情形，也很难出现。

以上的种种不同，都显示出五四新文化运动与新文学革命，和文艺复兴、启蒙运动有很大的区别，因为两者的发生背景和动力并不相同。第一，有不少研究者注意到，文艺复兴是从欧洲商业较为发达但又较为远离政治中心的地方发起的，它是当地的经济和社会生活由农业文明向城市文明、工业文明过渡的自然结果。经济地位的提高，物质的丰富，必然要求个人的欲望得到更多的满足和肯定，也要求少一些中世纪的经院、教会的清规戒律的约束，同时市民也要求获得更高的政治地位，文化上也要求与新经济相适应的宽松氛围，因而导致文化革新。而且这些需求，只比较可能在远离政治和统治中心的区域内形成风潮——只有这样才不会一抬头就遭受打压。而五四新文化运动，虽然起于上海的《青年杂志》，但实际上成为风潮，却是到了政治中心的北京之后。同时，中国此时虽然工业已经有了一定的发展，但北京不是商业中心，五四时期提出的个性解放、人道主义的要求，更多的也不是出于经济发展到一定程度之后的人性需求，而是出于改革国内的政治、文化、伦理的要求，来最终实现民族救亡的目的。

第二，有关五四新文化运动与新文学革命的"反传统"，学界也一直存在着颇大的争议。一派观点认为，五四全盘颠覆传统，是一种激进主义，具有代表性的有余英时；而另一派观点则认为，五四其实并没有全盘反传统，它反的只是传统中的不合理的一面，具有代表性的有严家炎。而更多的学者，则在承认五四全面反传统的同时，认为这只是当时"革命"的一种策略——像胡适等人所说的"矫枉必须过正"，因为中国人保守成性，你要改革五十步，就必须定好一百步的目标，保守的中国人一拖后腿，则正好达到五十步。但从新文学的角度看，我们会发现，问题其实比现有的讨论更为复杂。新文学提出的废除古文（乃至废除汉字），打倒儒教的忠、孝、节、义伦理，全面倡导文学语言的"欧化"，提倡个性主义、人道主义，等等，确实是在全盘反传统。但结果是，中国新文学仍然是"中国"的文学，有很强的中国化色彩，而没有成为"西方"文学。当然，这并不是证明了"矫枉过正"而恰好得其"中"的理论，而是说，"传统"在内容上，你可能很轻易就提出许多需要反它的理由，而且反得再激烈，新文学派本身也不会认为有何不妥；但是，"传统"在内容之外，也还存在着思维结构、"认识论"等"形式"问题，那可不是轻易几句话就能反掉的，因为这是不易觉察的因素。

　　五四的新文学派知识分子虽然受西方价值观的影响很大，但是，中国传统的道德主义的思维结构——从道德角度去解决一切问题的思维方式，道德优先的"认识论"，却并没有得到太多的改变。我们不妨试举一例，鲁迅、叶圣陶都是师法俄国"为人生"的人道主义文学的宗师，但是，他们的作品却与托尔斯泰、陀斯妥耶夫斯基有很大的不同。在陀斯妥耶夫斯基笔下，小偷、杀人犯、疯子这些"抹布"一般的人物，都有一个向善的灵魂，在经历灵魂的迷失而犯罪之后，他们都会对自己的灵魂进行审判，并最终觉醒和忏悔。而鲁迅笔下的阿Q这一"抹布"式的人物，完全缺乏陀斯妥耶夫斯基笔下同类人物的向善光芒。阿Q干完坏事，从来不会受到自身良心的谴责，他从不知忏悔为何物。在列夫·托尔斯泰笔下，比民族利益更重更大的还有人类的利益，聂赫留朵夫对于玛丝洛娃的忏悔，并不完全是为了他自身的身份和面子，更多的是来自他作为人类一员的良心发现，而托氏对于这种作恶者的忏悔和向善，无疑给予了极大的宽容。叶圣陶笔下的潘先生（《潘先生在难中》），除了满身的市侩味和可怜的"灰色"之外，我们也丝毫看不到他会有悔改的可能。那么，中国下层民众中"抹布"式的人物和"灰色"知识分子这些国民，是否与俄国的同类人物相比真的就缺乏灵魂呢？在笔者看来，文学作为一种想象的产物，这种不同，与其说是现实的差异，毋宁说是来自作家的不同想象。其背后的原因，既与前面提到的五四知识分子的救国情怀有关——对"抹布"和"灰色"的强烈批判，其背后无疑具有较强的希望国民振作志气，成为"救国之一助"的色彩，又有中国作家与西方作家思维方式上的区别。欧美和俄国属欧洲的近现代作家，都受到过基督教文化基因的熏陶，基督教的既有教义，对于人性固有的弱点持有某种程度的同情和宽容，如《圣经·新约》中耶稣看到众人用石头砸那位出轨的妇人时，向众人说，如果你们当中谁觉得自己是没有罪的，就可以去砸那妇人，结果众人都停了手。基督教文化基因中的这种宽恕博大的品格，在很大程度上促进了欧洲国家、美、俄人道主义思潮的发展，而人道主义又是现代性文化与文学的重要一极。中国传统的儒家文化以"内圣外王"为重要追求，在基督教的"认识论"看来，不可能达到的"圣"（道德上的上帝标准）却是中国知识分子的重要追求，它主宰着中国知识分子的思维形式。因此，人道主义思想到了中国知识分子这里，很容易就变成一种道德至善主义。因此，阿Q、潘先生在中国作家笔下，是很难有忏悔和改正的可能的，因为在道德至善主义的认识论中，"恶"是不可能得到宽容的！

第三，现有的研究和文学史论著普遍认为，五四新文学革命，白话取代古文的合法性逻辑基础，是"进化论"。确实，胡适关于白话文学主张的表述，是和"进化"一词紧紧相连在一起的，但是，我们是否也应该意识到，严复是"进化论"的引进者，但他以"进化论"来反对白话取代古文的合法性地位。胡适认为，古文慢慢转变为白话，是语言的"进化"；而严复认为，白话经过了古人的锤炼成为古文，这才是进化——进化是由简入繁，而不是胡适所认为的那样由繁入简。如果我们今天以客观的眼光看，似乎应该是严复的逻辑更符合生物界的进化实际——单细胞进化为多细胞、简单动物进化为复杂动物。那么，我们应该做何解释？

第四，现有的研究和文学史论著普遍认为，文学研究会秉承的是来自俄国并经鲁迅在《新青年》上所奠定的重枷锁；而文学研究会核心作家群笔下的许多儿童、女性、下层民众却带有不少理想色彩，作品中的人物常常是"爱"与"美"的人性体现者。在冰心的《超人》中，禄儿的爱轻易就感化了信仰尼采超人哲学、以爱弱者为耻的冷冰冰的何彬；在王统照的《微笑》中，女犯人的一个善意微笑，居然使小偷阿根幡然悔悟，出狱后成了一个有知识的工人。同是"为人生／人道主义／现实主义"，为何鲁迅与文学研究会的创作会有如此大的

五四文学——启蒙的维度与向度

差异？

第五，现有研究和文学史论著普遍这样来论述创造社的作品特色——个性主义／浪漫主义，鲁迅也大力提倡个性主义，那他为什么就没有走向浪漫主义？而且，鲁迅当年在《摩罗诗力说》中赞美的摩罗诗人，许多都是浪漫主义作家。鲁迅为什么就没有从个性主义走向浪漫主义，而创造社却从个性主义走向了浪漫主义？"个性"一词，在鲁迅、郭沫若、郁达夫那里，内涵是完全相同的吗？

以上种种诸如此类的问题，笔者以为，恐怕都得从"思想"的角度去解决。撇开"思想"而单从"艺术性""文学性""文体"的角度去讨论，五四文学中存在的诸多问题，恐怕都将无从解决。

众所周知，由于"反封建"的需要，五四文学总体上是以集团军的形式来对中国的旧文学传统进行作战的，新文学群体成员以结社的方式，形成了多个战线，"新青年／新潮"文学群体、文学研究会、创造社、语丝社、新月社，共同构成了五四新文学的主体，但正如鲁迅曾经指出的那样，新文学群体虽然在反对旧文学上意见大体一致，但在提倡怎样的新文学上，却出现了较大的分歧。这种分歧，直接体现在"新青年／新潮"文学群体、文学研究会、创造社、语丝社、新月社各自的文学主张上，但是，这些文学倾向大体上仍然主要围绕着"启蒙"的问题，只是在各个文学团体之间，形成了各自不同或各有侧重的启蒙路向问题。本著主要探讨的便是以上五大文学群体中，各自提出的新文学的启蒙路径和维度，故名曰，五四文学：启蒙的维度与向度——以文学社团为中心的考察。

第一章

《新青年》群体与五四启蒙文学

《新青年》创刊时名为《青年杂志》

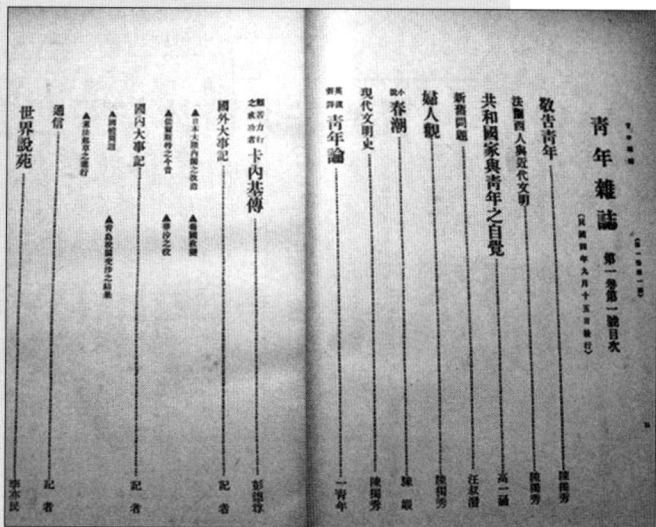

《青年杂志》(《新青年》)创刊号目录

五四新文学革命，是由《新青年》群体发起的新文化运动的最重要的组成部分，新文学是作为新文化运动的重要工具而提出来的，它服务于新文化运动，服务于启蒙，而新文化运动本身则服务于中国新的社会建设和民族救亡这一更大的目标，但是，这并不意味着，五四新文学毫无独立性可言，因为正像成仿吾在《新文学的使命》一文中所指出的那样，五四新文学除了服务于新的社会建设和启蒙这一崇高使命之外，它还有文学自身的使命，比如新文体的建设，新的美学原则的倡导，等等。但是，如果我们说，五四新文学革命是一场由文化而文学的革命，则大体不错，这一点，无论是在《新青年》群体的文学倡导和文学主张中还是在《新潮》群体的"问题小说"中，都表现得相当明显。

正是因为五四新文学的这些复杂特性和特殊使命，五四启蒙文学尽管学自西方，但是，它与西方的启蒙却有许多不同，最突出的一点，就是五四启蒙文学在社会革命的任务之外带着沉重的民族救亡使命，而西方的启蒙运动的任务和目标却要单纯许多，它更多的只是服务于社会革命，而不用担负民族救亡的重任。因此，五四新文学革命，是有着鲜明的中国特色的一场启蒙运动。

五四文学——启蒙的维度与向度

第一节 《新青年》与五四启蒙文学的时空源流

　　由《新青年》群体发起的五四新文化运动与新文学革命，往往被研究者命名为某种现代性的统一整体，而对其时空结构的复杂性和层级的复杂性比较缺乏分析。事实上，五四新文化运动的内部结构是非常复杂的，一方面，它与鸦片战争以来中国的历次运动有着继承和摒弃的错综复杂的关系，是晚清以来启蒙的延续和深化、拓展和超越；另一方面，以"一战"的结束为分水岭，以《新青年》群体为中心的新文化界的思想也存在着前后之间的明显变化，如"一战"结束前，"竞争进化"的观念是《新青年》上的启蒙主调，"个人"一词有较强的尼采色彩，突出的是个人的"强力"，"人道与和平"不受重视；"一战"结束后，互助进化观念在《新青年》上作为启蒙的重点得到了追捧，与"互助"相关的"人道与和平"原则得到了重视，周作人的《人的文学》则诞生于"互助论"这一背景。

　　其实，五四新文化运动与新文学革命，一方面，从空间结构上看，它是由于列强入侵而引发的中国知识分子的现代视野不断扩展和深化的结果；另一方面，从时间结构上看，它是中国由传统向现代转型中一个又一个阶段向前推进的自然发展。它既包含着现代民族国家的建构、社会转型、家庭变革、个性革命等多个"空间"层级的现代性诉求；也包含着洋务运动、维新运动、辛亥革命等多个"时间"阶段的现代性诉求的叠加和超越；同时还包含着对中国的现代性进程有着各种影响的西方不同阶段思想的叠加和改造——如尼采（强调竞争），克鲁泡特金（强调互助），自然主义、浪漫主义、新浪漫主义（新理想主义）等西方思潮中不同阶段的东西，往往在《新青年》中交杂呈现。如果割裂或忽视这些复杂的时空结构问题，我们分析与评价的有效性就会打上一个大大的问号。

罗家伦曾经在《新潮》中撰文《近代中国文学思想的变迁》指出，近代以来世界文学的发展和现代转型（包括近代以来的中国文学），受益于空间和时间观念的拓展，"在十四世纪以后……美洲的发现，殖民地的开拓等事……哥白尼的发现天体，盖律雷的远窥星象等事……凡是这种空间的开拓，都足以唤起人类的兴趣，扩充人类的眼光，解放人类的思想，影响人类文明的全部"；"十九世纪以后，受时间观念的影响最大，如支配近六十年来思想界的进化论……"；"到了现在则空间时间两个观念在各方面都是相提并重，一方面对于空间则注重环境的情形，一方面对于时间则注重演化的程叙"。根据空间和时间观念的变化，他将中国文学划分为四个时代：闭关时代——酿成一种"华夷文学"（鸦片战争之前的中国传统文学）；兵工时代——策士文学（龚自珍、魏源、康有为等）；政法路矿时代——逻辑文学（张之洞、傅兰雅、章太炎、严复、章士钊）；文化运动时代——国语的文学（《新青年》与文学革命）。[01] 我们尽可以对罗家伦对自近代以来的这四个文学时代的划分提出不同意见，但不能不承认，他以大的时空结构的变化作为构架来分析中国文学现代进程的做法，颇有可资借鉴之处。

从大处着眼，中国文学的近现代转型和新文化运动、新文学革命的发生，确实与鸦片战争以来中国知识分子的时空观念的现代转型有关。

新文学革命发生的一个重要前提，就是西方文学的影响。鸦片战争以前的中国文学，是相对封闭的，很少接受西方文学的影响。这和传统中国空间观的封闭有很大的关系，传统中国的空间观，长期以来

---

[01] 罗家伦：《近代中国文学思想的变迁》，《新潮》第 2 卷第 5 号，1920 年 9 月。

都是一种"华夏中心观"。鸦片战争以前，在传统中国知识分子的心目中，华夏中国一直是天下的"中心"，在这种心态之下，不少士大夫坚定地认为，只有华夏中国是文明之邦，其他国家都是蛮夷小国，不值一提，自然，"蛮夷之国"的文化与文学更是不值得重视的。稳定的农业经济结构，超稳定的封建政制结构，封闭的科举体制，海禁的实行，更导致清代的文化与文学只能在封闭、保守的环境中运行。虽然证明"华夏"并非世界中心的中文著作《全地万国纪略》早在19世纪20年代就出现了（1822年，传教士米怜编译），但直到鸦片战争西洋人的坚船利炮轰破了中国的国门后，中国知识分子中的先知先觉者才意识到，中国已经面临千年未有的大变局。其间，魏源的《海国图志》与徐继畬的《瀛寰志略》（1848年刊于福州）相继面世，中国知识分子的空间视野开始拓展。在魏源之后的士大夫李圭说，他原来对"地球"之说"亦颇疑之"，直到"奉差出洋"，"得环球而游焉，乃信"[01]，这种"信"，并非只是建立在自然地理的概念之上的，其实是建立在对西洋发达远胜于中国的体认之上的。这些典型的例证充分说明，只有经历了国门被打破，中国知识分子才意识到世界列强的存在，只有亲历西洋文明的发达之后，清代晚期的中国知识分子的"华夏中心观"才有可能真正得到改变，才有可能向西方文化与文学学习。

因此，从空间结构上看，国门被打破、民族危机，成了促动中国社会由传统向现代转型的动力。中国由学习西方的"物质""科技""实学"，一步一步走向学习西方的民族国家体制、政治体制，再到学习西方的伦理、文化、文学。特别是"甲午"之战中国败于日本之后，众多的中国知识分子赴海外留学，大量接触东西洋文化与文学，这为中国文化与文学的现代转型提供了较大的帮助。维新运动失败后，康有为、梁启超、严复开始重视引进东西洋文学，中国文学的封闭格局开始被打破，中国文学的现代转型加速。由于民族危机而引发的中国知识分子空间观念的变化，使得他们不再保守，慢慢触发了东西洋文学的引进，而外国文学的引进，构成了五四文学革命的重要基础。

---

[01] 李圭：《环游地球新录》，湖南人民出版社1982年版，第312页。

中国传统文学的封闭自足，还与中国传统的时间观有关系。中国传统的时间观，是和农业文明相适应，是以"天道"来附会"人道"的循环论时间观——阴阳互化、四季轮回、历史循环、六十年一甲子从头再来。以中国传统的"进化"一词为例，查《四库全书》，"进化"一词多见于言说循环变化规律的"易说"，如《朱文公易说》（[宋]朱鑑编，卷九）、《周易传义附录》（[宋]董楷撰，卷十上）、《周易观彖》（[清]李光地撰，卷十）均这样解释"进化"一词："变是进化。""进化"的意思就是"变化转换"—"循环"，这是"进化"一词的本义[01]。这与"进化"一词的现代意义指时间上的不断朝前发展、不可倒逆、进步等等，大相径庭。在中国传统的循环论时间观念之下，所谓的"革新"，往往就如梁启超评价的那样，"以复古为其职志"[02]。循环，形成的是一种高度自足的系统，它常常倾向于拒绝外在的"他者"的介入，这是导致中国社会、文化千年不变的一个重要原因。

中国近代以来时间观念的现代转型，主要归功于严复译述的《天演论》[03]。严复半译半创作的《天演论》，以生物由低到高演变的格致之"理"，来演说历史朝前发展的进化之"道"，彻底改变了中国传统"六十年一甲子""历史轮回"的时间观念，从此，"且演且进，来者方将"[04]的"进化"时间观开始主导人们的思想。

严复译的《天演论》

---

[01] 传统中国的"进化"一词，偶尔作引申义和转义用，可以解作：变成。如《文献通考》卷二百九十九云："太和九年郑注：箧中药化为蝇数万飞去，注始以药术进化为蝇败死之象，近青昔也。"（《演禽通纂》）卷下云："蛇蚓居辰得进化蛟龙之喜。"另一种情况下解作：教化。如（[明]董斯张撰）《广博物志》卷二十八、卷五十有语云：每以此瑞进化子姪焉。

[02] 梁启超：《清代学术概论》，东方出版社 1996 年版，第 4 页。

[03] 在严复译《天演论》之前，华蘅芳与玛高温合译的《地学浅释》（江南制造局 1873 年版）虽然也介绍了"兑儿平"（按，达尔文）的生物进化论，但并没有引起人们的关注，也没有引起中国知识分子的时间观念的现代转型。

[04] 严复：《严复集》第 5 册，中华书局 1986 年版，第 1325 页。

在经历了时空观念的变革之后，中国人看待世界和中西方文化的方式，开始出现较大的变化，现代色彩不断加强。以影响巨大的严复翻译的《天演论》为例，在这一半译半述的作品中，人类历史被依照"物竞天择，适者生存"[01]的丛林法则进行了重新排序。作为弱国的中国，被排在了历史发展的后面；而西方强国，则排在了历史发展的前端。于是，中国的政治、经济、教育、文化、伦理、学术、文章等各个领域，都面临着亟需进化与"革新"的问题。一时之间，"新""维新""革新""进化"乃至后来发展出来的"革命"，成为近代中国的"关键词"。

"进化"的时间想象，全球、世界、西方等空间观念的引入，充当了中国文学现代转型的酵素。东西洋（空间维度）既然在进化（时间维度）过程中领先于中国，那么，外国文学自然就是值得学习和效法的对象。严复、夏曾佑于 1897 年在《国闻报》上附印小说时云："本馆同志，知其若此，且闻欧、美、东瀛，其开化之时，往往得小说之助。是以不惮辛勤，广为采辑，附纸分磅。或译诸大瀛之外（按，指引进外国文学），或扶其孤本之微……宗旨所存，则在乎使民开化。"[02]同一年，康有为也同样出于推进国民"进化"之需，提出了向走在进化序列前头的"泰西"学习"小说学"的问题。[03] 1902 年，梁启超在日本横滨创刊了《新小说》，次年改在上海刊行。他在刊发于其上的《论小说与群治之

梁启超创办的《新小说》杂志

[01] 严复：《严复集》第 5 册，中华书局 1986 年版，第 1324 页。

[02] 几道（严复）、别士（夏曾佑）：《本馆附印说部缘起》，《国闻报》光绪二十三年（1897 年）十一月十八日。

[03] 康有为：《日本书目志·识语》，《二十世纪中国小说理论资料》第 1 卷，北京大学出版社 1997 年版，第 29 页。

关系》一文中提出："故今日欲改良群治，必自小说界革命始；欲新民，必自新小说始。""欲新道德，必新小说；欲新宗教，必新小说；欲新政治，必新小说；欲新风俗，必新小说；欲新学艺，必新小说；乃至欲新人心，欲新人格，必新小说。"[01] 由于梁启超等人认为，"小说"是入人心最广的一种文体，对于改革社会人心影响效力最大，所以，《新小说》将边缘化的小说纳入了"大道"的范围，小说开始由娱乐性的通俗类文体，转向担负起推动中国的国民性改造和民族的现代化重任的精英文体。因此，《新小说》大量刊登翻译过来的政治小说、科学小说、军事小说等具有"大道"意味但在周作人看来"都不是正路的文学"[02]。同时，随着文学国门的开启，林纾等人大量翻译外国小说，革命党人也大量翻译俄国的"虚无党"革命小说，《小说林》（1907 年创刊）、《小说月报》（1910 年创刊）等文学刊物大批量地登载外国小说。这些翻译小说，促进了中国文学的思想变革，推进了中国文学文体的现代转型，为五四文学革命奠定了思想基础和文体基础。总之，"进化"的时间观念、"东西洋"空间观的拓展，极大地推动了中国文学现代性的发生和发展。

《新青年》的创办，新文化运动与文学革命的发生，正是在近代以来国人思想中的现代性时空结构拓展的基础上发展起来的。《新青年》的发起者和主要参与者陈独秀、胡适、李大钊、高一涵、钱玄同、周作人、鲁迅等等，当年都深感中国的民族危机而赴海外留学，力图救国，对于洋务派的实业、科技救国，维新派的立宪救国、新民救国，革命派的革命救国，都有过比较深入的了解，而且在某种程度上受到了这些潮流或多或少的影响，也知其利弊所在。他们的改革主张既对前者有所继承，也有许多超越。同时，他们均具备世界视野和现代性视野来观察和考量中国的改革问题，深知中国的现代化进程包含着现代民族国家的建构、社会改造、家庭改革、国民性改造等多重现代化任务。在思维方式上，他们受到严复所翻译的启蒙类学术读物《天演论》（民族救亡意识与现代性时间观）、《穆勒名学》（科学的思维方式）、《群学肄言》（社会改造）、《群己权界论》（国权、政权与个

---

[01] 饮冰（梁启超）：《论小说与群治之关系》，《新小说》第 1 号。

[02] 周作人：《文学革命运动》，《中国新文学大系·史料·索引》，上海良友图书印刷公司 1936 年版，第 4—5 页。

人的自由之权之关系）的影响，其中的民主、科学、自由、进化等思想深为《新青年》一代所接受，并对其有所超越。同时，陈独秀、鲁迅都有过参加革命组织的经历，陈独秀、胡适都有过办白话报纸（《安徽俗话报》《竞业旬刊》）启蒙下层民众的经历。这些都构成了《新青年》一代从事新文化运动和文学革命的思想基础和动力。同时，陈独秀、胡适、钱玄同、鲁迅、周作人、刘半农都曾经是《新小说》《小说月报》中翻译小说的读者，而且在五四之前，他们中的不少人也参与过外国小说译介，如陈独秀、胡适、鲁迅、周作人都有过翻译外国小说的经历，这些都为五四新文学革命做了充分的准备。因此，正像王德威所说的那样："没有晚清，哪来五四。"[01]

陈独秀在《青年杂志》发刊词《敬告青年》一文中提出"自主的而非奴隶的，进步的而非保守的……"的主张，与严复、梁启超所提倡的改革中国国民的"民智、民德、民力"的主张，明显具有前后的传承关系；胡适倡导拟以白话文代替古文来构建中国现代文学的文体，他自己拿出来的理论依据正是进化论——以古文进化为白话为世界潮流和现代性趋势。陈独秀、胡适、李大钊、鲁迅等都是严复译述的《天演论》的读者，并深受进化论思想的影响，胡适之名，即来自"适者生存"之意。但是，由于维新运动以失败告终，所以，《新青年》一代又吸取了维新运动的教训，明显对维新一代知识分子的思想有所超越。梁启超、严复等维新一代知识分子虽然对中国传统文化有所批判，但并未打算放弃儒家伦理规范，而陈独秀、鲁迅等《新青年》一代知识分子，则认为这恰恰是维新运动的不彻底性，这是导致它失败的原因之一。因此，他们对"孔家店"持一种否弃的态度。再如，胡适以进化论为依据来提倡白话文取代古文，认为进化的法则是古文进化为白话文；而严复则同样以进化论为依据来反对白话文取代古文，认为进化的法则恰好相反，未经锤炼的语言（白话）变成经过了文人锤炼的语言（古文）才是进化。这里的区别在于，由古文进化为白话文，是西方的语言文字进化之理；而白话文经过文人锤炼后进化成古文，则是中国古代语言文字的进化之理。这相当清楚地表明，

---

[01] 王德威：《被压抑的现代性：晚清小说新论》，宋伟杰译，麦田出版社 2003 年版。其"导论"则名为"没有晚清，哪来五四"。这种观点，首创者并不一定是王德威，但此说引起广泛关注则确实与王德威有关。

维新一代的知识分子，对于西方的现代性伦理和精神，仍然持有一定的保留，而《新青年》一代的知识分子，则完全服膺于西方的现代性——包括伦理、精神、形而上层面的东西，文学则是其一。

维新运动的失败，一方面导致梁启超、严复等人大力引进西方的现代思想、社会科学著作、文学作品，另一方面导致了中国知识分子对于清政府彻底失望，革命思想取代了维新改良。但是，辛亥革命的失败，则进一步令中国知识分子意识到，思想革命比政治革命更为重要。陈独秀是老革命党，亲身体验过安徽的革命成功（辛亥革命后安徽新政府成立，他做过安徽都督柏文蔚的秘书长），也亲历过成功后的失败——革命成果最后被篡夺，深刻感受到不进行国民的伦理革命和全盘的精神改革，共和政府就只能是一块有名无实的招牌，这是他创办《新青年》开展启蒙的宗旨所在。鲁迅是革命党人章太炎的学生，章太炎为了革命的需要，鼓吹"依自不依他"的人格独立精神，倡导尼采式的"勇力"，但是，章太炎的革命思想更侧重种族革命、民族革命，而对全面引进西方的文学与伦理来进行精神革命持有一定的保守态度，他倡导研究国粹，追慕"五胡乱华"以前的汉语文化和古奥文字，企图以传统的"大汉"精神来立国，这些方面鲁迅都有所继承——鲁迅在章太炎的影响下接触过佛学，提倡人格独立的"极端主己"（《文化偏至论》），喜欢尼采式的"勇力"，用章氏所喜爱的"诘倔聱牙"的古文翻译过《域外小说集》（上、下）；但是，鲁迅对尼采的喜爱不仅有对尼采所倡导的"勇力"的人格精神的追慕，他更喜爱尼采的"重估一切价值"的彻底革命精神，五四期间，鲁迅主张中国古代的"三坟五典"皆可打破，对于"国粹"痛恶之至，这些方面显然又大大超越了章太炎。辛亥革命只注重国体与政体的现代性而不注重国人精神的现代性的局限，在《新青年》一代看来正是其失败的原因，因此，陈独秀、鲁迅等五四的中坚，不仅继续了革命的勇猛无畏精神，更在现代性的广度和深度的追求中远远超越了辛亥革命一代。《新青年》一代，追求的是全盘效法西方的现代性，在中国实行全面彻底的毫无保留的现代性变革。

如果说以上这些都是五四新文学运动的远源，那么，1914 年创刊于东京，在上海发行的《甲寅》月刊，则是《新青年》的近流。《新青年》的主要撰稿人陈独秀、李大钊、胡适、高一涵、易白沙、杨昌济、吴虞、陶孟和、刘叔雅……都是当年的《甲寅》月刊的撰稿人。《甲寅》月刊是 1913 年二次革命失败后，以孙中山、黄兴为首的革命党人被迫流亡日本，为黄兴筹款所办的刊物，由章士钊主编，后陈独秀协助章编刊。这份杂志的宗旨，是从政治思想上总结辛亥革命失败的原因和教训，探讨中国未来的出路。它具有双重的空间视野：第一个空间视野是以内视内，批判袁世凯的专制统治，提倡人权、民主、自由；第二个空间视野是以外视内，从中国如何在列强竞争的格局下生存的角度来探讨如何立国。《新青年》在思想上承《甲寅》而来，但又有很大的超越，它把批判和探讨的核心由"政治"转向了"文化""文学""伦理"等精神领域。同时，《新青年》还在《甲寅》的基础上，增加了第三个空间视野，那就是个人的生活维度的相关问题，如家庭、恋爱、婚姻等。《新青年》的文学要求，受这三个空间视野的导控和制约，对新文学提出了多重要求，如易卜生主义的个人人格独立和自由（第一空间），国民性批判（第二空间），家庭解放与婚姻自由（第三空间），当然，它们之间并不是相互独立的关系，而是相互交叉、相互统摄和相互制约的关系。同时，《甲寅》月刊浓厚的"政论"色彩，也为《新青年》所继承，虽然陈独秀创刊《青年杂志》时宣称，其意不在政治，而在学理，但事实上，他和同人们对于政治的讨论无论是在广度上还是在深度上，都超过了《甲寅》月刊，热情也不亚于《甲寅》月刊。如对"立孔教为国教"的批判，对于希望中国参加"一战"协约国一方的鼓吹，都明显体现出《新青年》并不仅在讨论学理，还对政治有着极大的参与热情。由陈独秀率先创作的《新青年·随感录》，实际上就是一种通俗性的带有文艺性的政论文，至鲁迅参与后，这种文体的势力开始壮大，终于成了现代杂文的

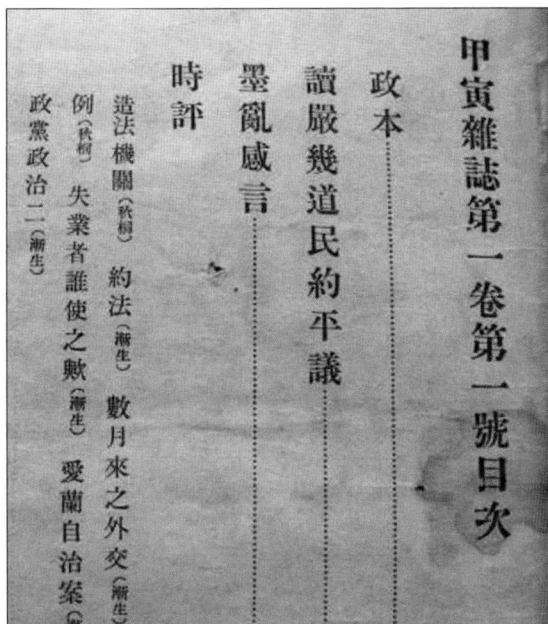

《甲寅杂志》（1914）创刊号目录

肇始。同时，这种对政治的热情，成为五四文学革命与中国新文学现实主义潮流的重要背景和驱动力。

《新青年》原名《青年杂志》，由陈独秀 1915 年创刊于上海，由群益书社出版发行，次年改名为《新青年》。它的创办背景是，其时中华民国虽然名为共和，实行了现代国体和政体，但与清朝相比，只换了一块招牌，内容和实质却一切照旧，而且乱象纷呈甚至还甚于清朝，民族危机不仅没有缓解，反而有进一步加深的景象（1915 年是风云际会的一年，也是辛亥革命后最为黑暗的一年。从 1 月 18 日日本向袁世凯政府提出"二十一条"开始，到 12 月 12 日袁世凯当皇帝，皆发生在这一年）。洋务运动、维新运动、辛亥革命等中国现代化运动一次又一次的失败，使陈独秀等这一代知识分子深刻认识到，中国的现代化进程和民族救亡，绝非学习西方的一枝一节所能解决的，而必须全盘实现国人精神与伦理的现代化，中国的传统精神和伦理规范被认为必须对中国的民族危亡负责，因而成了批判的对象。也就是说，必须来一场新文化运动，中国的民族危机和现代性问题才能得到彻底的解决，新文学革命则是这场新文化运动的一个组成部分。

这份杂志之所以取名为《青年杂志》，是因为陈独秀认为中国中年以上的人深中传统文化之毒，无法担当起实现中国全盘现代化的重任，只有青年一代因为受传统文化的毒害不深，革新进取精神较足，才能担此大任。在《青年杂志》的发刊词《敬告青年》一文中，陈独秀这样说，"少年老成，中国称人之语也；年长而勿衰，英美人相勖之辞也。此亦东西民族涉想不同现象趋异之一端欤……社会遵新陈代谢之道则隆盛，陈腐朽败之分子充塞社会则社会亡"；并对青年提出了六条希望：（一）自主的而非奴隶的，（二）进步的而非保守的，（三）进取的而非退隐的，（四）世界的而非锁国的，（五）实利的而非虚文的，（六）科学的而非想像的。[01] 从这番话中可以看出，严复的《天演论》中那种从列强竞争的世界性视野和进化论的时间视野来看待中国危亡的思路，构成了陈独秀以上思想的经和纬，但在彻底性上，陈独秀又远远超过了严复。在陈独秀的这一视野中，被认为走在"进化"前列的西方，被想象成"青年"，而被认为走在"进化"后头

---

[01] 陈独秀：《敬告青年》，《青年杂志》第 1 卷第 1 号，1915 年 9 月 15 日。

的中国，则被想象成"老年"。在陈独秀看来，"自主、进步、进取、世界、实利、科学"等优秀品格，都属于西方，是青年学习的对象；而"奴隶、保守、退隐、锁国、虚文、想象"这些劣等品格，则属于中国，是青年必须摒弃的对象。而在严复看来，西方固然有许多值得学习和效法的地方，但中国的传统文化也有许多值得保留的地方。正是在陈独秀他们这种全盘西化思想的带动下，中国传统思想、传统文学、古文、传统戏曲，受到了《新青年》的大力批判，西方文学成为五四新文学建设的现代性标本。

可以说，鸦片战争以来中国国门被列强打破之后，中国以现代化运动来应对救亡的一次次失败，构成了五四新文化、新文学运动的发生动力，它加剧了中国知识分子对中国传统一次一次的怀疑，正像鲁迅所说："倘说：中国的国粹，特别而且好；又何以现在糟到如此情形，新派摇头，旧派也叹气。"[01] 既然中国传统一无可靠，那么，中国的拯救，只有全盘向西方学习。新文学革命的实质，就是全盘向西方文学学习，是以西为法的一场文学运动。但是，因为五四新文化、新文学运动的发生动力来自以彻底的现代化、全盘西化来加速的民族救亡，所以，它与西方的文艺复兴、启蒙运动的区别是相当巨大的，前者即使是想全盘照搬后者，实际上也无太多可能，因为后者更多的是社会经济生活自然发展的结果，它并不承载浓厚的民族救亡意识。因此，后者的文化与文学诉求，更多地体现为个人向社会和国家要权利，要"人道"，要"自由"，它大致可以视为是个人对于社会和国家的一种离心运动，而五四新文化、新文学运动，更多的则是一场个人向社会、国家的向心运动，它的目的是民族救亡。因此，同样是提倡"人道"，提倡"立人"，提倡个性自然，但它背后的终极目标，却是鲁迅所谓的："国人之自觉至，个性张，沙聚之邦，由是转为人国。"[02] 这种诉求，导致五四新文学虽然以西方的人道主义、个性主义文学为法，但其实质内涵和文学表现却不可与西方同日而语。

总之，五四新文化、新文学运动特殊的复杂时空结构，导致了五四启蒙文学在本质上仍然是"中国化"的文学品种，它既与中国传统文学有重大区别，走上了以西为法的道路，又有自身的特殊性，不

---

[01] 唐俟（鲁迅）：《随感录·三十五》，《新青年》第 5 卷第 5 号，1918 年 11 月。
[02] 鲁迅：《文化偏至论》，《鲁迅全集》第 1 卷，人民文学出版社 2005 年版，第 57 页。

同于西方文学，在人道主义、个性主义等西方话语之下，实质上所进行的却是出于中国自身的现代化需求的书写。

五四文学——启蒙的维度与向度

第二节 启蒙与"西化"：五四白话文学语言革命

五四文学革命，是以文学语言为突破口的，即提倡在文学创作（特别是诗歌创作）中用白话取代古文。学界普遍认为，胡适提出白话取代古文的理论依据是"进化论"，也就是胡适自己提出的"一代有一代的文学"——目前这个时代，古文已经过时了，应该全盘用白话来进行文学创作。然而，把"进化论"引进到中国的严复，却同样以"进化论"来反对白话取代古文。胡适认为，文字的进化就是由深奥难懂的文字变成简单通俗的文字，即古文进化为白话；而严复认为，胡适把顺序搞反了，古文变白话恰恰是退化，白话经过文人锤炼变得精密，成了古文才是进化。这里的分歧，恐怕不能简单地理解为严复和胡适对进化论有不同理解，其背后的实质，其实来自不同的思想诉求，学衡派和章士钊对于白话文学取代古文的反对，同样是因为他们与新文学派的不同启蒙思想诉求。

1917年1月，胡适在《新青年》第2卷第5号上发表了《文学改良刍议》，文中提出了文学改良的"八事"："一曰，须言之有物。二曰，不摹仿古人。三曰，须讲求文法。四曰，不作无病之呻吟。五曰，务去滥调套语。六曰，不用典。七曰，不讲对仗。八曰，不避俗字俗语。"总结起来，胡适的文学改良的核心思想就是要用白话文取代古文来进行文学创作。其实，胡适的"八事"主张，在 1916 年 10 月份刊出的《新青年》第 2 卷第 2 号的"通信"栏中即已出现（只不过一至八的顺序有所不同），陈独秀还参与了讨论，认为"讲究文法"是西洋之法，不适合中国文字，并指出："'言之有物'容易堕入'文以载道'的陷阱。"陈独秀认为："文学作品与应用文学不同，其美感与伎俩，所谓文学美术自身独立存在之价值是否可以轻轻抹杀岂无研究之余地？"在 1916 年 12 月 1 日刊出的《新青年》第 2 卷第 5 号的通信栏上，还发表了常乃德对于胡适"八事"主张提出诸多疑义的文章，常氏的意思大

《新青年》第二卷第五号目录

致与陈独秀相同，就是认为胡适的主张忽略了"文学之文"与"应用之文"的区别。胡适与陈独秀、常乃德之间观点歧异，其实反映出来的正是白话文学语言革命的多元底色。同时，既然《新青年》内部就对胡适提出的文学改良的具体主张有许多不同意见，那么，他们又是怎样在倡导古文取代白话的问题上达成共识的呢？

其实，白话文学创作在中国古已有之，如宋元话本，就已经系统性地以白话为叙述语言，那么，胡适对于白话文学创作的倡导，其意义何在？难道仅仅是在于用白话取代古文吗？这个问题的解决要放在历史的维度上，从现代性的角度加以考察，才比较容易看明白。中国传统的白话文学创作，虽然与市民的兴起及其阅读需求有关，但最多只具备了现代性的某些因子，而并不具备完全的现代性。传统的白话文学作品，属于"俗"文学系统，它是传统知识分子创作给市民百姓娱乐用的，兼具用传统的伦理道德教化百姓的作用，主要用在戏曲、小说等以市民百姓为阅读和欣赏对象的通俗类作品中；而文人自身的言志抒情类创作，或以文人为阅读对象的创作，则主要用文言，所以传统的诗歌和散文等"雅"文学，皆不用白话。而胡适所倡导的白话文学创作，属于"雅"文学系统，它的功能是现代性的启蒙，以探讨

社会人生为旨归。从语言系统本身看，传统白话是在中国各地的方言、俚语、俗语、日常生活用语的基础上形成的；而胡适要提倡的现代白话，是在传统白话、文言、统一的方言、外来语等综合的基础上形成的。胡适提倡的白话文学创作，无论是从文学系统的转型还是从语言系统的转型角度看，都与晚清以来的文字改革运动有关，或者从更为广阔的角度看，与文学语言的现代变革这个世界性现象有关，它与现代性的发生发展有密切的关系。

近代以来，包括中国在内的不少"后发现代化"国家的语言变革，都是国门开放和向西方学习的必然结果，其语言变革的动因主要来自三个方面：一是在翻译外来作品时，往往因为大量外来词在本土语言中找不到对应词，而引入外来语汇；二是来自教育普及的需要，教育要普及，文字必须浅显才能事半功倍；三是来自知识分子表达在国外看到的新事物和体验到的新感受的需要。例如对晚清的语言变革产生过影响的日本，随着国门的开放和向西方学习的要求，庆应二年（1866），开成所的翻译前岛密，就向幕府将军德川庆喜提交了《汉字御废止之议》（未获通过）。明治维新以后，随着日本向西方学习步伐的加快，"国语运动"展开，日本国内各界就国语国字问题展开了空前激烈的争论，最终的结果是汉字的使用被限制，假名和罗马字的使用比例大大增加。1868年，黄遵宪在《杂感》诗中要求"流俗语""登简编"，并在《日本国志·文学志》中对语言变革的要求进行了解释，这显然是受到了日本的影响。其后，随着维新运动的兴起，梁启超、谭嗣同等都认识到语言由繁变简、由文变白对于中国的社会改革和政治改革的重要性。1898年，裘廷梁在《苏报》上发表《论白话为维新之本》，认为日本的维新得到了白话的极大帮助，中国若要开民智、兴初学，必须废文言而用白话。他说："白话有'八益'：'省日力、除骄气、免枉读、保圣教、便幼学、练心力、少弃才、便贫民。"同年，裘廷梁创办《无锡白话报》，从此，晚清出现了一股办白话报的热潮，1903年，"白话道人"林懈在上海创办《中国白话报》，又在杭州创办《杭州白话报》；1904年，陈独秀创办《安徽俗话报》（半月刊），四年后又创办《安徽白话报》（旬刊）；胡适1906年起参与白话刊物《竞业旬刊》的编辑，直到1909年止。这些白话报有一个共同的特点，就是揭露封建主义的腐朽，唤醒民众的民族危亡意识，提倡新政治、新道德、新文化和新教育，以救国救亡为最终旨归。陈独秀、胡适办白话报刊的经历，构成了他们五四时提倡白话取代古文来进行文学创作的重要背景。

但是，晚清到五四之前的白话运动和语言变革，白话只是作为一种获得现代性的工具而得到了认可，并没有像五四那样，将白话文本身视为现代性的本体，从语言即思维本体的角度来认识白话文的意义。如非常彻底地提倡用白话取代古文的裘廷梁，他认为在白话有"八益"的第四条"保圣教"中，提出"四书五经"意义深奥，老百姓难以理解，用白话翻译出来并加释义，有助于保中国传统的儒教从而达到保国的目的。在裘氏这里，提倡白话文，只是因为它浅近易懂，并不像"五四派"那样把白话当作一种新的思维。而在胡适看来，白话是一种新思维系统：清楚明白，不含歧义，科学、准确，与古文的含混、充满歧义迥然不同[01]。晚清以来，白话一直在俗文学系统和针对下层百姓的启蒙报刊或读物中出现，它的工具价值远大于其思维本体的意义，因而，在以精英知识分子为阅读对象的文章和文学作品中，文人仍然普遍使用古文。如，梁启超虽然早在 1903 年就提出"文学之进化有一大关键，即古语之文学，变为俗语之文学是也。各国文学史之开展靡不循此轨道"[02]。但无论是他翻译的《佳人奇遇》《十五小豪杰》《世界末日记》和《俄皇宫中之人鬼》，还是他创作的《新中国未来记》，虽语言浅近，仍不出古文范畴。再如林纾，他 1897 年出版的《闽中新乐府》则有三十二首童谣体白话诗，但他从清末至五四之前多达一百多部、影响巨大的文学翻译，均使用古文。当林纾面对童蒙等初级阅读对象时，他可以使用白话，但当他把翻译当作一项"事业"时，他使用的却是古文。这种现象，在晚清至民初的文学界是非常普遍的。如影响巨大的 1910 年创刊的《小说月报》，凡以文人为阅读对象的文学作品和翻译，多采用古文，而以市民为阅读对象的文学作品和翻译，则多用白话。虽然中国古代以来长期都存在着白话文学作品与古文作品同时存在的现象，但在近代以来现代性介入中国之后，这种二元现象已经有了新的意涵。因为此时的白话的运用，除了有供市民娱乐的传统意义之外，增加了引入西方的现代性

---

[01] 胡适：《论小说与白话韵文·答钱玄同》，《新青年》第 4 卷第 1 号，1918 年 1 月。

[02] 梁启超：《小说丛话》，《新小说》第 7 号，1903 年。

来启蒙大众以助救亡的意义。白话既然有此便利，那为什么晚清以来的文学创作和翻译不全用白话呢？

这就需要我们做更深一层的探讨，其背后的原因与中国知识分子的"道""器"之别思想有关。我们可以从章太炎的言论中得到启发，章太炎一方面承认汉字过于"深秘"，应逐步改良，使之"易能、易知"，并提出了"用章草"来简化汉字的办法 [01]，但当新世纪派的吴稚晖等人提出干脆废除汉文，直接用更为简便的拼音文字"Esperanto"（当时译作：万国新语。今译为：世界语）时，章太炎的反对理由如下："皮之不存，毛将焉附？……语言文字亡，而性情节族灭。"[02] 章太炎正是考虑到使用了上千年的古文包含着中华民族的"种性"，为了不亡国亡种，就必须保留古文。也就是说，在章太炎看来，简近的文字，只是引进西方现代性之"器"，而古文，则与中国传统之"道"同为一体，两者都有助于民族救亡。林纾在翻译外国小说时使用古文的想法，大概与章太炎的思想有点类似。他的翻译，虽然包含着"振作志气，（为）爱国保种之一助"的想法 [03]，如他翻译的《黑奴吁天录》（《汤姆叔叔的小屋》），就包含着国人如不振作反抗就要变成亡国奴的思想，但他为什么用古文而不用白话呢？因为在林纾这里，古文的运用是与他在翻译作品中大量掺入中国传统的忠、孝、节、义一类的思想互为表里的。他将英国哈葛德的《蒙特祖马的女儿》译为《英孝子火山报仇录》，将狄更斯的《老古玩店》译为《孝女耐儿传》，就有较为明显的"藉西学证明中学"[04] 的色彩，与章太炎的"用国粹激动种性"的思路同为一脉。如他翻译的《撒克逊劫后英雄略》，就在序言中提出，这作品"大类吾古文家言"[05]。所以，周作人在五四后批评林纾说："译者本来也不是佩服他的长处所以译它，所以译这本书便因为它有我的长处，因为他像我的缘故。"[06] 章太炎这种古文与

---

[01] 章太炎：《驳中国用万国新语说》，《章太炎全集》第 4 卷，上海人民出版社 1985 年版，第 344 页。

[02] 章太炎：《规新世纪》，《民报》第 24 号，1908 年 10 月 10 日。

[03] 林纾：《黑奴吁天录跋》。薛绥之、张俊才编：《林纾研究资料》，福建人民出版社 1983 年版，第 104 页。

[04] 邓实：《国粹学报发刊辞》，《国粹学报》第 1 期，1905 年 2 月 23 日。

[05] 林微选注：《林纾选集》（文诗词卷），四川人民出版社 1988 年版，第 218—224 页。

[06] 周作人：《日本近三十年小说之发达》，《艺术与生活》，河北教育出版社 2002 年版，第 147 页。

五四文学——启蒙的维度与向度

白话的"道""器"观，在晚清至民初有相当的代表性和影响力，他甚至认为，"五胡乱华"之后的古文，"品性"上就已经不纯了，因此主张用上古的文言来恢复中华民族的种性，故而，章氏文章的语言古奥难懂是其一大特色。钱玄同、鲁迅、周作人都受章氏的影响。周氏兄弟 1909 翻译出版的《域外小说集》，虽然在文学系统上开中国"为人生"文学之先河，但在语言上，使用的却是相当古奥的上古古文。

这部翻译小说集之所以出版后才卖出二十来册，恐怕除了选译的作品故事性不强，不大受当时以"娱乐"为需求的读者的欢迎之外，其使用的古文古奥难解也是导致其滞销的一个重大原因。而《域外小说集》发行上的失败，对鲁迅的影响是相当大的，除了让他认识到自己不是"振臂一呼，应者云集的英

周氏兄弟 1909 翻译出版的《域外小说集》

雄"之外，还导致了鲁迅在此后几年内对于用文学从事启蒙的事业若即若离，直到 1918 年，对五四文学革命兴趣高涨的钱玄同主动找到鲁迅，要求他用白话创作一些文学作品，鲁迅才慢慢地加入五四文学革命的阵营。

晚清以来，白话文学翻译和创作尽管可以流行，但难以撼动古文的地位的另一个原因，则来自文人的审美心理方面。用白话创作小说用于市民的娱乐，之所以在晚清能够通行，一方面是因为这是古已有之的，本身就是游戏、娱乐之作，不必当真；另一方面，这可以扩大读者的范围，让初通文墨的人都能够阅读，有助于作品销量的扩大，可得商业利益之便。而用白话翻译外国小说，则有助于开启下层百姓和市民的"民智"，也不会受到太多的反对，按梁启超的说法，这一类是"觉世之文"，宜其浅近。一旦要让文人知识分子"传之名山"的正儿八经的创作和翻译也一概来用白话取代文言时，难度就大了。以严复为例，他提出了翻译中的"信、达、雅"三大原则，所谓的

"雅"当然有"高雅""古雅"的意思，但它更指向"正"，正儿八经的"正"。他在翻译西方的哲学和社会著作时，就喜欢使用古奥的古文，如把"逻辑学"翻译成"名学"，把"归纳法"翻译成"外籀"，把"演绎法"翻译成"内籀"。在严复看来，古文是一种经过历代文人锤炼的语言，具有"信、达、雅"的品格，而白话，是一种粗俗的不精练的语言，怎么能和"传之名山"之作相匹配呢？特别是"雅"的要求，这显然是一个审美词汇，无论是"风雅颂"的"雅"也好，还是"高雅""古雅"的雅也好，还是"雅正"的雅也好，都无一不是指向审美。正是上千年来形成的审美心理和审美习惯，导致了晚清以来的许多知识分子都像严复一样，可以不反对大众化的文体用白话，而"名山之文"则必用古文。

因为以上诸种原因，到了五四时期，章太炎、严复、林纾等人都反对胡适、陈独秀等"五四派"提出的白话取代古文的文学革命主张。如前文所述，就连陈独秀自己，也和常乃德一样，认为胡适提出的白话取代古文诚然有理，但"应用之文"与"美术之文"恐怕不能统一对待。那么，这些问题是如何被解决的呢？我们还是先回到胡适那里。胡适在回忆他酝酿文学改良主张时，是这样描绘的：1915 年，留学于东部美国的中国学生会成立了一个"文学科学研究会"，胡适准备的论文是《如何可使我国文言易于教授》，他认为汉文（按，指古文）是半死的文字，就像希腊文和拉丁文一样，非日用语言。并提出了"讲究文法"、用标点符号的主张。他说他提出要"讲究文法"，是崇拜《马氏文通》的结果，也是他自己学习英文的教训。[01] 从"文学科学研究"的字样中，我们可以发现，把文学当作一门学科，用科学的方法来研究，恐怕是胡适关于文学改良的一系列问题的一个关键。而胡适所有的参照系，都与西方有关，以古文比较希腊文拉丁文，将古文视为半死文字；以学习英文和《马氏文通》[02] 的经验来提出"讲究文法"，这些都明显是"以西律中"。也就是说，胡适虽然一再提出，白话取代古文的合法性依据是历史的"进化论"，但事实上，这只是其理论依据的枝叶，不是真正的根，而西方的现代性标准和

[01]　胡适：《逼上梁山——文学革命的开始》，《胡适文集》第 1 卷，北京大学出版社 1998 年版，第 142—143 页。
[02]《马氏文通》是一部以西方的语法学来研究中国的语言文字的学术书。

"科学性"，才是他的真正依据，才是他主张白话取代古文的合法性理论的最终哲学。胡适为什么认为古文不好呢？原因很简单，古文是一种高度浓缩的文字，又不在日常的口头语中常用，故常含有歧义，语义容易含混。白话的优点在哪里呢？也很简单，那就是白话不含歧义，表意清楚明白。而清楚不清楚，明白不明白，是否含有歧义，这其实是自然科学的语言标准。

那么，这就涉及一个关键性的问题，自然科学的语言法则（清楚明白），是否适用于文学？因为文学的法则，是"美"的问题，而不是"清楚明白"。但胡适给出的回答是肯定的，他认为"美"不外乎"两个分子"："第一是明白清楚；第二是明白清楚之至……除了这两个分子之外，还有什么孤立的'美'吗？没有了。"[01] 而且，胡适自己也是按照"清楚明白"的法则来"作诗如作文"的。正是这个原因，1915 至 1916 年间胡适还在按此理论进行白话诗的试验时，就遭到了同在美国留学的任鸿隽（叔永）和梅光迪（觐庄）的反对，梅光迪提出："诗之文字（poetic diction）与文之文字（prose diction）自有诗文以来（无论中西），已分道而驰。""白话为向来文学上不用之字，骤以入文，似觉新奇而美，实则无永久价值。因其向未经美术家之锻炼。"任鸿隽也提出："然使以文学革命自命者，乃言之无文，欲其行远，得乎？"[02] 对于胡适的"人闲天又凉，老梅上战场，拍桌骂胡适，说话太荒唐"一类的白话实验诗，任鸿隽直接批评道："足下此次试验之结果，乃完全失败；盖足下所作，白话则诚白话矣，韵则有韵矣，然却不可谓之诗。"[03] 确实，即使是胡适自认为比较满意的《蝴蝶》："两个黄蝴蝶，双双飞上天。/ 不知为什么，一个忽飞还。/ 剩下那一个，孤单怪可怜。/ 也无心上天，天上太孤单。"说实话，用审美的眼光去看，恐怕也只能算作打油诗之列，很难有"战胜"古文诗词的说服力。然而，胡适却最终成功了。

他的成功来自时代的需要。胡适自己也承认，如果文学革命的主张早十几二十年提出，只需章行严（章士钊）一篇文章就驳倒了，

---

[01] 胡适：《什么是文学——答钱玄同》，《胡适文集》第二卷，北京大学出版社 1998 年版，第 150 页。

[02] 梅光迪、任鸿隽的观点，见胡适：《胡适文集》第 1 卷，北京大学出版社 1998 年版，第 145—152 页。

[03] 胡适：《胡适文集》第 1 卷，北京大学出版社 1998 年版，第 154 页。

又何来文学革命。[01] 所谓"时势比人强",是也！我们不妨仔细分析一下赞成胡适的"五四派"是如何成功的,反对派又是如何"破产"的,其背后又牵涉怎样复杂的现代性思维。

首先,我们来看"五四派"赞同胡适的理由。如前述,陈独秀、常乃德都认识到胡适提倡的白话取代古文的"八事"主张,只适用于实用之文,而对于它是否适用于纯文学的美文存在怀疑,那么,陈独秀又是站在什么角度来赞成胡适的呢？我们且看陈独秀"拖四十二生之大炮,为之前驱",支持胡适的《文学革命论》,文中提出:"今日庄严灿烂之欧洲,乃革命之赐也。"在陈独秀看来,中国的传统文学,"属贵族文学,古典文学,山林文学","其形体则陈陈相因,有肉无骨,有形无神,乃装饰品而非实用品；其内容则目光不越帝王权贵,神仙鬼怪,及其个人之穷通利达","此种文学,盖与吾阿谀夸张虚伪迂阔之国民性,互为因果。今欲革新政治,势不得不革新盘踞于运用此政治者精神界之文学"。说到底,就是为了改造中国的国民性,文学必须革命,传统文学的"虚文"之"美"是与"阿谀夸张虚伪迂阔之国民性"互为张本的,故古文之美,不要也罢！古文越美,就越容易阻滞中国向西方学习,中国的现代化步伐就会越慢。在胡适那里,古文与白话在"形式"上是否"清楚明白","科学不科学"的标准,到了陈独秀这里,变成了"思想"问题,变成了背后的国民性思想中的"迷信"还是"科学"问题。其间虽有"形式"与"思想内容"的区别,但从胡适到陈独秀的这种推进和转变中,"西方"(欧洲)这一标准没有变,"科学"这一现代性标准没有变。

我们再来看看最给胡适和陈独秀壮胆气的钱玄同的支持言论。钱氏是语言文字学大家章太炎的弟子,又先于陈、胡二人在北京大学担任教授,而且是语言文字学的教授、专家。当时的北大文科教授中有不少都是章太炎的门人弟子,一旦得到了钱氏的支持,就无疑等于得到了中国最高学府中语言文字领域具有最高学问的那群人的支持,这足以让陈、胡二人自信满满。钱玄同早年受章太炎的影响,认为古文汉字包含着中华民族的"种性",是中国得以不亡的系根,因此提出:"我国文字发生最早,组织最优,效用亦最完备,确足以冠他国

[01] 胡适：《中国新文学大系·建设理论集·导言》,《中国新文学大系·建设理论集》,上海良友图书印刷公司1935年版。

而无愧色。"[01] 早年针对有人批评汉字太难应该改革的问题，钱玄同反驳道："中西文之难易实相等，未必西文较易于中文。"[02] 正是因为这个，钱氏在晚清的时候对新世纪派的吴稚晖等人提出的"废除汉字""代用万国新语（esperanto）"的主张非常不屑。但随着辛亥革命到"文学革命"前后康有为等人闹出来的"立孔教为国教"，袁世凯、张勋的复辟帝制等等一系列丑剧的发生，钱玄同的语言文字观发生了一百八十度大转弯，他认为中国政治、社会不上轨道，都是国民思想腐朽惹的祸。于是，1917 年 2 月 1 日的《新青年》"通信"栏上，出现了钱玄同赞成上一期刚刚发表的《文学改良刍议》文章观点的通信，引得陈独秀欢呼雀跃："以先生之声韵训诂学大家，而提倡通俗的新文学，何忧国之不景从也。"[03] 并且，不久钱玄同就再次在《新青年》发表通信，完全赞成吴稚晖等人当年提倡的"世界语（esperanto）"，并且自行设问道："世界语文法如此简单，一义无二字，排列变化有一定，这样呆板的文字，怎么可以做美文呢？呜呼，公等所谓美文，我知之矣……简直像金漆马桶。"[04] 与当年的态度相比，钱玄同何以变化如此之大？原因在于，五四时期的他认识到，袁世凯、张勋等人复辟帝制的罪恶，并非仅仅是其个人的罪恶，而是全体国民的国民性的罪恶，袁世凯不正是在大批人士"劝进"声中坐上皇帝宝座的吗？于是，他提出："欲使中国不亡，欲使中国民族为二十世纪文明之民族，必以废孔学，灭道教为根本之解决，而废记载孔门学说及道教妖言之汉文，尤为根本解决之根本解决。"有了这样的想法，再倒过来看中国文字，于是就有了如下的看法："中国文字论其字形，则非拼音而为象形文字之末流，不便于识，不便于写；论其字义，则意义含糊，文法极不精密；论其在今日学问上之应用，则新理新事新物之名词，一无所在；论其过去之历史，则千分之九百九十九为记载孔门学说及道教妖言之记号。此种文字，断断不能适用于二十世纪之新时代。"[05] 如果说，在此之前，白话还存在着"美

---

[01] 钱玄同：《刊行〈教育今语杂志〉之缘起》，《钱玄同文集》第 2 卷，中国人民大学出版社 1999 年版，第 313 页。

[02] 钱玄同：《钱玄同日记》第 1 册，福建教育出版社 2002 年版，第 102 页。

[03] 钱玄同与陈独秀的通信，见《新青年》第 2 卷第 6 号"通信"栏，1917 年 2 月 1 日。

[04] 发表于《新青年》第 3 卷第 4 号"通信"栏，1917 年 6 月 1 日。

[05] 钱玄同：《中国今后之文字问题》，《新青年》第 4 卷第 4 号，"通信"栏，1917 年 7 月 1 日。

不美"的怀疑的话，那么，到了钱玄同这里，这简直无须争论：古文即使美又有什么用？装的全是腐朽思想。若要中国不亡，废掉古文乃至汉字是正道，仍然还属于汉字的白话也只是无奈之下的暂时代用品。

钱玄同的这种"大石条压驼背"的过激主义言论，其实早在吴稚晖等办《新世纪》（1907—1910）的时候就已提出，但吴稚晖等却弄不出一个"文学革命"来，为何胡适、陈独秀、钱玄同等却弄出来一个成为中国现代文学开端的"文学革命"呢？这无疑是形势使然，吴稚晖等办《新世纪》的时候，国人还有推翻清朝，实行共和革命后就世界太平的期待，用不用白话，废不废汉字，还不是核心问题；到了五四时期，民国名义上是共和了，但国内的乱象却远远超过了清朝，政治和社会更加不上轨道了，致使走在时代前列的知识分子认为不实行全盘西化就不足以救中国。如果没有这种时势背景，古文你再怎么推也推不倒，废除汉字的口号再激进也不会有多少人响应。而对于"矫枉过正"，当时北京大学的理科学生胡哲谋说得好："吾正恐吾国诸事既枉之程度已深，且因虽矫之甚过于正犹不能正之也。""矫枉者必矫之稍过于正，而其结果仅乃得正，若矫之仅及于正，则其结果仍枉矣。"[01] 废除古文，废除汉字，代以白话或世界语，虽然不怎么合于"学理"，但完全合于当时的时势之理，是谓"势理"之效远甚于"学理"也。日后的学衡派的吴宓、梅光迪等批评胡适为"政客"而非"学者"，正此之故也。因为从学理上讲，古文积淀了中国古人几千年的知识和经验，其中虽然不乏沉渣，但也不乏真知。泼洗澡水连带把婴儿也一起泼出去了，不可谓合于"学理"。然而，时势比人强，在"五四派"知识分子看来，其时的政治、社会乱象，决非日后的学衡派所主张的"中庸"的"学理"所能解决，对于保守腐朽成性的中国人，矫枉不过正，谁也无法保证会不会再出 X 世凯！鲁迅正是从这个角度来看待钱玄同的主张和功绩的："钱玄同先生提倡废止汉字，用罗马字母来替代。这本也不过是一种文字革新，很平常的，但被不喜欢改革的中国人听见，就大不得了了，于是便放过了比较平和的文学革命，而竭力来骂钱玄同。白话乘了这一个机会，居然减去了许多

---

[01] 胡哲谋：《偏激与中庸》，《新青年》第 3 卷第 3 号，1917 年 5 月 1 日。

敌人，反而没有阻碍，能够流行了。"[01] 这当然只是鲁迅先生的一孔成见，未必合于学衡派所喜欢的"学理"，因为鲁迅是钱玄同的同道，也认为："汉字终将废去，盖人存则文必废，文存则人当亡。在此时代，已无幸运之道。"[02] 所以他日后劝人"不读中国书"。但说钱玄同为白话文学革命做出了较大的贡献，却是不假。

钱玄同在五四文学革命中最为人称道的，还是与刘半农合演的一出双簧戏。因为当时的文学革命，正像鲁迅所说的那样："不但没有人来赞同，并且也还没有人来反对。"[03] "文学革命"刚开始时，没有人赞成未必是真，没有人反对倒是事实。为什么没有人反对就不行呢？原因其实很简单，"五四派"认为中国人保守成性，保守的中国人只要是"沉默"，就代表着不愿意改革。而要想文学革命有效果，就必须引出反对派出来论战，以制造轰动效应，以便吸引更多的青年知识分子加入文学革命的队伍中来。于是，为了扩大文学革命的影响，《新青年》同仁决定把守旧派引出来痛扁一顿来达到轰动效果，故而，钱玄同就扮演成他自己所痛骂的"选学妖孽，桐城谬种"，以一副封建文化的卫道士的口吻，写了一篇《王敬轩君来信》，而《新青年》阵营中赞同文学革命的刘半农以"记者"的名义写了一篇《复王敬轩书》，一同发表在 1918 年 3 月 15 号的《新青年》第 4 卷第 3 号上。王敬轩这篇古文来信，故意点出了视文学革命为"不值一驳"的严复和林纾的名字，但其行文被故意弄得四处出错，文法不通，结果被《新青年》"记者"驳得体无完肤，顺便还把严复、林纾嬉笑怒骂了一通。为什么"五四派"不去攻击更加守旧的知识分子，却偏偏来批判不算特别守旧的"老新党"严复、林纾呢？这涉及"五四派"的一个策略问题，因为"五四派"的话是说给青年学生们听的，而严、林二人在青年学生中影响最大，擒贼先擒王，这是"革命"最有效的手段。更为关键的是，中华民国成立后，严和林二人都被认为是帝制的支持者，五四文学革命，首先要革的就是帝制支持者的"命"。所以，"五四派"首先把矛头对准了严复和林纾二人。

---

[01] 鲁迅：《无声的中国》，华艺出版社 1995 年版，第 81 页。

[02] 鲁迅：《且介亭杂文集·中国语文的新生》，《鲁迅全集》第 6 卷，人民文学出版社 2005 年版，第 119 页。

[03] 鲁迅：《呐喊·自序》，华艺出版社 1995 年版，第 18 页。

　　结果，林纾被引出来了。林纾其实并不反对白话，他只是反对废弃古文而已，主张白话与古文并行不悖。他在《论古文白话之相消长》一文中指出："古文者白话之根柢，无古文安有白话？"[01] 他认为，清末以来，废除科举，扑专制，大家认为如此则中国必强，现在已经是民国了，以上的都实现了，为什么社会反而越来越乱？在他看来，这显然是"新"之祸。闹到现在，新思潮人物更是以覆孔孟、铲伦常、废古文为快，那还不弄得天都快崩了？于是，他提出："若尽废古书，行用土语为文字，则都下引车卖浆之徒所操之语，按之皆有文法；凡京津之稗贩，均可用为教授。"[02] 总之一句话，林纾认为，中国的社会越弄越糟糕，是"新"闹的。只有回去恪守传统伦常，中国才有救。古文是传统伦常之所系，所以不能废除。同时，林纾还在《新申报》上接连发表了《荆生》和《妖梦》两篇影射小说，把陈独秀、胡适、钱玄同、蔡元培烩成一锅，一通乱骂。在小说中，这些鼓吹废除古文，铲除孔孟伦常的人物，要么被"伟丈夫"打得抱头鼠窜，狼狈而逃，要么被"阿修罗王"吃掉，化为了粪便。"五四派"的反击，当然也非常激烈，并且是群起而攻之。1919 年 2—3 月间，"五四派"办的《每周评论》第 12 号转载了《荆生》，第 13 号又组织文章对《荆生》逐段评点、批判，同时刊发"特别附录"《对于新旧思潮的舆论》，摘发北京、上海、四川等地十余家报纸谴责林纾的文章。最后，林纾招架不住了，以登报道歉结束。林纾这个五四文学革命的第一批反对派，就此破产。

　　相比较而言，严复的行动则要暧昧得多。虽然"五四派"指名道姓地讽刺他，但他并不公开发表言论，只在 1920 年的一封信中表达了自己对于"五四派"倡白话、废古文的不屑看法："北京大学陈、胡诸教员主张文白合一。在京久已闻之。彼之为此。意谓西国然也。不知西国为此。乃以语言合之文字。而彼则反是。以文字合之语言。今夫文字语言之所以为优美者。以其名辞富有。著之手口。有以导达要妙精深之理想。状写奇异美丽之物态耳。……虽千陈独秀、万胡

---

[01] 林纾：《论古文白话之相消长》，《中国新文学大系·文学论争集》，上海良友图书公司 1935 年版，第 81 页。

[02] 高平叔、王世儒编注：《林琴南致蔡元培函》，《蔡元培书信集》上册，浙江教育出版社 2000 年版，第 391 页。

适、钱玄同。岂能劫持其柄。则亦如春鸟秋虫。听其自鸣自止可耳。林琴南辈与之较论。亦可笑也。"在严复看来，古文的名辞丰富，能写出精妙之理，能摹写出奇异美丽之物态，而白话文却没有这优势。[01]严复早年也承认，"中国文字，中有歧义者十居七八"[02]，如不加改造，必不适合翻译"科学"类之文。他在 1913 年提出："大凡一国之立，必以其国性为之基"，"群经乃吾国古文，为最正当之文字"。在他看来，古文是群经之所系，群经是中国国民性之所系，废除古文，则国民性尽弃，那中国还能算是中国吗？所以，他认为"废古文"，就是"亡天下"。他还举例说，古希腊、古罗马就是这样亡掉的。中国之所以经历"五胡乱华"，元、清入主而不亡，靠的全是群经不亡。[03]而要群经不亡，其前提是古文不亡。严复的"群经救国"主张，成为当年袁世凯复辟帝制的张本，这正是"五四派"指名道姓地挑战严复的原因所在。严复比林纾聪明的地方，在于他知道"圣之时者"也，五四已经是胡适他们的时代，所以，他宁愿私下里嘲笑"胡适没文化""不懂进化论"，而不愿去学林纾迎战，以免受辱。如果说，林纾是战而败，那么，严复则是不战而败。

　　除林纾、严复外，其实北大的文科教授中，也有刘师培、黄侃、陈汉章、马叙伦、屠孝寔、康宝忠、陈钟凡、吴梅、黄节、林损等一批对文学革命持反对意见的反对派，他们大致与章太炎的"用国粹激动种性，增进爱国热肠"取同一思路，认为古文包含华夏的"种性"，主张不能用白话取代古文，认为古文不可废。刘师培、黄侃二人学术地位突出，在学生中的声望颇高，北大文科有不少学生都与他们站在同一立场。当年傅斯年就是黄派的中坚分子，然而，他不久就投向了文学革命阵营，接连在 1918 年 1、2 月的《新青年》第 4 卷第 1 号、第 2 号上发表了《文学革新申义》《文言合一草议》等文，支持白话文学革命。差不多与傅斯年同步，北大的学生罗家伦也加入了文学革命阵营。在这种形势下，站在刘师培、黄侃一派的国文系学生俞士镇、薛祥绥、杨湜生、张煊、胡文豹等在 1919 年初成立了国故月刊社，并创办了《国故》杂志，隐然与《新青年》相颉颃。然而，

[01] 严复：《与熊纯如信（八十三则）》，《严复集》第 3 册，中华书局 1986 年版，第 699 页。

[02] 耶方斯：《名学浅说》，严复译，生活·读书·新知三联书店 1959 年版，第 15 页。

[03] 严复：《读经当积极提倡》，《严复集》第 2 册，中华书局 1986 年版，第 330—331 页。

《新青年》派并没有像批评林纾、严复那样指名道姓地批评他们，这当然不是陈独秀、胡适、钱玄同他们与刘师培、黄侃等都同在北大的缘故，而是因为此时的"国故派"虽然有相当的势力，但只限于在学术领域发言，并不针对社会大众来宣扬古文的好处，这颇符合《新青年》派把古文放到博物馆里去的心意，因此，《新青年》派不想特别有意去攻击他们。不过，"文学革命派"也不示弱，1918 年底由蔡元培、陈独秀、胡适、钱玄同、李大钊指导成立，以傅斯年、罗家伦、顾颉刚、杨振声、俞平伯等学生为主的新潮社，也在 1919 年 1 月创办了《新潮》杂志，"专以介绍西洋近代思潮"为主。[01] 当然，"国故派"与"新潮派"之间也常常针锋相对，但都仅限于学理，少有攻击。针对"国故派"的尊崇国故、国粹，1919 年 5 月，《新潮》发起了"整理国故"运动，主张用"科学的方法"来整理国故，隐然批评"国故派"的尊崇国故的方法不科学，颇有一种釜底抽薪之意。"新潮派"与"国故派"对抗的结果，同样以前者飞黄腾达而后者沉寂于纯学术领域而告终。可见，时代思潮不可阻挡。

然而，获时代思潮之助的革新派的高歌猛进，并不能彻底让反对派禁声。因为虽然革新派的主张合于时代潮流，但白话取代古文的主张，在"学理"上却并不是无懈可击的。从学理上给"五四派"的白话取代古文主张带来最大挑战的是学衡派。早在 1915—1916 年留学美国期间，后来的学衡派健将梅光迪、胡先骕就在与胡适交游时反对胡氏的白话文学革命主张，并指出，胡氏尝试创作的白话诗，虽然诗是白话化了，但没有"诗"的价值。然而，到 1922 年《学衡》杂志创刊并陆续发表反对新文学革命的文

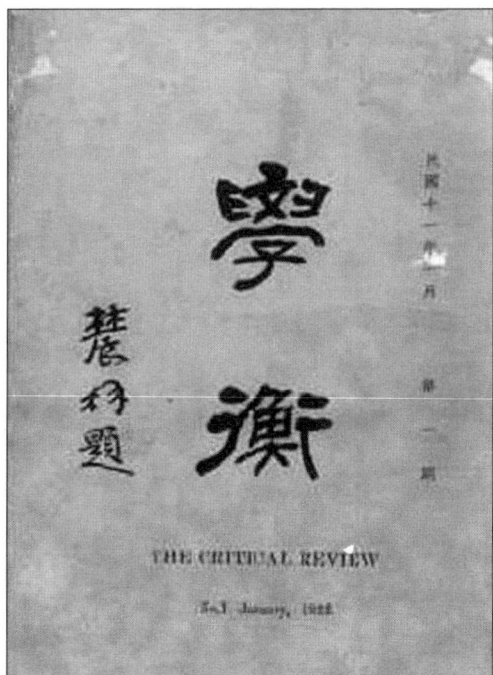

《学衡》杂志

章的时候，白话文学已经过了实质的讨论期，进入了推广期。因为，1920 年教育部已下令小学一、二年级的教科书改古文为白话国语，1922 年小学全部用白话国语为教材，1923 年延至高中。教育部的这一纸命令，实际已经给古文存在的基础来了个釜底抽薪。学衡派正是在这种背景下陆续发文对新文学运动提出疑问的，这注定了他们的抗争必然是悲剧性的。所以，与其说学衡派是新文学运动的"反对派"，还不如说是"诤言派"。他们的目标，不是要反对白话，而是认为古文自有其价值，不可轻言废弃，他们倾向于白话与古文各行其是。学衡派首先针对"进化"文学观这一"文学革命派"的理论基础提出了疑问，吴宓指出，文学不能用"新旧"作为标准来衡量[01]，吴芳吉则进一步提出，"文无一定之法，而有一定之美，过与不及，皆无当也。此其中道，名曰文心"，"故作品虽多，文心则一，时代虽迁，文心不改。欲定作品之生灭，惟在文心之得丧，不以时代论也"[02]。确实，无论是古文的《左传》还是《史记》，我们恐怕都不能因为它不"新"，不合于这个时代，就认为它没有价值。针对胡适提出白话的优点在于清楚明白和"作诗如作文"的主张，胡先骕提出了有力的反驳："文学自文学，文字自文字，文字仅取其达意，文学则必达意之外，有结构，有照应，有点缀。而字句之间，有修饰，有锻炼。凡曾习修辞学作文学者，咸能言之，非谓信笔所之，信口所说，便足称文学也。"[03]

学衡派提出"诗"之为"诗"，并非白话取代古文这么简单就能解决，这对于新文学派的主张而言无疑具有一定的补正意义。因为从时代潮流和社会运动的角度看，白话慢慢取代古文虽然具有极大的合理性，但是，从文学是"审美的事物"这个角度来看，白话不经"锻炼"，则确实不易成为"诗"的文字。也就是说，新文学派在"势理"上获得的成功，不足以证明他们在文学的"学理"上具有完全的合理性。我们不妨试举例来说明之，如古诗中常用的"木叶"一词，在今人的日常生活和口语当中确实不常用了，是胡适所谓的"死文字"，但是，今人用"树叶"来取代"木叶"一词入诗，却并不一定更富有

---

[01] 吴宓：《论新文化运动》，《学衡》第 4 期，1922 年 4 月。
[02] 吴芳吉：《三论吾人眼中之新旧文学观》，《学衡》第 31 期，1924 年 7 月。
[03] 胡先骕：《中国文学改良论》，《中国新文学大系·文学论争集》，上海良友图书印刷公司 1935 年版，第 103—104 页。

审美意味。"树叶飘零"与"木叶飘零"相较，前者虽然语言上是浅近了，通俗易懂了，但是，它与后者相比，显然是余味不足，因为"木叶飘零"充满了暗示性，它容易引发人们的诗性联想："袅袅兮秋风，洞庭波兮木叶下。"（屈原《九歌》）"洞庭始波，木叶微脱。"（谢庄《月赋》）"木叶下，江波连，秋月照浦云歇山。"（陆厥《临江王节士歌》）"秋风吹木叶，还似洞庭波。"（王褒《渡河北》）"亭皋木叶下，陇首秋云飞。"（柳恽《捣衣诗》）"九月寒砧催木叶，十年征戍忆辽阳。"（沈佺期《古意》）显然，"木叶"一词虽然为今人日常口语所不常用，貌似"死"了，但它在书面的文学语言中，却因为充满了暗示性，容易引发读者对于古诗中相关意象的联想，从而诗味远比"树叶"更足，更富审美意味。更为关键的是，"树叶"与"木叶"在艺术表现上，是有精细的区别的。林庚先生在《说"木叶"》一文中，对于这一现象有非常深入的解释。他指出，自屈原开始，"木叶"之"木"，就"用在一个秋风叶落的季节之中"，与"树叶"之"树"暗示树木叶正茂盛有很大不同，如"曹植的《野田黄雀行》就说：'高树多悲风，海水扬其波。'这也是千古名句，可是这里的'高树多悲风'却并没有落叶的形象，而'寒风扫高木'则显然是落叶的景况了。前者正要借满树叶子的吹动，表达出像海潮一般深厚的不平，这里叶子越多，感情才越饱满；而后者却是一个叶子越来越少的局面，所谓'扫高木'者岂不正是'落木千山'的空阔吗？然则'高树'则饱满，'高木'则空阔，这就是'木'与'树'相同而又不同的地方"。"而'木'作为'树'的概念的同时，却正是具有着一般'木头''木料''木板'等的影子，这潜在的形象常常影响着我们会更多地想起树干，而很少会想到叶子，因为叶子原不是属于木质的，'叶'因此常被排斥到'木'的疏朗的形象以外去，这排斥也就是为什么会暗示着落叶的缘故。而'树'呢？它是具有繁茂的枝叶的，它与'叶'都带有密密层层浓阴的联想。""'木'不但让我们容易想起了树干，而且还会带来了'木'所暗示的颜色。树的颜色，即就树干而论，一般乃是褐绿色，这与叶也还是比较相近的；至于'木'呢，那就说不定，它可能是透着黄色，而且在触觉上它可能是干燥的而不是湿润的，我们所习见的门栓、棍子、桅杆等，就都是这个样子，这里带着'木'字的更为普遍的性格。尽管在这里'木'是作为'树'这样一个特殊概念而出现的，而'木'的更为普遍的潜在的暗示，却依然左右着这个形象，于是'木叶'就自然而然有了落叶的微黄与干燥之感，它带来了整个疏朗的清秋的气息。"通过详细而深入的分析后，林庚先生得出结论："'木叶'之与'树叶'，不过是一字之差，'木'与'树'在概念上原是相去无几的，然而到了艺术形象的领域，这里的差别就几乎是一字千里。"[01] 所以，"树叶飘零"，显然很难体现出"飘零"的感觉，它在审美表达上，远不如"木叶飘零"来的准确而富有诗味。再如，胡适指出古文的诗歌"不讲究文法"是其一大不足，白话的优势是可以在文法上做到比较精确，从而胜过古文。然而，如果不是从实用性的逻辑语言的角度看，而是从审美的角度来看，事实真是如此吗？如杜甫《秋兴》一诗中的诗句："香稻啄余鹦鹉粒，碧梧栖老凤凰枝。"显然是不合于胡适所谓的"文法"的，这是宾语前置的倒装句，如果不用倒装，它实际上应为"鹦鹉啄余香稻粒，凤凰栖老碧梧枝"。但是，两相对比，前者虽然"不讲究文法"，然而并不难懂，没有人会把这两句诗理解成"香稻吃了剩余的鹦鹉""碧梧树栖息在老凤凰身上"，相反，这两句诗在经过"讲究文法"的改动之后，倒置所造成的奇崛的审美效果却消失了。显然，胡适等新文学派人士，在文学革命的开始阶段显然只注意到了语言文字的表意清楚明白的问题，而没有过多考虑审美的问题，学衡派主张应该充分考虑文字与审美的关系问题，对于新文学派是具有一定的补正意味的。

　　通过以上的分析和探讨，我们可以发现，尽管《新青年》群体与《新潮》群体提出的白话文学革命主张，具有浓厚的"西化"、科学主义的色彩，但是，它背后的真正诉求却并不在于语言变革本身，是出于启蒙的需要，带有很强的社会改革意愿和民族救亡色彩，而不是单纯的出于自身审美之需。或者可以换句话说，白话文学革命，其目标是要树立一种服务于启蒙、社会革命和民族救亡的新的语言美学原则。

---

[01] 林庚：《说"木叶"》，《唐诗综论》，清华大学出版社 2006 年版，第 150 页。

五四文学——启蒙的维度与向度

第三节 五四启蒙思想转型与人道主义文学大潮的兴起

　　不少研究者都与五四新文学革命的参与者一道指出，"胡适的《文学改良刍议》奠定了新文学的形式，周作人的《人的文学》奠定了新文学的内容"。五四"人的文学"——人道主义文学，学界普遍认为其源头是周氏兄弟1909年翻译出版的《域外小说集》，它确立了被压迫民族的文学方向，奠定了"为人生"的人道主义的文学根基。但是，何以《域外小说集》出版多年却一直声名不振，而周作人在1918年高呼一声"人的文学"，却被视为奠定了中国新文学的内容？这里的关键，与近代以来民族主义思想的盛行和1918年起"一战"后的"人类""互助"思想在中国新文化界的兴起有关。或者换句话说，五四新文化界所经历的由"竞争"观转向"互助"观的启蒙思想内在转型，才是真正导致人道主义文学思潮全面兴起的主要动因。

　　中国文学现代进程的最主要动力，来自晚清以来民族危机所导致的巨大民族焦虑感。如何促使中国的"家天下"观向现代民族国家观念转型，从而实现民族救亡和民族自强的目标，是晚清以来中国文学的现代性诉求的重点所在和启蒙之所需。梁启超认为，中国人最大的弱点，就是毫无国家意识，而国人的现代民族意识的塑造，有赖于文学启蒙。他的《新民说》《论小说与群治之关系》，就是这种现代民族国家意识在文学诉求上的一种表现。在梁启超的这种现代诉求中，当然涉及"人"的问题，故而他提出了以文学来"新民"的主张，但是，同时我们也要注意到，在"国"与"人"的问题上，"国"居于主导地位，它是看人的出发点。梁启超的思路是：新国就必须新民，新民就必须新小说。所以梁启超等人办《新小说》的宗旨，是"专借小说家言，以发起国民政治思想，激励其爱国精神"[01]。这里梁启超所确立的，是由"国"来要求"人"的启蒙思路。严复也深刻认识到，人的现代化，是中国的"国"化实现现代化的前提，所以，他提出了提高中国国民的"民智、民德、民力"的主张，但是，他也更多地把目光投向"群体"问题，正因为如此，穆勒重点探讨个人自由的《论自由》到了严复这里，就成了《群己权界论》，这种转化的根本原因是严复的启蒙思想的重点在于现代民族国家的建构。正是在这种情形下，国家、民族话语成了近代以来启蒙的主流话语形态，也成了看待"人"的问题的出发点。这种启蒙思想，在五四以前的中国文学界，一直占有中心地位。王无生说："今日诚欲救国，不可不自小说始，不可不自改良小说始。"[02]"国家"思想也因此成为当时评论小说的重要标准："今日通行妇女社会之小说书籍……可谓妇女之教科书；然因无国家思想一要点，则处处皆非也。"[03] 在这种强烈的救亡意识和国族意识的干预下，梁启超等人都把眼光放在了引进国外的"政治小说"这一类作品上，所谓"为人生"的文学，自然很难得到重视。鲁迅和周作人于1909年翻译出版的《域外小说集》，在当时的中国翻译文学界是相当另类的，它的目光主要不是聚焦在"政治"之上，而是"转移性情"，意在"为人生"，正如其译序所云："籀读其心声，以相度神思之所在。则此虽大涛之微沤与，而性解思维，实寓于此。"[04] 对"人"的"神思"的情有独钟，使得鲁迅与梁启超那种政治化的"新民文学"有了较大的区别。但这种得"为人生"之中正的翻译文学，却得不到读者的认可，只卖出二十多本。这里虽然有《域

[01] 新小说报社：《中国唯一之文学报〈新小说〉》，《新民丛报》第 14 号，1902 年。

[02] 王无生：《论小说与改良社会之关系》，《中国近代文论选》（上），人民文学出版社 1959 年版第 200 页。

[03] 转引自叶易：《中国近代文艺思想论稿》，复旦大学出版社 1985 年版，第 190 页。

[04] 鲁迅：《域外小说集·序言》，《鲁迅全集》第 11 卷，人民文学出版社 1973 年版，第 230 页。

外小说集》的语言比较古奥而较难受到欢迎的因素，但是，晚清时期民族国家话语的强势地位，更是造成《域外小说集》"为人生"的启蒙文学在国内难以得到推广和流行的主要原因。

强烈的民族竞争意识导致晚清以来的知识分子普遍重视国民的"勇力"，而人道主义的博爱和柔情，很难受到中国翻译文学界的重视。严复译述的《天演论》指出，人与人、民族与民族、国家与国家的关系，就是一种"弱肉强食"的竞争关系，"民民物物，各争有以自存。其始也，种与种争，群与群争，弱者常为强肉，愚者常为智役"[01]。为此，他强调说："今者天下非一家也，五洲之民非一种也。物竞之水深火热，时平则隐于通商庇工之中，世变则发于战伐纵横之际。是中天择之郊，所眷而存者之何？群道所因以进退者奚若？国家将安所恃而有立于物竞之余？"[02] 于是，严复大声疾呼，中国人和华夏民族只有奋起图强，让国民都具备"勇力"，才能适应"物竞天择"的规律，才能避免危亡之祸。否则，"弱肉"必为"强食"，其结果必然是"无以自存，无以遗种"[03]，为社会所淘汰。竞争进化，优胜劣败的"勇力"理论，一方面让中国知识分子意识到改造国民的重要性，"新民""立人"的思想意识开始在晚清流行；但另一方面，它同时也抑制了人道主义文学思潮在中国发展的可能。梁启超提出："人群之初级也，有部民而无国民，由部民而进为国民。"而人群的高级与低级之分野，在于竞争意识的强弱，"夫竞争者，文明之母也。竞争一日停，则文明之进步立止"。"由一人之竞争而为一家，由一家而为一乡族，由一乡族而为一国。一国者，团体之最大圈，而竞争之最高潮也。"[04] 他认为在当今民族竞争的世界，提倡人道主义、博爱主义，是不现实的："所谓博爱主义……抑岂不至德而深仁也哉。虽然，此等主义，其脱离理想界而入于现实界也，果可期乎？此其事或待至万数千年后，吾不敢知，若今日将安取之？夫竞争者，文明之母也。竞争一日停，则文明之进步立止。"[05] 也就是说，在晚清知识分子看来，促进中国国民的竞争意识，使国民皆具"勇力"，是"新民"的重点

[01] 严复：《原强》（修订稿），《严复集》第 1 册，中华书局 1986 年版，第 16 页。
[02] 严复：《严复集》第 5 册，中华书局 1986 年版，第 1350 页。
[03] 严复：《原强》修订稿，《严复集》第 1 册，中华书局 1986 年版，第 23 页。
[04] 梁启超：《新民说》，《梁启超全集》第 3 卷，北京出版社 1999 年版，第 663—664 页。
[05] 同 [04]。

所在，是当务之急，而人道主义则被视为不合时宜。

正是由于超强的民族危机意识与民族竞争思想的强烈干预，晚清以来的中国文化界很难去关注文学上的人道主义、博爱主义。以晚清以来中国文学界对俄国文学的翻译为例，占有压倒性地位的，恰恰不是人道主义文学类型，而是"虚无党"革命小说——都是宣扬"勇力"的类型。《新新小说》《小说丛报》《小说时报》《月月小说》和《竞业旬报》都刊载过"虚无党小说"，如：《虚无党奇话》《虚无党飞艇》《女党人》《虚无党之女》《女虚无党》《虚无党真相》等等。这些小说重点宣扬的是革命党人的舍身赴死，其背后包含着强烈的民族革命思想。署名白话道人的《论刺客的教育》一文称："现在明白人，眼见这种黑暗政府，黑暗官吏，哪一个不想革命？但革命断非一次就可以成功的"，"最快最捷的，只有刺客"。[01] 在刊载于《小说时报》上的《女虚无党》一文中，译者插话说："回顾祖国，数千万同胞犹沉沦黑暗之地狱，此心几碎矣"，"真爱国者，只知有国不知有他"，"只知为国家为人民担任义务，以此身为公共之身，无所顾惜"。[02] 1904 年，寒泉子的《托尔斯泰略传及其思想》发表，此文最早简略地介绍了托尔斯泰的生平与创作，还分析了托尔斯泰的宗教思想及其人道主义思想："托尔斯泰以弭兵为宗旨，其目的在进世界人类之幸福"，"是以其眼有世界，无邦国，有人类，无国民"。并指出俄国与中国国情相似，托尔斯泰思想契合中国。[03] 但在强烈的民族竞争意识中，人道主义的声音是相当弱小的，除教会界人士外，国内并无多少人注意，因此，带有强烈的人道主义色彩的《域外小说集》受到冷遇，就是自然之事。

胡适指出，《天演论》出版之后风行全国，竟做了中学生的读物，"中国屡次战败之后，在庚子辛丑大耻辱之后，这个'优胜劣败，适者生存'的公式确是一种当头棒喝，给无数人一种绝大的刺激。几年之中，这种思想像野火一样，延烧着许多年人的心和血。'天演''物竞''淘汰''天择'等等术语，都渐渐成了报纸文章的熟语，渐渐

[01] 白话道人：《论刺客的教育》，《中国白话报》第 18 期，1904 年 8 月 10 日。
[02] 《女虚无党》，天津路钧译，《小说时报》第 14 期、15 期，1911 年。
[03] 此文于 1904 年 10 月在《万国公报》第 190 册转载，引文出自转载文。

成了一班爱国志士的'口头禅'"[01]。在谈到梁启超的时候，胡适说受其影响最大的，"第一是他的《新民说》"，"'新民'的意义是要改造中国的民族，要把这老大的病夫民族，改造成一个新鲜活泼的民族"。"我们在那个时代读这样的文字，没有一个不受他的震荡感动的。""'新民说'的最大贡献在于指出中国民族缺乏西洋民族的许多美德。""他指出我们所最缺乏而最须采补的是公德，是国家思想，是进取冒险，是权利思想，是自由，是自治，是尚武，是私德，是政治能力。""其中如《论毅力》等篇，我在二十五年后重读，还感觉到他的魔力。"[02]

　　这种情形一直持续到了《新青年》创办之后。为"民族竞争说"所催化的民族焦虑意识，是促动陈独秀创办《青年杂志》的直接动力，陈独秀在《青年杂志》创刊号发表的发刊词《敬告青年》中指出："世界进化，骎骎未有已焉。其不能善变而与之俱进者，将见其不适环境之争存，而退归天然淘汰已耳，保守云乎哉。"[03]《新青年》同仁们，更是宣扬"战斗乃人生之天职，和平为痴人之迷梦"[04]，主张学习军国主义的某些方面[05]。正是在这种"勇力"主义的思想指引下，陈独秀指出："吾愿青年之为托尔斯泰与达噶尔（R·Tagore 印度隐逸诗人），不若其为哥伦布与安重根！"[06] 因为在他看来，哥伦布与安重根是勇猛进取的代表，而托尔斯泰与泰戈尔的人道主义、博爱主义，不适合于这个民族竞争的时代和世界形势。所以，尽管 1915—1916 年间国内翻译了一些俄国的"为人生"的人道主义作家的作品，如马君武 1914 年译的托尔斯泰的《心狱》（《复活》）、1916 年译的《绿城歌客》（《琉森》），1915 年林纾译的《罗刹因果录》（收托尔斯泰的 8 个短篇），1915 年朱东润译的《骠骑父子》（《两个骠骑兵》）。再如刘半农译的屠格涅夫的散文诗《乞食之兄》（1915）、高尔基

[01] 胡适：《四十自述》，《胡适文集》第 1 卷，北京大学出版社 1998 年版，第 70 页。
[02] 胡适：《四十自述》，《胡适文集》第 1 卷，北京大学出版社 1998 年版，第 71—72 页。
[03] 陈独秀：《敬告青年》，《青年杂志》第 1 卷第 1 号，1915 年 9 月 15 日。
[04] 刘叔雅：《欧洲战争与青年之觉悟》，《新青年》第 2 卷第 2 号，1916 年 10 月 1 日。
[05] 刘叔雅：《军国主义》，《新青年》第 2 卷第 3 号，1916 年 11 月 1 日。（按，《青年杂志》和《新青年》在开始一两年内，民族主义、国家主义色彩比较浓厚。同时，刊中介绍"童子军"，刊载各国的战斗英雄和军事领袖的传记有不少。带有军国主义色彩的也并不止刘叔雅一人。）
[06] 陈独秀：《敬告青年》，《青年杂志》第 1 卷第 1 号，1915 年 9 月 15 日。

的《廿六人》（《二十六个和一个》），陈嘏译的屠格涅夫的《春潮》（1915）、《初恋》（1916）等等，但是，文学的"为人生"问题、人道主义问题，仍然未受到新文化界的足够重视。以李大钊为例，他虽然于1913年发表了《托尔斯泰主义之纲领》（《言治》创刊号，1913年4月1日）、《介绍哲人托尔斯泰》（1916年8月20日《晨钟》报）、《日本之托尔斯泰热》（1917年2月8日《甲寅》日刊），但并没有重点注意到托尔斯泰的"为人生"的人道主义文学思想，他只是认为，像托尔斯泰这样的俄国作家是俄国十月革命在思想方面的重要推动者，"二十世纪初叶以后之文明，必将绝大这变动，其萌芽即苗发于今日俄国革命血潮之中"[01]。这种认识，与托尔斯泰的人道主义之实际是有出入的，因为他恰恰是以人道主义来反对暴力革命的代表。陈独秀甚至在1917年3月提出："战争之于社会，犹运动之于人身。人身适当之运动，为健康之最要条件……战争之于社会亦然。久无战争之国，其社会每呈凝滞之态。况近世文明诸国，每经一次战争，其社会其学术进步之速，每一新其面目。吾人进步之濡滞，战争之范围过小，时间过短，亦一重大之原因。"[02]试想，1918年之前的《新青年》，在战斗主义的思想指引下，人道主义的文学又何能得到尊重？这就难怪陈独秀会认为托尔斯泰和泰戈尔不如哥伦布和安重根了。

　　"为人生"的人道主义文学得到五四新文化界的重视，是从1918年开始的，这不仅因为周作人的《人的文学》发表于这一年的《新青年》，更为根本的是，"一战"中同盟国的战败，被认为是竞争主义、民族主义思想惹的祸；而协约国的胜利，则被认为是人类"大同"思想和互助主义思想的胜利。于是，人道主义思潮在五四新文化界大热。"一战"结束后，蔡元培四处发表演讲指出："现在世界大战争的结果，协约国占了胜利"，将来一定是民族主义、种族主义被消灭，大同主义发展。[03]高一涵在《新青年》上撰文指出，"一战"协约国一方取得胜利，"于是信赖民族竞争之小国家主义者又一变而神想乎人道和平之世界国家主义"[04]。陈独秀在战后也一改竞争主义的好战

---

[01] 李大钊：《法俄国革命之比较观》，《言治》季刊第3册，1918年7月1日。

[02] 陈独秀：《对德外交》，《新青年》第3卷第1号，1917年3月。

[03] 蔡元培：《黑暗与光明的消长——在庆祝协约国胜利大会上的演说词》，《北京大学日刊》，1918年11月27日。

[04] 高一涵：《近世三大政治思想之变迁》，《新青年》第4卷第1号，1918年1月。

腔调，在《新青年》上撰文指出，所谓"国家"也"不过是一种骗人的偶像"。"现在欧洲的战争，杀人如麻，就是这种偶像在那里作怪"，"各国的人民若是渐渐都明白世界大同的真理……这种偶像就自然毫无用处了"[01]。李大钊也指出，人类进化是沿着"世界大同的通衢"向前行进的[02]。有研究者这样概括道："随着'一战'的爆发，严复版进化论在中国的命运出现了重大转折，由从来没有人反对到受到质疑，进而受到了广泛批评"，对于"一战"的战祸的警醒导致"互助进化论取代了竞争进化论的主流地位"[03]。于是，人类的大同、互助，取代了原来主宰国人的民族主义、竞争主义思想。武者小路实笃的反战作品《一个青年的梦》被周作人和鲁迅译介入五四新文化界，以及周作人发表于《新青年》的《人的文学》，则是新文化界由民族竞争主义话语向人道主义话语转型的标志。

1918年5月15日周作人在《新青年》第4卷第5号上发表了《武者小路君所作〈一个青年的梦〉》，这是一部四幕剧，全剧借一个青年参加战死者的灵魂聚会所见之种种惨象，写战争的荒谬与残酷，告诫人类不应抱国家民族主义思想，因为这是战争的根源，从而宣扬人道和平之可贵。全剧的最终目的是倡导人们应该从人类主义出发看问题，抛开民族主义与国家主义思想。这似乎是托尔斯泰的"非战论"的人道主义话题的重提，但其对于新文学所具有的话语"意义"，却大不一样，它引发了包括周作人在内的五四新文化运动领袖的"日本想象"的变化。自鸦片战争以来，虽然中国的民族危机首先来自英国等西方列强，但日本和俄国的地理位置更靠近中国，所以让中国感到最为直接的民族危机还是悬在中国头顶上的俄国和日本这两把利剑。1917年俄国发生"十月革命"，在中国人心目中，来自俄国的侵略危机顿时减轻，日本就成了中华民族的心腹大患。因此，武者小路实笃的《一个青年的梦》在1918年通过周作人而进入中国文化界的视野后，改变了中国文化界对于日本的"想象"。周作人说："我看见日本思想言论界上，人道主义的倾向日渐加多，觉得是一件可贺的

[01] 陈独秀：《偶像破坏论》，《新青年》第5卷第2号。
[02] 李大钊：《联治主义与世界组织》，《新潮》第1卷第2期，1919年2月1日。
[03] 刘黎红：《五四时期进化论的变迁与文化保守主义》，《天津社会科学》第4期2002年。

事"，"《一个青年的梦》便是日本非战论的代表"。[01] 留学日本的周作人深知日本的军国主义思想之浓厚，而人道主义的反战呼声与人类一家的思想居然来自日本，这使得已经处于中国新文化运动中心，对于国内外大事开始关心并正在思考如何消弭战祸的周作人大为激动。在俄国的威胁减轻后，再次看到来自日本的和平希望，周作人的民族危机感顿时大为消解，因此觉得此为颇"可贺"之事。其实，五四新文化运动的其他领袖人物，又何尝不是从武者小路实笃身上引发了来自日本的和平想象？鲁迅首先对周作人介绍的武者小路实笃的《一个青年的梦》发出积极响应，1919 年 8 月 1 日，孙伏园来访，向鲁迅约稿，鲁迅表示：文章是做不出了。《一个青年的梦》却很可以翻译。8 月 2 日，鲁迅开始译《一个青年的梦》，至 1920 年 1 月 18 日译完。1919 年 8 月 3 日到 10 月 25 日在北京《国民新报》陆续连载。刊至第 3 幕第 2 场时，该报被禁，移刊于《新青年》自 1920 年 1 月至 4 月第 7 卷第 2 号至 5 号连载完毕。[02] 鲁迅在译序中透露了自己的兴趣所在："我对于'人人都是人类的相待，不是国家的相待，才得永久和平，但非从民众觉醒不可。'这意思，极以为然，而且也相信将来总要做到。"[03]《一个青年的梦》的翻译，引发了五四新文化运动主要领导人的极大共鸣。《新青年》第 7 卷第 3 号刊出了武者小路实笃 1919 年 12 月 9 日写的《与支那未知的友人》，此文是对于鲁迅翻译《一个青年的梦》的回应。武者小路实笃希望中国人为了"人类的"事业能够觉醒：反战，爱他人，爱人类。周作人在"附识"中译有武者小路实笃的一首诗，意为：虽然日本人对中国不友好，但也有一部分日本人超越国界，同情中国人，民间友谊是中国与日本之间的希望。陈独秀在"附记"中云："我前回做了一篇'答半农 D——诗'，有一位很正直而恨日本的朋友，对我说：'你这话说得太早，第一恐怕日本人就没有我们一样的觉悟。'现在看见了武者先生的来信和诗，可见他们也有很觉悟的人。"蔡元培在"附记"中呼应了武者小路对于中国的超越国界的同情，并看到了来自日本的和平希望。他

---

[01] 周作人：《武者小路君所作〈一个青年的梦〉》,《新青年》第 4 卷第 5 号，1918 年 5 月 15 日。

[02] 鲁迅：《鲁迅年谱》(增订本) 第二卷，人民文学出版社 1981 年版，第 7 页。

[03] 鲁迅：《一个青年的梦·译序一》,《新青年》第 7 卷第 2 号，1920 年 1 月 1 日。

说："武者先生与他的新村同志，都抱了人道主义，决没有日本人与中国人的界限，是我们相信的。"蔡元培还主张中国的先觉者和武者小路实笃唤醒他的日本同胞，并且像来敲中国的门一样，去敲日本的门。蔡元培不仅褒扬了武者小路实笃，甚至对所有日本人寄予厚望，说"就是现在盲从了他们政府，赞成侵略主义的人，也一定有觉悟的一日，真心与中国人携手，弟兄一样"[01]。

在武者小路实笃的人类一家、人道和平主义思想的诱发下，中国文化界由于感到来自日本的威胁正在消除，因此民族危机感一度减弱，这在很大程度上把人道主义话语的潜流释放了出来。于是，这就有了一般被认为是"为人生"的人道主义文学的理论基石的周作人的《人的文学》的出现，并大受欢迎。查周作人日记，《人的文学》于1918 年 12 月 4 日开始写，至 12 月 7 日夜完成。而这一时间段，正是他与日本的武者小路实笃频繁书信往来的时候，此时的武者小路实笃正在搞"新村"运动，周作人日记 10 月 28 日项下记有晚上阅《新村的生活》第一部（按，原文为日文）字样。11 月 9 日，收到了日本新村本部寄来的新村杂志 3 册和新村的"会则"1 册。11 月 12 日又得新村杂志。11 月 21 日收到日本东京堂寄来的《相互扶助论》等 5 册。"新村"的目的，是企图以"互助"的手段，来实现超国家的"人类"的生活，"人类""互助"是周作人这一段时间与武者小路实笃频繁接触的关键词。十几天之后，周作人写成了《人的文学》[02]，并于 1918 年 12 月 15 日发表于《新青年》第 5 卷第 6 号。这篇被称为"为人生"的人道主义文学宣言的文章，开篇就提出："我们现在应该提倡的新文学，

周作人《人的文学》发表于《新青年》杂志第 5 卷第 6 号

---

[01] 武者小路实笃《与支那未知的友人》及周作人、陈独秀、蔡元培的附识、附记，见《新青年》第 7 卷第 3 号，1920 年 3 月。

[02] 周作人：《周作人日记》（上册），影印本，大象出版社 1996 年版，第 780—788 页。

简单地说一句，是'人的文学'。"现有的研究普遍都把注意力放在阐述"人的文学"的内涵上，而很少有人注意到，周作人提出"人的文学"的思想背景——他在文中提出的："欧洲关于这'人'的真理的发见，第一次是在十五世纪，于是出了宗教改革与文艺复兴两个结果。第二次成了法国大革命，第三次大约便是欧战以后将来的未知事件了。"[01] "欧战"后，"人类""互助"思想的盛行，是《人的文学》的诞生和流行的关键。因为它导致了中国文化界、思想界换了一种眼光来看"人"。如上文所述，此前无论是维新派的梁启超、严复，还是五四前期的陈独秀、刘叔雅、李大钊，都是用"民族竞争"的眼光来看"人"，来要求中国国民的；而周作人此文却超越了民族国家话语的局限，提出应该从"人类"的角度去看"人"："第一，人在人类中，正如森林中的一株树木。森林盛了，各树也都茂盛。但要森林盛，却仍非靠各树各自茂盛不可。第二，个人爱人类，就只为人类中有了我，与我相关的缘故。"[02] 周作人的这段话，与武者小路实笃的"我们不用国家的立脚地看事物，却用人类的立脚地看事物"[03] 基本相同。周作人的《人的文学》，其"人学"思想有三重内涵：1. 自然人性论——人是"从动物"进化的。这与梁启超、严复和五四前期的陈独秀、刘叔雅、李大钊从"民族"的角度来看"人"，有较大区别。自然人性论，对于人的基本生活需求和欲望，是给予肯定的。而从"民族"角度来看"人"，人的生活需求和欲望一旦和"民族"发生冲突时，往往容易受到忽略。这是《人的文学》的第一大思想贡献。2. 社会历史人性论——从动物"进化"的"人"。这与梁启超、严复和五四前期的陈独秀、刘叔雅、李大钊从"民主""科学"等社会历史角度来要求"人"，区别不大。3. 超民族国家话语——"人类"的人。"单位是个我，总数是个人"，"个人爱人类，就只为人类中有了我，与我相关的缘故"[04]，"人道""互助""爱"被视为"人类"的基本品格，而不仅仅是"国民""竞争""勇力"。这一点，周作人的贡献最大。这对于近代以来的民族、国家的"人"的观念而言，是一

---

[01] 周作人：《人的文学》，《新青年》第5卷第6号，1918年12月15日。
[02] 同[01]。
[03] 武者小路实笃：《一个青年的梦》，鲁迅译，《新青年》第7卷第5号，1920年4月。
[04] 周作人：《人的文学》，《新青年》第5卷第6号，1918年12月15日。

种根本性的转型。这种思维方式的转变，对于人道主义来说是根本性的。否则，国内思想文化界一旦遭遇到"国"的问题，"人"的问题就会被忽略，人道主义就无法立稳根基。因此，周作人《人的文学》的最大贡献，不在于他提出了人道主义的问题，而在于他推动了"民族国家"话语向"人"的话语的转型。在实现这一转型以后，文学"为人生"的人道主义的问题，才真正成为新文学的普遍可能的要求。

鲁迅翻译的《一个青年的梦》与周作人的《人的文学》所昭示的人道主义主张，得到了《新青年》的积极响应，1919 年 12 月 1 日的《新青年》第 7 卷第 1 号，发表了从民族主义、竞争主义话语到人类主义、互助主义话语转型的改弦更张宣言："我们相信世界上的军国主义和金力主义，已经造成了无穷的罪恶，现在是应该抛弃了"，"我们相信人类的道德的进步，应该扩张到本能（即侵略性及占有心）以上的生活；所以对于世界上各种民族，都应该表示友爱互助的情谊"[01]。这和《新青年》当年宣扬"战斗乃人生之天职，和平为痴人之迷梦"[02]，主张学习军国主义的某些方面[03]，已经南北相向了。正是在"一战"之后民族主义、竞争主义受到否定，人类主义、互助主义受到颂扬的环境之下，"为人生"的人道主义文学终于真正开始受到中国文化界与文学界的重视，并开始广为流播。傅斯年在 1919 年 4 月《新潮》第 1 卷第 5 号发表的《白话文学与心理的改革》，代表了当时新文化界的青年们的心声。他说，他读了周作人的文章后，苦思不得其解的白话文学的具体内容写什么的问题豁然开朗了，他激动地说："近来看见《新青年》五卷六号里一篇文章，叫做《人的文学》，我真佩服到极点了。我所谓白话文学的内心，就以他所说的人道主义为本。"[04]正因为《人的文学》一文如此深入，故胡适在《中国新文学大系·建设理论集·导言》中指出："周作人先生的《人的文学》"，"这是当时关于改革文学内容的一篇最重要的宣言"。"这是一篇最平实伟大的宣言。……周先生把我们那个时代所要提倡的种种文学内

---

[01]《本志宣言》，《新青年》第 7 卷第 1 号，1919 年 12 月 1 日。

[02] 刘叔雅：《欧洲战争与青年之觉悟》，《新青年》第 2 卷第 2 号，1916 年 10 月 1 日。

[03] 刘叔雅：《军国主义》，《新青年》第 2 卷第 3 号，1916 年 11 月 1 日。（按，《青年杂志》和《新青年》在开始一两年内，民族主义、国家主义色彩比较浓厚。同时，刊中介绍"童子军"，刊载各国的战斗英雄和军事领袖的传记有不少。带有一点军国主义色彩的也并不止于刘叔雅一人。）

[04] 傅斯年：《白话文学与心理的改革》，《新潮》第 1 卷第 5 号，1919 年 4 月。

容，都包括在一个中心观念里，这个观念他叫做'人的文学'。"[01]

由此可见，"人的文学"观在中国文学界的出现源于周氏兄弟的《域外小说集》，但是，人道主义文学观之所以能在中国新文化界成为一股大潮流，却是根源于"一战"后五四新文化界的一次启蒙思想的转型，由"竞争"观向"互助"观的转型，并引发国内新文化界的热捧。

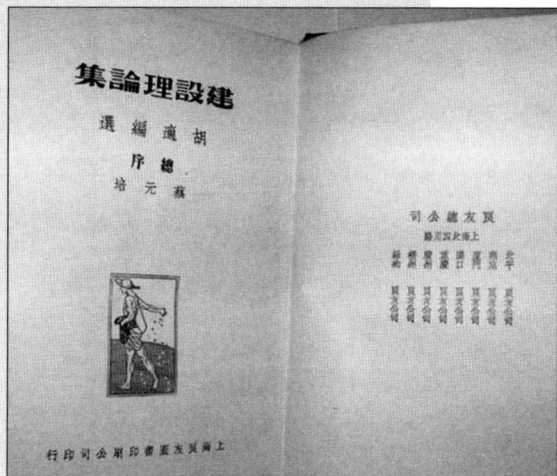

《中国新文学大系·建设理论集》

---

[01] 胡适：《中国新文学大系·建设理论集·导言》，《中国新文学大系·建设理论集》，上海良友图书印刷公司 1935 年版，第 29—30 页。

五四文学——启蒙的维度与向度

第四节　社会批评与文明批评：鲁迅的启蒙小说

　　鲁迅自从 1918 年在《新青年》上发表《狂人日记》起，就成为《新青年》文学群体的代表作家，他秉承《新青年》的文化革新与社会革命思想，以文学为思想启蒙的武器，以其一篇又一篇小说力作，成为中国新文学的一代宗师。

　　在《我怎么做起小说来》一文中，鲁迅说出了他从事小说创作的缘由："在中国，小说不算文学，做小说的也决不能称为文学家，所以并没有人想在这一条道路上出世。我也并没有要将小说抬进'文苑'里的意思，不过想利用他的力量，来改良社会。""自然，做起小说来，总不免自己有些主见的。例如，说到'为什么'做小说罢，我仍抱着十多年前的'启蒙主义'，以为必须是'为人生'，而且要改良这人生。我深恶先前的称小说为'闲书'，而且将'为艺术的艺术'，看作不过是'消闲'的新式的别号。所以我的取材，多采自病态社会的不幸的人们中，意思是在揭出病苦，引起疗救的注意。"[01] 据这段自述，鲁迅的小说创作目的是以启蒙文学为武器，达到改良社会人生的目的。

---

[01] 鲁迅：《我怎样做起小说》，《鲁迅全集》第 4 卷，人民文学出版社 2005 年版，第 525—526 页。

1898 年，17 岁的鲁迅因"总不肯做幕友或商人"，想"走异路，逃异地，去寻求别样的人们"[01] 和人生而离开了家。他先入南京江南水师学堂，后改进江南陆师学堂附设矿务铁路学堂。1902 年，鲁迅从矿路学堂毕业，并以官费生的资格赴日留学，在东京弘文学院补习日文。1904 年，他改入仙台医学专门学校；1906 年，因日俄战争的"幻灯片"事件，决定"弃医从文"，选择了以文艺改造国民精神的道路，在东京从事文学译著活动，主要致力于译介东欧和俄国富于反抗精神的作品，辑为《域外小说集》。

此外，在留日期间，鲁迅还创作了 5 篇文言论文：《人之历史》《科学史教篇》《摩罗诗力说》《文化偏至论》和《破恶声论》，并发表于《河南》杂志，这为他后来划时代的文学创作奠定了基础。在《人之历史》中，鲁迅主要从生物学的角度对"人"的演变进行概述，同时也对"人"的真正意义进行探索，把人从"彷徨于神话之歧途"中解放出来。这对宗教的上帝创世造人学说具有一定的摧毁意义，具有社会学价值。在《科学史教篇》中，鲁迅一方面从现代西方科学繁荣中看到了源自古希腊的科学精神，肯定了科学精神给人类文明带来的巨大进步，由此批判了中国洋务运动所倡言的"船坚炮利""兴业振兵"的舍本逐末的主张；另一方面，他又看到科学只是人类精神的一个方面，"盖无间教宗、学术、美艺、

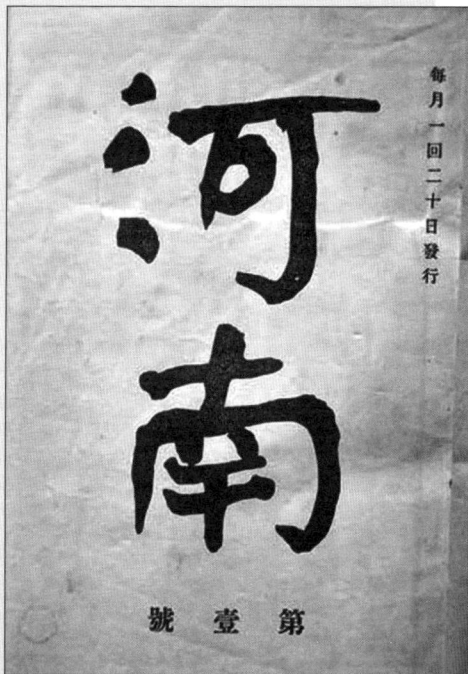

《河南》杂志创刊号

文章，均人间曼衍之要旨"，人类精神不可偏于一极，关键在"致人性于全"，这是"人文史实"本身之"垂示"。在此，鲁迅从医学、生物学走向了对西方科学史、文化史的思考。

---

[01] 鲁迅：《呐喊·自序》，《鲁迅全集》第 1 卷，人民文学出版社 2005 年版，第 437 页。

五
四
文
学
——
启
蒙
的
维
度
与
向
度

《文化偏至论》全面展示了鲁迅的思想视域，"诚若为今立计，所当稽求既往，相度方来"，也就是说，要立足现在，反思过去，方能构想未来。在此视域中，鲁迅脑海里呈现出两条历史线索：中国历史—现实的发展线索和西方精神的发展线索。就中国历史—现实的发展这一条线索来说，鲁迅反思了中国近代革命的历程。中国近代革命虽是在西方文化的影响下进行的，但未能深谙其思想文化精髓：洋务运动虽学西方科学，但只限于器具层面，未能深谙其科学的内在实质；康有为、梁启超乃至孙中山的政治革命虽拾西方民主群治的牙慧，却未能洞悉其变革的本质。就西方精神的发展这一线索而言，鲁迅深刻洞见到西方 19 世纪文明和 20 世纪文明是有所不同的：19 世纪文明是"重物质"的科学文明和"任众数"的政治文明；而 20 世纪文明则重视人的自觉和人格的确立，其中包含着"个人主义之至雄桀者"尼采的"超人之说"。以此来纠正东西方文化中关于人的"偏至"现象，以达到他"取今复古，别立新宗"的"人国"理想。于此，鲁迅也形成了"相度方来"的"立人"思想。

在《摩罗诗力说》中诗被理解为人的"心声"，诗的功用被理解为"撄人"，传统诗学被视为对天才诗人的扼杀，文化史被读解为对人的心声的泯灭。在此萧条文化中，在诗情泯灭的"无声的中国"里，鲁迅依旧胸怀"精神界之战士"形象，从而也进一步确立了诗与文学"立人"的生存论意义。在《破恶声论》中鲁迅固然看到，康、梁以来的近代革命虽有"新声"的唤起，但那毕竟是异域之声，在中国"新声"则是"恶浊扰攘"的"恶声"，"绝不足破人界之荒凉"，他也曾求"新声"于异域，以"摩罗诗派""雄健至大"的"新声"来破此寂寞，然在中国不见任何反响，因而只得沉寂于"永续其萧条"的寂寞中，期待"第二维新之声"再举于中国。

以上论文，简而言之，充分展示了鲁迅从医学、生物学转向科学史、文化史，最终走向诗与文学的思想历程，是他"弃医从文"人生抉择的内在心路历程，同时也展现了他超拔凡常的思想高度和深邃广博的知识视野。

1909 年 8 月，鲁迅离日回国，先后在杭州、绍兴教书，同时搜集、整理古文物并辑录《古小说钩沉》《会稽郡故书杂记》等。1911 年，辛亥革命爆发，鲁迅投身革命，被绍兴军分政府任命为绍兴师范学堂监督（校长）。1912 年春，应中华民国临时政府教育总长蔡元培之邀，赴南京任教育部部员。同年 5 月，又随教育部北迁，在北京任社会教育司第二科科长。1918 年 5 月，鲁迅在《新青年》上发表的第一篇白话短篇小说《狂人日记》，揭露出中国历史的"吃人"本质，成为中国现代小说乃至新文学的奠基之作。随后，鲁迅一发而不可收，陆续发表了其"表现的深切和格式的特别"[01] 的小说——《孔乙己》《药》《故乡》《阿 Q 正传》等十几篇，后收入小说集《呐喊》。同时，鲁迅应当时思想启蒙、社会批评和文化批判的需要开始他的杂文写作，后收入杂文集《坟》和《热风》。

　　鲁迅的短篇小说集《呐喊》和《彷徨》是中国现代文学经典的奠基之作，是现代文学史上的一座丰碑。《呐喊》出版于 1923 年，是鲁迅 1918 至 1922 年所作的短篇小说集，其中包含了《狂人日记》《药》《明天》等 14 篇小说；《彷徨》出版于 1926 年，是鲁迅 1924 至 1925 年所写的短篇小说集，其中包含了《伤逝》《祝福》等 11 篇短篇小说。

　　1918 年春，鲁迅开始从事小说创作，并将第一本小说集命名为《呐喊》，鲁迅曾回忆说，"还未能忘怀于当日自己的寂寞的悲哀"，"仍不免呐喊几声，聊以慰藉那在寂寞里奔驰的猛士，使他不惮于前驱"。[02] 与其说这是他为了应五四启蒙"听将令"的呐喊大潮，还不如说这是他为了破解自我的"寂寞"而发出的呐喊。因为，寂寞是鲁迅最为深刻的内心感受和生存体验。它滋生于一个古老民族从传

鲁迅小说集《呐喊》初版

统走向现代的过渡转折之间，又根植于鲁迅本己的生存，是一个具有强烈"自我意识"的"精神界之战士"对古老生存的反思（"稽求既往"），也是对现代"新生"的向往（"相度方来"），终而凝聚为当下

---

[01] 茅盾：《读〈呐喊〉》，《文学周报》，1923 年 10 月第 91 期。

[02] 鲁迅：《呐喊·自序》，《鲁迅全集》第 1 卷，人民文学出版社 2005 年版，第 441 页。

五四文学——启蒙的维度与向度

自我的生存情态。随着辛亥革命、二次革命、袁世凯称帝、张勋复辟等历史事件的爆发，鲁迅的寂寞之感不但没有被驱除，反而越演越烈。这一切都迫使鲁迅在生活中发出对命运对民族对未来的心的"呐喊"："是故其声出而天下昭苏"，"震人间世，使之矍然"，"盖惟声发自心，朕归于我，而人始自有己；人各有己，而群之大觉近矣"。[01]鲁迅欲借此呐喊来消解他无边的寂寞，唤醒国人的现代"自我"之魂乃至"群之大觉"。鲁迅的小说创作也正从此呐喊"一发而不可收"。

《狂人日记》是鲁迅创作的第一篇白话小说，同时也是他呐喊的第一声。它不仅能够展现作者当时的精神风貌，还为其后的创作奠定了基础。这新时期的第一声呐喊是从"狂人"双重形象的文学构想中发出来的："狂人"是一个被社会视为"狂""癫痫"，但自认为格外清醒的形象。"狂人"之所以认为自己清醒，是因为见到了"他"，即鲁迅所期待的"精神界之战士"，朝向未来的"真的人"，也是鲁迅"立人"学说中的现代自我。所以当"狂人"一见到"他"，方知以前的生存全是发昏，而现在才觉察到"精神分外爽快"。然而，从发昏到清醒这一过程，"狂人"体验到的并非快感和释然，更多的则是沉重："然而须十分小心。不然，那赵家的狗，何以看我两眼哩！""狂

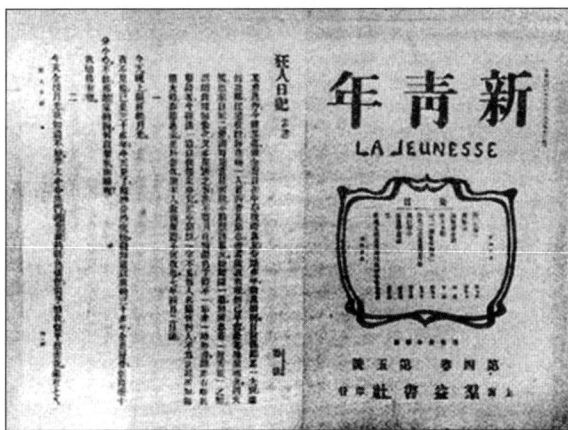

鲁迅的《狂人日记》初发于《新青年》

人"怕的不仅是赵家的狗，古怪的眼光，张牙露齿的笑以及众人交头接耳的神态……更怕惯常生存的合乎情理。这一切使其怕得"纳罕"且"伤心"。因而，"狂人"陷入了"怕"且"有理"的生存状态，由此也引发了"狂人"的思。在他们的心里都藏着根深蒂固的"吃人"本质：街上的女人说，要咬你几口才出气；狼子村的佃户说，打死一个村里的大恶人，挖出心肝来煎炒了吃……"我看出他话中全是毒，笑中全是刀，他们的牙齿，全是白厉厉的排着，这就是吃人的家伙。"这明

[01] 鲁迅：《集外集拾遗补编·破恶声论》，《鲁迅全集》第8卷，人民文学出版社2005年版，第26页。

明就是一个"吃人"的社会。"狂人"回想中国这部民族生存史："这历史没有年代，歪歪斜斜的每页上都写着'仁义道德'几个字。""狂人"从字缝里看出字来，即是"吃人"。"狂人"看出国人的"吃人"本质，是"狂人"对古老民族生存史的深刻洞见，以此来否定其所处的历史环境，披露了"礼教吃人"的本质。

此外，基于"狂人"的怕，基于"狂人"所见到的"他"——"真的人"，"狂人"在否定历史的同时，也预示一个新的历史篇章将由此拉开。这就是中国的现代启蒙，即"呐喊"。随后，"狂人"便将启蒙的呐喊朝向了知识者——"大哥"。"狂人"希望通过"劝转"的方式，对"大哥"在文化思想上进行劝服、启蒙和去蔽，从而唤起其"自我"意识的觉醒。"劝转"首先着眼于人类文明对于"人"的认识："大约当初野蛮的人，都吃过一点人。后来因为心思不同，有的不吃人了，一味要好，便变了人，变了真的人。有的却还吃……有的不要好，至今还是虫子。""这吃人的人比不吃人的人，何等惭愧。怕比虫子的惭愧猴子，还差得很远很远。""谁晓得从盘古开辟天地以后，一直吃到易牙的儿子；从易牙的儿子，一直吃到徐锡林；从徐锡林，又一直吃到狼子村捉住的大恶人。"从对这一"人"的认识中，我们可以知道中国这部残酷的吃人历史，从未间断过，从过去一直吃到现在。"狂人"希望"劝转""大哥"能够直面这段历史。然而，这些"到了现在，他们也该早已懂得"的道理对"大哥"并不奏效，他先只是冷笑，随后满眼凶光，一旦说破隐情，则满脸变成青色了。更为令人发指的是，这类人还有很多，他们仍沉溺于"吃人"的世界不可自拔。不仅如此，他们还以"老谱"来对付狂人，斥其为"疯子"："疯子有什么好看！""狂人的话能听么？他不说就已先错了。"

无奈，拥有双重形象的"狂人"，处在两个世界之间的"狂人"，作为"历史中间物"的"狂人"，他的结局只能是回到黑暗与寂寞的屋里。"屋里面全是黑沉沉的"，横梁和椽子都抖动起来，堆在"狂人"身上："万分沉重，动弹不得！"然而尽管这一切都让"狂人"觉得压抑和害怕，但他还是从黑暗与寂寞中，爆了一声觉醒者的呐喊：

　　"你们可以改了，从真心改起！要晓得将来容不得吃人的人，活在世上。"

"没有吃过人的孩子，或者还有？"

"救救孩子……"

鲁迅的呐喊在随后的小说如《药》《明天》《风波》《故乡》以至《社戏》中……依然响亮，但也不免染上了"寂寞"之色。小说《药》中有着鲁迅浓厚的寂寞之感，于此，他将呐喊寄于寂寞之中。小说通过华老栓夫妇买人血馒头为儿子治病的故事，揭露了封建统治者愚弄百姓的罪行，同时也颂扬了夏瑜不屈的革命精神，惋惜辛亥革命缺少群众基础的局限性。"药"在小说中是蘸着人血的馒头，是救治华小栓的希望，因而当华老栓夫妇拿到它的时候"仿佛抱着一个十世单传的婴儿"，"他现在要将这包里的新的生命，移植到他家里，收获许多幸福"，当小栓吃"药"时，旁边"一面立着他的父亲，一面立着他的母亲，两人的眼光，都仿佛要在他身里注进什么又要取出什么似的"，而小栓自己"撮起这点东西，似乎拿着自己的性命一般，心里说不出的奇怪"。他们只知道这"药"是传说中的仙丹，并不了然他们无意中吃的竟是革命烈士夏瑜的鲜血，后者为了民族的希望，"关在牢里，还要劝牢头造反"，说"这大清的天下是我们大家的"，这声声呐喊却惨淡地消失于人们"买药""吃药"与"谈药"中。他们说这药"与众不同""什么痨病都包好"；他们夸赞牢头阿义的好身手，好拳棒；夏三爷因告密被赏二十五两银子，"独自落腰包，一文不花"。革命仿佛是"别人"的事，离他们十分遥远。

这群生活在现代中的古老躯壳，无论夏瑜怎样声嘶力竭地"呐喊"，终然成空。这是鲁迅最大的无奈、悲哀与寂寞。因而在《药》中，我们能见到的为数不多的"亮色"，便是瑜儿坟上的"花环"，以此来给予希望，但这实难驱除那缠绕灵魂的寂寞，《药》的沉重，"分明的留着安特莱夫式的阴冷"[01]。

"我有一时，曾经屡次忆起儿时在故乡所吃的蔬果：菱角、罗汉豆、茭白、香瓜。凡这些，都是极其鲜美可口的；都曾是使我思乡的

[01] 鲁迅：《中国新文学大系·小说二集·序》，《鲁迅全集》第 6 卷，人民文学出版社 2005 年版，第 247 页。

蛊惑。"[01] 此时的鲁迅开始在他的记忆夹中寻找童年美好,因而也终于开始走出他阴冷的寂寞。作品《故乡》和《社戏》也因此有了亮色。

《故乡》中的"我冒了严寒,回到相隔二千余里,别了二十余年的故乡去",眼前的故乡虽然是"苍黄的天底下,远近横着几个萧索的荒村,没有一些活气",但"我"依然挂念那个十一二岁,带着项圈,拿着钢叉,在金黄的圆月下刺猹的闰土。他知道许多新鲜事"都是我往常的朋友所不知道的",他教"我"如何在下雪天捕鸟,如何在海滩拾贝壳,如何手捏钢叉,对付那些前来偷瓜的獾猪、刺猬、猹……他开启了"我"童年的知识视野。他正是"我"回故乡所要找的希望。然而,那只是记忆中的"希望",此时站在"我"面前的闰土,"先前的紫色的圆脸,已经变作灰黄,而且加上了很深的皱纹","头上是一顶破毡帽,身上只一件极薄的棉衣,浑身瑟索着"。他态度恭敬地叫了"我""老爷",还让他的小孩给"我"磕头。"多子,饥荒,苛税,兵,匪,官,绅,都苦得他像一个木偶人了。"留给"我"的只剩悲凉与无法逾越的生冷和精神隔膜。"我只觉得我四面有看不见的高墙,将我隔成孤身,使我非常气闷。"于是,"我"毅然决然地离开了故乡,断裂了自我的生存之根,只得将希望寄托在"未经生活过的"现代,寄托在下一代孩子身上。希望是路,本是从无到有,走的人多了,也便成了路,有了路。

《故乡》因有了少年闰土而增添了明丽,但是总的基调依然是沉重的悲哀与寂寞,与此相比,《社戏》就开朗了许多。虽然赵庄的迎春"社戏"并不精彩,但欢腾的少年、愉悦的美景、人与人之间的淳朴与友好却给"我"留下了深刻的印象。这就是鲁迅给予《社戏》最美的亮色,因而鲁迅才说"直到现在,我实在再没有吃到那夜似的好豆,——也不再看到那夜似的好戏了"。

鲁迅朝向国人灵魂的呐喊在《阿Q正传》中达到了极致和巅峰,最终也因阿Q的"大团圆"结束了"呐喊"。阿Q是一个清末民初的普通百姓,是几千年来默默生长和枯死的"国人灵魂"的代表。但这个"灵魂"却是"沉默"的。他之所以沉默,是因为他不过是"压在大石底下","默默的生长,萎黄,枯死"的草,他没有生存的"话

[01] 鲁迅:《朝花夕拾·小引》,《鲁迅全集》第2卷,人民文学出版社2005年版,第236页。

语权"。

阿 Q 的"精神优胜"展现了这群丧失声音，丧失灵魂，只剩动物性欲与食欲的行尸走肉，如何在枯死的世界上演一幕幕惊心动魄的悲喜剧。然而，"国人灵魂"的沉默无异于我们民族的沉默史。阿 Q 身上的"鬼魂"（精神优胜）是没有历史年代的，但小说有意将其放置在有年代背景的历史革命中去探索，旨在表明这场革命无论是怎样的轰轰烈烈，都只是外在的，它的发生并不能去除阿 Q 精神世界中的沉默。若是如此的革命真的发生在阿 Q 身上，那也只能是一场破坏性、浩劫式的革命。鲁迅预见，这样的革命"或者是二三十年之后"仍会出现。由此可知，我们民族灵魂病得多严重，这是封建道德对人的禁锢。正是在这，鲁迅向国人沉默的没有自由意识的灵魂，发出了强烈的呐喊，在这"经过的中国的人生"的寂寞中喊起，至今震撼心灵。

鲁迅在阿 Q 那里宣告了"呐喊"的终结，由此他开始创作《彷徨》短篇小说集。而将《祝福》放在小说集《彷徨》的首篇，也意味着鲁迅从"呐喊"到"彷徨"的思想转折。鲁迅的呐喊是朝向人心的，是他从潜在的生存寂寞中沉思而来的。但随着寂寞感的日益加深，他开始质疑这呐喊对于现代社会是否有意义。他决定不再充当冷眼旁观的历史叙述者，他要走出阴冷的叙述，去直面这惨淡的人生。这促使他在小说《祝福》中，塑造了国人女性的典型——祥林嫂。小说中的"我"直面的是祥林嫂的半生遭遇及精神悲剧。祥林嫂只是一个普通人家的女儿，早年守寡的她听说婆婆要将她转卖他人，便连夜跑到鲁镇，成为鲁四老爷家的帮佣。哪知后来，又被婆婆掳走，被迫再嫁。与贺老六成亲后，过了一段相对安稳的日子，随后贺老六重病身亡，儿子也被狼吞吃了，于是她又回到了鲁家，终至沦亡。我们可以用最简单的话语来讲述祥林嫂一生的波折，但无法用言语来完全阐释其人生的悲剧。

早年守寡其实并不是祥林嫂真正悲剧的开始，因为她初到鲁家时，脸色尚是红润。她的悲剧始于"狼吃阿毛"。失去儿子的祥林嫂四处向人们讲述儿子被狼吃掉的故事，然而在这个冷漠缺乏关怀的世界，人们非但没有给予其安慰，反而开始咀嚼她的故事，打趣她的悲哀。最后，祥林嫂也变得沉默不再开口。"她单是一瞥他们，并不回答一句话。"她的人生也便由此走到了尽头。祥林嫂曾在"临走"前询问"我""灵魂的有无"。"灵魂的有无"恰恰是造成祥林嫂悲剧的内在原因。祭祀祝福"这是鲁镇的年终大典，致敬尽礼，迎接福神，拜求来年一年中的好运气"，并且"年年如此，家家如此，今年自然也如此"。然而祥林嫂则莫名其妙成了"不洁"的人，在鲁四老爷看来，"这种人虽然似乎很可怜，但是败坏风俗的"，一切祭祀都不准她沾手。这样一来，祥林嫂陷入了生存空虚的境地。于是她向柳妈询问地狱阴司，柳妈说："你想，你将来到阴司去，那两个死鬼的男人还要争，你给了谁好呢？阎罗大王只好把你锯开来，分给他们。"这更引发了祥林嫂内心的恐惧，现世今生已如此惨烈，若来生还逃不脱阎王爷的冥审，这该是怎样的来世生存？于是她所能抗争的便是将自己毕生的血汗钱拿去"捐门槛"，让千人踏，万人跨，赎她一世的罪孽。然而，祥林嫂最终还是未能实现她的心愿，等待她的依然还是阎王惨烈的审讯。小说讲述的是祥林嫂的故事，却用了《祝福》，这是因为作者强调敬奉神灵，以期福佑的来世意义，从而展现国人的来世观念，以及国人对未来的理想。然而我们民族所祈求的却是鬼神的"祝福"！

"我"是祥林嫂这部有关生存轮回的精神悲剧的目击者、见证者以及感受者。"我"与她曾经对于"灵魂的有无"展开过对话，这是生发于民族历史转折之际启蒙先驱与被蹂躏者之间的对话。祥林嫂连发三问：一个人死了之后究竟有没有灵魂？到底有没有地狱？死掉的一家人能不能见面？面对被蹂躏者的一再追问，"我"作为处在历史轮回的终结处的启蒙者，却只能支支吾吾，闪烁其词，答非所问，落荒而逃。这样的询问于"我"显然太过意外和沉重，现在已是20世纪初，现代革命的思想启蒙早已开始，为何她还会如此地询问？显然，思想革命之风并没有在这产生效应，以祥林嫂为代表的民众依然丝毫未从生死轮回中脱离出来。因而，与其说，她在向"我"提问，不如说她已经给予了"我"答案，因为她的存在本身就是悲剧。面对这样的人，这样的提问，"我"该从何说起，从何答起？若说有鬼神有地狱，那是违心之言；若说无，此生无望而把唯一希望寄予来生的她，又当如何面对！面对这样的生存情态，面对这样的沉思，甚至自我拷问，"我"最终只能独自去咀嚼，在鲁镇祝福的新年之夜。

文中"我"的彷徨，也正是鲁迅当时的精神处境。这彷徨虽然是历史重压下的彷徨，但并没有因此而失去希望、方向，它是朝向"能在"的呐喊。作为生存于古老和现代相互交际的精神战士，是不会轻易放弃他的希望之战的。

在《彷徨》中，鲁迅关注的不仅是底层百姓的生存境遇，同时也将思考引申到了知识者本身。诚然，鲁迅在《呐喊》中思索过知识分子如"孔乙己（《孔乙己》）""陈士成（《白光》）"，但他们只是古老生存的不幸者。孔乙己因为古典文言的隔阂而成为世人嘲弄的对象，这一切使他难以生存，最终悲惨地死去。小说所要展现的是：语言是人生存的本质，若丧失了语言，与动物又有何区别？而就陈士成而言，他完全受制于数千年来统治者所宣扬的"升官发财"的人生欲望，默默然地走向死亡，自沉湖底。他们的死宣告了古老生存在现代社会的不适应性。

回到《彷徨》，如"高老夫子"（《高老夫子》）、"四铭先生（《肥皂》）……他们依旧只是"旧的、半新半旧的或新的道学家们"，沉默的人们。高老夫子"留心新学问，新艺术"，因

鲁迅小说集《彷徨》

仰慕俄国大文豪高尔基而改名"高尔础"，以为换了"身份"就成了现代新型的知识分子。但他道貌岸然的外衣却被自我的不学无术，以及无意识的性冲动所撕毁。外面看了还不够，他还想钻到里面去看女学生，不仅没看到东西，反而被"可怕的眼睛和鼻孔联合的流动而深邃的海"骇得"草木皆兵"。为此，他感到"无端的愤怒"，最终用道学来平复自我受挫的意识，在牌桌上找到了缺失的半个灵魂。

四铭，他从外面买了块"肥皂"，希望它能洗去妻子身上陈年的老泥，从而换回曾经的夫妻之爱，然而在这其中也隐含着"性"的意味。他借用"肥皂"不仅是要洗去妻子身上的泥，更是要洗去街上女

乞丐的脏，来满足其对性的渴望。但小说并没有赤裸裸地展现四铭的性意识，而是为其披上了"道德"的外衣。他希望借女乞丐的孝道来针砭时弊，挽救世风。这块"肥皂"的意义不仅在于它能除垢，更在于它揭示了以四铭为代表的道学家们的双重人格："口上仁义道德，心里男盗女娼。"

鲁迅通过高老夫子的"看"，四铭的"洗"，来批判这些"正人君子"只敢在潜意识中展露性意识的可怜状，使他们"都坠入弗罗特先生所掘的陷坑里去了"[01]。他们在现代生存里有的只是苟延与沉沦，没有彷徨。彷徨只朝向具有现代自我意识的能者——"我"身上。这是鲁迅所思考的。

此外，鲁迅也从爱情、婚姻、家庭等角度展开对新型知识分子"彷徨"的叙述。小说《伤逝》通过涓生的"悔恨"与"悲哀"写出了这段曾经拥有而今已逝去的爱情的现代意义。涓生之所以"悔恨"，是因为子君的爱让他有了将来的希望，让他暂且逃离这现代生存的寂静与落寞。因而当子君离开后，"我"常常幻想着子君的再次归来。因为她与"我"曾有共鸣。子君曾冷静坚决地表明过她对爱情的坚强意志："我是我自己的，他们谁也没有干涉我的权利！"这一宣言，深深地震撼了"我"的心灵，"知道中国女性，在不远的将来，便要看见辉煌的曙色的"。这才是中国新型知识分子自我觉醒后的伟大旷世爱情。然而，鲁迅所思考的不仅仅是现代爱情的发生，更关心的是它如何在被生存压得透不过气的社会中扎根生长。"爱情必须时时更新，生长，创造"[02]，否则爱的安宁和幸福便要冻结、凝固。此时，小说展现了两颗相爱的心灵的生存冲突和精神的隔膜。这是涓生"悔恨"的内在根本。子君爱的终点是"家"，因而她将自我局限于家庭，深陷日常琐事操劳中，"似乎将先前所知道的全部忘掉了"。子君用自己的辛劳取代了先前的爱，也因此想束缚寻求新生的涓生，子君"大概还未脱尽旧思想的束缚"，她并不懂得现代爱情的真正意义，因而"沉沦"便是子君最后的结局。当涓生失业后，子君所要维系的爱的世界全然崩塌了，油鸡们成了菜肴，阿随也被送走了，只剩一个已不

---

[01] 鲁迅：《华盖集·"碰壁"之余》，《鲁迅全集》第 3 卷，人民文学出版社 2005 年版，第 125 页。

[02] 鲁迅：《彷徨·伤逝》，《鲁迅全集》第 2 卷，人民文学出版社 2005 年版，第 118 页。

爱她的涓生。当涓生说出"我已经不爱你了"时,子君已掉入万丈深渊。她在涓生这找不到可以留下的理由,因而只能回家,重新领略父亲"烈日一般的严威和旁人赛过冰霜的冷眼",走向"连墓碑也没有的坟墓"。

《伤逝》中的爱情,是被放置在民族历史转折中来叙述的,因而它的意义也就有所不同。小说欲借助"爱"的艰难与不得,来传达新事物到来前必然会有的磨难,其结局也只能是悲剧。《伤逝》中爱情的不得,固然在于"(涓生)所给与的真实",但更在于无爱冷漠的现代生存。涓生只有通过"悔恨"和"悲哀"才能朝向他的未来生存,通过"遗忘"和"说谎"跨出孤寂人生路的第一步。

在《在酒楼上》和《孤独者》中,我们也能看到鲁迅对现代新型知识分子的沉思。《在酒楼上》中的"我"是一个从大雪纷飞的北方回到南方的游子。"我"独自坐在酒楼里,深深地感到阵阵的孤独之感从背后袭来,内心期待会有消除寂寞和孤独的对话者的到来,"但又不愿有别的酒客上来"。而出现在文中的对话者就是吕纬甫。他不再是当年意气风发的青年,而今只见他行动缓慢。"我"与他的命运极其相似,曾有"同到城隍庙里去拔掉神像的胡子的时候,连日议论些改革中国的方法以至于打起来的时候",但而今"敷敷衍衍,模模糊糊"地过日子,谈的、做的也是些"无聊的事情":他为死去的小兄弟迁葬;为曾经所中意的女孩买"剪绒花"……他做得极为认真,全然没有当初的样子。难道他们也像"蜂子或绳子……飞了一个小圈子,便又回来停在原地点",陷入了轮回,可笑又可怜?吕纬甫说:"你看我们那时预想的事可有一件如意?我现在什么也不知道,连明天怎样也不知道,连后一天……"由此可见这位孤独的启蒙先驱的落寞之感。他只有对"曾在"的怀念,却已然没有了对未来的"能在"的期盼。在他们走出酒楼分别时,他们见到了"屋宇和街道都织在密雪的纯白而不定的罗网里",这张"不定的罗网"是否是他们愿意或能挣破的?

《孤独者》则更表露了鲁迅的寂寞与孤独。如果说先前的寂寞是因为过去的历史重压,仍有着朝向未来的呐喊,那么此时,却没有了寄寓未来的"能在",彷徨于无地,只能指向孤独。小说中的"我"与魏连殳相识于送殓,也终止于送殓。由此,有了"我"所经历的

"二次死亡"。小说中的第一次死亡描述是关于魏连殳老祖母的去世。那时，"我"与全村人都赶去观看，只见魏连殳从容镇静，"穿衣也穿得真好，井井有条，仿佛是一个大殓的专家，使旁人不觉叹服"。同时也目睹了他"只坐在草荐上，两眼在黑气里闪闪地发光"，"像一匹受伤的狼，当深夜在旷野上嗥叫，惨伤里平杂着愤怒与悲哀"。之所以会发出声嘶力竭的哭声，是因为魏连殳有两位祖母，一位是他的嫡亲祖母，在家境尚好时离世，因而只能当作"盛装的画像"，"盛大地供养"在祖宗的灵堂。她的死象征着一个民族辉煌过去的消失；而现今要送殓的这位祖母，是一直养育他的善良勤劳的祖母。魏连殳从嫡亲祖母那分得了血脉，在这位祖母那继承了命运，两位的消逝，意味着一切都将荡然无存。他这是在唱末日哀歌，于"大殓""长嚎"中唱响送走我们民族的最后挽歌。

小说将叙述的重心放在了第二次死亡——"我"送殓魏连殳。魏连殳的现世生存是抗争的，"他议论非常多，而且往往颇奇警"，因而他与"我"一样，将希望寄托在未来，把孩子"看得比自己的性命还宝贵"。然而，现实告诉我们，魏连殳最后还是一个失败者，一个彻彻底底的孤独者。因为他亲眼见到一个还不会走路的小孩冲着他喊"杀"；又见到堂兄带着儿子来规划自己祖宗的破屋，深感"儿子正如老子一般"；即便是自己亲自教育的大良、二良，也具有了奴性……这些不就意味着"狂人"'魏连殳'及"我"所呐喊的"救救孩子"的希望的破灭？虽然"我"预言会有未来，虽然"我"曾规劝魏连殳"应该将世间看得光明些"，但面对没有未来的"能在"，不仅是魏连殳被推向了深渊，而且那些孤独思考者们也要面临这生存处境。他们在现世中不仅没有立足之地，同时也没有话语权。在精神与物质的绝境中，他们只能选择后者，因而他们最后的结局也只能像魏连殳一样，为了生存不得不低头，向"我"发出生的呼唤："我……我还得活几天……"为了生存，他们贩卖了自我的灵魂，与"吃人的世界"同流合污。他做了杜师长的顾问，赢得了"新的宾客，新的馈赠，新的颂扬，新的磕头与打拱"，他在物质上得到了"胜利"与满足，然而他的精神死灭了，此时孤独者（作为思者）的存在（"活着"）也就失去了意义。

魏连殳曾经有一段这样的灵魂自白："先前，我自以为是失败者，现在知道那并不，现在才真是失败者了。我已经躬行我先前所憎恶，所反对的一切，拒斥我先前所崇仰，所主张的一切。我已经真的失败，——然而我胜利了。"于"我"来说，依旧会有"莫名其妙的不安和极轻微的震颤"。"我"越想忘记，记忆却越加深刻，因为"我"也不过是他精神的一面。棺材中的魏连殳"面目还是先前那样的面目，宁静地闭着嘴，合着眼，睡着似的……"，周围是"死一般静，死的人和活的人"，"仿佛含着冰冷的微笑，冷笑着这可笑的死尸"。"我觉得很无聊"，"我"觉得魏连殳一定很绝望，在死寂的活人世界里，连悲哀都不复存在。

从"送殓"到现今，"我"一直在问自己，是不是随着魏连殳的死，一切都会消失？似乎并不是，随着时间的流逝，它会冲破挣扎，魏连殳在"送殓"他祖母的时候，不是也像受伤的狼一样嗥叫？这正是鲁迅当初"声发自心，朕归于我"的呐喊，欲其"声出而天下昭苏"[01]。这呐喊虽经历了现代生存的再次死亡，但一定会在绝望中喷发出希望的火焰，朝向"未绝大冀于方来"的"能在"。始于"呐喊"，至于"彷徨"，终而"孤独"，这就是鲁迅从寂寞中领悟的人生，也是他眼里"所经历的中国的人生"，更是他所创作的小说所要展现的生存现象。

鲁迅小说的整体结构是具有丰厚内涵且具有无比的价值和意义的。它架构于轮回的古代史和生成的现代史之间，这一架构存在于他现代生存寂寞的情态中，具体表现为从"呐喊""彷徨"到"孤独"的精神转变过程。鲁迅通过自身的生存体验去直面一个民族在历史转折时的命运。因而，可以这样说，他的小说在某种程度上是由特异的生存决定，从先见于未来，求助曾经，终而归到现今。

《狂人日记》作为鲁迅小说的开篇，也是他"呐喊"的第一声，更是他见于将来的首发。鲁迅在小说的"小引"处，便设置了特定的时间视域。作者所展露给读者看的，"狂人"的日记"不著月日"，"墨色字体不一，知非一时所书"，换言之，"狂人"的日记里并没标明年月，而唯一有时间痕迹的是作者发表日记的时间"七年四月二日"。这也就是说，鲁迅是站在 1918 年 4 月 2 日这个确切的时间点

[01] 鲁迅：《集外集拾遗补编·破恶声论》，《鲁迅全集》第 8 卷，人民文学出版社 2005 年版，第 26 页。

上，以"语无伦次，又多荒唐之言，但亦略具联络者"的"狂人"来展现一部漫长而没有时间的民族生存史；然而这部民族生存史却已终结，现代的"他"已然开始滋生。

这样的时间视域的设置，是通过"狂人"的狂与醒来呈现的。"狂人"从令他万般颤栗的"怕"中，思到我们民族在仁义道德的外衣下隐藏着一部"吃人"的历史。这部历史是一部没有时间的动物式的生存史，这里有"狮子似的凶心，兔子的怯弱，狐狸的狡猾……"随后，"狂人"开始进行启蒙，"劝转"，朝向"大哥"之类以及众人喊出"救救孩子"的呐喊。与此同时，"狂人"也明了要想在"四千年来时时吃人的地方"，弄出点涟漪，尚是难事。因而，这声嘶力竭的现代"呐喊"，只能深埋于寂寞之中。

在《阿Q正传》中，古老生存历史与现代生存历史相交的时间视域在代表着国人灵魂的阿Q那得到了淋漓尽致的展示。小说叙述的是一部没有时间的国人精神史，它的本质就是"沉默"。生活在四千年架构中的国人，根本领会不到自我生存的时间，没有自我意识，时间对他们没有任何意义，他们是行尸走肉，没有灵魂的躯壳，他们的存在只是历史存在的轮回，没有意义。这也就是鲁迅先将阿Q的"沉默"置于似乎没有时间的古老生存中来考察的原因。随后鲁迅也安排了一个有确切的时间的历史事件（第七章显示了一个明确的日期"宣统三年九月十四日"）（公元1911年11月4日），以此来展现国人灵魂阿Q在革命中的行为。鲁迅欲通过历史与现代的结合，为我们勾勒出一个"沉默的""现代的"国人灵魂。

《祝福》是鲁迅小说由"呐喊"到"彷徨"的转折，但小说对时间视域的设置还是相当明朗的。小说叙述了在一个民族的旧历新年之际，将自我对未来的希冀寄托于鬼神的祝福而陷入"曾在"的历史轮回中的故事。在这轮回的"祝福"中，作者也向读者追叙了一个粗笨没文化的女人（祥林嫂）的精神悲剧。在叙述祥林嫂的人生片段时，作者并没有写出确切的时间，只是说"年年如此，家家如此，今年自然也如此"。在"年年"轮回的时间轴里，生命便失去了时间的意义。然而，因为"我"的出现，小说有了一个较为确切的现代时间。作者将"我"放入鲁镇，是希望"我"去追叙祥林嫂生活中的民族生存史，由此进行拷问，并借此反思"我"的现代生存境遇："我"开始彷徨反思近代知识分子的生存情态。

鲁迅小说正是在整体性的生存时间视域中，创造了极具个人风格特征的小说叙事方式，实现了中国小说在叙事模式上的现代转向。如果说中国传统小说是以全知全能的视角来处理作者和作品的关系的话，那么鲁迅总是从本己的生存体验去创造他的小说世界，小说的叙述是作者如何走进他的小说世界的过程，因而在叙述视角上呈现的是多重复杂的叙述视角。在《狂人日记》中，有两个第一人称叙述者："我"叙述"狂人"，也是"狂人"的自述。但"我"与"狂人"相类似又不同。"我"的叙述规定了小说的时间视域，然后由"狂人"自述去展现古老存在的"吃人"本质，以及现代启蒙的艰难性。在《故乡》和《社戏》中，作者现身小说中，以第一人称的叙事角度，通过对现今的"我"与童年的"我"对故乡人情与风貌的切身体验的对比，来展现童年的美好，驱除现今的寂寞，寻求未来的希望。而在《明天》《风波》《药》以至《阿 Q 正传》中，作者选取第三人称的叙述视角，揭示在现代社会中仍深陷古老生存的世人们的生存情态。同样以第三人称叙述的小说《高老夫子》《肥皂》，也可见寂寞孤独之情，但更多的是沉思另类新型知识者的现代生存。

由此可见，《呐喊》和《彷徨》的整个叙述就是鲁迅作为"我"在他的小说世界中的所感所见，以此来展现中国人所经历的人生。因此，鲁迅小说的"有主句"的创作实现了对传统小说"无主句"的颠覆，为现代小说创作奠定了基础。

在创作方法上，《呐喊》和《彷徨》"虽然很有象征印象气息，而仍不失其现实性的"[01]，是象征主义和现实主义的结合。这主要是因为鲁迅曾受安特莱夫创作的影响，他曾说"安特莱夫的创作里，都含有严肃的现实性以及深刻和纤细，使象征主义与写实主义相调和"。那鲁迅又是如何在同一文本中调和这两种风格迥异的创作方法的呢？

在《呐喊》与《彷徨》中，许多作品都是通过日常琐事及普通人的心理来展现 20 世纪初中国社会的风貌和人文情态：等级森严的宗法制度、根深蒂固的专制意识形态、保守没落的习惯势力，以及愚昧无知的广大民众、穷途末路的知识者……在他们身上，我们可以看到

---

[01] 鲁迅：《〈黯澹的烟霭里〉译者附记》，《鲁迅全集》第 10 卷，人民文学出版社 2005 年版，第 201 页。

近代以来民族面临的生存危机、精神危机以及自我改革的艰难性，以此为读者展开最为广阔深刻的中国民族历史画卷。这些都是小说所具有的现实主义特征。具体如作品《药》中小茶馆里的事不关己的"闲言琐语"，《祝福》中祥林嫂零散的三段生活遭际；《在酒楼上》与故友的相逢及对"曾在"的追叙，等等。其实我们并不真正关心"狂人"的病情，也并不在意华老栓为儿子治病，甚至也不会太留意孔乙己、阿Q、祥林嫂等人的生和死。因为生老病死，每天都在发生，难以数计。换言之，也就是说，不管现实主义的创作手法将"真实"与"细节"刻画得多么逼真，最后并不能引起人们真正的同情、怜悯及理解，也不能达到鲁迅所追求的目的：希望以此去直面国人魂灵。事实上，鲁迅也并不是为记录而叙述，这些貌似"真实的细节"，其背后都隐藏着无比深厚的象征隐喻意义，其价值远远超过了其事件本身。因而象征主义的创作方法就呼之欲出了。《狂人日记》中"狂人"的"发狂"其实象征的是在民族历史转折期，一位精神战士的现代觉醒。"狂人"从他的"怕"中思得我们民族历史实乃是一部"吃人"的生存史，从而展现对古老"曾在"生存的否定，对将来存在的"呐喊"。《药》中华小栓的"病人"形象，隐喻意义其实是"被拯救者"；夏瑜形象隐喻的是"拯救者""革命者"。革命者以自我的生命和鲜血去拯救民族，因而，他们的鲜血就是治疗社会的"药"，"药"也就被赋予了"革命"的含义。诸如此类。但这些隐喻意义最终指向的是：没有了"拯救者"，死亡是"被拯救者"的必然结局。"被拯救者"吃了"拯救者"，却并未获得新生。这就是买药故事所要展现的深厚的历史现实意义。因而，鲁迅的大多数小说，都能完美结合现实主义和象征主义，从而被批评家们称为"复调小说"。

在人物形象的塑造上，鲁迅主要采取两种艺术手法：一是"杂取种种，合成一个"的塑造文学典型人物的手法；二是"画眼睛"。这正如鲁迅所言："要极省俭的画出一个人的特点，最好是画他的眼睛。"[01] 就其"杂取种种，合成一个"的艺术手法而言，在鲁迅笔下的小说人物，"往往嘴在浙江，脸在北京，衣服在山西，是一个拼凑

---

[01] 鲁迅：《南腔北调集·我怎么做起小说来》，《鲁迅全集》第 4 卷，人民文学出版社 2005 年版，第 527 页。

起来的脚色。"[01] 如孔乙己，鲁迅通过其满口"之乎者也"的细节，以及穷困迂腐的性格特征，成功刻画了贫困潦倒的旧知识者的形象；如祥林嫂，鲁迅通过对其眼神和面部表情的深刻刻画，来展现其悲惨的人生命运，就连象征着国人灵魂的阿Q，他也是以阿桂、阿有、桐少爷等真实人物为综合体的……

在语言风格上，鲁迅曾言："我力避行文的唠叨，只要能够将意思传给别人了，就宁可什么陪衬也没有……对话也决不说到一大篇。"因而凝练与含蓄是鲁迅语言所特有的风格。在《故乡》中，鲁迅只展现了"我"与杨二嫂子见面时的一段对话，就将其尖刻泼辣的小市民性格描绘得淋漓尽致；同样在《祝福》中，一句"我真傻，真的……"，便充分展现了祥林嫂失去阿毛后的悲情状……此外，鲁迅也极少使用形容词、感叹词和修饰词，喜用本色语言传达丰富意蕴，可见其惜墨如金。

总之，《呐喊》《彷徨》是中国现代文学史上具有划时代意义的两部小说集，无论是"国民性批判"的文学主题，抑或是"敢于如实描写，并无讳饰"[02] 的现实主义精神，还是"格式特别"的艺术表现形式和手法，都为后世作家开启了一个新时代，为中国文学的现代化转型做出了不朽的贡献。

《故事新编》是鲁迅以历史题材创作的最后一部小说集，出版于1936年1月，全书收入《补天》《奔月》《理水》《采薇》《铸剑》《出关》《非攻》《起死》在内的8篇小说。所谓"故事"，指历史上记载的人和事，在鲁迅这里，已不是严格意义上的历史，而是"神话、传说及史实的演义"；"新编"是指在"博考

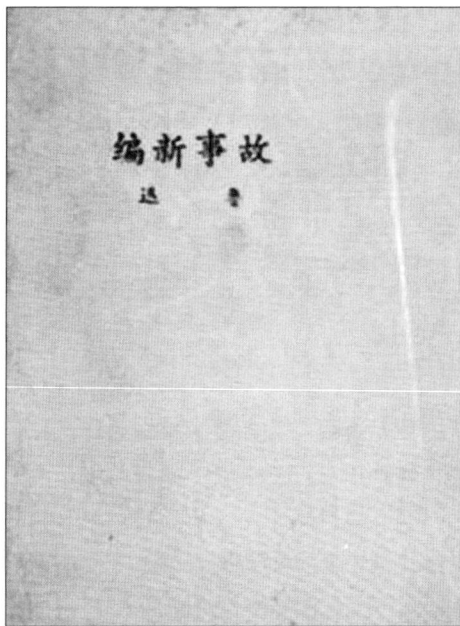

鲁迅小说集《故事新编》

---

[01] 鲁迅：《南腔北调集·我怎么做起小说来》，《鲁迅全集》第4卷，人民文学出版社2005年版，第527页。

[02] 鲁迅：《清小说之四派及其末流》，《鲁迅全集》第9卷，人民文学出版社2005年版，第348页。

文献，言必有据"的基础上，鲁迅"只取一点因由，随意点染，铺成一篇"[01]的新编故事。因此，《故事新编》以其独特的文本形式而有别于惯常的历史小说，意义深远。

　　"油滑"是《故事新编》所呈现的创作风格和态度。这是鲁迅杂文惯用的手段，将其用在《故事新编》的历史人物身上，不免有插科打诨之嫌。然而，作者在一开始创作首篇《补天》时，本是想借用弗洛伊德性的苦闷"来解释创造——人和文学的——的缘起"[02]，来阐释古代神话和历史，其创作初衷是严肃的。但当他在日报上看到对《蕙的风》的"含泪的批评"时，就在创作中途放弃了严肃笔调，在女娲的两腿之间，添加了一个"古衣冠的小丈夫"。原本勤劳伟大的女娲，在《补天》中却染上"裸裎淫佚，失德蔑礼败度"[03]，由此伟大神圣的创业也因"油滑"陷入了小丈夫可笑的行径里。《补天》也是鲁迅"从认真陷入了油滑的开端"。鲁迅也深知这样的态度对创作有害，称"油滑"是创作的大敌，发誓"决计不再写这样的小说"[04]。但在随后创作《故事新编》的 13 年时间里，自 1926—1927 年创作《奔月》《铸剑》到 1934—1935 年创作《理水》《采薇》《起死》等 5 篇，鲁迅一直坚持采用"油滑"的创作态度。

　　《补天》通过对女娲创造人类，修补世界场景的勾勒，赞扬了女娲不辞辛苦的创造精神，同时也流露出了其独自创造世界的落寞之情。但这是作者寄予作品的表象意义，其内在深蕴是随着女娲所创造的人——"古衣冠的小丈夫"的出现，其神圣的创造就会被破坏和消解。人类之间的战争使得天地崩塌，而只剩女娲收拾残局（补天）。最后的结局是人类高扬斧头，在女娲身上到处扎寨，自称为女娲嫡

鲁迅手书

----

[01] 鲁迅：《故事新编·序言》，《鲁迅全集》第 2 卷，人民文学出版社 2005 年版，第 354 页。

[02] 同 [01]，第 353 页。

[03] 鲁迅：《故事新编·补天》，《鲁迅全集》第 2 卷，人民文学出版社 2005 年版，第 364 页。

[04] 同 [02]。

派。伟大的创造者就这样被毁灭。这就是"油滑"。同样在《奔月》中，鲁迅采用的是后羿和嫦娥的传说。小说固然表现了后羿武勇善射的英雄气概，重点却是在刻画他现今境地的孤独寂寞和英雄末路。后羿虽然能够射杀世上的飞禽走兽，但他的生活境遇却是终日以"乌鸦炸酱面"为伴，此外还要遭受农家老妇的白眼。这些寻常的生活细节，其实是鲁迅本己的生活体验。在现实生活中，他正遭受着高长虹对他的人身攻击，逢蒙的形象也因此而产生。小说以古今交融，"油滑"的姿态写出了古代传说英雄的众叛亲离的窘境，这样一来也就达到了消解伟大的目的。

《铸剑》是《故事新编》中较为严肃、认真的一篇小说。它讲述的是"为父报仇"的故事。小说塑造了一个冷酷但不冷血，富有同情心和正义感的宴之敖的形象。他是中国"民魂"的象征，同时也是鲁迅所向往的精神人格。而眉间尺起初是一个性格懦弱的人，他尚不具备独战社会的力量。然而当他接触宴之敖后，从他身上获取了复仇者的力量，成为一个彻底的复仇者。于此，复仇的悲剧感和崇高感便形成了。但当复仇结束后，出现了君王、太妃、侏儒太监与复仇者相混在一起的滑稽场面。由于不能区分，他们一起被放在金盘里，以"三王"的名义实行国葬，接受万民跪拜。然而参加国葬的百姓，虽然表面痛苦，内心却在咒骂"那两个大逆不道的逆贼的魂灵"。如此一来，复仇的意义就被消解了。作品也就走向了"油滑"。

如果说，在1922—1927年，绝望、孤独依旧是鲁迅生存情趣的主旋律的话，那么在1934—1935年，"油滑"的姿态则成为其创作小说的主导。在《理水》中，为理水三过家门而不入的大禹，在黄袍加身后，其精神世界变得虚无。"吃喝不考究，但做起祭祀和法事来，是阔绰的；衣服很随便，但上朝和拜客时候的穿著，是要漂亮的"，"终于太平到连百兽都会跳舞，凤凰也飞来凑热闹了"。而《非攻》中的墨子，以其坚强的意志和超人的智慧，将宋国从危难中解救出来。然而其结局是："一进宋国界，就被搜捡了两回；走近都城，又遇到募捐救国队，募去了破包袱；到得南关外，又遭着大雨。"想躲雨却被巡兵驱赶。这背后的意义是在说拯救者非但没有受到应有的待遇，反而被被拯救者凌辱。像大禹、墨子这样"中国脊梁式"的人物，在鲁迅的"油滑"笔调中，被完全消解了。

　　在小说《采薇》《出关》《起死》中，鲁迅不再花笔墨去写"黑衣人"、后羿之类的英雄末路和孤独；也没有再去描写大禹、墨子之类的"中国脊梁式"的人物。此时的鲁迅只剩讽世。《采薇》小说讲述的是伯夷和叔齐不食周粟而饿死在首阳山上的故事。伯夷、叔齐恪守先王之道，因相互让贤，而逃到周王姬发那，在那过清闲的日子。然而不久，姬发兴兵讨伐纣打破了这平静的生活，同时也触怒了这两兄弟。"老子死了不葬，倒来动兵，说得上'孝'吗？臣子想要杀主子，说得上'仁'吗？"待到讨伐成功时，叔齐誓死不食周粟，准备前往华山觅食。然而在路上碰到了华山的大盗。他自称是文明人，满嘴的敬老尊贤，即便是等他搜遍叔齐全身后，依然是用恭敬的语气让他们滚蛋。到了华山之后，他俩又遇到了一人，这人是华山的一位诗人，文学主张是"为艺术而艺术"，认为叔齐他俩"通体都是矛盾"。在华山，伯夷、叔齐吃薇，但听阿金姐说"普天之下，莫非王土"后，他们再也无法生存了，活活饿死在山洞里。作者通过展现生活细节，来嘲讽先王之道的荒谬和社会各色人等的不同嘴脸。他们都是以"仁义"之名去实现自我的私欲，从而使作品具有了"灰色幽默"的笔调。

　　《出关》讲的是孔老相争，老子失败而出关，出关途中应关尹喜邀请而讲学的故事。小说以此来隐喻儒道两家在中国的不同命运。在小说中，鲁迅刻意将老子放置在具有现代特征的生存环境中，去展现老子的命运遭际。在听老子"讲学"时，账房、探子与巡警之流，不是东倒西歪，就是露出苦相。然而，面对此状，老子依旧故我地念着"道可道，非常道"。至于老子所留下的讲义，有人说老子是老作家，愿意给出十五个饽饽，但账房听到后，马上质疑说，五个就够了；书记也说，这东西没人看的。那究竟是谁在看老子的讲义呢？他们是会看的："交卸了的关官和还没有做关官的隐士。"

　　《起死》讲的是一个死去五百年的汉子因庄子央请司命天尊而复活了，但司命天尊没有重新给予汉子衣物，于是这个认定自己只是睡了一觉的汉子缠住庄子，要求归还其衣物，给信奉"衣服有无论"的相对主义哲学的庄子以嘲讽。无奈之下，庄子只得报警，让汉子与巡警纠缠，自己则落荒而逃。

　　在这些小说中，鲁迅通过"古今交融"的艺术手法，将古人古事放置在现代语境中来叙述，使得老子、庄子、伯夷、叔齐成为滑稽可笑的人物形象。他们的圣贤之名也因此被无情地消解了。这或许是鲁迅用"油滑"姿态，对中国民族生存史及文化史的最后解构和反思。

鲁迅曾用"呐喊""彷徨""孤独""绝望"等人生情态向"人心"、向"现实"道说人生。然而，这样的生存道说还是走到了尽头，鲁迅唯有向历史寻求灵感。为了探寻历史于当今的存在价值与意义，鲁迅采用"古今杂糅"的艺术手法，将历史人物、事件放置在现代背景中来考量。诚然，《故事新编》是鲁迅矛盾思想无着落的产物，是鲁迅思想转变后不成熟的试验田，然而不可否认的是，鲁迅为中国文学发展所做的努力和伟大贡献，确实足以垂范后世。

五四文学——启蒙的维度与向度

第二章 "人类""互助"：
文学研究会的启蒙之道及其文学表现

到目前为止，学界对于文学研究会的相关研究，主要是从文学思潮本身的角度去把握这一社团的文学倾向，如俄国的人道主义（"为人生"）文学思潮，法国的自然主义文学思潮，乃至新浪漫主义文学思潮的影响，以及写实主义手法、现代派创作技法的应用，等等。诚然，这些因素都是影响文学研究会的文学倡导和文学创作的重要方面，但是，作为五四新文化运动的主要继承者，面对黑暗而破败的中国社会现实，强烈的社会改造使命意识又导致文学研究会的关注目光并不仅仅局限于文学本身，它对五四期间流行于国内外的各种社会思潮相当敏感，并且强烈要求将各种社会思潮与文学结合起来进行启蒙，从而促进中国的社会和文化改造。后来成为文学研究会的核心骨干和理论旗手的茅盾，曾经在 1920 年做出过这样的代表性发言，"文学家的责任"，就是要"用文艺来鼓吹新思想"，"自来一种新思想的发生，一定要靠文学家作先锋队"[01]。这种以文学作为"新思想"武器的呼声，其实是五四新文学界的普遍心声。从文化革新、思想革新的角度来对新文学提出启蒙要求，是《新青年》最为基本的思路，作为《新青年》思想最直接继承者的文学研究会，一直践行的都是这种文学思路。

那么，被融合进文学研究会的理论倡导和文学创作的社会思潮有

---

[01] 佩韦（沈雁冰）：《现在文学家的责任是什么？》，《东方杂志》第 17 卷第 1 号，1920 年 1 月
10 日。

哪些呢？难道仅仅是我们耳熟能详的五四时期的人道主义、个性主义思潮吗？通过查阅大量的资料，我们发现在庞杂的五四社会思潮中，为文学研究会所关注并且深受其影响的远不止这些。文学研究会的前身，是一个叫作"改造联合"的团体[01]，而这一团体，是由人道社（郑振铎、许地山、耿济之、瞿世英、瞿秋白等）、曙光社（王统照等）、少年中国学会（沈泽民、张闻天等）、青年互助团（庐隐等）组合而成的，不仅文学研究会的骨干主要来自这些团体，而且文学研究会半数以上会员均来自这几个团体或者与之有密切关系，这些团体所办的刊物《新社会》（后改名《人道》）、《少年中国》、《曙光》等，都是五四时期引进和宣传各种社会思潮的著名刊物。考察这些刊物及日后文学研究会的骨干或重要成员当年所发表的文章，我们发现，他们当时所宣传的社会思潮虽然相当庞杂，但概括起来，除我们所熟知的人道主义、个性主义思潮之外，尚有研究界不够重视的，在当时影响巨大的互助进化思潮和"世界大同"的人类主义思潮。文学研究会其骨干成员及思想传承主要来自这几个团体，因此，这些思潮普遍融入文学研究会的文学倡导和文学创作之中，从而对文学研究会的文学倾向产生了重大影响。

在"一战"协约国一方取得胜利之后，国外普遍流行这样一种理论，即认为"一战"的恶果，是"竞争—进化"学说所造成的祸端，是民族竞争主义的失败；而协约国的胜利则被认为是"世界大同"主义的胜利，是"互助"的胜利。于是，在1918年蔡元培欧游归来带回这一学说并四处演讲之后，"互助—进化"遂取代了国内原来流行的"竞争—进化"理论，人类大同主义取代了民族竞争主义，并蔚为大潮。正是在这一背景之下，克鲁泡特金的《互助论》受到了五四青年们的热捧。在这一社会思潮的影响下，1919年到1920年间，宣扬过人类主义、互助主义的刊物有《新青年》《新潮》《解放与改造》《少年中国》《新社会》《人道》《曙光》《批评》《新人》《觉悟》《互助》《进化》，这些刊物与文学研究会的成员之间有着千丝万缕的联系。而作为"互助进化论"之实践的"工读互助团"，则遍及北

---

[01] 潘正文：《"改造联合"与文学研究会的文学倾向》，《中国现代文学研究丛刊》，2007年第3期。

京、上海、武昌、南京、天津、广州、扬州等地 [01]。即使是远在绍兴由浙江省立第五师范学校学生许杰等人组成的"龙山学会",其学会的"信条"——"奋斗、互助、俭朴、实践"中,也有"互助"这一条 [02]。可见人类主义互助进化思想在五四期间的影响之深和流行范围之广。而作为文学研究会前身的"改造联合"团体(由觉悟社、少年中国学会、人道社、曙光社、青年互助团于 1920 年 8 月组成),则曾经公开宣称:"本联合结合各地革新团体,本分工互助的精神,以实行社会改造。"而其目标则定为:"以今日的人类必须基于相爱互助的精神,组织一个打破一切界限的联合。"[03] 在这里,"人类""互助"是关键词。它对于文学研究会产生了多方面的影响。文学研究会以"人类""互助"为核心的启蒙思想所导致的最为突出的文学表现,就是异于鲁迅的国民性批判的阴冷色调而具有研究会特色的"爱"与"美"的文学和它以人类主义、世界主义为视野的大规模的"世界文学"译介工程大举登上新文学文坛。

---

[01] 张允侯等:《五四时期的社团》(二),生活·读书·新知三联书店 1979 年版,第 361—496 页。
[02]《本会信条颂》,《越铎日报·龙山》第 3 期("龙山学会周年纪念号"),1922 年 5 月 28 日。
[03]"附录",《少年中国》第 2 卷第 5 号,1920 年 11 月 15 日。

五四文学——启蒙的维度与向度

第一节　人类主义意识与文学研究会的世界文学视野

1921 年改革后的《小说月报》第 12 卷第 1 号目录

按照我们的印象，"为人生"的现实主义的文学研究会，对于外国文学的译介，应该沿着鲁迅所开创的"为人生"的现实主义译介道路——集中于现实主义流派的文学、弱小民族文学。但在研究中我们发现，文学研究会诚然相当重视现实主义、弱小民族文学，但与此同时，《小说月报》的《改革宣言》还宣称："……即不论如何相反之主义咸有研究之必要。故对于为艺术的艺术与为人生的艺术两无所袒。"[01] 文学研究会的社团运作，确如它所宣称的那样，体现了一种兼容并包的成熟的世界文学意识，它对于外国文学的译介虽然带有一定的侧重和某种偏向，但对于非现实主

[01]《改革宣言》，《小说月报》第 12 卷第 1 号，1921 年 1 月 10 日。

义的浪漫主义、各种现代主义流派乃至唯美主义、颓废派的文学都多有译介，并且把对中国旧文学的整理也纳入了其世界文学工作。其世界文学观念之成熟和世界文学意识之强烈，让人相当惊讶。

"世界文学"（world literature）这一概念，最早由歌德提出，他说："所以我喜欢周游世界，了解其他民族的情况，我也劝每个人都这么办。民族文学在现在算不了什么，世界文学的时代已快来临了。现在每个人都应该发挥自己的作用，促使它早日来临。不过我们在高度重视外国文学的同时，也不应拘守某一种特殊的文学，奉它为模范。"[01] 有意思的是，歌德是在读完一篇中国小说之后（据朱光潜先生推测是《风月好逑传》），提出这一概念的。而且特别应该引起我们重视的是，歌德在提出"世界文学"概念前说了这样一番话："并不像人们所猜想的那样奇怪。中国人在思想、行为和情感方面几乎和我们一样，使我们很快感到他们是我们的同类人。"[02] 正是这种超越国家、民族、种族的"同类人"意识的介入，才使得歌德超越了当时的欧洲中心主义观念，提出了"世界文学"这一概念。而"世界文学"论题的提出，则可以上溯到赫尔德，他在 1793 年《鼓励人道的书简》中写道："我们应该排除狭隘的民族局限性框框，和全球各民族建立精神商品的自由交换，把历史发展各个阶段由各民族创造的最最珍贵的作品，都包容到自己的组成部分中来，使我们的文学史成为包罗万象的全世界文学史。"[03] 赫尔德的"全世界文学史"的前题，也是"排除狭隘的民族局限性"。马克思和恩格斯在《共产党宣言》里写道："过去那种地方的和民族的闭关自守和自给自足状态，被各民族的各方面的互相往来和各方面的互相依赖所代替了。物质的生产是如此，精神的生产也是如此。各民族的精神产品成了公共的财产。民族的片面性和局限性日益成为不可能，于是由许多种民族的和地方的文学形成了一种世界的文学。"[04]

但是，中国的世界文学观念之发展和成熟，并不是来自歌德、马

---

[01] [德] 艾克曼（J.P.Eckermann）:《歌德谈话录》（全译本），洪天富译，南京译林出版社 2002 年版，第 221 页。

[02] 同 [01]。

[03] 钱念孙:《文学横向发展论》，上海文艺出版 1989 年版，第 34 页。

[04] 马克思、恩格斯:《共产党宣言》,《马克思恩格斯选集》第 1 卷，人民出版社 1975 年版，第 255 页。

克思等人的影响，而是与中国近现代化进程中的观念开放程度有关，与民族危机意识、世界主义思想、人类主义思想的强弱有关。

　　近现代中国的世界文学观念的发展，经历了一个较长的曲折过程。在闭关锁国时代，中国就代表了天下，国人当然无所谓世界文学观念。近代中国国门的不保，使得人们逐渐认识到西方的强势"器物"文明，但张之洞等人却提出了"中学为体，西学为用"的主张，对于西方的精神文明仍然持一副拒斥的姿态。在这种情况下，虽有洋教士丁韪良、理雅各、艾约瑟等人，以及外国人在中国创办的报刊《申报》《万国公报》等上有了一些国外文学的译介，但并没有触发国人的世界文学意识。到了梁启超等维新派人士这里，他们已经充分认识到西方的制度文明和精神文明都具有很大的优势，开始对日本和西方等国的文学进行了译介，但正像周作人所说，梁启超等人"是从政治方面起来的"，他们的文学译介活动集中于"政治小说"等直接作用于社会、政治的宣传性作品，"都不是正路的文学"[01]。因此，梁启超等人对于外国文学的译介与世界文学观的成熟距离甚大。晚清的革命派对于俄国文学的译介，也存在和维新派相似的情形，他们的译介集中于鼓吹暗杀、革命的"虚无党小说"，也不是正路的世界文学观。这两路都走偏，其关键原因在于他们的民族危机意识过于强烈。袁世凯当政时期封闭了许多报刊，对舆论实行了较严的管制，人们只好转向消遣一路，这时中国对于外国文学的译介反倒有了相当的规模。但主要集中于两种情形：一是林纾那种欣赏西洋文学与《左传》《史记》相合的笔法；另一种是出于猎奇和消遣，如"礼拜六派"类型的翻译。无论是林纾的"按西入中"还是"礼拜六派"的"以西为奇"，都存在着一定的"民族偏见"，与真正的世界文学观相左。在五四之前，算得上外国文学译介正路的只有周氏兄弟的《域外小说集》，它开了"转移性情"的"为人生"文学的译介先河。

　　五四文学革命运动极大地拓展了人们对于外国文学的视野，培养了国人对于外国文学的"拿来主义"意识，中国的世界文学观念开始走向成熟。但是，人类主义话语取得普遍地位以前，新文化运动人士的世界文学意识并没有达到文学研究会那种"对于为艺术的艺术与为

---

[01] 周作人：《文学革命运动》，《中国新文学大系·史料·索引》，上海良友图书印刷公司1936年版，第4—5页。

人生的艺术两无所袒"的博大胸襟和气度。这主要体现在以下两大方面：一、新文学是靠全盘颠覆传统才取得话语权优势的。"吾以为新旧二者，绝对不能相容"[01]，李大钊、陈独秀等都认为中、外，新、旧文明不可调和，这样，传统的中国旧文学就很难被纳入世界文学视野当中。这种不包括本国旧文学在内的做法，与成熟的世界文学意识就有了相当的距离。二、选择性太强。鲁迅主要集中于弱小民族文学，而胡适则集中于写实主义时代的文学，对于新浪漫主义不怎么认同。为什么呢？因为他们的民族危机意识都比较强，他们更多的还是从民族角度出发考虑中国本身的需要。所以，人类主义意识为新文化界所普遍接受以前，中国的世界文学眼光基本上还属于从民族需要出发的眼光。

文学研究会是深受人类主义思想影响的团体，文学研究会会刊《时事新报·文学旬刊》的创刊《宣言》称"我们确信文学的重要与能力。我们以为文学不仅是一个时代，一个地方，或是一个人的反映，并且也是超于时与地与人的"，文学为什么要超越时、地、人呢？因为文学研究会所想象的国度，并不单纯是民族的国度，而是全人类"大联合"的国度。而这种人类主义的国度，必须在文学联络全人类感情与精神的基础上才能建立起来，"人们的最高精神的联锁，惟文学可以实现之"，"无论世界上说哪一种语言的人们，他们都有他们自己的文学，也同时有别的人们的最好的文学，就是，同时把自己的文学贡献于别人，同时也把别人的文学介绍给自己。世界文学的联锁，就是人们最高精神的联锁了"[02]。《文学研究会丛书缘起》也宣称，他们的世界文学目标，就是"一方面想介绍世界的文学，创造中国的新文学，以谋我们与人们全体的最高精神与情绪的流通"[03]。为了全人类与全世界的大联合，当然就不能有文学的时、地、人之见了；否则，人人各揣私心，也就谈不上什么世界与人类的"联锁"了。因此，文学研究会的世界文学眼光，就是："文学是无国界的。它所反映的是全体人们的精神，不是一国，一民族的。固然，也许因为地方

[01] 汪叔潜：《新旧问题》，《青年杂志》创刊号，1915 年 9 月 15 日。

[02]《时事新报·文学旬刊·宣言》，《时事新报·文学旬刊》第 1 号，1921 年 5 月 10 日。

[03]《文学研究会丛书缘起》，《中国新文学大系·史料·索引》，上海良友图书印刷公司 1936 年版，第 73 页。

的不同，稍带些地方的色彩。然而在大体上总是有共通之点的，我们看文学应该以人类为观察点，不应该限于一国。"[01] 这种人类主义意识，使得文学研究会在成立之始，就具备了比较天然的世界文学视野。

在世界文学观中，民族文学与外国文学、时代文学、地域文学、地方文学，乃至与人类文学整体，实际上是永恒的矛盾关系。在如何处理其相互关系的问题上，最能看出世界文学观念的成熟程度。比较理想的世界文学观念，"世界—民族"与"民族—世界"（包括时、地、人等因素）是一种双向互动的关系。"所谓世界文学，就是艺术个性高度发展，从而赢得世界地位的民族文学。这种文学具备了世界文学的胸怀，汲取着世界文学的营养，已经或正在满足着世界文学的需要，从而获得了世界文学的意义。但它同时仍然是民族文学，是地域文学、社区文学、个性文学，并以其独特的双重乃至多重身份出现于世界文学之林。""民族文学进一步发展，需要以世界文学为目标。投入世界性文学交流与竞争，努力争取世界地位，逐步成长为世界文学。世界文学进程将促成民族文学的进一步发展，把民族文学推进到一个新的历史高度。民族文学发展与世界文学目标之间，是一种制约依存双向生成的关系。"[02]《小说月报》的《改革宣言》称，"将于译述西洋小说而外，介绍世界文学界潮流之趋向，讨论中国文学革进之方法"，"实将创造中国之新文艺，对于世界尽贡献之责"，"同人等深信一国之文艺为一国国民性之反映，亦惟能表现国民性之文艺能有真价值，能在世界文学中占一席地"[03]。这实际上是兼具了"世界"与"民族"两种眼光。文学研究会成立初期的精神盟主周作人说："我不相信艺术会有一尊或是正统，所以不但是一人一派的主张觉得不免太隘，便是一国一族的产物，也不能说是尽了世间的美善，足以满足我们的全要求。"[04] 周作人的不限于"一人一派"而又强调乡土、地域性的世界文学意识，正是他所接受的人类主义、世界主义思想在文学观念上的体现："我们不必一定在材料下有明显的乡土的色彩，只要

[01] 西谛（郑振铎）：《新旧文学的调和》，《时事新报·文学旬刊》第4期，1921年6月10日。
[02] 张敏：《冰点的热度：比较文学与世界文学论集》，山西人民出版社2002年版，第4页。
[03]《改革宣言》，《小说月报》第12卷第1号，1921年1月10日。
[04] 周作人：《〈现代小说译丛〉第一集序言》，商务印书馆1922年版，见《希腊之馀光》，河北教育出版社2002年版，第588页。

不钻入那一派的篱笆里去，任其自然长发，便会到恰好的地步，成为有个性的著作。不过我们这时代的人，因为对于褊隘的国家主义的反动，大抵养成一种'世界民'（kosmopolites）的态度，容易减少乡土的气味，这虽然是不得已却也是觉得可惜的。我仍然不愿取消世界民的态度，但觉得因此更须感到地方民的资格，因为这二者本是相关的，正如我们因是个人，所以是'人类一分子'（homarano）一般。我轻蔑那些传统的爱国的假文学，然而对于乡土艺术很是爱重：我相信强烈的地方趣味也正是'世界的'文学的一个重大成分。具有多方面的趣味，而不相冲突，合成和谐的全体，这是'世界的'文学的价值。"[01] 他指出："一国之中也可以因了地域显出一种不同的风格"，"在中国这样广大的国土当然更是如此。"[02] 文学研究会的理论主持沈雁冰宣称，文学家所负荷的使命，"就他本国而言，便是发展本国的国民文学，民族的文学；就世界而言，便是要促进世界的文学"[03]。郑振铎的表述则更为全面：

"文学是没有国界的；……文学是没有古今界的；……所以我们研究文学，我们欣赏文学，不应该有古今中外之观念，我们如有了空间的或时间的隔限，那么我们将自绝于最弘富的文学宝库了。我们应该只问这是不是最好的，这是不是我们所最被感动的，是不是我们所最喜悦的，却不应该去问这是不是古代的，是不是现代的，这是不是本国的，或是不是外国的，而因此生了一种歧视。

迷恋骸骨与迷恋现代，是要同样的受讥评的，本国主义与外国主义也同样的是一种痼癖。

文学的研究看不得爱国主义的色彩，也看不得'古是最好的''现代是最好的'的偏见。然而有了这种偏见，或染了这个色彩的人却不在少数。

……文学是属于人类全体的，文学的园圃是一座绝大的

[01] 周作人：《旧梦》，《自己的园地　雨天的书》，人民文学出版社1988年版，第104页。
[02] 周作人：《地方与文艺》，《谈龙集》，河北教育出版社2002年版，第10页。
[03] 沈雁冰：《文学和人的关系及中国古来对于文学者身分的误认》，《小说月报》第12卷第1号，1921年1月10日。

园囿，园隔一朵花落了，一朵花开了，都是与全个园囿的风光有关系的。"[01]

文学研究会这种把全人类、全世界文学视为一个整体，不排斥新、旧，不分主义、时代、国度、民族、地方的兼容并包主义，同时又突出文学的地方性特征与本民族要求的做法，无疑充分注意到了"民族文学发展与世界文学目标之间"的"制约依存的双向生成"关系。

因为秉持着一种人类主义的思想意识，抱着一种以"人类"为着眼点看待世界各国文学的胸怀，所以，在外国文学的译介方面，文学研究会的行动规模，是中国现代文学史上所有文学社团中最大的，这充分体现了其世界文学意识的强烈程度。同时，在外国文学的译介中，文学研究会除了对现实主义流派（写实主义、自然主义）的文学有所侧重外，还充分体现了一种不分"流派""主义""国度"的兼容并包的世界文学意识，充分体现了"人类一家"的思想对于其广阔、成熟的世界文学视野的造就。虽然文学研究会在文学译介中主要集中于世界各国的晚近文学，但它并不认为"古代中代的作品，没有介绍的价值，乃是因为我们的出版力与人才，太觉缺乏"[02]。

以放眼"全人类"的宽大视野，《小说月报》自 1921 年 1 月 10 日改革以后第 1 号起（即第 12 卷第 1 号），设立了"海外文坛消息"栏目，一直到 1924 年 6 月 10 日止，一共坚持了将近三年半时间。这是国内最及时最全面的"世界文学消息"的最新报道，也是国内最早系列地介绍"诺贝尔文学奖"获得者的常设栏目。这个栏目的内容，基本上是由沈雁冰根据《泰晤士报》的《星期文艺副刊》、《纽约时报》的《每周书报评论》等等辑录完成的。[03] 从介绍海外文坛的文学者看，沈雁冰不拘于流派，对自然主义、浪漫主义、新浪漫主义、唯美主义、颓废派都一一进行了介绍，真正体现了一种"即不论如何相反之主义咸有研究之必要"的"世界文学"观念。从 1923 年

[01] 郑振铎：《文学大纲·叙言》，《郑振铎全集》第 10 卷，花山文艺出版社 1998 年版，第 100 页。

[02] 阿英编选：《文学研究会丛书缘起》，《中国新文学大系·史料·索引》，上海良友图书印刷公司 1936 年版，第 73 页。

[03] 茅盾：《我所走过的道路》（上），人民文学出版社 1997 年第 2 版，第 181 页。

12月10日《小说月报》第14卷第12号起，沈雁冰与郑振铎合作的《现代世界文学者略传》开始连载，一共分6次连载完，共涉及9个国家，有39位著名作家的略传。所涉作家也是各种流派的都有，不问"主义"，只问其文学实绩。

1924年1月10日《小说月报》从第15卷第1号起开始连载郑振铎撰写的世界文学史《文学大纲》，至1927年1月10日《小说月报》第18卷第1号止，历时3年。1927年4月《文学大纲》由上海商务印书馆出版。事情的起因是1923年3月郑振铎在一家书店，偶然发现了一部由英国伦敦佐治·纽奈斯公司从2月起出版的英国著名戏剧家约翰·特林瓦特撰写的《文学大纲》，该书计划每半月出一册，全书共24册，约1年出齐。郑振铎看到的是一、二册，他翻阅后即买回家，决心要翻译，又怕力不胜任，于是回商务编译所后和沈雁冰、胡愈之、谢六逸、费鸿年等人商量，得到了沈雁冰他们的热烈响应。于是就分头译了起来。他们还以"记者"的名义在1923年4月的《小说月报》和《文学旬刊》做了预告。但是等到书已经到了十几册后，他们才发现这书实际是以英美文学为中心的，有着强烈的欧美中心主义观念，根本算不上真正的"世界文学史"，于是他们翻译的热情冷了下来。只有郑振铎一人不愿意放弃，他打算在此基础上写成一部包罗东西方各国文学的真正的世界文学史。他写成的《文学大纲》共4册，80万字。东西方各占一半篇幅，而其中中国文学部分又占了四分之一，涉及的国家从古至今有二三十个，体现了一种真正开放的世界主义意识。书中主要国家和地区有亚洲的中国、日本、印度，欧洲的英国、德国、法国、俄国、荷兰、比利时、波兰、爱尔兰，北美洲的美国。郑振铎的《文学大纲》虽然不无纰漏，但首创之功，仍不可没：它实际上是世上第一部真正意义上的世界文学史。

1929年7月10日《小说月报》第20卷第7号可以说是"现代世界文学专号（上）"，1929年8月10日《小说月报》第20卷第8号则可称为"现代世界文学专号（下）"，其内容和形制之弘巨，恰如1929年《小说月报》第20卷第6号在《最后一页》中所说："这一个特刊的名称是'现代世界文学专号'，内容材料极为新颖，多半是未经国人介绍过的。且叙述也极有系统，包括的范围也很广漠，自英、美、德、法、新俄、西班牙、意大利、斯堪的那维亚的瑞典、挪威、芬兰三国，东方的日本，以至波兰、斯洛伐克诸国的文学无不有极详细的叙述。其他不能成为专篇者，则皆归入《现代文坛杂话》一栏。其能成为专篇的文字，如《现代法国文坛鸟瞰》，如《新俄的文学》，如《二十年来的德国文学》等，都可自成为一册的专书著。对于留心于世界文学趋势的人，似乎更应该一读这个专号。这个专号的本身便是一部欧洲大战前后，即20世纪以来的'世界文学史'，一部极详细说赡的最近的'世界文学史'。像这样的一部弘巨的'最近的世界文学史'的出版恐怕不仅是中国文坛的第一次创举吧。"[01]

这里非常值得我们重视的是《小说月报》的"世界文学"系列工程，它体现的是一种真正的"以人类为胸怀"的"世界文学"意识，兼容并包，并不偏袒自己所喜爱的某种"主义"。我们知道，文学研究会在总体上是偏向自然主义（写实主义、现实主义）的社团，但在"世界文学"工程上，则确实像《小说月报》的《改革宣言》所说的那样："同人以为写实主义在今日尚有切实介绍之必要，而同时非写实的文学亦应充其量输入，以为进一层之预备。"[02] 1921年10月10日《小说月报》出了"被损害民族号"。1921年9月《小说月报》出了第12卷"号外"，为"俄国文学研究号"。1924年8月10日《小说月报》出"非战文学号"（刊头未标明，但实际内容如此），内容涉及古今中外。这当然可以代表文学研究会的现实主义倾向和人道主义倾向。但是，《小说月报》也刊出了一系列并不代表现实主义的"世界文学专号"。1923年9月10日、10月10日《小说月报》第14卷第9号、10号均为"泰戈尔号"。我们知道，泰戈尔是并不那么现实主义的作家。1924年4月10日，《小说月报》为伟大的浪漫主义作家拜伦"百年祭"出了专号。1924年4月《小说月报》第15卷"号外"的法国文学专号，自然主义、写实主义的作家莫泊桑、巴尔扎克、福楼拜与唯美颓废的波特莱尔同期而论。自然主义专论一篇，浪漫主义专论也是一篇，还有一篇是当时被视为新浪漫主义的罗曼·罗兰的传记。1925年8月10日、9月10日《小说月报》第15卷第8号、9号是"安徒生号"（上）、"安徒生号"（下）。安徒生也不是现实主义作家。

---

[01]《最后一页》，《小说月报》第20卷第6号，1929年。
[02]《改革宣言》，《小说月报》第12卷第1号，1921年1月10日。

　　文学研究会的真正会刊是《文学旬刊》，附于上海《时事新报》，后改名为《文学》《文学周报》，从《文学周报》起独立出版。1921年4月23日的《时事新报》头版刊载的《本报特别启事》中，就向读者宣告了将要推出新副刊《文学旬刊》，并在同一版上刊发郑振铎起草的《文学旬刊宣言》和《文学旬刊体例》。在宣言中，他以文学研究会的名义，表达了他们办刊要"超于时、地、人"的人类主义文学追求。1928年1月25日《文学周报》第299期为"世界民间故事专号"，有喜马拉雅民间故事、高加索民间故事、意大利民间故事、塞尔维亚民间故事、法国南部民间故事、俄国民间故事。其兼容并包的世界文学姿态与《小说月报》保持一致。

　　"文学研究会丛书"是文学研究会的大型工程之一，它的编辑体例也非常明确地表现了"以人类为胸怀"的兼容并包的世界文学意识。1921年8月10日《小说月报》第12卷第8号刊出的《文学研究会丛书编例》说："本会为系统的介绍世界文学，灌输文学知识，发表会员作品起见，刊行本丛书。"其"世界文

文学研究会会刊《文学旬刊》（《文学周报》）

学丛书"所包含的，是"为所有在世界文学水平线上占有甚高之位置，有永久普遍的性质之文学作品"。从"文学研究会丛书目录"打算翻译或者编著的外国文学史或文学作品分布情况看：俄罗斯18种，英国12种，德国7种，美国6种，法国5种，印度5种（均为泰戈尔著作），日本4种，其余的涉及匈牙利、意大利、波兰、西班牙、爱尔兰、瑞典、挪威等国的文学。总体而言偏向于现实主义类型，但新浪漫主义、唯美主义的作家和作品也是来者不拒。有王尔德的2种，梅特林克的2种，苏德曼的2种，霍普特曼的2种，俄国的安德列夫的3种，托尔斯泰的2种，阿尔志跋绥夫的2种，高尔基的2种，古卜林、梭罗古勃、科罗连珂、路卜洵各1种。虽然这一计划

由于译手短缺而在执行的过程中变动甚大，但其兼容并包的世界主义编辑方针却并未改变。

文学研究会的人类主义的胸怀和眼光，不仅体现在它对待外国文学的态度上，也体现在它对待中国旧文学的态度上。《文学研究会章程》所公布的宗旨和《小说月报·改革宣言》，都有"介绍世界文学""整理中国文学"的对等两项，郑振铎在其《文艺丛谈》中也把"介绍世界文学""整理中国文学"视为现在中国的文学家的两项重大的责任。[01] 1921 年改革后的《小说月报》新设"研究"栏，以"介绍西洋文学变迁之过程"和"整理中国文学变迁之过程"为要归。

五四以后的"整理国故"主张萌芽于《新潮》。胡适在《新思潮的意义》中提出了"整理国故，再造文明"的主张。其基本精神是"用科学的方法，作精确的考证"，寻找传统文化与文学的系统源流，清查历史旧账，去伪存真，"各家都还他一个本来真面目，各家都还他一个真价值"[02]。1923 年北京大学《国学季刊》创刊，以此为标志，"整理国故"在中国文化界渐成风潮。文学研究会在整理国故的态度和方法上当然受到了胡适的影响，但在视野上，却与胡适的"上山打鬼"有所不同。文学研究会的整理旧文学，主要是把它当作世界文学的一部分，放在和外国文学对等的地位来加以考察，最终目标是为中国新文学走向世界服务的。人类主义的胸怀和世界主义的文学视野是其关键。

但在一段时间内，文学研究会的"整理中国文学"并没有实行很多，其原因主要与"礼拜六派"的道德国粹主义倾向，特别是与学衡派的文化民族主义的保守主张有关。因为这两派的主张都是与文学研究会的"人类文学"主张相冲突的，在文学研究会看来，如果此时提出整理国故，很容易被人们误认为是支持这两派文人。

由于"礼拜六派"势力的存在，针对当时有人提出文学的新旧调和说，郑振铎曾说过这样一番话："上海滑头文人所出的什么《消闲钟》《礼拜六》，根本上就不知道什么是文学，又有什么可调和呢？""新文学的目的，并不是给各民族保存国粹，乃是超于国

---

[01]《文学研究会章程》《改革宣言》《文艺丛谈（一）》均见《小说月报》第 12 卷第 1 号，1921 年 1 月 10 日。

[02] 胡适：《新思潮的意义》，《新青年》第 7 卷第 1 号，1919 年 12 月 1 日。

界，""求人们的最高精神与情绪的流通的"。[01] 文学研究会当初所设想的以世界文学的视野来整理中国旧文学的念头，一旦遭遇鸳鸯蝴蝶派的纠缠，恐怕不易辩解，这无疑会阻遏文学研究会整理中国旧文学的意图。

对于文学研究会整理中国旧文学而言，真正难于对付的是学衡派的纠缠。因为学衡派的文人大都有留学背景，以他们来倡导国粹文化，最易让人们误认为国粹文化全盘皆具世界性的意义。1922 年 1 月《学衡》创刊，主要人物有刘伯明、梅光迪、胡先骕、吴宓、邵祖平等人，集中于南京东南大学。刊物由上海中华书局出版。《学衡》杂志的宗旨如吴宓所写的《学衡弁言》所言："论究学术，阐求真理，昌明国粹，融化新知。以中正之眼光，行批评之职事。无偏无党，不激不随。"[02] 但在实际运作中，学衡派却离这一宗旨相去甚远，其眼光并不中正：除对于保存中国国粹有利的白璧德之外，其余的西方文化一概加以排斥，视写实主义、易卜生的个性主义为"牛鬼蛇神"，并且认写实主义为《金瓶梅》及《上海……之黑幕》之流，且谓"其丑恶流毒，较《金瓶梅》等为尤甚"[03]。《学衡》杂志开设了"文苑"专栏，登载旧诗词文赋，代表人物有陈三立、陈宝琛、黄节、林损、邵祖平等，成了遗老遗少集结的大本营。最后连《学衡》主编吴宓自己也不得不承认："《学衡》中尽登邵君（按邵祖平）所作一类诗文，则《学衡》不过与上海、北京堕落文人所办之小报等耳。"[04] 胡先骕也指出："《学衡》缺点太多，且成为抱残守缺……"[05] 也就是说，学衡派在"融化新知"上并没有多少行动，却单独偏向了"昌明国粹"。

而在文学研究会看来，国粹主义的要害就是"民族自大"与"民族自夸"，是文化上的国家主义、民族主义，这和文学研究会的人类主义、世界主义胸怀正相反。文学研究会担心在揭示中国传统文化和文学的价值的过程中，被人们误认为是在"昌明国粹"。读者陈德徵于 1922 年 5 月来信，提出整理中国文学的要求，认为中国文学应有它自己的位置，但他也"郑重声明"："我并不是希望专研究外国文学

[01] 西谛（郑振铎）：《新旧文学的调和》，《时事新报·文学旬刊》第 4 期，1921 年 6 月 10 日。
[02] 吴宓：《学衡弁言》，《学衡》第 1 期，1922 年 1 月。
[03]《吴宓日记》第 2 卷，生活·读书·新知三联书店 1998 版，第 148 页。
[04]《吴宓日记》第 2 卷，生活·读书·新知三联书店 1998 版，第 256 页。
[05]《吴宓日记》第 3 卷，生活·读书·新知三联书店 1998 版，第 437 页。

者转向以复古"，尤其不赞成"和学衡派一样"复辟式的复古[01]。沈雁冰复信表示原则上赞成，但又恐怕现在这种时局有所不宜，并说自己"去年底曾也有一时想读读旧书，现在竟全然不想了"[02]。这里所谓的"去年"，指的是文学研究会成立之时，而"现在"则是学衡派正大力叫嚷"昌明国粹"之时。可见，沈雁冰对于整理国故的顾忌主要来自学衡派。当另一位读者万良濬也来信指出文学研究会的章程上有"整理中国固有文学一项，迄未见有何表现"时，沈雁冰答复说："今年提倡国粹的声浪从南京发出，颇震动了死寂的空气；我拜读了好几篇，觉得他们的整理国故有些和孙诒让等前辈同一鼻孔出气——是表彰国故，说西洋现今的政法和思想都是我国固有的。这期间，难免牵强附会，往往有在'中籍'里断章取义以比附西说等等毛病。就算都不牵强附会，究竟'述祖德'的大文章和世界文化之进步有什么关系，那我可真不明白了。我觉得现在该不是'民族自夸'的时代，'民族自夸'的思想也该不要再装进青年人的头脑里去罢？我对于这样的'整理国故'真不胜其怀疑了！"[03]从这里可以看出，文学研究会延缓整理中国旧文学的进程，主要原因是沈雁冰等人的着眼点在于"世界文化之进步"，而担心沾染上学衡派的"表彰国故""民族自夸"的文化民族主义嫌疑。其内在的矛盾，主要在于学衡派的文化民族主义与文学研究会的世界主义、人类主义相互冲突。

　　与新文化派相比，学衡派的文化民族主义势力毕竟较小，《学衡》的销售数平均只有数百份，文学研究会在1922年间集中发表了一通攻击学衡派的文章后，对于文化民族主义势力的担心有所减弱。于是，1922年10月郑振铎在《文学旬刊》上发表《整理中国文学的提议》，提出"我们要明白中国文学的真价，要把中国人的传说的旧文学观改正过，非大大的先下一番整理的功夫，把金玉从沙石中分析出来不可"[04]。1922年12月，《小说月报》的读者润生来信，再次强调"整理我国文学尤为今日切要急需之图"[05]。郑振铎答复说："尊

---

[01] 陈德徵来信，见《小说月报》第13卷第6号，1922年6月10日。

[02] 沈雁冰复陈德徵，见《小说月报》第13卷第6号，1922年6月10日。

[03] 万良濬来信，沈雁冰复万良濬，见《小说月报》第13卷第7号，1922年7月10日。

[04] 西谛（郑振铎）：《整理中国文学的提议》，《时事新报·文学旬刊》51期，1922年10月1日。

[05] 润生来信，1922年12月21日，见《小说月报》第14卷第2号，1923年2月10日。

见极赞成！我们在前年的时候，就已有刊行《中国文学研究号》的计划，因为此事比较的不容易办，所以就此延搁下去，现在正积极进行，大约在今年明年之间，此特刊必可出版。"[01]（实际这一特刊到1927年始以第17卷号外方式出版）

　　1923年1月起，文学研究会开始了整理中国旧文学的讨论。其基本观点，与胡适的《国语文学史》从文言白话的死活等纵向"时间"的新旧着眼有所不同，文学研究会关注较多的是中国旧文学在世界文学中所应有的地位等"空间"方面的问题，其背后所包含的是一种人类主义和世界主义的意识。文学研究会会员严既澄指出，胡适以白话来理解和诠释"韵文及诗歌"，及以"现在的标准"来"评判古人所作的东西"，实在就是一条"歧路"。并表示他所赞成的是郑振铎那种以世界文学的眼光来整理中国旧文学的路径。[02]文学研究会会员王伯祥说，"介绍外国文学作家的生平，固然是切要而且有益的事业"，但"中国的文学作家为什么就不应介绍呢？""各国自有各国的精神，也可说各国自有各国的国故。譬如研究法国俄国文学的人，要想察出一个现在的法国俄国来，便不能不略究法国俄国的国故。那么要在中国民族头上建设一种新的文学，怎么可以仇视自己的国故呢！"中国文学"假使还有一线可传的价值，那就不能不先求真相的了解。但中国历来的文学精神，都散附在所谓'国故'之中，我们若要切实地了解他，便不容不下一番整理的工夫"。那些"宣传新文学的人一见到人家谈到'国故'，便痛斥'关门自绝于世'，便指笑以为'献媚旧社会，没有奋斗的精神'"，这其实也是在治学上自设樊篱的表现[03]。在王伯祥的世界文学视野中，中国旧文学是世界文学的一部分，享有和外国文学同等重要的地位，排斥国故的做法是没有世界文学眼光的做法，不足取。文学研究会会员余祥森也提出："旧文学底实质，和新文学底实际是一样的；因为他们同是文学，同是普遍的真理表现；所以凡是真正的文学作品，都有永久的价值。不过他们的范围广狭不同罢了；旧文学的范围是局于小部分的人民小部分的土地；新文学的范围是及于全人类、全世界。所以旧文学中思想有不适用于现时代；这

[01] 郑振铎复润生，见《小说月报》第14卷第2号，1923年2月10日。
[02] 严既澄：《韵文及诗歌之整理》，《小说月报》第14卷第1号，1923年1月10日。
[03] 王伯祥：《国故的地位》，《小说月报》第14卷第1号，1923年1月10日。

并非旧文学自身错误，实因为范围太少（按：小）的缘故。"因此，"整理国故就是新文学运动当中一种任务，他的地位正和介绍外国文学相等"[01]。在余祥森看来，中国的传统文学的缺点并不在于它在"时间"上是旧的，而在于它在"空间"上是民族主义的、范围狭隘的；新文学的优势也不在于它在"时间"上是新的，而在于它是人类主义、世界主义的，范围广阔的。从人类主义的视野出发去看，世界文学当然不可缺少中国的传统文学，因此文学研究会主张，必须把整理中国旧文学放在与介绍外国文学同等的地位加以考虑。

而同样也具有世界文学眼光，却对人类主义、世界主义心存疑虑的鲁迅，则显示了与文学研究会很大的差别。在《破恶声论》中，鲁迅就曾经将"世界人"的声音看作是一种"恶声"，他认为，中国正处在民族危亡的时期，"世界人"的声音无疑会让中国人放松警觉。因此，鲁迅虽然写有开创性的《中国小说史略》，但终其一生，他都不赞同文学研究会那种大规模地整理中国旧文学的计划。在他看来，中国旧书死人气息太浓，鬼气太重，对于青年有害而无益。因此，他主张读外国书。鲁迅的观点，立足的是中华民族的危亡。文学研究会则不同，他们抱着人类一家、世界一家的思想，主张文学有利于人类、世界的沟通，持一种世界主义的眼光来看待中国旧文学，因而认为中国旧文学在世界文学之中应占有一席之地。自然，整理中国旧文学迟早要提到文学研究会的议事日程当中。

于是，从 1923 年 1 月起，文学研究会对于整理中国旧文学就有了直接的行动。《小说月报》第 14 卷第 1 号设立了"读书杂记"栏目，发表同人整理中国旧文学的小论文。《小说月报》从第 15 卷第 1 号起，开始连载郑振铎撰写的《中国文学者生卒年考（附传略）》，一共连载了 7 次，至《小说月报》第 15 卷第 9 号止，共涉及汉到唐代中国古代文学家 387 人。后因考虑到版面问题，没有刊完。这是中国文坛上第一次大规模地系统梳理和考证中国自汉代以来的知名文学家的生平和文学活动概况。《时事新报·文学旬刊》从 1923 年 5 月 12 日第 73 期起，开始连载顾颉刚、王伯祥的《元曲选叙录》。北京的《晨报·文学旬刊》从 1923 年 6 月 21 日第 3 号起连载庐隐的《中

[01] 余祥森：《整理国故与新文学运动》，《小说月报》第 14 卷第 1 号，1923 年 1 月 10 日。

国小说史略》，至 1923 年 9 月 1 日《晨报·文学旬刊》第 10 号连载完。《晨报·文学旬刊》从 1924 年 10 月 5 日第 49 号起开始连载杨鸿烈的《中国诗学大纲》，连载至 1925 年 6 月 25 日《晨报·文学旬刊》第 73 号止。1927 年 6 月，《小说月报》出版了第 17 卷号外，为"中国文学研究"专号，分为上、下两集，共发表长短论文 67 篇，这恐怕是中国现代纯文学期刊中整理中国旧文学规模最大的一次集体行动。在《小说月报》上刊出的整理中国旧文学较知名的论著还有：郑振铎的《巴黎国家图书馆之中国小说与戏曲》（第 18 卷第 11号）、陆侃如的《大小雅研究》（第 19 卷第 9 号）、郑振铎的《敦煌的俗文学》（第 20 卷第 3 号）、郭绍虞的《诗话丛话》（第 20 卷第 4号）、郑振铎的《三国演义的演化》（第 20 卷第 10 号）、宾芬（郑振铎）的《元曲叙录》（从第 21 卷第 1 号连载至第 22 卷第 10 号）。文学研究会这种大规模地整理中国旧文学的工程，是其他纯文学社团所不能及的。在这一工程中，文学研究会所持的中正持平的态度和兼容并包的气概，也是现代文学社团中非常独特的一道景观，体现了一种宽广的人类主义的胸怀。

从 1929 年起，文学研究会对于整理中国旧文学的态度发生了较大的逆转。《小说月报》也在 1929 年 1 月刊发了一组激烈反对整理国故或国学的文章，和以前赞成整理国故的观点有了很大的不同。其主要原因是北伐之后民族主义情绪在国内抬头，并且文化民族主义逐渐以国民党官方意识形态的霸权形式对文化界形成了较强的干预，国粹主义借国故为名行文化排外之实的倾向越来越明显。因此，整理国故和文化排外的区别越来越难以说清，与文学研究会的世界主义文学立场之间的冲突越来越突出，这使得文学研究会不得不调转头来对整理国故进行批判。另外一方面，"阶级文学观"此时已经介入文学研究会，其社团文化的开放性程度已经有所收缩。相对而言，"阶级文学"虽然在某种程度上还带有无产者大联合的世界主义气息，但"阶级文学"与文学研究会初期所持的超越民族和阶级的人类主义文学观比起来，毕竟有了较大的收缩，以此为契机，文学研究会与整理中国旧文学的距离开始越拉越远，文学研究会疏离国故整理就成了自然而然的事。

1929 年 1 月，何炳松在《小说月报》第 20 卷第 1 号撰文《论所谓"国学"》，指出："我国近来'国'字的风靡一时，好像中国无论什么一种丑东西，只要加上了一个国字，就立刻一登龙门，声价十倍的样子"，"现在的国字，岂不就是自大精神的表现么"。郑振铎对于他的这种观点深表赞同，指出"所谓'国'什么、'国'什么，近来似乎更为风行了。自从欲将线装书抛到厕所中去的吴老头子不开口了之后，'国学'便大抬起了头；自从梁任公先生误入协和医院被'洋人'草草率率的无端割去了一个腰子之后，'国医'的信徒便一天加多一天！自从某先生开列了他的无所不包的国学书目以后，便大众都来开书目……于是便有英雄豪杰，乘时而起，发扬国光于海外"。"猗欤盛哉！一切'国'产的思想与出品万岁！"[01] 实际上，在何炳松的世界文学视野中，他是充分承认整理国故的重要性的，他说："学术是世界和人类的公器。我们中国在国际地位上，常常以毫无贡献受人家责备；我们正应该急起直追，取学术公开的态度，把自己的学术整理起来，估定他的价值，公诸世界。这是很正大光明的态度。"因此新文学者负有研究和整理中国旧文学的任务。但是他"觉得近来国人对于国学一个名词，或者误会他的意思，或者利用他的名义，来做许多腐化的事情"。关键在于，国粹派的"国学的国字，显然表现出一种狭小的国家主义的精神"。如此下去，"不但我国学术有永远陆沉无法整理的危险，而且由国学两个字生出的流弊层出不穷，将来一定要使我国的文化永在混乱无望故步自封的境界里面"[02]。正是同样出于担心文化民族主义闭关自守的狭隘观念势力太盛的考虑，郑振铎和何炳松在此时对整理国故采取了同一态度，郑氏指出："现代的中国还充满着中古世纪的迷信与习惯、生活与见解，即用全力去廓清他们还来不及，那（哪）里还该去提倡他们呢？一面去提倡'国故''国学'，一面要廓清旧思想、旧习惯，真是'添薪以止沸'，'南辕而北辙'，决无可能性的。"[03]

可见，在整理中国旧文学的大规模活动中，人类主义胸怀是文学研究会中的一条中心准绳。当然，文学研究会介绍世界文学和整理中国文学的目标，也在于创造真正具有世界意义的中国新文学，使之能

---

[01] 何炳松《论所谓"国学"》，及郑振铎为此文所写的编者按语，见《小说月报》第20卷第1号，1929年1月10日。

[02] 何炳松：《论所谓"国学"》，《小说月报》第20卷第1号，1929年1月10日。

[03] 郑振铎：《且慢谈所谓"国学"》，《小说月报》第20卷第1号，1929年1月10日。

够走向世界。当整理中国旧文学无助于或者妨碍中国新文学走向世界时，这一行动理所当然会被文学研究会中止乃至批判。

五四文学——启蒙的维度与向度

第二节 人类主义与文学研究会"为人生"文学的新理想主义色彩

　　按照现有研究对于文学研究会"为人生的艺术"的解释，它就是指人道主义、现实主义的意思。茅盾在 1935 年所写的《中国新文学大系·小说一集·导言》中指出："当时文学研究会被称为文艺上的'人生派'。文学研究会这集团并没有过这样的主张。但文学研究会名下的许多作家——在当时文坛上颇有力的作家，大都有这倾向，却也是事实。"[01] 这算是基本坐实了文学研究会在整体文学倾向上的"为人生"，但并没有指实"为人生"就是现实主义（自然主义、写实主义）。他指出

茅盾编选《中国新文学大系·小说一集》

[01] 茅盾：《中国新文学大系·小说一集·导言》，《中国新文学大系·小说一集》，上海良友图书公司 1935 年版，第 12 页。

在中国新文学第一个十年中，"好像既没有开过浪漫主义的花，也没有结写实主义的实"[01]。只是在此文的后半部分，茅盾才提到文学研究会经过了一个从初期的不那么写实到"五卅"后逐渐写实的过程。1939 年出版的李何林先生编著的《近二十年中国文艺思潮论》中，"为人生"与写实主义已经有逐渐合拢的趋势。[02] 因为这时的"左翼"思想已经成为文坛主流，而现实主义又被赋予了"革命"的品格。中华人民共和国成立以后的中国现代文学史著作，已经把"为人生"与现实主义对应起来了，包括茅盾的《我所走过的道路》中的论调也和当年有了较大改观，已经把"为人生"指实为现实主义。

进入 20 世纪 80 年代以后，学界的观点有了一些调整，提出了一些新的看法。一是注意到了文学研究会现实主义的开放性，如钱理群、温儒敏、吴福辉合著的《中国现代文学三十年》（修订本），已经指出文学研究会的"问题小说"，"并不都是纯粹的写实派"，如冰心、王统照的创作，"是浪漫主义、象征主义色彩皆有的"[03]。二是指出文学研究会在"创作精神"上是现实主义的，在"创作方法"上则普遍使用浪漫主义手法。[04] 三是有的学者提出文学研究会虽然在理论上倡导自然主义、写实主义，但在文学创作中，存在着与理论倡导不一致的现象，"文学研究会的小说创作是以非现实主义倾向为主导的"[05]。

据统计，自 20 世纪 90 年代以来的相关学术论文占 95% 以上的观点都认为，文学研究会在"创作精神"上是现实主义的，在"创作手法"上则具有多样化的特征，如浪漫手法、象征手法乃至现代主义手法使用相当普遍。[06] 如果我们扫描一下文学研究会的创作情形，确实会发现文学研究会的创作普遍有很强的现实意识，眼睛盯紧现实社会与人生，"问题小说"与"血和泪"的创作相当不少。但是，创造社式的"我们的诗歌都是痛苦的绝叫"[07] 的文学，难道就没有血和

---

[01] 茅盾：《中国新文学大系·小说一集·导言》，《中国新文学大系·小说一集》，上海良友图书公司 1935 年版，第 12 页。

[02] 李何林：《近二十年中国文艺思潮论》，生活书店 1939 年版，第 20—25、76—95 页。

[03] 钱理群、温儒敏、吴福辉：《中国现代文学三十年》（修订本），北京大学出版社 1998 年版，第 62 页。

[04] 杨义：《中国现代小说史》，人民文学出版社 1998 年版，第 120 页。

[05] 高旭东：《论文学研究会理论倡导与文学创作的矛盾》，《天津社会科学》2000 年第 5 期。

[06] 据笔者对 20 世纪 90 年代以来 100 篇涉及文学研究会及其主要作家的公开发表的学术论文统计。

[07] 成仿吾：《致郭沫若》，《创造·季刊》第 1 卷第 3 期，1923 年 6 月。

泪吗？难道郁达夫们所表现出来的就不是一种反抗现实的精神吗？通常认为，浪漫主义的创造社重主观理想，而问题的关键是，在小说中表现出极强的理想主义色彩的恰恰是文学研究会而不是创造社。冰心的《超人》和王统照的《微笑》是公认的文学研究会的代表作品，《超人》中那个冷冰冰的毫无感情的超人何彬，就因着母亲的爱的激动，一场梦后就变成了热心肠的爱人的人。王统照的《微笑》中一个女犯人的"慈祥的微笑"居然使小偷阿根得到感化和超度，从此变成了一个"有知识的工人"。而在创造社的小说中，让人看到的更多的是压人的沉重：《沉沦》中的于质夫恰恰因为看不到任何理想而最后投海自杀；《漂流三部曲》中的爱牟，在现实的重压下四处漂泊，几乎看不到一丝生活的阳光，理想在何处？一片渺茫！同样面对残酷的社会现实，为何文学研究会却比创造社更多一些地看到了人生的理想光芒？文学研究会的这种理想主义色彩难道仅仅只能归结为"创作手法"的浪漫吗？

看来，我们长期以来所认定的文学研究会的"为人生"、人道主义、现实主义的三位一体关系，也许有并不那么可靠的地方。而问题的症结，就在于文学研究会"为人生"的背后所包含的人类主义大同想象。

如果我们在研究中充分注意到文学研究会"为人生"背后的人类大同主义底色，就可以发现，文学研究会的现实主义背后，是包含着比较浓厚的新理想主义色彩的。而这一面恰恰不是创作的"方法论"意义上的，而是表现在"文学精神"上的。所谓新理想主义，是区别于"旧理想主义"，而在 1920 年前后中外文学界流行的一个文学用语。旧理想主义主要是指在自然主义文学出现之前的浪漫主义文学类型中的理想主义；而新理想主义则主要是指经过了自然主义洗礼之后，融合了自然主义的方法技巧，在精神上又排除了科学主义的"定命论"人生观，对人生和人类表现出信任和乐观色彩，"宣扬"人道主义的理想化文学。

我们不妨先来看看人类主义思想在现代日本"为人生"文学中所扮演过的角色。五四期间曾对周作人产生了巨大影响的日本新村运动领袖武者小路实笃的人类主义理想，同时也是以他为首的日本白桦派这一文学团体的主导文学思想。文学研究会中的著名文学史家谢六逸在《日本文学史》（1929 年出版）中明确指出：以武者小路实笃为首的白桦派的"为人生"的艺术是新理想主义的艺术。新理想主义"是肯定人生的，是有理想的，有光明的。他们的基本思想是人道主义与爱的思想"；"尤以托尔斯泰的世界主义与人道主义的思想对于他们的感化最大"[01]。在《二十年来的日本文学（论 1907—1926 年的日本文学）》中，谢六逸进一步指出：新理想主义和新思潮派同属"反自然主义的二系"，在日本文坛自然主义衰落后的新艺术，大体向两方面进展，"一为白桦派的人道主义的艺术，自然主义是无理想的，此派则为理想的再生；一为新思潮派的新技巧主义艺术，自然主义是无技巧的，此派则为技巧的复活"。谢六逸还指出了白桦派的新理想主义文学与其新村社会理想之间的内在关联："他（按，武者小路实笃）是最富于理想的，所以他极愿生理想乡的实现，他曾率领同志，在日向（日本的建国地）建设新村。"[02] 从谢六逸的论述中，我们可以看到世界主义（人类主义），构成了以武者小路实笃为首的日本白桦派文学的新理想主义的重要底色。

1926 年 8 月 10 日，周作人在《艺术与生活·序》中这样写道："一个人在某一时期大抵要成为理想派，对于文艺与人生抱着一种什么主义。我以前是梦想过乌托邦的，对于新村有极大的憧憬，在文学上也就有些相当的主张。"[03] 周作人的论述显然表明,对于新村的人类主义、世界主义的憧憬导致了他在文学上提出了相应的主张，而这些主张是属于理想派的。《平民的文学》《人的文学》《圣书与中国文学》的思想核心，则是人类主义。周作人当年的这些文章，都成为文学研究会早期文学观念的主要来源。《圣书与中国文学》是改革之后的《小说月报》的开篇之作，也是文学研究会成立以后正式的开山理论之作。周作人的《新文学的要求》一文，是他 1920 年 1 月 6 日在北平少年学会的讲演，发表于文学研究会成立以前的 1920 年 1 月 8 日的《晨报》。但在贾植芳先生等主编的《文学研究会资料》中，却以文学研究会"文学主张"部分第一篇理论文章的面目出现。大概因为它是文学研究会文学观的纲领性文章之一，并且直接提出了"为人生

---

[01] 谢六逸：《日本文学史》，北新书局 1929 年版，第 95 页。

[02] 谢六逸：《二十年来的日本文学》，《小说月报》第 20 卷第 7 号，1929 年 7 月 10 日。

[03] 周作人：《艺术与生活·序》，《艺术与生活》，河北教育出版社 2002 年版，第 2 页。

的文学"字样。周作人在《新文学的要求》中说道："这人道主义的文学，我们前面称它为'为人生'的文学，又有人称为'理想主义'的文学。"[01] 也就是说，在当局者周作人看来，文学研究会"为人生"的文学，并不完全是我们现在所认定的现实主义文学，而是理想主义文学。在《日本近三十年小说之发达》一文中，周作人这样写道："自然主义是一种科学的文学，专用客观，描写人生，主张无技巧无解决。人世无论如何恶浊，只是事实如此，奈何他不得，单把这实话写出来，就满足了。但这冷酷的态度，终不能令人满足，所以一方面又起反动，普通称作新主观主义。"这种新主观主义又被周作人分为两派："一是享乐主义"，代表是永井荷风、谷崎润一郎；"一是理想主义"，代表是武者小路实笃等白桦派作家。周作人在《日本近三十年小说之发达》中指出，自然派文学描写人生，但没有解决办法，所以时常引人到绝望里去。现在却又肯定人生，定下理想，要靠自由意志，去改造生活。这就暂称作理想主义。法国柏格林创造的进化说、罗兰的至勇主义、俄国托尔斯泰的人道主义，英美诗人勃来克与惠特曼的思想，当时也很盛行。明治四十二年（1909），武者小路实笃等一群青年文士，发刊杂志《白桦》提倡这派新文学。到大正三四年时（1914—1915），势力渐盛，如今白桦派几乎成了文坛的中心。白桦派这种经自然主义洗礼后的理想主义文学，因为有别于自然主义出现之前的浪漫主义的理想主义文学，所以又被称为新理想主义的文学。而这新理想主义文学的真正潜台词，就是除了人道主义以外，还有一层人类主义乌托邦理想。

只有认清以人类主义为底色的"为人生"的新理想主义色彩，我们对于文学研究会的一些文学观念的理解才不至于迷雾重重。

其一，在我们的印象中，"为人生"的文学研究会是倡导自然主义的社团。但因翻译托尔斯泰的《艺术论》而在文学研究会享有盛名的耿济之，却有一段非常奇怪的议论，那就是认为自然主义的文学是"为艺术而艺术"的。为什么呢？因为在他看来，自然主义的文学"描写现有的生活，不加什么理想"，"他对于艺术应当是有益的一层虽还不否认，却同时以为他的益处就在于他自己的范围里，和华美

---

[01] 周作人：《新文学的要求》，《晨报》1920年1月8日。

作品的内容毫无关系；他们并且以为艺术自能得到他自己范围内的益处，只须用艺术的手段来描写真实的生活；如果现在欲要求什么目的，那简直是溢出范围，而使他不成为艺术。他们的意思仿佛说艺术的目的就是艺术，艺术只为艺术而生"。因此，耿济之宣称："'为人生'的文学必须表现出'主观理想'，文学决不能仅以描写生活的真实为止境，还应该把文学家的情感和理想寓在里面，才能对于社会和人生发生影响。换句话说，文学不应当绝对客观，而应当参以主观的理想。"中国新文学要加入什么样的理想呢？耿济之没有自己站出来回答，他所采取的回答这一问题的做法就是翻译托尔斯泰的《艺术论》并介绍给中国新文坛。而托尔斯泰的《艺术论》所提出的"为人生"的文学，是以建构人类"大同"乌托邦为中心，人类主义、世界主义为底色的文学。因此可以说，耿济之心目中的"为人生"的艺术，带有很浓的以人类主义为底色的新理想主义色彩。

其二，我们都知道，沈雁冰在 1921 年 7 月接受胡适的"指导"提倡自然主义之前，曾提倡过新浪漫主义。在现代文学研究界，长期以来都一直把沈雁冰所谓的新浪漫主义认定为表现主义、未来主义、象征主义乃至颓废主义、唯美主义等现代主义文学的集合体。这种说法并不完全符合实际。沈雁冰所谓的新浪漫主义，当然包含着西方现代主义的作家作品，但其核心却主要是指新理想主义。沈雁冰发表于 1920 年 9 月的《文学上的古典主义浪漫主义和写实主义》说："最近海外文坛遂有一种新理想主义成长起来了。这种新理想主义的文学，唤做新浪漫运动（Neo=Romantic Movement）。"[01] 也就是说，沈雁冰心目中的新浪漫主义其实就是新理想主义。不久，沈雁冰指出："自然派只用分析的方法观察人生表现人生，以致见的都是罪恶，其结果是使人失望，悲闷"，而"所谓新浪漫主义起初是反抗自然主义的一种运动"。新浪漫主义能"引我们到真确的人生观"[02]。他指出，"新浪漫起于法国"，在列举了马拉美、梅特林克、霍夫特曼等象征派作家后，他并不就此满意，而是直接点明了他所倾心的真正所在——

---

[01] 沈雁冰：《文学上的古典主义浪漫主义和写实主义》，《学生杂志》第 7 卷第 9 期，1920 年 9 月。

[02] 沈雁冰：《为新文学研究者进一解》，《改造》第 3 卷第 1 号，1920 年 9 月 15 日。

"这是罗曼·罗兰（Romain Rolland）的新浪漫主义的文学"[01]，并指明了他心目中的新浪漫主义（新理想主义）的代表作品："最能为新浪漫主义之代表作品，实推法人罗兰之《约翰·克利斯朵夫》。罗兰于此长篇小说中，综括前世纪一世纪内之思想变迁而表现之，书中主人公约翰·克利斯朵夫受思潮之冲激，环境之迫压，而卒能表现其'自我'，进入新光明之'黎明'。"[02] 那么，受到沈雁冰极力推崇的罗曼·罗兰的《约翰·克利斯朵夫》的"新光明之'黎明'"是什么呢？有人这样概括道："罗曼·罗兰一生所奋斗的目标，就是要建立一个国际性的祖国，一个理想世界；在这个世界上，没有阶级之分、人种之分、民族之分、国家之分，大家都是世界公民，都是兄弟姐妹。罗兰特别抨击了人类感情中狂热和仇恨（英语中是同一个词即passions）带来的瘟疫般的灾难。他指出，仇恨是一种最卑鄙、最低下、最无能、最该被唾弃的感情。在国际性的祖国里，人类之间只有安慰和热爱，每个人不是某个国家某个民族的后代，而是全人类的后代；他永远存在于一切语言、一切国家之中，永远存在于人类共同的过去和普遍的未来之中。"[03] 沈雁冰倾心于《约翰·克利斯朵夫》的原因，正是"他书中打破了德法的疆界，既然德法的疆界可以打破，自然一切疆界都可打破"[04]。这无疑是在说，沈雁冰心中对于"将来"的"理想"，就是打破国与国之"疆界"的世界主义、人类主义。对照前文引述的周作人的《日本近三十年小说之发达》中的内容，我们就会发现，沈雁冰所谓的新浪漫主义，就是白桦派那种经过自然主义洗礼之后，避免了浪漫主义的缺陷而又融入了人类主义理想的新理想主义文学。就在明确转而提倡自然主义之后，在被认为是文学研究会现实主义的奠基理论之一的沈雁冰的《自然主义与中国现代小说》一文中，也还存在着类似的观点。在此文中，沈雁冰认为，"采用自然主义的描写方法并非即是采用物质的机械的命运论"，而是因为自然主义正好能够"补救我们的弱点"——新文学缺乏观察、描写空疏的弊病，"我们要从自然主义者学的，并不是定命论等等，乃是他们的客观描写与实地观察"。"新浪漫主义在理论上或许是现在最圆满的，但是给未经自然主义洗礼，也叨不到浪漫主义余光的中国现代文坛，简直是等于向瞽者夸彩色之美。彩色虽然甚美，瞽者却受用不得。"[01] 从这段话可以看出，在沈雁冰心目中，最理想的文学当然是新浪漫主义（新理想主义），自然主义是有很大缺点的——机械论的人生观、定命论——只见黑暗不见光明。但是，作为一个"著作工会"的主持人，沈雁冰最关心的不是"真理"问题，而是什么最适合当下文坛问题，中国则不仅旧文学缺少观察和描写空疏，而且新文坛的当下现实也是文学作品普遍缺少观察并且描写空疏。因此，经胡适"点拨"而又本着"著作工会"的要求考虑问题的沈雁冰，只能提倡自然主义，以此"纠偏"。到了 1925 年，沈雁冰所赞成的文学，仍然是必须指示出某种理想的文学："文学决不可仅仅是一面镜子，应该是一个指南针"，"我们承认文学是负荷了指示人生向更美善的将来"[02]。

也就是说，沈雁冰所提倡的自然主义恰恰是"创作方法"："我们若说自然主义有注意的价值，当然是说自然主义之科学的描写法一点有注意的价值。"[03] 而在文学的精神指向上，他一直坚持必须写出某种"理想"，而在他转向阶级文学、革命文学之前，这种"理想"中包含着浓重的新理想主义色彩——反抗自然主义的机械物质决定论，实现人类主义之梦的理想色彩。这和我们现在简单地认定文学研究会是现实主义的"创作精神"加上一些浪漫主义的"创作方法"，并不完全一致。

人类主义思想在五四新文化界的盛行，为文学研究会"为人生"的人道主义文学蒙上了新理想主义色彩，有力地改变了新文学开山祖师鲁迅所奠定的"为人生"艺术的阴冷叙事色调。在这里颇有说服力的例证是叶绍钧。叶绍钧历来是被认为代表着"为人生"的文学研究会中的最为"写实"的一个作家。但是，正是在这样一个公认的写实作家身上，却凝结着浓厚的理想主义色彩。顾颉刚在叶绍钧的第一部短篇小说集《隔膜》的序言中指出，这部短篇小说集中的作品普遍在

---

[01] 沈雁冰：《自然主义与中国现代小说》，《小说月报》第 13 卷第 7 号，1922 年 7 月 10 日。

[02] 沈雁冰：《文学者的新使命》，《文学周报》第 190 期，1925 年 9 月 30 日。

[03] 郎损（沈雁冰）：《"曹拉主义"的危险性》，《时事新报·文学旬刊》第 50 期，1921 年 9 月 21 日。

"灰色"之中呈现出一种"理想"与"光明"的色调。他回忆了叶绍钧的创作过程：在民国元年的暑假，"有一家报馆向他要稿子，他想用白话体做一种理想小说，名唤《世界》，所说乃无国界无金钱以后之世界"。但叶绍钧这种人类大同、世界一家的理想主义的抒写模式，并没有继续下去。原因是在深重的民族危机面前，人类大同的梦想离中国的现实太遥远，很难长久地勾留住叶绍钧的创作欲望。因此，在1914年冬间，"他所做的小说有《博徒之儿》《姑恶》《飞絮沾泥录》《终南捷径》等篇，都是摹写黑暗社会的作品"。但到了1916年后，"他在这几年里，胸中充满着希望，常常很快乐的告诉我他们学校的改革情形。他们学校里，立农场，开商店，造戏台，设备博览馆，有几课不用书本，用语体文教授……几年内一步步的做去，到如今都告成功了"，以及"他在吴县教书，只和家庭、学生接触，两处都充满了爱之处"，加上"社会的黑暗，他住在乡间，看见的也较少了。于是他做的小说，渐渐把描写黑暗的移到描写光明上去了"[01]。顾颉刚在这里所谓的"他们学校里，立农场，开商店，造戏台，设备博览馆"，与新文化界展开的"平民教育运动""工读互助运动"是同气同声的。在新村运动中，叶绍钧不仅经周作人的介绍加入日本新村组织成为了继周作人之后的第二位中国籍会员，还在思想观念中深受人类主义思想的影响。在《女子人格问题》《小学教育的改造》《职业与生计》等文章中，集中体现了这一点，《小学教育的改造》一文，展示了叶绍钧心目中的理想社会——人类主义的"大同"蓝图："彼此永永互助，社会永永进步，方始可以得到人类圆满的，普遍的，永久的快乐。"[02] 因此，顾颉刚虽然看到了叶绍钧创作由描写社会黑暗向抒写光明与理想的转折契机与叶绍钧所从事的学校改革有关，但同时又归因于"社会的黑暗，他住在乡间，看见的也较少了"，忽视了问题的真正实质。"乡间"所看到的黑暗就会更少吗？这大概只是顾氏的逻辑，证之于鲁迅的乡土小说创作，可立见其不然：阿Q、祥林嫂，哪一个不是"乡间"所见？其内在原因在于鲁迅并不信仰人类大同的"黄金世界"，叶绍钧却在此时与周作人一道做着"大同"梦。而"大同"又建立在人性中光明一面的基础之上。在他的短篇小说集《隔

[01] 顾颉刚：《隔膜·序》，《隔膜》，商务印书馆1922年版，第2页。
[02] 叶圣陶：《小学教育的改造》，《新潮》第2卷第2号，1919年12月1日。

五四文学——启蒙的维度与向度

膜》（1922 年商务印书馆出版，"文学研究会丛书"）和童话集《稻草人》（1923 年商务印书馆出版，"文学研究会丛书"）中，叶绍钧笔下的农人和女佣，低能儿童，命运悲惨的童养媳，寂寞生活着的贫家寡妇，以及普通平凡的小知识分子和小市民，虽然社会地位低下，但他们的胸腔里几乎都跳动着一颗善良的心，对人和世界表现出深挚的情感和温厚的慈爱。《潜隐的爱》中的寡妇"伊"，也把内心潜隐的母爱尽情地倾泄在邻家小孩身上，并把这种爱视为自己人生最大的乐趣和生命的意义。《恐怖的夜》中的兄弟俩在战乱之夜，热情收留了一家无处可去的难民，给予他们仁爱慈善的安慰。叶绍钧笔下的世界，尽管由于来自现实社会的阴影而四处呈现出阴沉的写实色调，但在这种阴沉之中，他尽可能地把笔下人物身上的人性光芒放大。所以茅盾这样说道："叶绍钧对于人生是抱着一个'理想'的——他不是那么'客观'的。他在那时期，虽然也写了'灰色的人生'，例如《一个朋友》（短篇集《隔膜》），可是最多的却是在'灰色'上点缀着一两点'光明'的理想的作品。"[01] 这种作品，与其归入写实主义，远不如归入"写实"加"理想"的新理想主义更确当。

在童话集《稻草人》中，叶绍钧笔下的理想主义色彩表现得更为明显。当然，这首先因为童话本身就是一种理想化的抒写方式。同时，正如郑振铎所说，那时，他还梦想一个美丽的童话的人生，一个儿童的天真的国土。读他的《小白船》《傻子》《燕子》《芳儿的梦》《新的表》及《梧桐子》诸篇，显然可以看出他努力想把自己沉浸在孩提的梦境里，又想把这种美丽的梦境表现在纸面。同样积极参加过新村运动、梦想过"人类大同"的郑振铎，其见解无疑一针见血。叶绍钧的这种"美丽的梦境"显然和"大同"理想国有关。《小白船》是篇童话，同时也是一篇充满"大同"象征色彩的寓言，"迷路"象征人类的迷失，而孩子对问题给出了答案："爱""善""纯洁"则是人类重新回归已经迷失的家园的必经之路。这和新村所宣扬的只要人与人之间"互助"、人人参加纯洁高尚的劳动，人类的"大同"就可以实现，两者之间具有同构关系。在这篇童话中，人智未萌的小孩居然能说出人类共存的真理：爱、善、纯洁。这显然是把小孩理想化了。《燕子》

---

[01] 茅盾：《中国新文学大系·小说一集·导言》，《中国新文学大系·小说一集》，上海良友图书印刷公司 1935 年版，第 23 页。

叶圣陶童话集《稻草人》

宣扬的是"伤害是虚空的、偶然的，人间到处可遇的好意才是真实的，永恒的"，而青子和玉儿充满善意与爱心、乐于助人的人性光辉，无不显示出一种理想主义色彩。

文学研究会其他代表作家的作品，又何尝不是如此。王统照的《微笑》中的女犯人恰恰是"美"的化身；《雪后》中用雪筑晶洁小楼的儿童是爱的天使；《沉思》中的女模特琼逸是爱与美的代表；《一叶》中慧姐、芸涵、柏如妻子及天根的母亲几个女性，集爱心与人性美于一身。冰心的《超人》中的禄儿是爱的天使；《世上有的是快乐……光明》中两个在海边玩耍的孩子，竟拯救了一位欲投海自杀的青年，给他指出"世上有的是光明，有的是快乐"；《笑》中"光云"里的"安琪儿"的微笑，"流水和新月"里的孩子的微笑，"麦陇和葡萄架"里的"老妇人"的微笑，都是人性光辉的闪现。许地山的《缀网劳蛛》中的尚洁，以慈善之心为半夜翻墙摔伤的窃贼治伤，以沉静的态度面对误会自己的丈夫的拔刀行凶，以坦然的心境看待丈夫赴海岛的忏悔之举，其人性光辉博大如基督；《商人妇》中的惜官，以乐观的态度面对人生的惨变：经历过与去南洋的丈夫分离十年的痛楚及被另娶新妇的丈夫骗卖的磨难，最后不堪忍受商人大妇欺凌弃家出逃，但她仍然以豁达平静的态度面对这一切，认为"久别，被卖，逃亡，等等事情都有快乐在内"，她甚至不记前嫌千里迢迢寻访前夫。惜官无疑是一个理想主义的道德化身。

在文学研究会的核心作家中，显得比较例外的是庐隐："从《或人的悲哀》(《小说月报》第 13 卷第 12 号，1921 年 12 月)，到《丽石的日记》，'人生是什么'的焦灼而苦闷的呼问在她的作品中就成了主调。"[01] 由于自小就悲苦之事不断，再加上受到叔本华"人世一苦

---

[01] 茅盾：《中国新文学大系·小说一集·导言》，上海良友图书印刷公司 1935 年版，第 19 页。

海也"的影响，所以庐隐自己在谈到这一时期的作品时也说："悲哀便成了我思想的骨子"，"我并不想法来解决这悲哀，也不愿意指示人们以新路，我简直是悲哀的叹美者"[01]。因此，庐隐笔下的灰暗生活中似乎很少见到理想化的光芒。《或人的悲哀》中的亚侠在残酷的世界面前退缩："我心彷徨得很呵！往哪条路上去呢？……我还是游戏人间吧！"最后，觉得"只被人间游戏了我"的亚侠投湖自杀。《丽石的日记》中的丽石由于"深刻的悲哀永远不能消除"，郁郁"死于心病"。《海滨故人》中的露莎黯然哀叹，彷徨无依，找不到人生的出路。

但是，我们只要对庐隐作品中主人公们"悲哀"的根源深究下去，就会发现，天国梦与现实的巨大反差是最终造成"亚侠"们源源不断的"悲哀"的根源！亚侠借"盲诗人"（按，暗指 1922 年间应蔡元培之邀在北京大学教世界语的世界主义乌托邦诗人爱罗先珂）的话说："白昼指示给人们的，不过是人的世界，黑暗和污秽。夜却能把无限的宇宙指示给人们，那里有美丽的女神，唱着甜美的歌，温美的云织成洁白的地毡，星儿和月儿，围随着低低地唱，轻轻地舞。"但是，眼睛明亮的亚侠无法沉醉于"美丽的梦"，她看见的只是白昼的污秽。理想天国与现实的巨大反差，使得亚侠"宁愿作一个瞎子"，"但是不幸！"亚侠实在不是个瞎子，她免不了"要看世界上种种的罪恶的痕迹了！"[02]这成了亚侠内心悲哀不断的最终症结。

那么，在庐隐心目中，世界的罪恶是如何产生的呢？从她的《新村底理想与人生底价值》可以见出某些端倪来，文中她说道："世界不断进化，导致了人类的欲望不断增加"，人成了欲望的奴隶，而"优胜劣败"的"天演公例"则导致了欲望不断的人类在同类的竞争中相互倾轧。这些欲望的奴隶"整日为色欲奔走，何曾了解人生底价值，又何尝知道甚么是人的生活！"这就是世界黑暗与罪恶的根源。"还有一般比较清醒的，就觉得这种'醉生梦死'的生活是苦痛的，但为这'优胜劣败'底天演公例所压迫，不能不在同类竞争底漩涡里讨生活！终至于受物质的驱使，而感精神的苦痛，至于无法

---

[01] 庐隐：《思想的转变》，《庐隐选集》（上），福建人民出版社 1985 年版，第 592 页。

[02] 庐隐：《或人的悲哀》，《小说月报》第 13 卷第 12 号，1922 年 12 月 10 日。

可解，惟有自杀了事。"[01] 只有人类的"互助"，才能修正人类的"竞争"与倾轧，修正人类的"利己心"，从而实现"人生的价值"[02]。可见，庐隐笔下人物的"悲哀"模式："竞争""利己"必然导致罪恶，"互助""利他"则可实现人类主义的大同理想。《或人的悲哀》中的叔和为了"利己"的"色欲心"（按，借用佛教语汇，指人的无穷欲望，包括色心），竟想抛弃爱人吟雪，来纠缠对他并没有感情的亚侠，这导致了"比较清醒的人"亚侠"每天里，寸肠九回，既恨人生多罪恶，又悔自家太孟浪！""竞争""利己"的罪恶，是抱着利他主义理想的亚侠"悲哀"的根源。"名利的代价"导致了人类的"愁苦劳碌"，使生命失去了价值和意义。对于世间名利场的痛恨和不能摆脱它的纠缠，使得亚侠常常失眠，并且患上了心脏病。"人间实在是虚伪得可怕！"孙成和继梓为了争夺亚侠的垂青，"互相猜忌，互相倾轧"，这使得亚侠对于"人类的利己心"非常恐惧，并最终导致了亚侠厌恶人生，连连患病，最终投湖自杀。所以，与其说亚侠是死于社会的罪恶，还不如说她是殉于自身利他主义的道德理想主义。《丽石的日记》《海滨故人》中的女主人公，都是道德理想主义者，她们与现实社会的罪恶构成了巨大的反差，这导致她们内心的悲哀不断。《海滨故人》中的露莎虽然为了真爱而不是出于利己之心爱上了有妇之夫的梓青，但想到梓青之妻将因她而被离弃，露莎"良心无以自容"，道义上的痛苦折磨着她，所以进退两难，悲哀不断。《丽石的日记》中的丽石"死于心病"，心病的根源在于人类"利己"的罪恶——"人类的生活，大约争夺是第一条件了！"[03] 但是，丽石却一直抱着利他主义的理想。这种巨大的矛盾，导致了丽石的焦躁和悲哀，最终抑郁而死。所以，庐隐笔下的悲剧，很多都来自黑暗现实与"人类互助"理想之巨大差距。

---

[01] 庐隐：《新村底理想与人生底价值》，北京大学《批评》半月刊第 4 号（"新村号"），1920 年 12 月 5 日。

[02] 庐隐：《新村底理想与人生底价值》，北京大学《批评》半月刊第 4 号（"新村号"），1920 年 12 月 5 日。《利己主义与利他主义》是宣扬新村主义的文章，文中指出，家族主义时代、军国主义时代都是利己主义的，世界主义时代才是利他主义的。并且说："普通人底家国观念，乡土观念，是偏狭底，误谬底。我们人于此能说为辨明，世界上可以免了种种底惨杀争夺，世界和平就可以实现了。"

[03] 庐隐：《丽石的日记》，《小说月报》第 14 卷第 6 号，1923 年 6 月 10 日。

第三节 互助主义与文学研究会的"泰戈尔热"

泰戈尔的影响，在文学研究会"爱"与"美"的文学中扮演了非常重要的角色，这是为研究界普遍认可而不再争议的事实。许地山、郑振铎、冰心、王统照都受过泰戈尔的影响，而"爱"与"美"正是泰戈尔文学中的一个重要特色。1979 年，季羡林在《社会科学战线》上发文《泰戈尔与中国》；其后，张光璘的《泰戈尔在中国》《我国现代文学史上的一次泰戈尔热》，柳鸿的《泰戈尔和中国新诗》等文都普遍暗示，文学研究会的"爱"与"美"的文学与泰戈尔的影响密切关联。[01] 其后，出现了一大批有关泰戈尔对于文学研究会主要代表作家"爱"与"美"的文学创作影响的论文、论著。这些前期成果，为我们研究文学研究会"爱"与"美"文学的渊源提供了很好的帮助。

但是，这些论文和论著都有一个明显的不足，那就是在研究方法上都过多地局限于"影响—接受"的研究模式。它无法说明文学研究会"为什么"会接受泰戈尔，在接受的过程中为什么没有像郭沫若那样选择泰戈尔的"泛神论""自我的尊严"，而是选择了"爱"和

---

[01] 季羡林：《泰戈尔与中国》，《社会科学战线》1979 年第 2 期。柳鸿：《泰戈尔和中国新诗》，《当代外国文学》1984 年第 4 期。张光璘：《泰戈尔在中国》，《外国文学》1981 年第 5 期。张光璘：《我国现代文学史上的一次泰戈尔热》，《外国文学研究》1983 年第 4 期。

"美"。那么，是五四运动所带来的乐观主义精神抑或是俄国人道主义文学作品的流行导致了文学研究会的这一选择吗？这当然有一定的道理，但证之以鲁迅，又可立见其不然。同样经历五四并深深喜爱俄国人道主义文学的鲁迅，却拒绝了泰戈尔。所以，在这里，"影响研究"的模式显然具有很大的局限性。20 世纪 90 年代以后，有一些研究者开始注意分析中国现代作家在泰戈尔这同一影响源影响下不同的文学接受，如何乃英的《泰戈尔与郭沫若、冰心》、杨华丽的《泛神论与爱的哲学——郭沫若与冰心接受泰戈尔的不同向度》，已经注意到了郭沫若的接受偏于泰戈尔的"泛神论"和"自我的尊严"，而冰心的接受偏于泰戈尔的"爱的哲学"。但是，这些研究仍然没有给出决定冰心和郭沫若不同选择的内在原因，而过多地归因于个人气质、家庭出身，或是笼统地归因于人道主义和个性主义 [01]。这些研究没有再进一层追问为什么冰心选择泰戈尔的人道主义一面，而郭沫若却选择了泰戈尔的个性主义一面，其根源究竟何在。因此，要解决为什么出身不同、气质迥异的许地山、郑振铎、冰心、王统照都"选择"泰戈尔的"爱"与"美"，我们还必须做研究方法上的调整，那就是在"影响—接受"的研究模式上加入新的一环，将研究模式改进为"影响—选择—接受"，并且把焦点集中在是什么因素决定了文学研究会主要作家的共同"选择"这一问题上。

决定文学研究会主要作家选择泰戈尔的"爱"与"美"的一面的关键，主要与文学研究会所秉持的互助主义理想有关。

罗宾德拉纳特·泰戈尔（1861—1941）在 1912 年赴欧前及旅行途中，从自己的孟加拉文诗集中选译了 103 篇英文诗歌，这些作品深得叶芝等英国文学名流的好评。叶芝为之亲自作序的英文诗集《吉檀迦利》，于 1912 年 11 月由伦敦的印度学会出版，在英国反响强烈，并获得 1913 年度诺贝尔文学奖。《吉檀迦利》宣扬的理想是爱人类、爱上帝以及"梵我合一"的和谐。1913 年，正是世界上民族竞争主义处于顶峰的第一次世界大战爆发前夕，欧洲许多有识之士都已经意识到即将爆发的战争的危险。泰戈尔的《吉檀迦利》以其人

---

[01] 何乃英：《泰戈尔与郭沫若、冰心》，《暨南学报》（哲学社会科学版）1998 年第 1 期。杨华丽：《泛神论与爱的哲学——郭沫若与冰心接受泰戈尔的不同向度》，《胜利油田师范专科学校学报》2003 年第 1 期。

类一家、人与人和国与国互助的博大的爱，被西方文学界和文化界赋予了拯救世界的希望，这是他获得这一年度诺贝尔文学奖的关键原因。瑞典文学院诺贝尔奖委员会主席哈拉德·耶尔纳在颁奖词中指出他的获奖是："因为这位获奖作家，正符合了阿尔弗雷德·诺贝尔遗嘱中所说的，是在'本年度'写下了'富有理想主义的'最优美诗篇的诗人。"泰戈尔作品中所表现的印度文化的"灵魂的恬静和平及自然本身的生命日益和谐"与"不安定的""竞争剧烈"的西方文化构成了一种互补性。"泰戈尔在吸收本国先哲们的训诫后，赋予其时代的新精神，依据这一精神，全世界的人将越过高山和海洋，沿着和平之路走到一起，以共同的责任感彼此和善相待。"[01] 泰戈尔的世界主义与"梵我合一"的人类互助之"爱"，打动了世界。

作为第一个获得诺贝尔文学奖的亚洲作家，泰戈尔虽然于 1914年就在日本掀起了热潮，并以其人类一家、世界一家的互助主义思想对白桦派首领、日本新村的领导人武者小路实笃产生了重大影响，但在中国文化界的命运却相当具有戏剧性。1913 年，钱智修就在《东方杂志》上发表了《台莪尔之人生观》，说"人类之趋向，由恶而驯至于善而已"，"所谓善之生活，即人类全体之生活者"[02]。但直到1915 年，陈独秀在《青年杂志》的发刊词《敬告青年》中仍然说："吾愿青年之为托尔斯泰与达噶尔（R·Tagore 印度隐逸诗人），不若其为哥伦布与安重根！"[03] 原因在于，陈独秀此时正热衷于给国人灌输民族国家的"竞争"思想。虽然在下一期的《青年杂志》中陈独秀就以《赞歌》为题名翻译了泰戈尔《吉檀迦利》中的四首诗，但这四首诗是典型的"六经注我"，用于表达陈独秀倡导新文化以给中国带来新生的希望。其二云：……前进致我歌。我歌当怪悦……其四云：……语发真理言。奋臂赴完好……[04] 在 1918 年底以前，报刊上

[01] 建钢、宋喜、金一伟编译：《诺贝尔文学奖颁奖获奖演说全集》（1901—1991），中央广播电视出版社 1993 年版，第 132—137 页。

[02] 钱智修：《台莪尔之人生观》，《东方杂志》第 10 卷第 4 号，1913 年。

[03] 陈独秀：《敬告青年》，《青年杂志》第 1 卷第 1 号，1915 年 9 月 15 日。

[04] 陈独秀译泰戈尔《赞歌》，《青年杂志》第 1 卷第 2 号，1915 年 10 月 15 日。

发表的泰戈尔作品译文寥寥可数[01]，翻译也没有明显的倾向性。为什么会出现这种现象呢？这当然和新文学还在酝酿阶段而人们对于介绍外国文学还并不十分热衷有关。其背后的潜在原因是，泰戈尔的"人类爱"的思想还没有找到进入中国新文化人士视野的契机。五四新文化运动前期的焦点在于如何使中国在"民族竞争"中自立起来，所以1915年的《青年杂志》曾经鼓吹过学习军国主义的某些方面，并对于童子军颇感兴趣。"竞争论"的盛行，导致泰戈尔很难在国内成为风潮，最多也就引起着眼于文学本身的个别人的兴趣。

郭沫若在《太戈尔来华的我见》中曾经谈道："我知道太戈尔的名字是在民国三年。那年正月我初到日本，太戈尔的文名在日本正是风行一时的时候。9月我进了一高的预科，我和一位本科三年级的亲戚同住。有一天他从学校里拿了几张英文的油印录回来，他对我说是一位印度诗人的诗。我看那诗题是'Baby's Way'（《婴儿的路》）、'Sleep Stealer'（《睡眠的偷儿》）、'Clouds and Waves'（《云与波》），我展开来读了，生出了惊异。第一是诗的容易懂；第二是诗的散文式；第三是诗的清新隽永。"也就是说，泰戈尔打动郭沫若的关键，并不是其"'爱'的福音"，而是纯粹的文学性的因素："诗易懂""散文式""清新隽永"。更有说服力的是郭沫若翻译泰戈尔的遭遇。他这样写道："在孩子将生之前，我为面包问题所迫，也曾向我精神上的先生太戈尔求过点物质的帮助。我把他的《新月集》《园丁集》《吉檀迦利》三部诗集来选了一部《太戈尔诗选》，想寄回上海来卖点钱。但是那时太戈尔在我们中国还不吃香，我写信去问商务印书馆，商务不要。我又写信去问中华书局，中华也不要（假使两大书局的来往函件有存根时，我想在民国六年的八九月间，一定还有我和太戈尔的坟墓在他们的存根簿里）。"郭沫若翻译的《太戈尔诗选》在1917年八九月间所受到的冷遇，颇能说明在"竞争论"还占据着国内文化界主流的时候，不仅作为"爱"的化身的泰戈尔无法引起人们

[01] 秦弓：《泰戈尔热——五四时期翻译文学研究之一》，《中国社会科学院研究生院学报》2002年第4期。1918年以前可以查到的有关泰戈尔的翻译基本如下：1917年6—9月《妇女杂志》第3卷第6、7、8、9期天风、无我译的短篇小说《雏恋》（即《归家》）、《卖果者言》（即《喀布尔人》）、《盲妇》。1918年9、10月，《新青年》第5卷第2、3号发表刘半农译的诗歌《诗二章》（《海滨》与《同情》）。1918年12月，《时事新报·学灯》连载韵梅翻译的剧本《邮政局》。

的多大兴趣，就是纯粹文学意义上的泰戈尔也一样吸引不了国人的眼球。精明的商务印书馆和中华书局可不想做赔本的买卖。遭受这一番打击之后，郭沫若基本上放弃了泰戈尔："我和太戈尔的精神的联络从此便遭了莫大的打击。"[01]

有关泰戈尔的翻译在中国新文坛的高潮主要集中于 1920 年到 1925 年。据目前可以查到的目录资料，至 1925 年，不包括新闻类的评价文章，共有 18 种泰戈尔的译著出版，其中 16 种出版于 1920—1925 年；共有 250 余篇译文，92% 以上出自 1920—1925 年[02]。而在这些译著和译介文章中，出自文学研究会的占半数以上。1925 年以后，泰戈尔在中国新文坛的影响开始走向衰落。

泰戈尔在中国新文化界由冷到热的这番戏剧性变化，和"一战"后五四思想界流行的互助主义思想有关。有研究这样概括道："随着'一战'的爆发，严复版进化论在中国的命运出现了重大转折，由从来没有人反对到受到质疑，进而受到了广泛批评"；对于"一战"的战祸的警醒导致"互助进化论取代了竞争进化论的主流地位"[03]。其实，克鲁泡特金的"互助论"，无论是在天义派无政府主义信徒中还是新世纪派无政府主义信徒中都早有流传，但直到"一战"以同盟国的失败而以协约国的胜利告终的结果出来后，民族竞争主义被认为是同盟国失败的根源，互助主义则被认为是协约国胜利的根本。李大钊这样指出："我们试一翻克鲁泡特金的《互助论》，必可晓得'由人类以至禽兽都有他的生存权，依协和与友谊的精神构成社会本身的法则'的道理。""人类应该相爱互助，可能依互助而生存，而进化，不可依战争而生存，不能依战争而进化。"[04]据吴浪波统计，1918 年后"互助论"在五四思想界迅速流行，当时影响很大的国内刊物，纷纷发表介绍"互助论"的文章：《觉悟》共 23 篇，《学灯》共 21 篇，《晨报》和《晨报副刊》共 11 篇，《每周评论》共 5 篇，《少年中国》共 5 篇，《新青年》共 4 篇，《解放与改造》共 4 篇。其中，蔡元培

---

[01] 郭沫若：《太戈尔来华的我见》，《创造周报》第 23 号，1923 年 10 月 14 日。

[02] 秦弓：《泰戈尔热——五四时期翻译文学研究之一》，《中国社会科学院研究生院学报》2002 年第 4 期。统计参照北京图书馆文献研究室编：《泰戈尔著作中译书目》，载张光璘编：《中国名家论泰戈尔》，中国华侨出版社 1994 年版。

[03] 刘黎红：《五四时期进化论的变迁与文化保守主义》，《天津社会科学》2002 年第 4 期。

[04] 李大钊：《阶级竞争与互助》，《每周评论》第 29 号，1919 年 7 月 6 日。

共发表 11 篇，李大钊共发表 7 篇，高一涵共发表 3 篇……[01] 而作为文学研究会前身的"改造联合"团体（由觉悟社、少年中国学会、人道社、曙光社、青年互助团于 1920 年 8 月组成），则曾经公开宣称："本联合结合各地革新团体，本分工互助的精神，以实行社会改造。"而其目标则定为："以今日的人类必须基于相爱互助的精神，组织一个打破一切界限的联合。"[02] 1920 年，在"工读互助运动"的高潮中，"工读互助团"的指导人之一蔡元培携一批教育界、知识界人士向泰戈尔发出访华邀请。泰戈尔在中国翻译界的兴起也与此同步。但泰戈尔忙于筹办国际大学，未果[03]。从热衷于译介泰戈尔的刊物看，少年中国学会的《少年中国》、觉悟社的《民国日报·觉悟》，都是和"互助论"的宣传大有瓜葛的刊物，而在《小说月报》《文学周报》中译介泰戈尔的文学研究会成员郑振铎、王统照、许地山等，都是"互助论"的宣扬者。

据史料，就单个作家而论，在文学研究会中译介最多的外国作家，并不是某个俄国的人道主义作家或者是法国的自然主义作家，而是泰戈尔。1922 年 2 月《小说月报》第 13 卷第 2 号集中刊发了一批译介泰戈尔的文章。有泰戈尔的传记（郑振铎），泰戈尔的人生观与世界观（瞿世英）、艺术观（郑振铎）、妇女观、诗与哲学观，泰戈尔对于印度和世界的使命（均为张闻天）。1923 年，在听到泰戈尔已经决定到中国访问后，《小说月报》第 14 卷第 9 号和第 10 号，办成了"太戈尔专号"（上、下），在其中开辟"泰戈尔及其著作"专栏，集中刊发介绍、翻译、评论的文章。第 9 号上有郑振铎、徐志摩、沈雁冰、王统照、周越然、仲云、高滋、胡愈之、邓演存、褚保时、如音、白序之、徐培德、朱枕薪、徐调孚等的译作品介绍文章，其中以郑振铎的最多，计有 8 篇。第 10 号上发表了陈建明、郑振铎、徐志摩、得一、樊仲云、高滋、赵景深等的译品和介绍文章。泰戈尔因故推迟到 1924 年 4 月才来访华。《小说月报》赶紧增加了一个"欢迎泰戈尔"的"临时增刊"，刊发了《欢迎泰戈尔先生》《印

[01] 吴浪波：《〈互助论〉在近代中国的传播与影响》，郑大华、邹小站主编：《西方思想在近代中国》，社会科学文献出版社 2005 年版，第 139 页。
[02] "附录"，《少年中国》第 2 卷第 5 号，1920 年 11 月 15 日。
[03] 侯传文：《寂园飞鸟：泰戈尔传》，河北人民出版社 1999 年版，第 249 页。

度诗人泰戈尔略传》《泰戈尔到华的第一次记事》《研究泰戈尔的书籍提要》。"文学研究会丛书"中正式出版的泰戈尔的译介著作有瞿世英《春之循环》（1921），郑振铎译的《飞鸟集》（1922）、《新月集》（1923）及其编著的《太戈尔传》（1925），高滋译的《太戈尔戏曲集》（二）（1924），"小说月报丛刊"中有胡愈之等著的《诗人的宗教》（太戈尔论文集）（1924），郑振铎选译的《太戈尔诗》（1925）；以其他形式出版的有文学研究会会员李金发译的《采果集》、瞿世英等译的《太戈尔戏曲集》（一）、沈雁冰等译的《太戈尔短篇小说集》。据统计，泰戈尔是文学研究会集团活动中被译介最多的一位外国作家[01]，要远远超过任何一位俄国作家和自然主义作家。

在文学研究会会员中，最早接触泰戈尔的是许地山。许地山在1913 年赴缅甸，在仰光华侨办的中华中学和共和中学任教。在缅甸期间，他不仅对佛学产生了兴趣，并且在仰光第一次看到了印度诗人泰戈尔的画像，又听到了人们的推崇，于是便去买了泰戈尔的诗集阅读。[02] 这是他接触和喜爱泰戈尔的开始。在 1918 年以前，许地山对于泰戈尔的喜爱并没有化为文学上的行动，未见他对泰戈尔的翻译和介绍。但即使他做泰戈尔的翻译和介绍，估计也不会引起多少反响，当时郭沫若翻译的《太戈尔诗选》找不到出版的地方就是明证。1918 年郑振铎认识了许地山，许向郑介绍了泰戈尔，并赠郑一本泰戈尔的《新月》诗集，约好由郑振铎译《新月》，许地山译《吉檀迦利》，但两人都一样时译时停。1919 年和 1920 年，工读互助运动掀起了高潮，郑和许花了许多精力在上面，这当然会影响他们翻译的进度。但正是工读互助运动的思想基础——"互助论"，让他

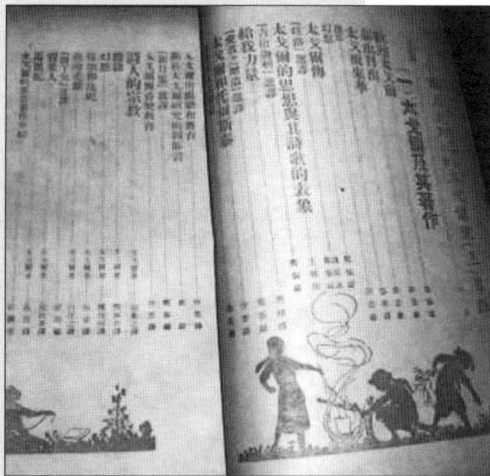

《小说月报》的"太戈尔专号"

们认识到了泰戈尔"爱"与"美"所蕴含着的由改造人心通达至善天

---

[01] 用于统计用的数据资料根据贾植芳等编：《文学研究地资料》（下），河南人民出版社 1985
年版。

[02] 王盛：《许地山评传》，南京出版社 1989 年版，第 15 页。

国的巨大价值。1921 年《小说月报》改版后，郑振铎迅速把自己译的泰戈尔的几首诗发表在上面。许地山的翻译可见到的最早的是《在加尔各答途中》，1921 年刊发于《小说月报》第 12 卷第 4 号。冰心也是在工读互助运动的高潮中接触到泰戈尔的，冰心在八十寿辰时回忆说："那是 1919 年的事了。当时根本就没有想写诗，只是上课的时候，想起什么就在笔记本上歪歪斜斜地写上几句。后来看了郑振铎译的泰戈尔的《飞鸟集》，觉得那小诗非常自由。那时年轻，'初生牛犊不怕虎'，就学那种自由写法，随时把自己的感想和回忆，三言两语写下来。有的有背景，有的没有背景也偶尔借以骂人。后来写得多了，我自己把它理成集，选了头两个字'繁星'，作为集名。"[01] 冰心的《繁星》受泰戈尔的影响不容否认，但冰心的回忆有明显的错误，那就是时间不准确。郑振铎译的《飞鸟集》于 1922 年 10 月才以"文学研究会丛书"的形式由商务印书馆出版，而此时被冰心日后收入《繁星》集的小诗已经在北京的《晨报副刊》大量发表。而且，1920 年 8 月 30 日，冰心就写了一篇短文《遥寄印度诗人泰戈尔》，表达了她对泰戈尔的信仰、具有"天然的美感"的诗词的崇拜，以及对她的影响。

受过工读互助运动的影响，积极参加过平民教育运动的冰心，在泰戈尔身上看到的不仅是"天然的美感"，也看到了泰戈尔作品中人与人互助、人类一家的大同主义思想：就是"全球的统一的国家的创造。把各民族都发展开来，便成为全世界的大结合的一分子"[02]。受此影响，冰心于 1921 年 3 月创作了短篇小说《国旗》，直接宣扬跨国界的人类爱。小说描写的是不同国籍的儿童之间的朋友之爱对国家之爱的突破，那阻隔了"天真的，伟大的爱"的国旗，最后"幻成了一种新的标帜"——人类"大同"。不久，《小说月报》就发表了评论文章，指出："《国旗》是一篇极好的作品……在此发现了她对于国家的观念。她觉得国界是不应当分的，人类是应当合一的，因此她对那隔开人类的友爱的'国旗'下以最猛烈的攻击……这篇里表现的作者，最为伟大，现在的世界正急切地需求这等的作品呵！"[03] 可见，

[01] 卓如：《访老诗人冰心》，《诗刊》1981 年 1 月号。
[02] 卓如：《冰心全传》，河北教育出版社 2002 年版，第 132 页。
[03] 赤子：《读冰心女士作品底感想》，《小说月报》第 13 卷第 11 号，1922 年 11 月 10 日。

在冰心对于泰戈尔的接受中，互助主义（人类爱）的思想，在她的"选择"中扮演了重要的角色。

1922 年冬，梁启超主持的讲学社再次邀请泰戈尔访华，泰戈尔遂决定于 1923 年 8 月到中国访问，然而由于身体状况不佳，旅行推迟到 1924 年春天。1924 年前后围绕泰戈尔的访华，除了以梁启超、张君劢为首的"玄学派"极力欢迎"文化"意义上的泰戈尔，以及文学研究会欢迎"爱"与"美"的"文学"意义上的泰戈尔外，国内其他人士多数反对。

陈独秀、瞿秋白、恽代英、沈泽民等共产党人，以"阶级竞争"和"民族竞争"理论来激烈反对"文化"意义上的泰戈尔。实庵（陈独秀）指出，泰戈尔所鼓吹的所谓可以拯救西方的东方文明，就是"尊君抑民，尊男抑女"，"富于退让而不争知足能忍的和平思想——奴隶的和平思想"[01]；世界和人类的争夺和残杀，是"由于财产制度乃个人私有而非社会公有"造成的，"完全不是科学及物质文明本身的罪恶"，"'爱'自然是人类福音，但在资本帝国主义未推倒以前，我们不知道太戈尔有何方法可以实现他'用爱来调和人类'这个志愿"[02]。郭沫若此时也已经开始用阶级斗争理论来反对泰戈尔："西洋的动乱，病在制度之不良。我们东洋的死灭，也病在私产制度的束缚。""世界不到经济制度改革之后，一切什么梵的现实，我的尊严，爱的福音，只可以作为有产有闲阶级的吗啡、椰子酒；无产阶级的人只好永流一生的血汗。无原则的非暴力的宣传是现朝代的最大的毒物。那只是有产阶级的护符，无产阶级的铁锁。"[03]

鲁迅则以"批判国民性"的态度来对人们欢迎泰戈尔做静观和冷嘲。对于泰戈尔的访华，鲁迅表现的是一种冷漠的嘲讽态度。鲁迅说："印度诗人泰戈尔先生光临中国之际，像一大瓶好香水似地很熏上了几位先生们以文气和玄气，然而够到陪坐祝寿的程度的却只有一位梅兰芳君：两国的艺术家的握手。"[04] 梅兰芳是多次受到鲁迅嘲讽的"国粹艺术"的代表，泰戈尔与梅兰芳的握手，无疑是对于鼓吹东

[01] 实庵（陈独秀）：《太戈尔与东方文化》，《中国青年》第 27 期，1924 年 4 月 18 日。
[02] 实庵（陈独秀）：《评太戈尔在杭州、上海的演说》，《民国日报·觉悟》1924 年 4 月 25 日。
[03] 郭沫若：《太戈尔来华的我见》，《创造周报》第 23 号，1923 年 10 月 14 日。
[04] 鲁迅：《论照相之类》，《语丝》周刊第 9 期，1925 年 1 月 12 日。

方文明优胜论的泰戈尔的讽刺。鲁迅在后来提及泰戈尔时，也是语多讥讽，而且常与国民性批判相结合。

文学研究会中，以沈雁冰的态度最为例外和特殊，因为他兼具共产党员和文学研究会主将双重身份。马克思的"阶级斗争"（当时又译为"阶级竞争"）理论使得他必须反对"文化"意义上提倡"互助论"的泰戈尔，"我们决不欢迎高唱东方文化的太戈尔，也不欢迎创造了诗的灵的乐园，让我们的青年到里面去陶醉去冥想去慰安的太戈尔"。而文学研究会社团的要求又使得他必须欢迎"文学"意义上的泰戈尔，因此他只好对泰戈尔做了一个"选择"和"变形"："我们敬重他是一个人格洁白的诗人；我们敬重他是一个怜悯弱者、同情被压迫人们的诗人"，"我们所欢迎的，是实行农民运动（虽然他的农民运动的方法是我们所反对的），高唱'跟随着光明'的太戈尔！"[01] 稍后我们就会看到，沈雁冰的这番话已经远远地溢出了文学研究会主流欢迎泰戈尔的"爱"与"美"的文学的倾向。因为沈雁冰在文学研究会中是与沈泽民一起最早由"互助论"转向"阶级竞争论"的人物。正是这一缘故，沈雁冰的这篇文章不发表于文学研究会的《小说月报》《文学周报》，而发表于已经"左倾"的《民国日报·觉悟》。

按照郭沫若的概括："'梵'的现实，'我'的尊严，'爱'的福音，这可以说是太戈尔思想的全部。"[02] 但是，中国文学界人士对于泰戈尔的文学接受，带有明显的选择偏向。大致而言，受泰戈尔影响较大的人中，没有受过互助主义影响的郭沫若选择时偏重的是由"泛神论"所强化的"'我'的尊严"，徐志摩选择时偏重的是"梵我合一"的"和谐"美学，而深受互助主义影响的文学研究会的主要代表作家冰心、王统照、许地山、郑振铎等人，选择时偏重的是"'爱'的福音"。

1922年，信仰互助主义的郑振铎在《太戈尔传》中这样说道："在现代的许多诗人中，太戈尔（Rabindranath Tagore）更是一个'孩提的天使'，他的诗正如这天真烂漫的天使的脸；看着他，就知道一切事的意义，就感得和平，感得安慰，并且知道相爱。"[03]"爱"（互

---

[01] 沈雁冰：《对于太戈尔的希望》，《民国日报·觉悟》1924年4月14日。
[02] 郭沫若：《太戈尔来华的我见》，《创造周报》第23号，1923年10月14日。
[03] 郑振铎：《太戈尔传》，《小说月报》第13卷第2号，1922年2月10日。

助）是郑振铎关注的焦点。文中，郑振铎还特别介绍了泰戈尔1902年创办的"和平之院"（一个在精神上类似于新村的学校，办在森林中。后来泰戈尔在印度办起了世界主义性质的"国际大学"，旨在促进世界与人类的相互了解和国际学术交流）。瞿世英的《太戈尔的人生观与世界观》对于泰戈尔的概括是"……无限之生——创造的爱……"[01]，张闻天的《太戈尔之〈诗与哲学观〉》《太戈尔的妇女观》《太戈尔对于印度和世界的使命》三篇文章，则着重介绍了泰戈尔的"自然之美"的诗学观、尊重妇女人格并把女性看成"爱的化身"的妇女观和泰戈尔把"人道"贡献于全世界的使命。[02] 1923年，王统照应郑振铎主编《小说月报》出"太戈尔专号"之约所写的长文《泰戈尔的思想与其诗歌的表象》，全面论述了泰戈尔的"爱"与"美"的文学与哲学思想。论文先从什么是印度思想谈起，然后介绍了泰戈尔的哲学思想，认为这是古文明国思想的结晶，是"爱"的哲学的创造者、"爱"的伟大的讴歌者。他认为在泰戈尔身上，哲学家与诗人是两位一体的。因为"文学与哲学，都是表现人生的，但方术不同，而其目的亦异"。"诗的本来目的，绝不是将哲学来教导我们，然诗的灵魂，却是人生观的艺术化。一切的艺术，所以有永存的价值，全在于在美的表现中，涵有真理的启示的全体，实则哲学上各种抽象的问题，在诗中几尽数涵括，不过不是用有条件与完全依据理智作系统的讨论罢了。哲学使人知，诗使人感，然其发源则相同。"论文重点论述的是泰戈尔思想与作品中的"爱"的哲学。[03]

从家庭出身、经历、性格、气质各不相同的郑振铎、瞿世英、王统照、张闻天都集中于泰戈尔的"爱"的哲学看，文学研究会对于泰戈尔的"爱"与"美"的倾心，是带有非常强的"选择"性的，这里的关键就是他们心中都还存留着互助主义的梦想（张闻天在入文学研究会前是少年中国学会会员，与沈泽民一起积极参与过互助主义的鼓吹和宣传）。

同是文学研究会会员的徐志摩，因为心中并没有先存"互助主

---

[01] 瞿世英：《太戈尔的人生观与世界观》，《小说月报》第13卷第2号，1922年2月10日。

[02] 张闻天的《太戈尔之〈诗与哲学观〉》《太戈尔的妇女观》《太戈尔对于印度和世界的使命》，均见于《小说月报》第13卷第2号，1922年2月10日。

[03] 王统照：《太戈尔的思想与其诗歌的表象》，《小说月报》第14卷第9号，1923年9月10日。

义"的"大同"梦，他对于接受泰戈尔时的选择，就与文学研究会社团相当异调。1924 年泰戈尔访华，梁启超的讲学社是"主办方"，文学研究会是"协助方"，徐志摩、瞿世英、王统照都做过泰戈尔的随行译员。但这并不代表徐志摩与王统照、郑振铎们在接受泰戈尔时的"选择"上就步调一致。徐志摩所欢迎的是"和谐"的泰戈尔，反对"放纵"的泰戈尔："我们所以加倍的欢迎太戈尔来访华，因为他那高超和谐的人格，可以给我们不可计量的慰安，可以开发我们原来淤塞的心灵泉源，可以指示我们努力的方向与标准，可以纠正现代狂放恣纵的反常行为。"[01] 而此时的文学研究会主持人、《小说月报》主编郑振铎，欢迎的是"爱"的泰戈尔："没有东西比健全的爱更伟大，它引导一切。""他是给我们以爱与光与安慰与幸福的，是提了灯指导我们在黑暗的旅路中向前走的，是我们一个最友爱的兄弟，一个灵魂上的最密切的同路的伴侣。"[02] 徐志摩选择的"和谐"当然也包含"爱"与"美"，但它是内在化的"美学原则"；而郑振铎的目光所聚焦的"爱"（互助），则有较强的"世界大同"意味。

与文学研究会社团主要"选择"的是可以通往"大同"的"互助""人类爱"不同，没有参加工读互助运动的郭沫若的选择，则极具个人化特征。他谈到他当时阅读泰戈尔的诗的情形时说，留学时的寄居他乡，婚姻的痛苦，闹得他一天到晚想自杀，为了寻找精神的安慰，他走向了"玄学"、王阳明、《新旧约全书》，"我得读太戈尔的《吉檀迦利》、《园丁集》、《暗室王》、《伽吡百吟》（ One Hundred Poems of Kabir ）等书的时候，也就在这个时候了"[03]。这种为了寻找个人心灵慰安的阅读，不像心仪于"互助"的文学研究会那样必然导向泰戈尔的"爱"的哲学。结果是，郭沫若"选择"的是泰戈尔的"泛神论"："因为喜欢太戈尔，又因为喜欢歌德，便和哲学上的泛神论（pantheism）的思想接近了"；"我由太戈尔的诗认识了印度古诗人伽吡（Kabir），接近了印度古代的《乌邦尼塞德》的思想"[04]。那

[01] 徐志摩：《太戈尔来华》，《小说月报》第 14 卷第 9 号，1923 年 9 月 10 日。

[02] 郑振铎：《欢迎太戈尔》，《小说月报》第 14 卷第 9 号，1923 年 9 月 10 日。

[03] 郭沫若：《太戈尔来华的我见》，《创造周报》第 23 号，1923 年 10 月 14 日。

[04] 郭沫若：《创造十年》，《郭沫若全集》（文学编）第 12 卷，人民文学出版社 1992 年版，第 66 页。同页注云："按，又译《优婆层沙昙》，即《奥义书》，是印度古文献《吠陀》最后一部，又称《吠檀多》，内提出了'梵'（宇宙本原，宇宙精神）'我'（个人精神，灵魂）同一问题"。

么，郭沫若所谓的"泛神论"是什么呢？他在《少年维特之烦恼·序引》中这样解释道："泛神便是无神。一切的自然只是神的表现，自我也只是神的表现。我即是神，一切自然都是自我的表现。"[01] 所以，郭沫若所"选择"的泰戈尔，主要是"'我'的尊严"意义上的泰戈尔。

　　以心中是否抱有互助主义梦想为分野，文学研究会社团、徐志摩、郭沫若所看中的是色调并不相同的泰戈尔。这种不同的"选择"导致了三者在文学创作上的分歧。

---

[01] 郭沫若：《少年维特之烦恼·序引》，《创造季刊》第 1 卷第 1 号，1922 年 5 月。

五四文学——启蒙的维度与向度

第四节　文学研究会"爱"与"美"创作中的互助主义色彩

　　文学研究会对于泰戈尔的热衷，化为了群体性的"爱"与"美"的文学创作。但是，由于在文学研究会主要代表作家心目中，一直存在着由"互助"可以通往"大同"的梦想，这使得其作品普遍把焦点集中在"爱"与"美"的"功能"（"爱"与"美"可以通往"大同"）上面，而不是将笔力集中于"爱"与"美"的情绪与情感本身的抒写上。这种把"爱"与"美"功能化的做法，在很大程度上妨害了文学研究会对"爱"与"美"文学的审美品格。而不像文学研究会主要代表作家那样带着"互助论"的有色眼镜的郭沫若和徐志摩，则把从泰戈尔那里接受来的影响"内在化"了，其作品的审美意蕴相对较高。

　　闻一多称冰心是"中国最善学泰戈尔"[01]的女作家。这从褒义方面看，是指冰心学泰戈尔学得最像。但从不足方面看，学得太像，也就缺乏了自己的创意。所以，也可以说这种接受是一种比较外在化的接受。作为文学研究会诗歌代表作的冰心的"小诗"集《繁星》《春水》，是受泰戈尔诗歌直接影响下的产物。我们一般将它概括为：自然、童心、母爱三位一体。而这三者的核心则是"爱的哲学"。如

---

[01] 闻一多：《泰果尔批评》，《时事新报·文学旬刊》第 99 期，1923 年 12 月 3 日。

《繁星》第 12 首，就是直接歌咏人类爱的作品——"人类呵！相爱罢！／我们都是长行的旅客，／向着同一的归宿"。这种人类应当互爱的思想是信仰互助论的冰心的善良愿望，同时也是泰戈尔终身追求的美好理想。在《飞鸟集》中，泰戈尔曾在许多首诗里讴歌这种理想，其中与《繁星》第 12 首意境最相近的是第 9 首。该诗如下（郑振铎译文）："有一次，／我们梦见大家都是不相识的。／我们醒了，／却知道我们原是相亲相爱的。"又如《繁星》第 14 首是表现人与自然关系的："我们都是自然的婴儿，／卧在宇宙的摇篮里"。冰心这种人与自然亲密无间、融为一体的关系是泰戈尔在作品里反复表现的主题。如《飞鸟集》第 85 首写道："艺术家是自然的情人，／所以他是自然的奴隶，／也是自然的主人。"无论在泰戈尔那里还是冰心那里，爱自然与爱人类都是一体化的。

王统照的第一部诗集《童心》（尤其是其中的《小诗七十六首》），无论在诗行的排列上，还是在意象的选择、主题和精神上，都深受泰戈尔小诗的影响。这些小诗虽然短小精悍，如行云流水，诗人或采摘一株玫瑰，或拾起一棵小草，或捕捉一阵清风，或凝视一线蛛丝，都代表着"爱"和"美"，但其目标都在于表现人类应该"互助""相爱"：人不仅要与他人融为一体，而且要与美丽的自然融为一体。因为，"爱不仅是感情，也是真理，是植根于万物中的喜" [01]。

也就是说，冰心、王统照的小诗，从诗的外形到诗的精神都与影响源趋同：虽然冰心、王统照的诗歌都不乏作者自己的情感体验，但在外观上都与泰戈尔的诗相当类似；在内容上，他们想要表现的也都是泰戈尔所要表达的同一个观念和主题，那就是"爱"与"美"。而其中的"美"的观念又与泰戈尔基本相同，即人类博大的爱对于人类自身以外的自然的延续。冰心、王统照的小诗对于接受泰戈尔后的"外在化"的特征，当然可以归因于他们两人的文学经验不是太成熟。但更为根本的是，他们心中一直存留着通过"爱"（互助）就可以实现大同式的人间天国的潜意识。这使得他们在创作中，总是有意无意在极力表达"爱"的"哲理"。

冰心在 1920 年写完《遥寄印度哲人泰戈尔》之后 5 天，创作了

---

[01] 泰戈尔：《人生的亲证》，商务印书馆 1992 年版，第 61 页。

五四文学——启蒙的维度与向度

冰心诗集《繁星》

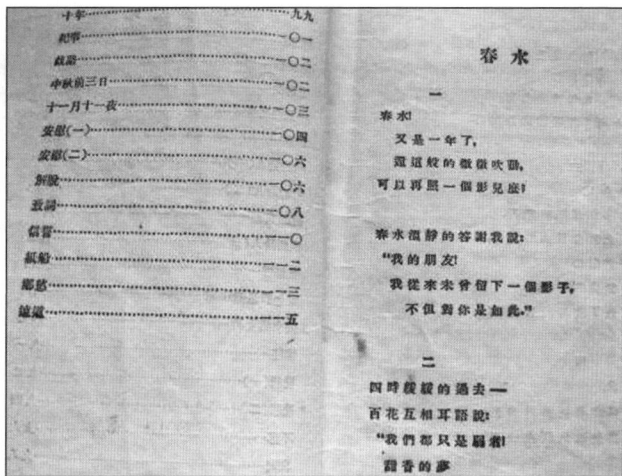

冰心诗集《春水》

《"无限之生"的界线》。作品借"我"与死去的同学宛因的灵魂的谈话，发出了"爱"的宣言：爱是博大的，不是狭小的，应涵盖"人和万物"；爱是坚实的，不是虚幻的，能扩大自我以融于宇宙。在母亲、儿童、自然三位一体所代表的世界里，人间只有"同情和爱恋"，只有"互助和匡扶"。这不仅是泰戈尔"真正增强文明的力量，使它真正进步的是协作和爱，是互信和互助"[01]的翻版，同是也是人人互助与相爱的人间天国梦的潜在文学表达。当然，其背后也存在着相当强的基督教色彩。

"爱的实现"，是文学研究会文学创作中最常见的模式。对于"互助论"的信仰使得这些文学研究会代表作家更多地看重"爱"与"美"的"功能"——可以通往"大同"天国，而不是"爱"与"美"本身。

在冰心笔下，"爱"常常是实现某种目的工具，更为她所看重的是"爱"的功用。因此，她的作品往往不是去极力表现人物对于爱的深刻细腻的心理感受，或人物在"爱"当中的行为和表现，而是急于去写"爱"改变了世界，即爱的功能。《爱的实现》写诗人静伯对于在海边玩耍的孩子的爱，那是他的诗之源泉。当海边起风浪静伯担心孩子的时候，他诗思枯竭；而当他安全地找回孩子之后，他的诗思喷涌如泉。作品虽然写"爱"是诗的源泉，但静伯在孩子回来之后的心

---

[01] 季羡林：《泰戈尔的生平、思想和创作》，《社会科学战线》1981 年第 2 期。

理感受，却没有得到有效的表现，从而使得作为诗之源泉的"爱"相当抽象。《世界上有的是快乐……光明》写凌瑜投身爱国运动，五四时他激情高涨四处奔走，在五四落潮后，他悲观失望了。看看国家和社会的无望，他想自杀。正当他准备跳海的时候，身后传来了孩子们的歌声。男孩子小岚问他要做什么，他说："我要走一条黑暗悲惨的道路。"孩子没了主意，走时回头说道："先生，世界上有的是光明，有的是快乐，请你自己去找吧！不要走那一条黑暗悲惨的道路。"这银钟般的清朗的声音，使凌瑜心里有了一线光明，多了满腔的热气，心中阴翳被拨散了，产生一种庄严华美的情感。他抬头望着满天的繁星，轻轻地说："我知道了，世界上充满了光和爱，等着青年自己去找，不要走那黑暗悲惨的道路！"作品中的这番"爱"的训导居然出自孩子之口，这是一不可信；凌瑜只听了孩子简单的一番"爱"的训导，居然从此就看到了"爱"必然带来的光明前景，这是二不可信。从人物塑造角度看，冰心的重点不在于写人物处身于"爱"当中细腻的心理感受，而在于揭示"爱"的功能。最为典型的，还要算被列为文学研究会代表作品的《超人》。成仿吾认为这一篇作品在结构上不"完全"，是有相当道理的。他认为，冰心写何彬从对于"爱"的否定转化到对于"爱"的肯定，缺少了中介环节（零点），结构上不"完全"。而成仿吾所谓的缺少中介（零点），主要是指何彬在受到禄儿的"爱"的训导之后，居然没有经过多少心理斗争就转化了过来。因此，成仿吾最后下结论道："不过她的作品，不论诗与小说，都有一个共通的大缺点，就是她的作品，都有几分被抽象的记述胀坏了的模样，一个作品的戏剧的效能，不能靠抽象的记述，动作（action）是顶要紧的，最好是把抽象的记述投映（project）在动作里。我们的旧小说多被动作（实事）胀坏了，然而被抽象的记述胀坏，也是过犹不及。这许是冰心偏重想象而不重观察的结果。"[01] 作品的"抽象"，对于"爱"缺少形象性的表达，确实是冰心作品的一大缺陷，但这种缺陷，也许并不是冰心不重"观察"的缘故，而是她太急于表达"爱"的"功效"。

　　但是，文学研究会社团并不太在意冰心小说在人物塑造上的不

---

[01] 成仿吾：《评冰心女士的〈超人〉》，《创造季刊》第 1 卷第 4 号，1923 年 9 月 10 日。

足与"爱"的观念表达的抽象、单薄。《小说月报》第 13 卷第 9 号、11 号的评论栏，几乎成了赞美冰心这类小说的专栏。纵观《小说月报》的评论，冰心的这类小说是受赞誉最多的小说。王统照的评论可为代表："冰心的全体作品，处处都可看出她的'爱的实现'的主义来。她的作品，所叙述与描写的，大概都离不了家庭的爱慕与经过，朋友与怀旧的情感，以及自己的最高思想。但无论如何，她的作品，实足代表她对于'生之爱'的精神。其中《超人》一篇，尤为她整个思想的最高的表现。虽然她其他的作品，使人爱读与描写精细处，也多不让此篇，但整个的足以发现她的思想，我的意见，以为这篇便是个好榜样。"[01] 署名"赤子"的《读冰心女士作品底感想》说："冰心女士是一位伟大的讴歌'爱'的作家，她的本身好像一只蜘蛛，她的哲理是她吐的丝，以'自然'之爱为经，母亲和婴孩之爱为纬，织成一个团团的光网，将她自己的生命悬在中间，这是她一切作品的基础——描写'爱'的文字，再没有比她写得更圣洁而圆满了！"[02] 署名"式岑"的《读〈最后底使者〉后之推测》[03] 和严敦易的《对于〈寂寞〉的观察》[04]，也一致对冰心的"爱的实现"的小说大加称赞。为什么冰心小说中"观念化"的表达不足以引起文学研究会的批评和重视呢？因为，在大同的梦想中，"爱"（互助）的功能是强大无比的，它可以实现人间的天国梦。文学研究会所看重的正是"爱"的"功能"，而不是"爱"本身应该如何去用完美的文学手段进行表达。因此，只要作品中"爱"的功效被表现得愈大，就愈能成为作品的"好榜样"。自然，"爱"与"美"的"观念化"表述就不成为缺陷了。

文学研究会的另一个代表作家王统照的小说，也存在类似把"爱"与"美"功能化的情形。在王统照的眼里，泰戈尔是"'爱'的哲学的创导者，'爱'的伟大的讴歌者"，"以诗人以哲学家的资格，作'爱'的宣传，思想的发扬，文字的贡献，其唯一的希望，就是此等'爱'的光普照到全世界，而且照在人人的心中，则有生之物，都可携手飞行于欢乐的自由之中，而世界遂成为如韵律般光明，色泽般美

---

[01] 剑三（王统照）：《论冰心的〈超人〉与〈疯人笔记〉》，《小说月报》第 13 卷第 9 号，1922 年 9 月 10 日。

[02] 赤子：《读冰心女士作品底感想》，《小说月报》第 13 卷第 11 号，1922 年 11 月 10 日。

[03] 式岑：《读〈最后底使者〉后之推测》，《小说月报》第 13 卷第 11 号，1922 年 11 月 10 日。

[04] 严敦易：《对于〈寂寞〉的观察》，《小说月报》第 13 卷第 11 号，1922 年 11 月 10 日。

丽与调谐了"[01]。很显然,王统照所看中的也是"爱"的"功能"——"爱"能通往世界的"光明"。在《一叶》里,作者把人生比作一串碧色的念珠,必须用"爱"的泪水常常润洗,他才会放出灿烂的光华。而《沉思》则从反面说明了人类"普遍于地球"的"烦闷混扰"。为什么未能得以"乐其生"而"得正当的归宿"? 就是因为缺乏"爱"。与冰心稍有不同的是,冰心笔下只见有童心之爱、母爱,对于自然之爱,王统照则把两性之爱也纳入"爱的实现"的范围,如《一叶》中天根与慧姐的爱。但是,《一叶》也没有解决把"爱"功能化的弊病,把笔墨过多地集中于对"爱"的受阻与社会关系的探讨,对于人物的人性刻画则比较单薄。究其根源,还是王统照笔下的"爱",是改造社会,通向人间天国的工具。所以,瞿世英的概括是相当准确的,他认为王统照的小说是在想象中建设一个爱和美的社会。以"互助"(爱)通往"大同",让王统照难以释怀,其作品中的观念化则缘于此。

许地山的小说中把"爱"功能化的痕迹也非常明显。他笔下的尚洁(《缀网劳蛛》)、惜官(《商人妇》)、阿葛利马(《商人妇》)、和敏明(《命命鸟》)等等一系列人物,几乎综合了佛陀般的慈悲和基督教的博爱,她们不受世俗之见约束,为着人类之爱而活着。《缀网劳蛛》中的尚洁因救助受伤的小偷遭到丈夫的误解,她以苦行主义远走他乡,最终将丈夫从凶狠的世界中拯救出来。其结构模式与冰心的代表作《超人》完全相同,那就是"爱"感化了人类和世界。因为作品的重点也放在"爱"的"功能"上,所以人物的丰富性、复杂性大打折扣。《缀网劳蛛》中的尚洁因救助受伤的小偷而遭受丈夫的误解,委屈的她本来应该内心充满了丰富曲折的心理活动,这是人物塑造容易出彩的地方,但许地山却有意地轻轻带过。丈夫回来忏悔时,尚洁更应该内心充满感慨,心理活动同样也会丰富、复杂,但许地山再次轻描淡写地一笔带过了。我们以前的研究和评论普遍认为这是许地山受到佛教和基督教影响的缘故,把人物性格写得相当软弱。这显然带有一定的误读。因为许地山的重点是在写"爱"的"功能"——尚洁博大的爱可以感化顽冥不灵的丈夫,以"爱"为旗,改造人心以通向人

---

[01] 王统照:《泰戈尔的思想与其诗歌的表象》,《小说月报》第 14 卷第 9 号, 1923 年 9 月 10 日。

间天国的路也就不远了。作品的真正不足之处并不是尚洁的个性软弱，而是尚洁的形象刻画相当单薄，人物缺少丰富性、复杂性。但如果许地山过多地写尚洁在受误解及丈夫回心转意后的内心矛盾和斗争，则又势必削弱尚洁的爱之博大。一旦尚洁的爱的博大受到她内心矛盾的玷污，人物的道德理想性就会受损。而对于一心向往以道德理想主义的"互助"（爱）来实现"大同"梦想的许地山来说，存在着犹豫和内心矛盾的"爱"，很容易就会让道德理想国崩溃。《商人妇》中的惜官在一再受到男性和命运的作弄时，只是一味地表现出博大的忍让，而缺乏心理活动，也是同一道理。

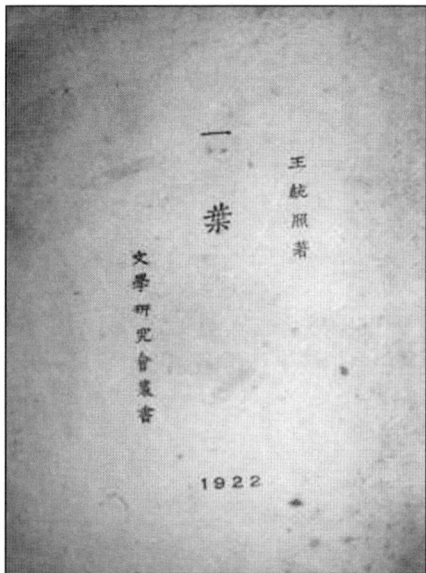

王统照的《一叶》

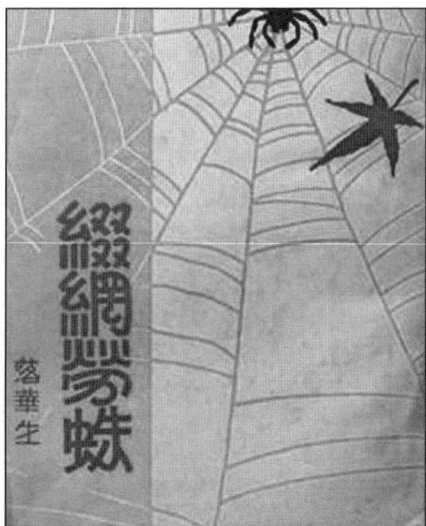

许地山小说集《缀网劳蛛》

这里非常值得一提的就是泰戈尔的热烈倾心者张闻天于 1924 年创作并连载于《小说月报》的"革命加恋爱"长篇小说《旅途》。《旅途》完成于 1924 年 5 月，连载于《小说月报》第 15 卷第 5 至 12 号，作于张闻天的《太戈尔之〈诗与哲学观〉》《太戈尔的妇女观》《太戈尔对于印度和世界的使命》欢呼泰戈尔把"人道"贡献于全世界的两年之后。小说中的主人公王钧凯在五四浪潮过去后，也像许多青年一样陷入悲哀、虚空和孤寂之中，以"喝酒与打牌来打发日子"。不久他受到美国某水利工程局的聘请去当工程师，在上海因病而滞留，碰巧遇到朋友的妹妹徐蕴青。多次接触后两人相爱，难舍难分，然而蕴青由母亲做主已婚配，她又不愿伤母亲的心，为此他们只能抱着"只要灵魂永久联合在一起就够了"的精神恋爱观而洒泪分手。钧凯到了美国以后，以繁重的工作来摆脱内心的痛苦和孤独。但当接到蕴青违心出嫁的信函之后，他孤独的心再也经不住这本在预料中的消息的一击，昏迷了一周。这期间，美国朋友克拉夫妇伸出了友谊之手，他们的女儿安娜对他更是关怀备至，并逐渐爱上了钧凯，而钧凯则始终视之为妹妹。在安娜的关切鼓舞下，在大自然的漫游中，钧凯又振作起来了。不久他认识了美国姑娘玛格莱，相似的人生经历和共同的思想使他们相爱，并决定共同参加中国的革命。正在这时，安娜在爱的绝望中跳湖自杀，这给钧凯又一沉重打击，加速了他回国参加革命的行程。然而玛格莱在途中不幸患病而死，钧凯忍受着心中的双重悲痛只身归国，他参加了"大中华独立党"，并担任了第一路独立军的副司令，他奋勇作战、身先士卒，最后因受重伤而光荣牺牲。《旅途》实际上是张闻天从信仰互助主义到信仰革命主义转轨的心路历程式作品。前半部分重点在于表现"爱"与"美"，而后半部分则重点突出"革命"的激情。在小说的前半部分，作者所重点体现的也是"爱"与"美"的功能性价值，显示了文学研究会的创作惯性。钧凯在精神苦闷中，总是从异性的"爱"与大自然的"美"中重新振作。他第一次陷入精神低谷，在找不到出路的苦闷彷徨中时，是第一个恋人蕴青以纯真的友情和爱心不断地激起他的事业心、自强心，提醒他"你这种人对于社会是很有用场的"。但"爱"的目标，却指向钧凯对于社会改造的希望，而不是"爱"的心理感受。钧凯对蕴青说："我们的爱是无限的，我愿把它变做伟大的太阳挂在天空中，光照着一切陷在迷途中的青年！""爱"的目标所指向的是人间天国梦，是诗意乌托邦。恋爱失败的钧凯到了美国之后，陷入了第二次精神低谷，安娜的父母和安娜跨国界的"爱"再次使钧凯振作了起来，重新焕发了为把祖国建设成人间天国的热情。互助主义再一次放出了理想的光辉。但这一次是他主动推开了安娜，为什么呢？因为一旦与安娜结合，钧凯把祖国改造成人间天国的梦想就会流产，安娜虽然可爱，但她作为世俗的真、善、美的化身，虽然可以以"爱"使钧凯重新振作，却不可能把钧凯真正推向人间天国梦的实行，他们的结局只会是一个幸福的家庭。因此，为了

张闻天小说《旅途》

张闻天小说《旅途》版权页

人间天国梦，钧凯只好拒绝安娜。这一次，除了感受到"爱"之外，使钧凯重新振作的还有大自然的"美"。钧凯到美国后的最大不适，就是城市人的精于理性计算和市侩习气，这引发了他极大的苦闷，使得他的人间天国梦受到了压抑。但当他面对着郁舍蜜瀑布那如万马奔腾的响声，他感到了自然的雄壮和伟力。他感慨地说："美的自然救了我：它把纯洁、把光明、把清泉、把伟大总之把它一切珍贵的东西通通给了我，我现在又能立起脚来去生活了。"钧凯在大自然的漫游中，重新发现了自己对于建设人间天国所肩负的使命和生命价值。"爱"与"美"的功能性价值再次得到了表现和张扬。第三次恋爱，则把钧凯由"互助"建设人间天国的梦推向了由"革命"建设人间天国的实行。玛格莱的爱之所以能引起钧凯的共鸣，是因为她并不想把钧凯占为己有，而是极力想帮助他完成他的人间天国梦。"爱"再一次被引向其"功能"。而作品中钧凯最后一次"爱"的死亡——玛格莱的死亡，则证明张闻天心中以互助主义（爱）来实现"大同"的人间天国梦已经于无形中破灭，玛格莱的死亡则进一步把钧凯推向了"革命"，这无疑暗示了张闻天从互助主义向革命主义的转型。作品的结局是虽然革命导致钧凯的生命如礼花般爆裂，但礼花灿烂的光芒却照耀了夜空，人间天国终于实现。整部作品中，"爱"与"美"一次又一次被"功能化"的写作方法，导致了小说"观念化"的痕迹过重，从而影响了审美效果。而"爱"与"美"被"功能化"的总根源，又出自张闻天所有过的互助主义梦想。

以互助主义可以实现人间天国的眼光来看待和接受泰戈尔，从而把泰戈尔"爱的哲学"用"功能化""外在化"的方式来进行文学表现的现象，在文学研究会"爱"与"美"的文学创作中相当普遍。难怪这会引起正在与文学研究会论战的郭沫若在《昨夜梦见太戈尔》中的大加嘲笑："他们惯会摹仿，东一摹仿，西一摹仿，身上穿的一件花花衣裳，终竟捉襟见肘。"[01] 这番嘲笑虽然有些阴损，并且文学研

---

[01] 郭沫若：《昨夜梦见太戈尔》，《创造季刊》第 1 卷第 2 号，1922 年 8 月 25 日。

究会对于泰戈尔也不全是模仿，如以"爱"的"功能"为重点的写法，就并不完全出自泰戈尔，实际上是其互助主义梦想与泰戈尔的混合物；但郭沫若确实道出了文学研究会笔下"爱的哲学"过于"外在化""功能化"的弊病。而这种弊病的根源，并不是由于文学研究会不善于观察生活或者写作水平幼稚，而是他们过于执着通过"爱"（互助）就能实现互助主义的人间天国梦。从大处看，互助主义思潮虽然成就了在中国传统文学中很少见到的"爱"与"美"的新文学创作，给现代文学做出了重大贡献；但同时也正是"互助"实现"大同"的潜在"观念"效应，导致了文学研究会"爱"与"美"创作的"功能化""外在化"的弊病。

在文学研究会的核心作家中，叶绍钧、庐隐是不怎么受泰戈尔影响的作家。但这两位作家也一样从事着"爱"与"美"的呼吁，其原因同样与其互助主义思想有关。并且，由于互助主义观念强烈，叶绍钧和庐隐笔下也同样存在把"爱"与"美"的功能作为表现重点的现象。庐隐《或人的悲哀》中的看护妇刘女士，是宗教的信徒，爱的使者。一个月色清明的夜里，刘女士穿了一身白衣服，跪在床前为亚侠祈祷，她的恳切的声音，使亚侠觉得月光带进神秘的色彩来罩住了世界上的一切。刘女士无疑是善与美的化身，她爱他人的虔诚，是深感人类社会利己主义之罪恶的亚侠唯一的安慰。但是，从小说的人物塑造看，刘女士只是作为安慰的"功能"而存在，她的形象相当单薄；相对于亚侠而言，她也不构成亚侠这一人物形象塑造的有效叙事因素，刘女士所起到的只是衬托现实社会之"竞争"与"倾轧"的罪恶和可恶。因此，我们明显可以看到作为爱的化身的刘女士这一人物形象身上的互助主义痕迹。叶绍钧的《小白船》《傻子》《芳儿的梦》《梧桐子》《燕子》都展示了一个充满"爱"与"美"的"纯洁"的神仙般的世界。短篇小说《阿凤》中的童养媳阿凤整天挨着婆婆的打骂，但残酷的命运并没有扼杀她的爱心，她在同小孩和小猫的忘形玩耍中，心中充满了爱的欢乐。《潜隐的爱》中的寡妇"伊"，把内心潜隐的母爱尽情地倾注在邻家小孩身上，并把这种爱视为自己人生最大的乐趣和生命的意义。叶绍钧笔下的"爱"与"美"，同样侧重于其"功能"和"意义"。《燕子》中的小燕子被泥弹击伤，躺在棣棠花下哀叫，柳树、池塘、蜜蜂、棣棠花都安慰它，并告诉它："可怜的小朋友，你吃亏了。你不要相信世间没有伤害呀！"后来两个善良的小姑娘青子和玉儿把它带回家，给它"讲黄金洞里的小女王的故事"，"在金色的灯光中唱那些神仙们爱唱的歌"，又在报纸上登广告招来小燕子的妈妈。小燕子在告别青子和玉儿时说："我真实遇到的都是好意。伤害之类，我没有知晓，可知它的性质是虚空的。"但是，作品中的"爱"与"美"并不完全围绕着小燕子的形象塑造，相反，小燕子接连碰到了柳树、池塘、蜜蜂、棣棠花的规劝，以及青子和玉儿的真诚帮助，倒是为了证明"爱"的存在和相信"爱"之实存所带来的美满结果。为叶绍钧所重的，是"爱"的功能——相信爱之实存的美满结局，而不是把爱当作有效的叙事因素用于小燕子的形象塑造。受泰戈尔影响不多的叶绍钧与庐隐，其作品也与受泰戈尔影响较多的其他文学研究会作家一样，以"爱"和"美"的"功能"为重而轻形象塑造，这颇能见出"互助论"的巨大观念效应。叶绍钧、庐隐深深相信，"人人本着互助的天性"，才能"谋人类的幸福快乐"[01]；"彼此永永互助，社会永永进步，方始可以得到人类圆满的，普遍的，永久的快乐"[02]。而在同样信仰人道主义的鲁迅笔下，我们却看不到"爱"与"美"的"功能化"创作，这显然再次证明，互助主义在这里扮演了非常关键的角色。

对照而言，不带有互助主义的观念化特征的郭沫若，他所受到的泰戈尔的影响，表现在创作中则要"内在化""个人化"得多。虽然郭沫若的第一首白话诗《死的诱惑》与泰戈尔《园丁集》第81首颇为近似（参见冰心译文），他写于1918年的《新月与晴海》，也有模仿泰戈尔的《新月集》中《云与波》（参见郑振铎译文）这首诗的痕迹。但是，郭沫若在不久之后就将泰戈尔的影响内在化了。他把泰戈尔的"梵我合一"的"泛神论"与惠特曼相结合，化成了"自我的扩张"和一种"复活意识"[03]。在《地球，我的母亲》中，诗人与世界万物共有一个母亲。在《晨安》中诗人向世界万物一一问好。在郭沫若的这些作品中，仍然可以见到泰戈尔的"泛神论"的影子，但与泰

---

[01] 庐隐：《劳心者和劳力者》，《批评》第6号，1921年1月出版。
[02] 叶圣陶：《小学教育的改造》，《新潮》第2卷第2号，1919年12月1日。
[03] 如前述，泰戈尔是在郭沫若处于精神困境中想自杀时被郭氏当成解困良药的，因此，泰戈尔之于郭沫若具有"复活"的意味。

戈尔的和谐与优美相比，郭沫若显得雄浑而阔大、气势豪迈、热血沸腾。郭沫若已经把泰戈尔的影响"内在化"了，由"模仿"变成了"综合"和"创造"。他不仅在诗体形式上走出了冰心、王统照过于效仿泰戈尔的小诗的局限，而且在风格上也来了一个由泰戈尔的优雅向郭氏的壮阔的转型。当然，这当中有后来的惠特曼的影响存在。但泰戈尔的影子仍然还在，只不过已经非常"内在化"了。《凤凰涅槃》的"凤凰"，既是五四精神，也是作者"自我"的新生精神；同时也是物我一体的"泛神"精神和某种意义上的"复活"意识的表现。《天狗》中的"天狗"，同时也是诗人的化身，它把日、月、一切的星球和全宇宙都"吞了"，意味着诗人的"自我"融入宇宙万物，与宇宙本体合一。这同时也是诗人另一种意义上的"复活"。"天狗"不但如本体一样在外宇宙运行——飞奔、狂叫、燃烧，而且也在内宇宙——自我体内运动，毁掉自我的旧骸，"我的我要爆了"。这"爆了"，如同凤凰在烈火中涅槃之后重生一样，将产生一条新天狗。这首诗中，来自泰戈尔的"泛神"精神仍然存留着，但在风格上已经和泰戈尔的优美拉开了相当远的距离。郭沫若是由于精神苦闷想自杀而走向泰戈尔，寻找到了心灵安慰，所以泰戈尔对于他而言，意味着精神上的"复活"。"复活"的意象，总是存留在郭沫若的潜意识里。五四运动，让他想到的首先是"复活"。日后的"革命"，也是其"复活"意识的一种延伸。当然，郭沫若也有与泰戈尔风格相当类似的《天上的街市》，但即使是在《天上的街市》这样以优美见长的作品中，郭沫若也已经把泰戈尔的影响"内在化"了：星星与中国传说中的牛郎和织女化为了一体，并且其重点是"爱"与"美"本身，而不是文学研究会所喜爱的那种"爱"与"美"的"功能"。郭沫若这种对于泰戈尔的"内在化"的接受，与文学研究会相比就相当"个人化"，也更富有创造性。这就难怪他在 1922 年对文学研究会对于泰戈尔相对"外在化"的接受颇有微词了。

最有说服力的例证，还要算徐志摩。徐志摩是文学研究会第 93 号会员 [01]，但是现有的文学史论著在论述文学研究会"爱"与"美"的文学时，一般都不把徐志摩列入。从表面上看，因为徐志摩同时也

---

[01] 苏兴良：《文学研究会会员考录》，见贾植芳等编：《文学研究会资料》（上），河南人民出版社 1985 年版，第 16 页。

是新月社的主角之一。但更为根本的原因是，并不存在互助主义潜意识的徐志摩所接受的泰戈尔的"爱"与"美"，与文学研究会主流是相当异调的。他在欢迎泰戈尔时，欢迎的就是泰戈尔的"和谐"，"纠正现代狂放恣纵的反常行为"[01]。在《新月的态度》中，徐志摩反复强调的就是"和谐"的美学原则："我们最高的目标是与生命本体同绵延的，是超越死线的，是与天外的群星相感召的"；"感情不经理性的清滤是一注恶浊的乱泉"。他反对"归附功利""依傍训世"的文学[02]。因此，与文学研究会将"爱"与"美"的"功能"作为表现重点的"训世型"创作不同，徐志摩把"爱"与"美"内化了，化为了自己的人格，化为了创作中"和谐"的美学原则。生活中的徐志摩，对于"爱"与"美"有一种不管不顾的献身精神，最后则殉于所爱，这是尽人皆知的事实。《再别康桥》是尽人皆知的以"和谐"取胜的经典，再如《留别日本》和《沙扬娜拉》组诗："趁航在轻涛间，悠悠的，／我见有一星星古式的渔舟，／像一群无忧的海鸟，／在黄昏的波光里息羽优游，／沙扬娜拉！／那是杜鹃！她绣一条锦带，／逶迤着那青山的青麓；／啊，那碧波里亦有她的芳躅，／碧波里掩映着她桃蕊似的娇怯——沙扬娜拉！"这首诗不仅诗句华瞻流丽、自然清新似泰戈尔，而且那冥想、悠闲、轻捷、飘忽的精髓也神似泰戈尔。与冰心、王统照的小诗接近于泰戈尔的"形"相比，徐志摩的诗更接近于泰戈尔的"神"——"梵我合一"的"和谐"美学。徐志摩与文学研究会"爱"与"美"主流的异调，表现得最明显的，还要算他与陆小曼合写的五幕剧《卞昆冈》。石匠师父卞昆冈，妻子早死，上有六十多岁的老母，下有一子阿明六岁，甚得他喜爱。后来他娶了后妻——寡妇李七妹，但后妻一直嫉恨阿明有一双像卞昆冈前妻的眼睛，于是她就毒瞎了阿明的眼睛。卞昆冈四处求医，快急疯了，而李七妹却在与人私通时因被阿明撞见而将阿明害死。李七妹与情人私逃，瞎子老周来到时，阿明复苏了一会儿，说出了真相，复又死去。卞昆冈与徒弟遂去杀人报仇。这部作品中卞昆冈对于儿子阿明深挚的"爱"，没有任何去实现某一社会目标的色彩，而只是人间的一种深情。因此，作品的重点并不像文学研究会的主流那样表现"爱"的

[01] 徐志摩：《太戈尔来华》，《小说月报》第 14 卷第 9 号，1923 年 9 月 10 日。

[02] 徐志摩：《新月的态度》，《新月》第 1 卷第 1 号，1928 年 3 月 10 日。

"功能"，而是写卞昆冈由"爱"而生的心理活动。当阿明还没有死而卞昆冈的"爱"有所附丽时，剧中重点表现的是人性的健康状态；而当阿明被害死而卞昆冈的"爱"失去附丽时，剧中重点表现的是人性的失常状态。整部作品的重点所在，不是"外在化"的"爱"的训导，而是剧中主人公卞昆冈在后妻对于孩子的忌恨与他对于孩子的爱之间矛盾中的心理挣扎。这也是这部作品的审美魅力所在，即使作品在结构上"巧合"的痕迹太重。徐志摩笔下的"爱"与"美"与文学研究会主流的异调，其背后的根源在于，冰心、王统照、许地山、张闻天等人在接受泰戈尔时心中都有一个互助主义的"观念效应"在时时作祟，而对于互助主义一无所知的徐志摩，在接受泰戈尔时，则要相对"个人化"得多，所以也就更容易"内在化"。

1925 年的"五卅"事件导致文学研究会转向阶级文学和革命文学之后，文学研究会以"爱"与"美"的"功能"为重点的创作逐渐减少。但并没有完全中断：第一是由于冰心和许地山没有赶上国内的"五卅"事件，继续了相当长一段时间这种偏重"爱"与"美"的功能创作。直到 1931 年，冰心写了一篇被认为是现实感很强的《分》，表明她对"爱的哲学"已产生了怀疑。《分》通过屠户的儿子和教授的儿子在医院中的对话，揭示了阶级因素对于人物命运的"天生"的决定性影响。当被冰心看作最伟大的母亲的"爱"也对自己的孩子无能为力的时候，"爱的哲学"的基石就摇摇欲坠了。但此后，冰心也就很少写小说了。许地山到了 1928 年以后的《在费总理的客厅》等作品，也开始走出以"爱"的"功能"来改造社会的人间天国梦，批判现实的色彩和锋芒大大增强，并在日后的抗战文学中写出了《铁鱼的鳃》这样批判现实的佳作。第二，在阶级文学和革命文学中，"爱"与"美"被"功能化"的创作模式还在继续延续着。这些作品在写到下层阶级的人物或革命人物时，人物关系仍然普遍呈现出一种"互助"的关系，"爱"与"美"仍然是激励这些人物走向"革命"的"功能化"因素。只不过，在上下层阶级之间，人物关系的模式转化成了"竞争"模式，而上层阶级之间的人物关系模式也是一种尔虞我诈的"竞争"关系。互助主义思想在文学研究会后期的文学活动中仍以潜意识的方式扮演着或明或暗的角色，可见它对于文学研究会前期的影响有多大。

第三章　创造社：

从"感性"启蒙走向革命

　　成立于 1921 年 6 月的创造社，是继文学研究会之后的另一个大型纯文学社团，并因其突出的文学贡献而历来受到中国现代文学研究界的重视。与《新青年》群体强烈的理性启蒙色彩——社会批评与文明批评相比，创造社的文学焕发出来的是新文学"感性"的一面——以主体的情绪感受，呐喊着个体受到社会压制的苦闷，呼唤着个体的情感新生。相对于《新青年》群体的启蒙理性，创造社的文学充满着审美现代性色彩，并以其"感性"先锋的姿态，从事着启蒙文学的创作。因此，为了行文方便，我们不妨将创造社的启蒙路径，称为"感性"启蒙。

　　尽管创造社是一个非常复杂的文学团体，也从来没有发表过什么统一的文学主张，但是，中国现代文学史还是将其认定为有"为艺术"倾向的浪漫主义文学社团。理由是创造社提倡个性主义文学，主张文学"表现自我"，并且深受歌德、惠特曼等浪漫主义作家的影响。然而，这些说法似乎很难自圆其说，提倡个性主义，主张文学"表现自我"，是五四文学的共相，非独为创造社所有，无论是《新青年》群体中的鲁迅、周作人、胡适，还是文学研究会的郑振铎乃至沈雁冰、叶圣陶、冰心，都有过类似于文学是个性与自我的表达的发言，而且也多少都接触过歌德和惠特曼，但何以他们没有走向浪漫主义，而唯独创造社走向了浪漫主义呢？现实主义、浪漫主义、新浪漫主义是五四众多社团所共同面对的语境，当年文学研究会理论主将沈雁冰的抱负就是把西方近代文学思潮中的各种主义在中国"演一过"[01]，但是，文学研究会的创作却并没有像沈雁冰所倡导的那样，呈现出新浪漫主义的主体色彩。相反，郁达夫的"私小说"与郭沫若的"身边小说"（如《漂流三部曲》），接受日本自然主义小说的影响也不见得就小，但是，我们也并不能就因此将其界定为现实主义或写实主义小说。

在笔者看来，创造社以个体情绪的抒写为主体特色的启蒙文学式样，只有放在晚清以来的历史大背景中和创造社成员留日时的文学体验中去考察，才会比较公允而有说服力。首先，与《新青年》群体中的鲁迅、周作人等人经历过由晚清到五四的种种文化变革过程不同，创造社的成员普遍是五四后才出来的年轻一代，他们不可能有鲁迅、周作人那样对于新文化运动和启蒙文学的清醒理性认知，他们更多的是从自己的感性出发来认识新文学革命的。其次，鲁迅、周作人等人留学日本时，年纪普遍要比创造社成员大，创造社大部分成员赴日留学时年纪都较小，去日本是先读高中，因此，同样面对日本人的歧视和欺侮，作为成人的鲁迅、周作人等因为有较强固的理性作为支撑，他们更多地会去思考通过什么样的文化和文学途径来启蒙国人，让国人觉醒自强，这是一种自上而下的心态；而创造社成员到日本后，因为年纪尚小，在面对日本人的歧视和欺侮时，没有强固的理性作为主体支撑，他们受压迫之后的苦闷情绪，往往通过文学上的情绪宣泄来达到心理修治的目的，故给人强烈的"感性"色彩。再次，《新青年》一代的鲁迅、周作人等在日本留学时期还属于日本的明治时期，而明治时期的日本文化界和日本文坛，还属于理性化时代，通过"立人"来"立国"是明治时期的主体思维，受此影响，鲁迅的文学"立人"是要立理性的能救治国家的主体性之人；而郭沫若、郁达夫、成仿吾等创造社一代留学日本的时期，是日本的"大正"时期，这一时期的日本文化界与文学界，已经开始感受到了"国"对于个人自由的压制，因此，"大正"时期的日本文化界和文学界，流行的是通过文学的个体情绪表达和宣泄来向国家和统治压迫集团要自由的文学思维，受此影响，创造社文学普遍表现出一种力图通过个体"感性"宣

[01]　沈雁冰：《答周赞襄》，《小说月报》第 13 卷第 1 号，1922 年 1 月。

泄来反抗社会压制的色彩。最后，与文学研究会的主要成员普遍参与过五四时各种各样的社会运动（如工读运动、平民化运动等）不同，五四时还身处日本的创造社成员对于如何改造中国社会，并没有一个明确的理性主张，他们对于五四启蒙运动，只有五四之"风"吹到日本之后的一种"感性"感受，因此，创造社并没有从理性角度提出基于中国社会改造角度考虑的明确的文学倡导，他们只以一腔贡献于文学的热情为五四启蒙文学呐喊助威——创造社的结社，并不是因为有共同的文学主张，而是基于共同的以文学贡献于国内的热情，因此，以情绪渲染代替对于中国社会改造的理性思考，就成为创造社文学的主要式样。这些因素，共同成就了前期创造社在文学上走了一条"感性"启蒙的路径。

《创造季刊》创刊号

当创造社成员回国之后，在经历了种种社会压迫和现实磨难之后，他们逐渐意识到，光有一腔文学热情，光有个体苦闷情感的宣泄，既不能解决个体的问题，更不能解决中国的社会改造问题，他们先后意识到只有缔造一个合理的社会制度，让中国自强起来，个体的自由才能真正得到保证，因此，以郭沫若翻译河上肇的《社会组织与社会革命》为契机，创造社逐渐由"感性"的文学启蒙走向了理性的革命启蒙，并在后来与太阳社的一批成员一起，共同掀起了革命文学的大潮。

五四文学——启蒙的维度与向度

第一节 从"感性"先锋到革命先锋：创造社的启蒙路径

　　成立于 1921 年的创造社，与《新青年》派和文学研究会从现代国家和世界体制的理性规划与设计出发，进而对文学提出种种启蒙要求不同，创造社的现代性源泉，主要来自其现代的"感受"和"体验"。创造社的著名口号是"忠实于内心的冲动"，立足于情绪的"自我表现"。他们反对把理性设计加入文学创作当中，主张"严防理智的叛逆"，而以"感性"为宗："诗的职务只在使我们兴感 to feel 而不在使我们理解 to understand。"[01] 创造社反对把文学与现实世界视为一体，而主张把文学看成自足、自律的世界："一篇作品有它自己的世界；它有它的自己的标准，有它自己的尺度。"[02] 他们对社会、国家取一种离心的倾向，是"反逆时代而生者"，宁愿做自我放逐的"漂流人"。感性、审美自律、反叛、自我流放，无一不显示出创造社的现代性是一种审美主义的现代性，也就是马泰·卡林内斯库（Matei Calinnescu）所谓的"审美现代性"。借用斯蒂芬·斯彭德的观点来看，创造社的文学，更多的是一种表现"自身感受的艺术"；而不像《新青年》派和文学研究会那种"理性主义的、社会学的、政治的和

---

[01] 成仿吾：《诗之防御战》，《创造周报》第 1 号，1923 年 5 月 13 日。
[02] 成仿吾：《〈沉沦〉的评论》，《创造季刊》第 1 卷第 4 期，1923 年 2 月。

负责的"艺术 [01]。"审美现代性"产生于现代性内部的分裂，它从极端个人化的"感受"出发，对马克思·韦伯所谓的"理性牢笼"式的现代体制与社会生活表现出强烈的不满，是在文学、艺术领域所发生的对于社会领域的现代性的批判。

被称为"移民"团体的创造社，其"审美现代性"渊源来自他们留学的日本。陈独秀、鲁迅、周作人在日本留学时期，日本还处在殖民化的危机当中，建立现代性民族国家体制是其时的迫切愿望，正是在这样的背景下，他们是日本学者所谓的"明治青年"或者"政治青年"类型："明治青年的自我觉醒，同时是和国家的独立意识紧紧地结合在一起的……在这里，'我'的自觉，是作为国家一员的'我'的自觉。"[02] 到了创造社主要成员留学日本的"大正"时期，情形正好相反。日俄战争胜利后的日本逐步从被殖民化的民族危机中解脱了出来，日本已经基本完成了带有一定的专制色彩的资本主义制度的建立，"理性牢笼"式的社会已经相对成型并对个人构成了极大的压制，故创造社是日本学者所谓的"大正青年""文学青年"类型。与"明治青年"主动地参与国家政治不同，对于"大正青年"来说，"国家已经成了自我之外的现实存在"，所以他们急于从国家意志中解放出来，在政治世界之外发现"自我"。这种情形延续到了国内。鲁迅"尊个性而张精神"的目的，是"沙聚之邦，由是转为人国"[03]。从"立国"的理性要求出发来"立人"，是《新青年》派的启蒙思路。《新青年》派的个人，是反"前现代"奴隶性的个人，是对现代民族国家做向心运动的"理性"个人。而创造社的个人，是反对现代国家体制压迫的个人。鲁迅作《斯巴达之魂》，非常推崇其反抗意志、尚武精神；而郁达夫则从文学的"感性"启蒙角度出发，痛斥"斯巴达的尊崇蛮武，是国家主义侵食艺术的最初记录"[04]。创造社已经由关

[01] Spender, Stephen：The Struggle of the Modern. London：Hamiltion, 1963, pp.71—72.

[02] 内田义彦：《知识青年の诸类型》，转译自伊藤虎丸：《问题としての创造社——日本文学の关系かう》，载《创造社资料别卷》，日本：アジア出版，1979年。在本文中，内田义彦根据日本知识分子的思想变迁划分了"政治青年"和"文学青年"等类型。"政治青年"：从明治初年的动乱，经过自由民权运动，明治20年代的国家主义时期形成的具有"立国"的道德脊梁的人，也被称为"明治青年"。"文学青年"：在中日甲午战争前后，分离物质与精神，在日俄战争前后的军国主义氛围中自我觉醒的人，也被称为"大正青年"。

[03] 鲁迅：《文化偏至论》，《鲁迅全集》第1卷，人民文学出版社1981年版，第56页。

[04] 郁达夫：《艺术与国家》，《创造周报》第7号，1923年6月23日。

注个人的外部转向"内面""心理"。所以，创造社的个人，是文学式的"感性主体""情绪主体"。正因为从"感性""情绪"出发来倡导启蒙文学。郭沫若的《女神》充满了"感性"爆炸的色彩，充满了泛神论式的"自我扩张"："自我"可以泛化成跨越时空、涅槃更生的凤凰，可以泛化成吞食月球的"天狗"。

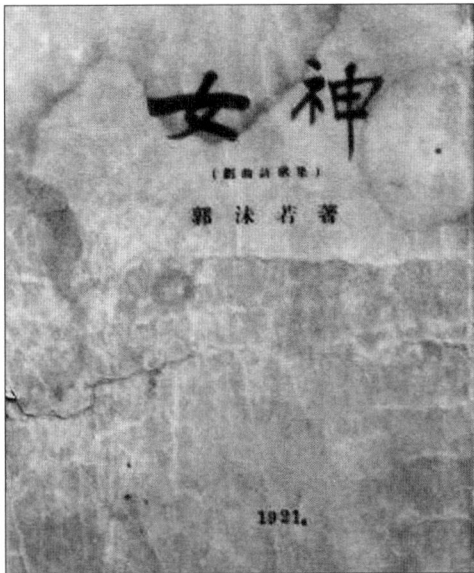

郭沫若的《女神》

"审美现代性"代表着"感性"与"理性"分化的文学自律要求。正是从文学审美的"感性"自律要求出发，创造社对《新青年》派的"理性"霸权提出了种种异议和疑问。对于胡适向新文学提出的"有甚么话说甚么话""不用典"这些清楚、明白的"理性"要求，郭沫若认为，"这根本是不懂文学的人的一种外行话。文学的性质是在暗示，用新式的话来说便是要有含蓄"，"用典是修辞的一种妙技"[01]。与《新青年》派景仰"科学"可以促进现代民族国家的建构不同，创造社则从"感性"出发，对科学所带来的"工具理性牢笼"具有极端的敏感，他们指出："自产业革命以来，人类的生活，几乎变得同机械一样。"[02] 对于启蒙理性所带来的人类的觉醒，创造社并不完全看好，"人类的精神尚在睡眠状态中，对于宇宙人生的究竟问题不曾开眼时，是最幸福的时代"；清醒的理性认识，让人类觉得"大家只是牢不可破的监狱内一名待决的死刑囚"[03]。他们认为，"科学"的负面因素就是夷平人的个性，"科学的研究法，大体是以归纳法为主，而个体的特色往往被我们所忽略"，因此，他们反对写实主义、自然主义等以"科学""理性"为根底的创作精神和方法，他们主张转向文学的主观与"感性"，提出"文学是直诉于我们的感情，而不是刺激我们的理智的创造"，进而主张情

---

[01] 郭沫若：《文学革命之回顾》，《郭沫若全集》（文学编）第 16 卷，人民文学出版社 1992 年版，第 93 页。

[02] 郁达夫：《小说论》，《郁达夫全集》第 5 卷，浙江文艺出版社 1992 年版，第 144 页。

[03] 郭沫若：《波斯诗人我默伽亚谟》，《创造季刊》第 1 卷第 3 期，1922 年 11 月。

感、情绪在文学中的本体性地位，"不仅诗的全体要以它所传达的情绪之深浅决定它的优劣，而且一句一字亦必以情感的贫富为选择的标准"[01]。这成了创造社评判文学的重要标准。有人批评邓均吾的《溜》："扰人睡眠的，/ 单调的声音！——/ 长夜漫漫，/ 我只渴望着鸡鸣。"认为诗中的"鸡鸣"应该改为"天明"，意义才比较"清晰"。成仿吾指出，全诗的好处是"全凭着听觉在做骨子的"，这种改动远没有原诗好。在成仿吾看来，这种"理性"思考的加入，会破坏全诗皆写一种"感觉"的美感。[02] 当然，创造社所反对的只是科学与理性对于文学审美的通约性，他们并不反对科学本身的合法性及其意义。

但是，创造社以"感性"为宗的"审美现代性"要求，与他们所处的中国现实环境充满了矛盾。在西方，由于社会机器超强的工具理性原则对于自由和个性的扼杀，人们只好转向感性的文学领域企图重造一个外于现实的自足诗意世界。而创造社所处的中国社会却无法提供这样一个合理的基础。中国的贫弱与危亡使得反对现代国家体制压迫的创造社悖反地迫切需要一个强大的国家来确保个人的自由。所以，"感性"的自足审美虽然具有极大的诱惑力，但中国破败的社会现实却使得创造社无法放弃以文学改造社会的现实使命。他们一开始就反对"为艺术"与"为人生"的二分，而主张"人生与艺术"是一个晶球的两面，[03] 认为新文学除了具有文学自身的使命外，还负有重大的社会使命、时代使命。这就正像郭沫若所说，他们"一方面是想证明文艺的实利性，另一方面又舍不得艺术家的自我表现"[04]。这就造成了创造社文学的独特审美追求：一方面在创作时以"感性"为先，"对于人生社会影响如何""全不顾着"[05]；另一方面这种"感性"后面却潜藏着巨大的危机，那就是"国家""社会"仍然左右着其创作，因为，中国作为弱国，可让创造社受够了，无论是郁达夫的《沉沦》，还是郭沫若的《漂流三部曲》，都鲜明地体现出这一点。所以，创造社文学虽然以"审美现代性"为其发端，以"感性"为宗，但

[01] 成仿吾：《诗之防御战》，《创造周报》第 1 号，1923 年 5 月 13 日。

[02] 同 [01]。

[03] 郭沫若：《论国内的评坛及我对于创作上的态度》，《时事新报·学灯》，1922 年 8 月 4 日。

[04] 郭沫若：《创造十年续篇》，《郭沫若全集》（文学编）第 12 卷，人民文学出版社 1992 年版，第 200 页。

[05] 郁达夫：《〈茫茫夜〉发表以后》，《时事新报·学灯》，1922 年 6 月 22 日。

无法像西方的同类文学那样超拔地以追求非理性"自尚"，走向真正的"颓废"文学；也无法撇开社会而抽象地探讨人生存在，走向西方文学那种"孤独"与"忧郁"的形而上学而只能从找不到精神出路的"苦闷"中转向现实社会改造的"革命文学"。

学者们一般认定创造社具有浪漫主义倾向，在实证上主要基于两方面的理由：一是创造社介绍过相当一部分浪漫主义、新浪漫主义流派的作家，如歌德、惠特曼、拜伦，以及唯美主义、表现主义、未来主义、达达主义的作家作品等；但只要翻阅当时的文学刊物，我们就会发现这种介绍在五四的开放语境下是相当普遍的做法，如《小说月报》就介绍过大量新浪漫主义的作家与作品。二是陶晶孙曾经这样说过："《创造》在发刊时，沫若说要把新罗曼主义为《创造》的主要方针。"[01] 但是，结合具体语境细致地考辨陶晶孙的这一说法，我们就会发现，这里所谓的"新罗曼主义"主要并不是指创作方法，而是指创造社的社团姿态和精神气质。陶晶孙这样解释道："如果闭目一想把所有创造同人的群像合成一个，那么这要一个完全的新罗曼主义，如果放散，却是一个个还不过是一个人"[02] "沫若为创造社提出罗曼主义，我此刻把他说明如右，这个真理永久能止于真理。同人之离合，不必把他约人来，亦不必规定创造社定须是罗曼主义，不过创造社中论功利者去了，搁在现实者去了，不飞跃不向前者不能跟上去了，没有自我意识者亡了，空洞理想者翻了，到末了，精神云散，你要找他，罗曼主义精神永不会亡，但创造社没有了。"这种"不功利""重自我意识"的"飞跃"姿态，陶晶孙称之为"创造社的精神"。他进一步解释道："创造社的精神为'意想奔放'"，"惯以飞跃的精神，走着向上之路，也不忘自我意识"。[03] 也就是说，陶晶孙说创造社是新浪漫主义的，并不是指创作方法，而是指它永远飞跃向前的"先锋姿态"和"奔放"的主观精神。其实，当前的研究界已经大致达成一个共识，那就是创造社并未明确地提出过以浪漫主义或者是新浪漫主义作为创作口号和社团标识，创造社的结合其实在文学上并无明确的共

[01] 陶晶孙：《创造三年》，《风雨谈》（月刊）第 9 期，1944 年 1、2 月合刊。

[02] 陶晶孙：《创造社还有几个人》，《创造社资料》（下册），福建人民出版社 1985 年版，第788 页。

[03] 陶晶孙：《记创造社》，《创造社资料》（下册），福建人民出版社 1985 年版，第 780—781 页。

同的社会理想，他们的成员结合是一种情感的结合——大家都想把一腔热情贡献于文学，并以群体的方式来运作，以期达到引起国内巨大反响的目的。通过以上探讨我们可以看到，创造社无论是结社，还是文学倾向，都是充满了感性色彩的，而且这种"感性"，因其巨大的热情而"惯于飞跃"。按我们通常对于文学的理解，创造社的这种文学姿态，我们大致将其称为一种"先锋姿态"也不为过。

马泰·卡林内斯库在谈到艺术领域的"先锋"精神时是这样解释的："先锋"意味一种永远激进地朝前走的态度，"强烈的战斗意识，对不遵从主义的颂扬"[01]。赵毅衡认为，在形式上，"先锋文学的第一特征是形式上高度实验性"[02]。在文学的精神品格上，有学者这样指出："先锋经常表现为情感上孤独、痛苦、焦虑、绝望、精神分裂、生不逢时、妄想狂、白日梦等等心理现象。"[03]综合这些解释，文学艺术领域的"先锋"主要具有以下三个方面的突出特征：（1）反叛、飞跃的战斗者姿态；（2）热衷于文体实验和创新；（3）非理性色彩，以"感性"为宗，偏重自我心理。而这恰恰是创造社比较突出的三个方面。

首先，人称"异军苍头突起"的创造社，是中国新文坛既定艺术秩序的反叛者。它一出现就以战斗者的姿态挑战新文坛，"他们第一步和胡适对立，和文学研究会对立，和周作人等语丝派对立"[04]。他们反对艺术的功利主义，高唱文学自律的"全"与"美"[05]。其次，创造社非常热衷于文体实验和文体创新。郁达夫的《沉沦》，引起了"中国哪里有这一种体裁"的疑问[06]。成仿吾的《一个流浪人的新年》，曾因其在国内首创的意识流与表现主义糅合的别致文体，大受创造社同仁的赞赏。[07]郭沫若的《女神》那种狂放的喊叫和激情飞扬的文体，在中国新诗领域是破题的第一遭，他的"诗剧"也是中国新文坛最新的文体实验。因此，人称"文体大家"的沈从文曾这样评价道：

---

[01] 马泰·卡林内斯库：《现代性的五副面孔》，商务印书馆 2002 年版，第 103 页。

[02] 赵毅衡：《先锋派在中国的必要性》，《新华文摘》1994 年第 3 期。

[03] 尹国均：《先锋试验：八九十年代的中国先锋文化》，东方出版社 1998 年版，第 28 页。

[04] 郭沫若：《文学革命之回顾》，《文艺讲座》（第 1 册），上海神州国光社 1930 年版。

[05] 成仿吾：《新文学之使命》，《创造周报》第 2 号，1923 年 5 月。

[06] 郁达夫：《郁达夫小说全编》，浙江文艺出版社 1989 年版，第 826 页。

[07] 成仿吾：《一个流浪人的新年》（评论附识），《创造季刊》第 1 卷第 1 号，1922 年 5 月。

"创造社诸人在文体一方面，是从试验而得到了意外好影响的。"[01] 最后，普遍注重表现非理性心理，以"感性"为宗，是创造社文学的重要特征。郁达夫的《沉沦》《茫茫夜》《秋柳》中的性苦闷，郭沫若的《叶罗提之墓》《残春》《Lobenicht 的塔》中的性潜意识，张资平的《性的等分线》，陶晶孙的《尼庵》，倪贻德的《怅惘》，周全平的《楼头的烦恼》，等等，都与非理性的"性"心理、"死亡"等相关，都是一种"感性化"的表现内容。综合这三个方面的特点，我们可以印证陶晶孙的说法，创造社的新浪漫主义主要是指其社团的"先锋姿态"和"感性化"文学倾向，而不是指具体的文学主张和创作方法。

　　创造社文学的主要审美品格，按现有的经典说法是"浪漫和感伤"。这种定论虽然不无道理，但更深入地对照创造社作品的实际，这种说法则并不完全妥帖。朱寿桐先生曾不无见地地指出，浪漫与感伤往往导源于创作主体的"自恋"心态；但创造社作家群的主体心态常常夹杂着自觉不自觉的"自卑"情态，这使他们的"浪漫"大为减色。[02] 郁达夫的小说代表作《沉沦》《茫茫夜》《秋柳》和郭沫若的小说代表作《漂流三部曲》中，都有一个忏悔的主人翁，这和浪漫主义之祖——忏悔者卢梭在外表上相当类似，但卢梭对自己的忏悔常常持一种沾沾自喜的态度，觉得自己的坦诚是一种高尚的表现而对自己充满依恋；而作为"自叙者"的于质夫和爱牟，却是越忏悔越觉得自己在人性的困境中挣扎，越觉得自卑和自己面目可憎。既然创造社文学由于自卑情态的常常涌现而并不那么"浪漫"，那么，因浪漫而带来的"感伤"之说，也就有了一定的问题。

　　在此基础上稍作深入和伸展，我们就会发现创造社文学中常常出现的"自卑"情态，主要来自其先锋的非理性自我和内心的道德律令之间的矛盾。他们的主体心态，有着"先锋"所带来的较强的"非理性"色彩——

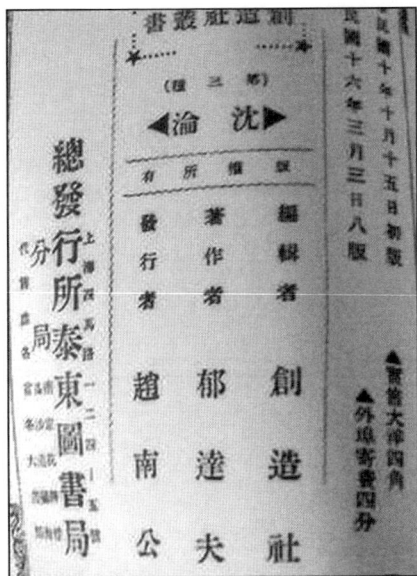

郁达夫小说集《沉沦》版权页

[01] 沈从文：《论中国创作小说》，《文艺月刊》第 2 卷第 4 号，1931 年 4 月。
[02] 朱寿桐：《中国现代浪漫主义文学史论》，文化艺术出版社 2002 年版，第 32 页。

"感受性强而耐受性差"，自我意识过强而社会意识偏弱；他们善于放纵非理性自我，乃至在想象当中把放纵与性和金钱的享乐看成是现代人应得的自由。郭沫若在《创造十年》中，多次说到过自己当年"冲动""意志力弱"的特点。郑伯奇说当时自己对于文学上的"'新享乐主义'颇感兴趣"[01]。这些都清楚地表明，创造社是一个以"感性"为宗的文学团体，具有很强的非理性色彩。郁达夫说："但是在二十世纪的堕落文明里，沉沦过的我，贫贱偷闲，喜张虚势，平时以享乐为主义的我，那里能够安贫守分，蹀躞泥中呢！"[02]甚至连颓废、堕落、性变态、酗酒、自杀等，人性中诸多的非理性倾向都可以成为创造社作家幻想中的感性心理体验。但是，这种充满先锋色彩的放纵渴望和非理性心理体验，却往往得不到其内在道德人格的支持，因为创造社作家在内心深处，仍渴望自己成为人格高尚者，而不是放纵者。据郭沫若回忆，李初梨说过这样的话："达夫是摹拟的颓唐派，本质的清教徒。"[03]而郭沫若则因为破坏了自己心中的女神"安娜"的圣洁，而充满了痛苦的忏悔和自卑："假使我是个纯洁无垢的少年，我无自惭形秽的一段苦心，便使莫有白华的介绍，我定早已学了毛遂自荐，跑到东京来拜访你了"，"我几乎莫有可公开的人格"。[04]道德圣洁是创造社群体内心深处的渴望，它强烈地否定着他们放纵非理性自我的欲望；而创造社"感受性强而耐受性差"的"意志薄弱"品格，又使得它的道德感无法最终抑制其超强的自我放纵欲望。郁达夫说："总之因产业革命的结果，在文明烂熟，物质进步，人性解放了的现代，个人的自我主张，自然要和古来的传统道德相冲突的。"[05]因此，创造社作家常常在这种循环往复的心理困境中徘徊和挣扎，自卑的心态不时油然而生，这使得他们无法真正地"浪漫"。同时，这种不自信的感觉使得创造社也无法真正像"世纪末"的先锋派那样以唯美和颓废"自尚"。和西方的先锋派相比，这可以说是某种程度上的"扭曲"。

---

[01] 郑伯奇：《忆创造社》，《创造社资料》（下），福建人民出版社 1985 年版，第 849 页。

[02] 郁达夫：《还乡后记》，《创造日汇刊》，上海书店 1983 年版，第 159 页。

[03] 郭沫若：《论郁达夫》，《创造社资料》（下册），福建人民出版社 1985 年版，第 803 页。

[04] 郭沫若：《致田汉》，黄淳浩编《郭沫若书信选》（上），中国社会科学出版社 1992 年版，第 147 页。

[05] 郁达夫：《怎样叫做世纪末文学思潮？》，《郁达夫文集》第 6 卷，花城出版社 1991 年版，第 180 页。

但是这种"扭曲"却导致了一种充满张力的新的审美形态的产生。郁达夫在《茫茫夜》中将其概括为："贪恶的苦闷与向善的烦躁。"细致地分辨一下，这种审美质态应该称为"焦灼"，而不是"感伤"。"焦灼"是现代性色彩很强的"苦闷"，它在情绪上混乱，缺乏秩序，是一种心灵失去家园之后灵魂无所皈依的漂泊和挣扎；而"感伤"则属于田园诗风格，它悠远而绵长，是一种心灵的怀乡病。所以，用"感伤"来指称创造社文学的审美品格，不如"焦灼"妥帖。

　　郁达夫的《沉沦》《银灰色的死》《茫茫夜》《秋柳》，郭沫若的《漂流三部曲》，田汉的《咖啡店之一夜》，滕固的《石像的复活》等创造社的代表作品，其主人翁都因在"贪恶"和"向善"的矛盾中痛苦挣扎而"焦灼"，灵魂一刻不得安宁。《沉沦》中的于质夫有着强烈的肉体欲望，但又常常因为强烈的自我道德制约而自责和自卑，受尽了灵与肉冲突的煎熬，灵魂的"焦灼"透入骨髓终至自杀。《秋柳》里的于质夫，是一个正直善良的人，他不愿吹牛拍马，充满向善的渴望，但道德洁癖却导致了他在现实生活中处处碰壁。在现实碰壁后的于质夫逃向了膨胀的自我，放浪形骸。他找海棠本是出于同情和怜悯，无意于性，但是意志的薄弱又最终使他觉得"还是做俗人吧"，结果以高尚的目的始而以沉沦终。但强烈的道德感又使他充满了负罪感，于是，在面对纯洁的学生时，于质夫自卑得真想跪下去，对他们忏悔一番："我是违反道德的叛逆者，我是戴假面的知识阶级，我是着衣冠的禽兽。"在"贪恶"和"向善"的泥潭中挣扎而不能自拔，强烈地损毁了于质夫精神品格的秩序，于是，"焦灼"的审美质感就涨满了整个人物。《漂流三部曲》中的爱牟，也是一个道德理想主义者，他极端厌恶污秽的社会而不愿与之合流，这使得他谋生维艰。生活的困境导致了他放纵自我——生活无节制而脾气极端恶劣，诅咒和打骂老婆、孩子是常事。强烈的道德感又使得他不停地自责，但这种自责又并不能真正约束自我的放纵。于是爱牟的心灵就一直在善与恶循环往复的挣扎中"焦灼"。田汉的《咖啡店之一夜》的主人公林泽奇亦常常在绝望的爱情中体验着颓废的冲动和向善的"焦灼"："不知道是永生久的好，还是刹那生的好，还是向灵的好，还是向肉的好？"

　　这种充满了张力的"焦灼"审美特质，在创造社的诗歌和散文中也非常普遍。郭沫若的《彷徨·黄海中的哀歌》这样写道："我本是一滴清泉呀／我的故乡／本在那峨眉山上／一路滔滔不尽的浊浪／把我冲荡到海里来了／……／险恶的风波／没有一刻的宁静／滔滔的浊浪／早已染透了我的深心／我要几时候／才能恢复得我的清白哟。""我"本善良，污浊的社会却腐蚀了"我"的灵魂。于是抒情主人公内心充满了"焦灼"。闻一多说："《女神》是血与泪的诗，忏悔与兴奋的诗。"[01] 其他如成仿吾对于"我们的诗歌都是痛苦的绝叫"之呐喊[02]，王独清和郑伯奇在"生之未安与爱之痛苦"上的同病相怜[03]，郁达夫散文《北国的微音》中无可名状的孤独都是其灵魂无家可归的"焦灼"感的表现。

　　创造社的艺术先锋和非理性要求，不仅受到了来自其内心深处道德律令的阻遏，而且当时的中国也缺乏使之茁壮成长的土壤。在西方，非理性色彩浓厚的先锋派，所面对的是具有超强约束力的"理性牢笼"（马克斯·韦伯语）般的社会。在这种社会中，"数字已经成了启蒙精神的准则"[04]，其社会机构和文化体制已经高度工具理性化，社会机器超强的秩序性原则已经以霸权的力量极大地扼杀了人们的自由和个性。这就为西方先锋派的非理性反叛提供了合法性基础。创造社的艺术先锋和非理性要求，所面对的社会情形却要复杂得多。五四之后的中国社会，启蒙口号虽然很响，但理性精神并未在社会领域得到真正的确立和发扬，社会秩序严重混乱而失常。此时的社会最需要的不是非理性精神的调剂，而是急需理性的制衡和秩序化。这就消解了创造社非理性要求和先锋式反叛的合法性基础。不仅如此，这种没有秩序的混乱社会状态，还使得创造社原本就漂泊无依的"焦灼"心态进一步陷入困境。借用齐格蒙特·鲍曼的说法："社会失范——是可能发生在人们对付生活任务的斗争中最为糟糕的情况……一旦标准的规范撤离生活的战场，剩余的就是怀疑和恐惧。"[05]

　　对于创造社当时这种灵魂无所皈依的漂泊情状，成仿吾曾这样概括："近代人的精神上的痛苦，不在于把一切都否定了，而只在于只

[01] 闻一多：《〈女神〉之时代精神》，《创造周报》第 4 号，1923 年 6 月。

[02] 成仿吾：《致郭沫若》，《创造季刊》第 1 卷第 3 期，1923 年 6 月。

[03] 王独清：《致郑伯奇信》，《创造季刊》第 2 卷第 2 期，1924 年 2 月。

[04] 霍克海默·阿道尔诺：《启蒙辩证法》，上海人民出版社 2003 年版，第 5 页。

[05] 齐格蒙特·鲍曼：《流动的现代性》，上海三联书店 2002 年版，第 30、93 页。

是怀疑与苦闷，什么也不能肯定。"[01] 于是，他们"微弱的精神在时代的荒浪里好像浮荡着的一株海草"，他们"陷于无为""烦闷""倦怠""漂流"，"甚至常常想自杀"。[02] 灵魂的漂泊者遂成了创造社笔下常常出现的意象和主人公。用洪为法的诗句来形容，那就是："为天有服兮 / 何不见我独漂流！ / 为神有灵兮 / 何事处我天南海北有头？"[03] 同样面对这种"孤独""烦闷"的情状，在社会制度稳定条件下的国外先锋派作家普遍采取的做法是游离于"理性牢笼"式的社会和国家，而走向抽象的人生存在的探讨，走向"孤独"与"忧郁"的形而上学，如波特莱尔。但是，中国贫弱而无以自处的状况，则使得创造社无法像西方先锋派作家那样超拔。他们心灵困境的背后，国家与社会总是以宿命的方式如影随形，让他们无法置身事外。郁达夫的《沉沦》深受日本作家佐藤春夫的《田园的忧郁》的影响。表面上看，两者写的都是现代人的苦闷与孤独；但和佐藤春夫笔下与国家、社会不涉干系的"青年忧郁病"完全不同，《沉沦》主人公的孤独、烦闷与受歧视是紧紧地与祖国的贫弱联系在一起的。日本小田岳夫就深刻地指出过，《田园的忧郁》的"'忧郁'产生在安泰的环境里，根源是人生固有的'寂寞'，与国与民是完全无缘的"；而《沉沦》的"'忧郁'却是植根于'祖国的劣弱'。在溯源到国家这点上，两者有本质的区别"[04]。这实际上已经暗示创造社"感性"先锋文学的困境，无法从文学内部得到解决，而必须以国家、社会的改造作为其先决条件。中国的现实环境，让创造社群体觉得没有"安定的地方"，他们四处都"感觉着压迫"[05]。这种强烈的受压迫感，使得创造社群体总是自觉不自觉地把自己认同为"饥寒孤苦"的漂流人[06]，把自己认同为受苦受难的"无产阶级"。这种无产阶级的身份认同，让他们强烈意识到文学上也存在着"阶级斗争"[07]，只有颠覆虚伪的国家制度，只有"地

---

[01] 成仿吾：《评冰心女士的〈超人〉》，《创造季刊》第 1 卷第 4 期，1923 年 10 月。

[02] 郭沫若：《孤鸿》（1924 年 8 月 9 日致成仿吾的信），《创造月刊》第 1 卷第 2 期，1926 年 4 月。

[03] 洪为法：《静舟》，《创造季刊》第 1 卷第 3 期，1923 年 6 月。

[04] 小田岳夫：《郁达夫传——他的诗与爱与日本》，《郁达夫传记两种》，浙江文艺出版社 1984 年版，第 34 页。

[05] 郭沫若：《创造十年》，《郭沫若全集》（文学编）第 12 卷，人民文学出版社 1992 年版，第 128 页。

[06] 郁达夫：《〈达夫全集〉自序》，《创造月刊》第 1 卷第 5 期，1926 年 7 月。

[07] 郁达夫：《文学上的阶级斗争》，《创造周报》第 3 号，1923 年 5 月 27 日。

球上的国家捣毁得干干净净，大同世界成立的时候，便是艺术的理想实现的日子"[01]。到了这个时候，创造社由艺术先锋转向革命先锋已经势所必然。

当这种为了艺术理想的实现就必须对国家进行改造的认识，逐渐地由感性上升到理性的时候，创造社就基本完成了它的转向过程——由"感性"先锋的启蒙姿态转向了革命启蒙。创造社的灵魂人物和领袖郭沫若曾对这一过程有过详细描述：在从事文学活动的开始阶段，他极端反感别人谈政治，因为在他看来，政治是污浊的，而艺术是纯洁的。[02] 但是，这种以艺术自律为务的"感性"先锋追求，却得不到外部社会条件的支持——"我们内部的要求与外部的条件不能一致……我现在觉悟到这些上来，我把我从前深带个人主义色彩的想念全盘改变了"。于是，郭沫若翻译了河上肇的《社会组织与社会革命》，"更得着理性的背光"，"形成一个转换的时期"，把他"从歧路的彷徨里"救了出来。[03] 当进一步阅读和翻译了马克思的相关著作之后，郭沫若明确提出：只有"在社会主义实现后的那时，文艺上的伟大的天才们得遂其自由全面的发展，那时的社会一切阶级都没有……这才有真正的纯文艺出现"。认识到这一层后，原来极端反感别人谈政治的郭沫若，在后来对于别人谈政治却"如听仙乐"[04] 了。至此，郭沫若完成了整个转向的过程，认识到："今日的文艺，是我们现在走在革命途上的文艺，是我们被压迫者的呼号，是生命穷促的喊叫，是斗志的咒

郭沫若译日本河上肇《社会组织与社会革命》

---

[01] 郁达夫：《艺术与国家》，《创造周报》第 7 号，1923 年 6 月 23 日。

[02] 郭沫若：《创造十年续篇》，《郭沫若全集》（文学编）第 12 卷，人民文学出版社 1992 年版，第 207 页。

[03] 郭沫若：《孤鸿》（1924 年 8 月 9 日致成仿吾的信），《创造月刊》第 1 卷第 2 期，1926 年 4 月。

[04] 同 [03]。

文，是革命预期的欢喜。"[01] "革命"，终于让"被压迫者"看到了困苦灵魂解脱的"欢喜"。马泰·卡林内斯库曾专门考察过先锋艺术的转型问题，他指出文艺先锋是艺术的殉教者，在非理性的艺术先锋发展受困的国家，往往容易导致先锋艺术的转型，从而成为"革命"的殉教者。其结果是一方面先锋姿态得以保持，而真正的先锋艺术却归于消隐。[02] 而郭沫若早在 1923 年就有过类似的表述："我们要做自己的艺术的殉教者，同时也正是人类社会的殉教者。进、进、进！张起美化的大纛，向自由前进！"[03] 俄国和日本都先于中国出现过这种从文学先锋转向革命先锋的情形。而对于当时的中国来说，革命文学无疑具有很强的先锋性，是文学当中的最新倾向，但是，与此同时，创造社的"感性"先锋也就转为了理性的革命先锋。创造社和日本的深厚渊源则为它早先一步握得革命文学的大旗提供了便利条件。就这样，对于革命文学的倡导，不仅解决了创造社的心灵困境，也解决了创造社先锋文学无法继续的困境。优先倡导革命文学所取得的自信，再加上"飞跃"的先锋姿态，使得创造社的"革命文学"在当时的岁月成了一种"时尚"。

---

[01] 郭沫若：《郭沫若书信集》，中国社会科学出版社 1992 年版，第 238 页。

[02] 马泰·卡林内斯库：《现代性的五副面孔》，商务印书馆 2002 年版，第 122—130 页。

[03] 郭沫若：《艺术家与革命家》，《创造周报》第 18 号，1923 年 9 月。

五四文学——启蒙的维度与向度

第二节   "感性"的宇宙：郭沫若的诗歌创作

郭沫若（1892—1978），原名郭开贞，又名郭鼎堂，号尚武，笔名沫若。1892 年出生于四川省乐山县沙湾镇的一个地主商人家庭，从小古典文学对他的影响就非常大。1914 年他赴日留学，此时，在思想上，他受到托尔斯泰、契诃夫等作家，泰戈尔、惠特曼等诗人的影响较大。1919 年五四运动爆发，这一时期的郭沫若进入了诗歌创作爆发期。1921 年 6 月，在他和成仿吾、郁达夫、田寿昌等人的努力下，创造社在日本成立。同年 8 月《女神》结集出版，确定了他在中国现代文学史上的地位，并且为新诗在现代文学之中开辟了新的时代。1923 年郭沫若从日本九州帝国大学医科毕业，回国后弃医从文，1924 年，他回到日本翻译了日本经济学家河上肇的《社会组织与社会革命》，这使他系统地接触和学习了马克思主义，促进了郭沫若思想的飞跃，使其逐渐转向革命文学。1926 年，郭沫若参加了北伐战争。大革命失败后，他参加了南昌起义，以无产阶级先锋战士的姿态出版了中国第一部无产阶级诗歌集《恢复》。

郭沫若认为诗歌的起因是感性的创造，诗歌的内涵也包含着感性的因素，感性在诗歌的创造和诗歌的内容中占有很大的比例，并且是诗歌的重要组成部分。首先，对"什么是诗"进行了新的定义。郭沫若对诗歌的独到见解集中体现在他最著名的一个公式中，这个公式对什么是诗进行了新的阐释和解读。即"诗＝（直觉＋情调＋想象）＋（适当的文字）"[01]。从这个公式可以清晰地看出，郭沫若认为，直觉、情调、想象等是组成诗歌的必要的不可或缺的因素，是诗歌的主要组成内容，而直觉、情绪属于感性因素，这与中国传统诗歌以"诗言志"为核心的诗歌本质的看法大相径庭，而这与他吸收西方歌德式的浪漫主义有关，也是其倡导的主情主义在诗歌创作领域的具体表现。在提出这个著名的公式之后，郭沫若还进行了补充和更为详细的解释，"诗人底利器只有纯粹的直观，诗人是感情的宠儿"，"诗的原始细胞是些单纯的直觉，浑然的情绪"（《论诗三札》）。因此，我们可以清晰地找到其中的关键词，即直觉、情绪、想象类的关于思维活动的词语。从这些词语的反复出现中可见郭沫若十分重视直觉、情绪等感性因素，并且把这些情感在诗歌创作中的位置提升到了一个新的高度，这不同于古代诗歌理论对诗歌创造持有励志抒情的功利性的取向，而是把自身的情思融入其中，提出诗歌创作是作者情感的自然流露，是因情而发非因志而发，从而形成了一个属于自己的诗歌理论体系，那就是以感性的直觉为核心的诗歌本质的感性内核说。这种思想表现在他的诗歌创作中就是如《女神》那般狂飙突进的爆发式的感情，从《女神》的组诗中，可以轻易地在文字的表象下找到作者深刻激昂的情感，可以感受到作者在感性的爆发中，疯狂地宣泄着自己无比激动热烈的感情。

其次，郭沫若对诗歌创作中灵感的重视，也从另一方面展示了他对诗歌创作中感性因素的重视。他认为，诗人的努力应该放在怎样诱发伟大的灵感上。他强调灵感在诗歌创作中的重要作用，甚至把诗歌的起因归于灵感的迸发；而灵感在本质上是属于感性的范畴的，它与直觉、情绪有着同样的本质，所以对灵感的重视实际上也就是对感性的重视，也就是对情绪的重视。在郭沫若的诗歌理论中，他强调直觉、灵感、情绪等非理性因素对创作尤其是对诗歌创作的影响，表现出鲜明的感性倾向。郭沫若提出："1. 诗是文学的本质，小说和戏剧是诗的分化；2. 文学的本质是有节奏的情绪的世界；3. 诗是情绪的直

[01] 郭沫若：《论诗三札》，《郭沫若全集》（第 15 卷），人民文学出版社 1990 年版，第 336 页。

五四文学——启蒙的维度与向度

写，小说和戏剧是构成情绪的素材的再现。"[01] 如此鲜明直观地提出诗歌是文学的本质，而诗歌又是情绪的直写，最终把出发点和落脚点都归在"情绪"二字上，这也是其倡导的主情主义的内核。郭沫若还进一步提出诗歌节奏的内在律的观点，认为优秀的诗歌的节奏应该是内在的，是情绪的涨落，也就是把诗歌的节奏全部寄托在诗歌中情感的流露、情感的喷发、情感的轨迹上面，实际上这种认知也是对诗歌情绪内核说的扩展和升华。郭沫若因为特别崇尚情绪，崇尚情感，所以就特别推崇纯感情流露的无任何矫饰的诗歌，也就推崇诗歌的内在律。那么什么是诗歌的内在律，它与外在律又有什么区别和联系呢？郭沫若对内在律进行了自己的阐述："这种诗的波澜有它自然的周期，振幅（rhythm），不容你写诗的人有一毫的造作，一刹那的犹豫……"[02]，"内在旋律（或曰无形律）不是什么平上去入，高下抑扬，强弱长短，宫商徵羽，也不是什么双声叠韵，什么押在句中的韵文，这些都是外在韵律或曰有形律（extraneous rhythm）。内在律便是'情绪的自然消涨'"。[03] 在这里郭沫若明确地提出了内在律与外在律的不同的特征，并用一句话精辟地概括了内在律的主要特征即情绪的消涨，然后他又具体地阐释了这种情绪的特点："抒情诗是情绪的直写，情绪的进行自有他的一种波状的形式，或者先抑而后扬，或者先扬而后抑，或者抑扬相间，这发泄出来变成了诗的节奏。"[04] 这说明即使是内在律也有其自己的特点，而内在律的核心依然是他所崇尚的情绪，而且这种诗歌中的情绪有自己的组成和流动方式，具有和外在律一样的节奏特点。

郭沫若的第一部诗集《女神》在1921年8月由上海泰东图书局出版印行，是"创造社丛书"的第一种。《女神》的出版虽略迟于胡适的《尝试集》，却是我国新诗史上第一部具有杰出成就并产生巨大影响的新诗集。诗集共分三辑：第一、二辑是诗集的主体部分，是五四以后的诗作，代表作有《女神之再生》《棠棣之花》《凤凰涅槃》

---

[01] 郭沫若：《文学的本质》，《郭沫若全集》（第15卷），人民文学出版社1990年版，第352页。

[02] 郭沫若：《三叶集：郭沫若致宗白华》1920年1月18日23信，《三叶集》，安徽教育出版社2006年版。

[03] 郭沫若：《论诗三札》，《郭沫若全集》（第15卷），人民文学出版社1990年版，第337页。

[04] 郭沫若：《论节奏》，《郭沫若全集》（第15卷），人民文学出版社1990年版，第353页。

五四文学——启蒙的维度与向度

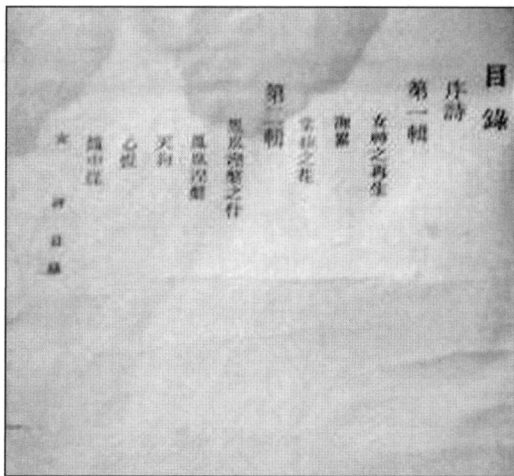

郭沫若《女神》目录

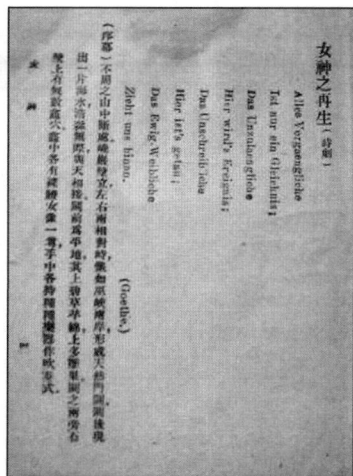

郭沫若《女神之再生》(《女神》)

《天狗》《立在地球边上放号》等；第三辑主要是郭沫若早期受泰戈尔影响创作的一些清新恬淡的抒情小品。

《女神》是郭沫若创作个性与五四时代精神相结合的产物。《女神》在中国新诗发展史上的最突出的贡献，主要表现在以下三个方面：一是诗人强烈呼唤个性解放的精神。《女神》是五四精神的诗化表现，体现了五四狂飙突进时代下人的个性解放。他的《天狗》《地球，我的母亲！》等诗篇，唤醒了人的现代独立人格意识，强烈地表现诗人冲破封建藩篱，呼唤个性解放的自由精神，把个人解放与新世界的创造融为一体，激励人们拥抱一个崭新的世界。在《天狗》中，诗人把自己比作一条天狗，"我是一条狗呀！／我把月来吞了，我把日来吞了／我把一切的星球来吞了／我把全宇宙来吞了"，显示了"我""狂荡不羁"的性格、气宇轩昂的魄力，是一个敢于冲破一切旧枷锁，追求自我解放的艺术形象。在《地球，我的母亲！》一诗中，作者赞颂全人类的工人农民是"全人类的普罗米修斯"，通过对劳动人民用劳动创造一切的体悟，使个体和全人类融为一体。二是显示出彻底破坏、叛逆、反抗和大胆创新精神。《女神》中的破坏、叛逆、反抗和大胆创新精神是统一在一起的，体现了五四时代风云中对全新创造的一种崇拜，构成了《女神》又一深刻内涵。他的《凤凰涅槃》《匪徒颂》《女神之再生》等诗篇，最能体现反叛与创造统一的精神。叛逆、反抗、破坏的目的只有一个——创造，只有彻底地破坏，才能带来全新的改变，只有大胆创新才能激发创造力。《凤凰涅槃》是诗集中最具有代表性的篇章。该诗以凤凰自焚象征对旧中国和旧世界的彻底否定；凤凰更生则象征着新中国及新世界的诞生。凤凰形象既是一个英勇的反叛者，也是一个大胆创新的创造者。在《匪徒颂》中，对历来反抗陈规旧俗的"匪徒们"予以热烈赞颂。《女神之再生》提出"新造的葡萄酒浆不能盛在那旧了的皮囊"，"我要去创造个新鲜的太阳"的理想，显露出诗人创造精神。三是体现了深切的爱国主义精神。诗集中诗人对祖国的无限热爱之情也是《女神》的中心主题，其诗篇都渗透着郭沫若深切的爱国情感。如《凤凰涅槃》《炉中煤》《棠棣之花》等都凝聚着诗人对祖国无比深厚的爱。《凤凰涅槃》是一首庄严的爱国颂歌，诗人借凤凰自焚、更生的神话，向"黑暗如漆""腥秽如血"的"阴惨世界"发出了愤怒的诅咒，从中也流淌着诗人对新中国的热烈憧憬，对新生中国的赞颂。《炉中煤》是一首感人肺腑的爱国之诗。五四以后的中国，在郭沫若心中"就像一位很葱俊的有进取气象的姑娘，她简直就和我的爱人一样"。在诗剧《棠棣之花》中，"去吧！二弟呀！我望你鲜红的血液，迸发成自由之花，开遍中华"正是作者愿为国家、民族献身的赤诚之心。

《女神》不仅在思想内容上开辟了新的领域，还在艺术成就方面拓宽了中国新诗发展的道路。其艺术成就主要表现在以下三个方面：一是通过历史故事和古代神话塑造典型形象。如《棠棣之花》中的聂政姐弟，《女神之再生》中的女神形象，体现了诗歌光彩夺目的艺术风格。二是浪漫主义手法在营造诗歌意境中的展现。诗集《女神》被称为我国现代文学史上的浪漫主义高峰，其奇特丰富的想象世界将绚丽多姿的意境表露无遗。三是形式方面践行了诗人绝对的自由主张。其活泼的自由诗体如《湘累》《棠棣之花》，格律、音节和谐一致，自由多样。

重感性、重直觉、以情绪的内在律动形成诗歌的节奏，构成了郭沫若诗学观的主体，并在诗歌创作中形成了独具郭沫若色彩的诗。我们以《凤凰涅槃》为例，这首诗以凤凰的传说为素材，通过凤凰的自焚，从死灰中更生的故事，表达了彻底埋葬旧社会、争取祖国自由解放的思想，同时也表达了诗人自己的新生。诗中的凤凰，是诗人个体与祖国合二为一的形象。郭沫若生于蜀地，而蜀文化早期的文化图腾是太阳鸟——凤凰，《凤凰涅槃》的形象即由此而来。这首诗，在一般的诗人写来，也许很容易成为一首叙事诗，但是在郭沫若的笔下，它却成了中国现代文学史上最著名的抒情诗，诗中感情的磅礴、情绪的奔流、直觉的意象、感性的呐喊，共同构成了此诗的主体风格。

> 山右有枯槁了的梧桐，／山左有消歇了的醴泉，／山前有浩茫茫的大海，／山后有阴莽莽的平原，／山上是寒风凛冽的冰天。／天色昏黄了，／香木集高了，／凤已飞倦了，／凰已飞倦了……

诗歌通过直觉意象的排比，形成了排山倒海的气势，感情喷薄而出，铺排出天地玄黄般的昏暗与阴沉，形成了一种紧压，紧压，再紧压的心理冲击，这为后面凤凰浴火重生的飞天壮景做了一层又一层的铺垫。

> 我们更生了。／我们更生了。／一切的一，更生了。／一的一切，更生了。／我们便是他，他们便是我。／我中也有你，你中也有我。／我便是你，／你便是我。／火便是凰。／凰便是火。／翱翔！翱翔！／欢唱！欢唱！／我们新鲜，我们净朗，／我们华美，我们芬芳，／一切的一，芬芳。／一的一切，芬芳。／芬芳便是你，芬芳便是我。／芬芳便是他，芬芳便是火。

诗歌最后的这一段《凤凰和鸣曲》，是宇宙、凤凰和诗人合一的绝唱，它唱响了一切的新生，唱响了宇宙和世界的新生，让读者在前面段落经过层层紧压的心理突然之间爆炸，诗人与读者的情绪一起得到了极致的释放。综观全诗，它通过前抑后扬的方式实现了郭沫若所提出的"诗歌的节奏是情绪内在的节律"的诗学主张。

人神合一，抒情主体与自然的合一，是郭沫若诗"感性宇宙"的主要构成，这也是他所说的"梵""泛神论"。在《论诗三札》一文中，郭沫若借宗白华的话说："诗人底宇宙观以泛神论为最适宜。"郭沫若曾经说过，他青年时代对于自然的感念，是以纯粹东方情调为基础的。所谓"东方情调"，既包括庄子思想和陶渊明、王维、孟浩然、李白等人的诗歌的影响，同时也包含印度诗人泰戈尔的影响。郭沫若诗歌中的自然，不只是对自然的客观描摹，也不是对风花雪月的静止的观赏，而是处处表现了诗人纯真的情感和真实的人格，所有的意象都是人格化的，情感化的，是一个感性的诗学宇宙。浓郁的抒情色彩给郭沫若的自然诗穿上了一件最动人的外衣，使得这个窈窕的美人更美，更有风韵。郭沫若对自然的爱是深沉的，浓厚的，也是多方面的。他爱自然的壮美，也爱自然的幽远，爱自然的欢乐、奔腾，也爱自然的恬适、清宁，而且都含有深远的寄托和真挚的情感。他的自然意象着力表现的就是这个。如《海舟中望日出》：

> 铅的圆空，／蓝靛的大洋，／四望都无有，／只有动乱，荒凉，／黑汹汹的煤烟，／恶魔一样！／云彩染了金黄，／还有一个爪痕露在天上。／那只黑色的海鸥，／可要飞向何往？／我的心儿，好像／醉了一般模样。／我倚着船栏，／吐着胆浆……

在这首诗里，诗人绝不是以旁观者的身份来观赏日出，无论是铅一样沉重的天空，蓝色的大洋，还是黑的煤烟，抑或海鸥，都披上了一层阴沉的色彩，它是作者内心无所皈依的情绪在自然意象上的投射，郭沫若把自己的整个身心和全部热情都倾注进去，"我的心儿，好像醉了一般模样"；他同即将升起的太阳融为一体，共同为光明和新生而进行拼搏。当太阳终于跃出海面时，他感到这也是自己的胜利，向太阳欢呼："你请替我唱着凯旋歌哟！我今朝可算是战胜了海洋！"读者可以感受到，这不仅是自然界的日出，更是诗人内心的新生，也是宇宙一切的新生。又如《晨兴》和《夜步十里松原》，两首诗都是写诗人在十里松原漫步，不同的是一个在清晨，一个在夜晚；一个是朝阳初上，"远远的海中岛影昏昏，好像是，还在恋着他昨宵的梦境"，一个是海已安眠，"远望去，只看见白茫茫一片幽光，听不出丝毫的涛声波语"；一个是"耳琴中交响着鸡声、鸟声"，诗人的"心琴也微微地起了共鸣"，一个是眼见得"无数的古松，高擎着他们的手儿沉默着在赞美天宇"，而诗人的心灵也同这些自然景象完全融汇在一起。两种情景截然不同，但这些情景都是诗人情绪的化身，是郭沫若情感投射在自然景物中而产生的意象，它已经脱离了自然本体，而成为了抒情性本体；其中，动人心弦的与其说是自然的景色，毋宁说是诗人在字里行间所流露的对大自然的深切的爱恋和真情。郭沫若的自然意象不仅感情真挚、情景交融，而且色彩绚丽、富有奇想，属于郭沫若式的奇特想象。郭沫若借助这种奇想，在创作中生发出缤纷的色彩，创造出多姿多彩的艺术形象，给他的诗歌增添了无穷的魅力。这在他的自然诗中表现尤为突出。且看《女神》中两首描写日落的诗：《新阳关三叠》和《日暮的婚筵》。这两首诗所写的景色大体是一样的（只是季节有所不同，前者是在初夏，后者是在初春），但由于诗人的奇思妙想，分别创造了不同的形象和意境，因而给人的印象完全不同。《阳关三叠》本是唐代诗人王维写的一首送别友人西行的诗，家喻户晓；郭沫若借用原作诗意，送别即将入海的太阳，同时也寄托了他思友怀人的情思。诗人把将要入海的太阳比作一位光明的巨人，"披着件金光灿烂的云衣"到西方去远游。在太阳入海之前，诗人眼前展现出这样一幅壮美的景色：远远的海天之交涌起蔷薇色的紫霞，中有黑雾如烟，仿佛是战争的图画——最终的胜利永远属于光明，属于太阳。

郭沫若的泛神论思想同他的强烈的反抗精神是结合在一起的，在宇宙和人生合一的基础上，郭沫若诗中总是突显出一个无比膨胀的自我。这在《梅花树下醉歌》《霁月》里都能看到。郭沫若热爱自然、倾慕自然、效法自然，在他看来，自然虽不能言语，但于"沉默之中"却有"雷鸣的说教"，时时给人以启示；它是最和谐、最快乐、最自由，也最富有生机的。在郭沫若的自然意象中，我们常常可以读到这样奇异的诗句：从"潮里的声音"和"草里的声音"，他听到了生命的呼唤——"一声声道：快向光明伸长"；从空中放飞的纸鸢，他看到了奔腾不息的生活的洪流；从头上展翅飞翔的山鹰，他更想到"心底里翱翔着的凤凰——那光明和自由的象征"。这表明，郭沫若诗中的自然意象实际上并不限于自然本身，同时也蕴含着他对自由的渴望和对生活的理想，或者说，自然意象与诗人的合二为一是郭沫若诗歌的突出特征。正是出于这样一种认识和愿望，在郭沫若笔下，自然总是写得那么明媚，那么自由，那么欢畅。请看《光海》：

　　　　无限的大自然，／成了一个光海了。／到处都是生命的
　　光波，／到处都是新鲜的情调，／到处都是诗，／到处都是
　　笑：／海也在笑，／山也在笑，／太阳也在笑，／地球也在笑，
　　／我同阿和，我的嫩苗，／同在笑中笑。……

　　这是《光海》中的一节，各种自然景象是那样生机勃勃，自由奔
放，充满了健康的情调，洋溢着生活的喜悦和渴望。其实，所有这些
自然景象都是诗人情感的外化。在自然之中，诗人感到无比快活，他
纵情歌唱自然，也抨击丑恶的现实，表达了自身的爱憎，同时更抒发
了自己对自由的渴望和对丑恶现实的憎恶，但依然没有放弃对美和
爱，自由和生活的希望。《女神》出版前夕，郭沫若在一篇文章中说
文学是反抗精神的象征，是生命穷促时叫出来的一种革命。正是在这
种创作理念的指导下，郭沫若笔下的自然意象总是和他强烈的反抗和
反叛精神合二为一，透露着积极向上的生活哲理。

　　郭沫若的诗歌最突出的特色，还在于其诗中的"感性"的爆
炸——强烈的自我扩张和自我膨胀，与宇宙的洪流合二为一，具有掀
翻整个宇宙的力量，这方面最具代表性的是他的《天狗》：

　　　　我是一条天狗呀！／我把月来吞了，／我把日来吞了，
　　／我把一切的星球来吞了，／我把全宇宙来吞了。／我便是
　　我了！／我是月的光，／我是日的光，／我是一切星球的
　　光，／我是 X 光线的光，／我是全宇宙的 Energy（能量）的
　　总量！／我飞奔，／我狂叫，／我燃烧。／我如烈火一样地
　　燃烧！／我如大海一样地狂叫！／我如电气一样地飞跑！
　　／……／我便是我呀！／我的我要爆了！

　　天狗和"我"合二为一的抒情主体，其主体的扩张和膨胀充满了
整个宇宙，吞噬了整个宇宙；情绪的高涨、激情的奔放、铺排的狂放
意象最终形成了一种"感性"的巨大爆炸。

　　如果说《新青年》群体是以社会批评与文明批评的启蒙理性而颠
覆了旧世界，文学研究会是以人类互助的精神改写了中国的旧世界，
那么，郭沫若的诗歌则是以"感性"爆炸的方式，渴求和歌颂着新生

和新世界的到来。

　　郭沫若继《女神》之后，在 20 世纪 20 年代又创作了《星空》《瓶》《前茅》和《恢复》等四部诗集。1923 年出版的《星空》，表现了五四高潮过后，诗人对祖国黑暗社会的苦闷和失望。1927 年出版的《瓶》，是一部爱情诗集，真实而又大胆地记录了富有浓郁浪漫气息的爱情。《前茅》出版于 1928 年，体现了诗人鲜明的阶级意识和革命意识。同年出版的《恢复》体现了诗人在革命失败后依然对未来充满坚定的信念，但是因为是无产阶级早期诗歌的初步尝试，部分诗歌缺乏艺术水准，不可避免地存在一些缺陷。

第三节　以郁达夫为代表的创造社的"情绪"派小说

与《新青年》群体中的鲁迅和文学研究会的小说创作更多地来自某种启蒙理性和有意的设计不同，以郁达夫的作品为代表的小说追随的是"感性化"的自我表达，以"情绪"而不是从某种理性观念作为小说的表达核心。创造社这种"感性"的启蒙路线，除了郁达夫、郭沫若、成仿吾、周全平、倪贻德、张资平等，还影响到了浅草—沉钟社作家林如稷、陈翔鹤、陈炜谟等，甚至影响到了弥洒社的胡山源和文学研究会的庐隐、王以仁等。这种小说的特点是不追求情节，也不重视对人物和场景的细节刻画，而着重表现作品中主人公的情绪和心理活动，在小说结构上有较为明显的散文化的特点。这类小说，我们可以统称为"情绪"小说。

郁达夫的"情绪"小说，重自我表现，具有自叙传色彩，郁达夫认为"文学作品，都是作家的自叙传"[01]。这种作品大多以第一人称叙述故事；重主观抒情，作品中大都有一个抒情主人公的形象，倾泄自己对外界的主观感受，抒写个体受到社会种种压迫之后的焦灼之情。

郁达夫（1896—1945），原名郁文，浙江富阳人。他是创造社

---

[01]　郁达夫：《五六年来创作生活的回顾》，《过去集》，天津人民出版社1982年版，第203页。

的创始人之一，是创造社最重要作家之一，属于才华横溢、情感恣肆的浪漫型作家。1913 年郁达夫随长兄去日本留学，在日本期间写的三篇小说《银灰色的死》《沉沦》《南迁》，都以留学生活为题材。

1921 年这三篇小说以"创造社丛书"的名义以《沉沦》为名结集出版，是他的第一部短篇小说集，也是中国现代文学第一部现代白话短篇小说集，在当时产生了很大影响。1923 年，小说、散文合集《茑萝集》出版。其中短篇《采石矶》《茑萝行》《春风沉醉的晚上》《薄奠》《过去》《迟桂花》和中篇《她是一个弱女子》《迷羊》等都是现代文学史上的重要成果。从某种意义上说，郁达夫的小说代表了现代抒情小说的最高成就。

郁达夫的作品中最显著的一个特点就是病态描写。他在作品中常赋予主人公感伤的性格，竭力表现他们极度的苦闷，以及由此产生的颓废和变态的心理言行。这一点，在他早期的作品中尤为突出，几乎每一篇都有

郁达夫小说集《沉沦》初版封面

各种病态的描写。他的作品《沉沦》就直接写了一种"忧郁症"，如主人公在稠人广众中的孤独感，退避隐居的妄想狂，以及变态的性爱追求，都是病态表现。另外，《南迁》表现伊人精神世界崩溃后如何沉迷于酒色，最后又如何以"心贫者福矣"的宗教信条麻醉自己，也涂满了病态的色彩。一直到 20 世纪 30 年代初郁达夫的小说中仍有病态的描写。

郁达夫小说所写的这些病态，当然是不健康的东西，但是郁达夫写病态并非展览病态，而是在揭示一种"时代病"，其旨归在于反抗。在五四运动的汹涌大潮中，广大小资产阶级青年奋起打倒旧传统，他们大都以个性解放思想为自己的精神支柱，怀着浪漫主义的冲动去歌颂爱情，发扬自我，倾注再生，建筑思想中的空中楼阁。但是，他们大都与群众斗争脱节。随着五四运动的高潮过去，黑暗势力更加猖獗，青年既没有实现个性解放的理想，又找不到反抗的有力武器和出路，于是苦闷彷徨就成为一种普遍的"时代病"。郁达夫揭示的这些

五四文学——启蒙的维度与向度

病态正是那个时代的产物，是社会本身制造出来的悲剧。这对于旧制度和反动势力，无疑是一种冲击，有着其进步的意义。

郁达夫总把病态作为理想破灭的结果来写，并把原因归咎于社会压迫。《沉沦》中主人公的"忧郁症"是怎样的呢？小说中写道，他"同别的学生不同"，"心思太活"。那时，"学校里浸润了一种专制的弊风，学生的自由，几乎被压缩得如同针眼儿一般的小"，"然而他心里，总有些反抗的意思，因为他是一个爱自由的人，对那些迷信的管束，怎么也不甘服从的"。后来，他看到学校的专制势力"实在太无道理了，就立即告了退"。此后，又转到另一所教会学校，那里也同样黑暗，不久就"与一位很卑鄙的教务长闹了一场"，不得不又退学。加上他长兄非常正直，在官场和军队里"都不能如意之所为"，处处受到排挤，致使他们家道衰落，正是在这种苦境下，他才蛰居在书斋里，"他的忧郁的症状的根苗，大约也就在这个时候培养成功的"。这说明主人公的病态不是天生的，他本来是个心思很活的人，只因为他追求自由和个性解放，才和"专制弊风"发生冲突，结果为黑暗社会所不容，酿成了"忧郁症"。而后他的症状愈加厉害，则又是处在"弱国子民"的地位饱受凌辱的结果。显然，病态的根源在于社会。同样，《南迁》中的伊人追求"名誉、金钱、爱情"，但又不趋炎附势，三大理想终于被社会现实所粉碎，所以才会堕落下去，愤世嫉俗，纵情酗酒。伊人的所谓"三大主义"虽然都是个人主义的企求，但和那种不择手段、压迫剥削多数人以求得自己享乐是不完全相同的，它要求的是个性解放，取得个人的政治地位、经济地位和爱情。这在五四时期不能不说是一种合理诉求，具有反封建的进步意义。

郁达夫小说中人物的病态，不能完全看作是一种"病"，它往往是合理要求或理想被扭曲了的一种病态。或者说，是作者借病态的形式，对在现实生活中达不到的某种合理要求或理想进行更强烈的反抗。《沉沦》中的主人公常常跑到山腰水畔，贪恋那孤寂的深味，驰骋海阔天空的妄想，这自然是一种病态。但这种病态却又是他热烈追求自由和个性解放的曲折的反映。现实中，他处于"弱国子民"的地位，不能实现他的合理要求和理想，反而被社会挤到了绝境上去，甚至被看作"神经病"，所以他只好在幻想的世界里去追求自由和解放。在大自然这个避难的场所，想自己之所想，说自己之所愿说，在幻觉

五四文学——启蒙的维度与向度

的天地里，仿佛自己成了"孤高傲世"的贤人，成了独立的"隐者"，不必再到世上与那些轻薄男女共处。这虽然是妄想狂式的病态表现，但也是在压抑中迸发出来的更为强烈的个性解放的心声。这种颓废之极的病态，一方面固然是当时社会的产物，作者把它揭露出来以控诉社会的黑暗；另一方面，通过描写这些病态，曲折而又强烈地喊出了青年反抗的呼声。

郁达夫表现青年的"时代病"时，往往同时表现祖国的贫病。作品中病态主人公的命运是和祖国的命运紧密相联的。《沉沦》中主人公在自杀之前还悲痛疾呼："祖国呀，祖国！我的死是你害的我！你快富起来，强起来吧！你还有许多儿女在那里受苦呢！"其悲壮的爱国之心，是多么感人。在《茫茫夜》《风铃》等早期作品中也可以看到，作者总是把祖国的贫穷作为造成青年"时代病"的一个原因来写。在表现个性解放的欲望时，也显示出爱国主义和反帝的精神。作品通过反映"时代病"，在一定程度上把个性解放和民族解放的要求统一起来，客观上这是符合我国新民主主义革命反帝反封建的方向的。在20世纪20年代初，文学作品反帝反封建意识直接表现出来的并不多，因此《沉沦》的问世就显得格外可贵。

郁达夫在《沉沦》中塑造的主人公在稠人广众中总是感到孤独，总是感到别人对自己的压迫，以至于离群索居，自怨自艾。这就是青春期的忧郁症，不过他的忧郁比较严重，到了病态的地步。这种忧郁症表现在性的问题上格外敏感，小说夸大了其中妄想狂的症状，又加上对于"弱国子民"地位的强烈自惭与对爱的渴求，那复杂的病态情绪就带上了特有的时代色彩。《沉沦》写病态，其意并不在展览病态，而是正视作为人的天性的重要组成部分的情欲问题。五四时期个性解放思想促使人们开始尝试探讨这个敏感问题。郁达夫用小说的形式那么大胆地、直率地写青春期的忧郁和因情欲问题引起的心理紧张，这在中国历来文学中都是罕见的。郁达夫被视为敢于彻底暴露自我的作家。《沉沦》正视作为人性的情欲矛盾，在题材和写法上都有了很大的突破。

郁达夫在他的小说中，主要把性的苦闷作为"时代病"的一种"症状"来表现。性，是一种感性的载体，它集中表现了创造社的"感性"美学。如在《茫茫夜》和《秋柳》中，对性的苦闷描写也很突出，认真分析这两部作品就不难发现，其中主人公的苦闷，与其说是由于性欲得不到满足而产生变态，不如说是由于现实压迫才去寻求变态的性满足。《茫茫夜》中在政法学校任教的于质夫，因为比较耿介正直，不愿谄媚上司，免不了处处碰壁。他感到现实是如此腐恶，他悲愁难遣，企图用病态的性麻醉自己。小说写他像恶犬一样在街上找女人，最后向一个卖香烟的妇女要了她用过的一枚旧针和一块手帕，回来"狠命把针子向脸上刺了一针"，以寻求快意。这种畸形描写，读起来令人窒息，但又使人不能不想到，是病态的社会才造成了青年的病态。《秋柳》也写到于质夫对军阀镇压学潮非常不满，当他觉得悲愤、无聊之极时便去找妓女海棠。可是对海棠被侮辱的命运，又感到十分同情，非常自责，他去妓院不仅没能解除苦闷，反而增添了他的烦恼。可见，郁达夫总是在他的主人公在现实的压迫下精神失去平衡时，才送他去酗酒醉色，自虐自怜。作者正是从现实压迫这一角度，把性苦闷作为一个社会问题，作为"时代病"的一种症状揭示出来。因此，郁达夫写的性苦闷并不像那些三角恋爱的小说，而是努力刻画那种现实压迫下的畸形心理，震撼人的灵魂，从而激起人们对黑暗社会的愤慨。

郁达夫的小说如此集中地反映"时代病"，是跟他的经历和启蒙思想分不开的。五四前后，郁达夫在日本留学，阅读了上千部欧美作品和日本的文学作品，包括卢梭、尼采、屠格涅夫、陀斯妥耶夫斯基、仓田百三等人的作品，深受启蒙思想的熏染。同时，在将近十年的异国生活中，郁达夫与那些和自己同时留学或侨居国外的许多中国人一样，受过种种歧视、冷遇以至侮辱。他还像于质夫那样追求"名誉、金钱、爱情"三大理想。但现实很快就粉碎了一代青年包括郁达夫在内的理想。社会的黑暗，世道的不公，怀才不遇，导致郁达夫如陷苦闷的深渊，感到压迫无处不在。这让郁达夫感受到，只有通过文学创作写出这种处处受压迫的苦闷，才能激起中国青年的反抗，才能达到启蒙的效果。

在日本受压迫的经历和俄国文学中的"多余人"形象，让郁达夫找到了自己和一代青年的影子，塑造了诸多的中国"零余者"的形象。五四运动后，反封建营垒中的小资产阶级知识分子迅速发生分化，有的逐步和工农结合起来，跟上了时代的潮流继续前进；更多的虽然不满现实压迫，但又茫然不知所措，在黑暗中彷徨，成为时代的"零余者"。郁达夫的小说所塑造的形象，就代表了这后一类人。郁达夫不但通过揭示"时代病"向黑暗社会提出抗议，而且通过塑造"零余者"形象记录了中国小资产阶级知识分子在时代十字路口摸索时的身影。

郁达夫小说所塑造的"零余者"，大都是下层的小资产阶级知识分子，他们是被排挤出社会的小人物。小说揭示了他们政治上、经济上所处的低下地位，显示了他们与社会的尖锐对立。这些人有才能，但在腐败的社会里找不到实现他们理想的地方。《茑萝行》中的主人公从外国留学回国，"一踏上了上海的岸，生计问题就逼紧到我的眼前，缚在我周围的命运的铁索圈就一天一天地扎紧来了"。找不到工作，就在黄浦江边流浪，或上公园坐冷板凳，甚至几次到江边想自杀。《风铃》中于质夫从外国留学回来，但是"中国的社会不但不知道学问是什么，简直把学校出身的人看得同野马尘埃一般小"。他东奔西跑，一直找不到工作。而那些只会看电影、吃大菜、拍马屁的市侩人物，却一个个猎取了高官厚禄。最后，他只好失望而逃。《杨梅烧酒》写了一个在国外专攻应用化学的留学生，毕业回国后雄心勃勃，满以为可以为祖国干一番事业，可连工作都找不到，真是爱国有心，报国无门，有知识却始终"没有正当的地方去用"。这些作品控诉了旧社会如何扼杀人才。还有一些作品，更直接表现了小资产阶级知识分子备受政治经济压迫。《落日》写了两个失业青年，无聊枯寂之极，每天只好去瞎逛消磨时日。他们哀叹"在这茫茫的人海中，哪一个是我的知己？哪一个是我的保护者？我只觉得置身在浩荡的沙漠里"。《微雪的早晨》则通过一个北洋军阀的军官抢占青年学生朱雅儒未婚妻的事件，揭露了封建官僚势力对青年政治、精神上的压迫。郁达夫的这些小说，也大都通过"零余者"贫困和四处受迫生活的描写，诅咒了罪恶的社会制度，在情绪宣泄之中，呼喊着社会和个

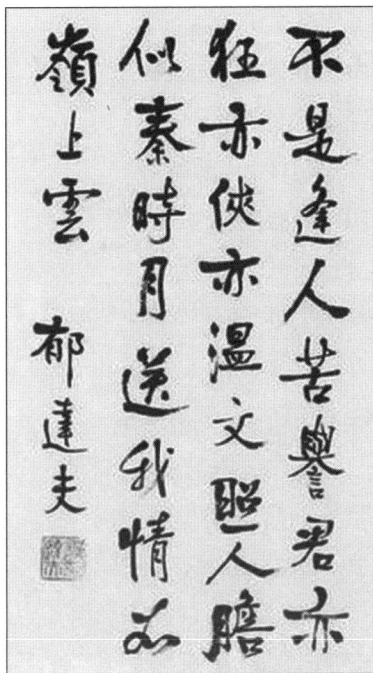

郁达夫手书

五四文学——启蒙的维度与向度

人的新生。

郁达夫的作品中饱含作者惨痛的生活经验，许多就是作者的自况。郁达夫从日本回国之后，直接承受了现实的打击，生活经常陷于困窘境地。这种底层小资产阶级受压迫的生活阅历，使郁达夫对劳动人民的境况有所了解，并引起他莫大的同情。他在写知识分子的同时，也写过《春风沉醉的晚上》《薄奠》这两篇反映工人生活的小说。就在这些以工人生活为题材的篇章中，作者仍然着力于反映"零余者"的生活情况，甚至以工人的境况来衬出"零余者"的境况。《春风沉醉的晚上》中的"我"是个"无名文士"，失业无着，受了种种逼迫，最后栖身于贫民窟，结识了陈二妹。作品用对照写法，一方面写他因找不到工作困苦无聊，另一方面又写陈二妹虽有工作却也受着剥削。作品表现他们同是天涯沦落人，能把他们的命运联系在一起表明郁达夫的视野并不完全拘囿于小资产阶级个人小圈子，他力图从阶级和阶级压迫的角度去反映"零余者"的社会地位。同样，《薄奠》在描写人力车夫的悲剧时，也穿插表现出那个富于同情心的知识分子的悲苦，写他"觉得这些苦楚，都不是他一个人的苦楚"。这就使"零余者"的形象更植根于中国现实社会的土壤，表现了他们同劳动者一样，是社会压榨机下的弱者。

郁达夫在反映小资产阶级知识分子被压迫的社会地位时，还写出了他们反抗的性格，表现了作为时代"零余者"叛逆的一面。在许多自暴自弃、直率自惭的外表之内，蕴含着一颗正直坦荡的心。如《杨梅烧酒》中的失业留学生，在认清社会的丑恶后，就痛骂世道妄离。《薄奠》中的"我"也诅咒那些达官贵人："猪狗！畜生！你们看什么！我的朋友，这可怜的拉车者，是为你们所逼死的呀。"除了直接抗议，郁达夫小说中的"零余者"还常用变态的行为来进行反抗。如《还乡记》中的主人公经济困厄，他把纸币踩在脚下，以示对那个金钱万能世界的反感。也可以说，这种反抗性贯穿于郁达夫每一时期的多数小说中。他笔下的"零余者"总是宁肯穷困自戕，也不愿和黑暗势力同流合污，他们同现实社会势不两立，表现出桀骜不驯的姿态。郁达夫所写的"零余者"并不甘心沉沦，希望能找到新路。在《十一月初三》中，郁达夫就把"零余者"想反抗而不知道出路的精神状态，比作"中间的那一个连花瓣没有的半把剪刀"，宣称若能知道其他半把在何处，"那么我就是赴汤蹈火，也愿意寻着他们来，和他们结合在一起"。在那长夜漫漫的年代里，青年没有了出路，多么苦恼，多么希望有光明的去处。郁达夫反映了他们这种状况，对于启发他们去认识现实，探索新路，是有积极作用的。

由于郁达夫的小说是以情绪为核心来展开的，所以，其作品普遍呈现出一种散文化的色彩。在郁达夫的创作中，大多以第一人称写"我"的情绪感受，如《青烟》《春风沉醉的晚上》《过去》等；或者采用第三人称"他"——但实际上是作者的影子，来表达苦闷的情感，如《沉沦》《银灰色的死》《采石矶》等。除了少量小说，其他大部分小说都直接取材于他自己的经历、遭遇和心情，与其生活道路和事件基本处在相互叠合的状态中。因此，他的小说并不谋求曲折的情节、细致入微和周到的构思，而是注重表现个人情绪的起伏变化和心理的流动，依靠激情和才气一路写下去。他只求情节的真切和坦率，于是，直抒胸臆是最常见手法，在事件的叙述中做大胆的自我解剖，乃至用长篇独白去直接触动读者的心弦，即使结构松散、粗糙也在所不惜。如《沉沦》中用激动的、跳跃的语言，直接展示主人公的心理活动，作品的结构完全服从他的情绪的变动。《南迁》围绕两个女人的爱，赤裸裸地交代主人公内心的极端苦闷、惆怅和行为上的怪诞，与五四退潮后青年一代普遍存在的精神苦闷和婚恋总是紧密结合在一起，大胆宣泄压抑情感。在表现人物性格或展开情节时，作品的内在逻辑是随意的，而在具体的外在形式上，其结构是有规则的、精巧的。如《微雪的早晨》一文采用双线结构，看似写"我"与朱君的交往，实则暗写朱君的恋爱悲剧，这样的结构安排是十分巧妙的。郁达夫的小说总是喜欢截取一个生活断面，或直接以主人公情感、内心活动展开情节，突破以往小说作品中的时空限制和因果关系，从而营造出一个完整的情绪宇宙。然而，"在更多的情况下，郁达夫似乎顾不上表现这种才能，他仿佛轻视小说的特定法则，他好像无暇考虑布局与结构问题，而只是听凭作品随感情波澜流动，缺乏压缩、缺乏剪裁、缺乏悬念、缺乏伏笔，很多小说技巧为郁达夫所摒弃"[01]。确实，郁达夫的小说总是以深挚的感情为主线，反映自我对社会生活的

---

[01] 许子东：《郁达夫新论》，浙江文艺出版社 1984 年版，第 13 页。

真实体验，在具体形式上也表现了不同于其他作家的特点，充分显示了郁达夫独特的艺术个性。当然，行文的松散也淡化了情节，人物性格逻辑的合理性也受到了冲击。如《沉沦》结尾把主人公精神的颓废原因与国家地位强硬地联系在一起，发出了"中国呀中国，你怎么不强大起来"的呼喊，使人感到某种别扭和不自然，这些缺点是客观存在的。

在郁达夫的小说中常常找不到曲折跌宕的故事情节和完美严谨的结构，主人公情绪的波动及人生经历本身就是"情节"。《青烟》虽为小说，却有散文的结构特点；《南迁》具有散文的意境与哲理美；还有更多作品中的抒情，也颇有散文的特点。其作品大都忽略情节表现，情节随作品中主人公的内心情感展开。这使得郁达夫的小说的表现形式必然有异于《新青年》群体的鲁迅和文学研究会的创作。在郁达夫的小说中，为了表现主人公失意伤感的情绪，作品情节也渐随人物心理发展，行文随意而自然。当然，这里的"随意"指的是行文的流畅和感情的自然流露，率意而至——散漫而随意。英文诗或古体诗常夹杂其中，似漫不经心，又似有意而为之。有些作品是主人公生活的一个片断，或是心理自白随意地缀接，结构显得松散。如《茑萝行》的书信体式，便于抒情；《迟桂花》中开篇的书信，虽冗长但不觉累赘，这些可以看出作者在表现形式方面的探索。就郁达夫的小说的总体情况来看，至少在情节处理等方面，总是显得自然随意，追求散文的意境。《南迁》中写伤感青年伊人与美丽的日本少女在静谧的海滩上漫步，清风拂面，风景怡人，二人轻柔的声音在流动的空气中微颤，朦胧的恋情渐渐升华，但整个气氛始终被笼罩在如烟似雾的紫色中。在这里，并无一丝的污浊，相反，纯真的恋情与当时的情境完美地融合在一起，有一种散文和诗共有的意境美。再者如《迟桂花》《春风沉醉的晚上》《十三夜》莫不如此，塑造了一种清新脱俗的奇妙意境。总之，郁达夫的作品的价值，在于他对现代小说表现内容和形式上的革新，在于他对现代小说做了心理上的深层开掘。

郁达夫开创和引领的中国现代"情绪"派小说，影响了之后的一代又一代作家，使这种以情绪为中心的抒情小说绵绵不绝，时现异彩。郭沫若、倪贻德、周全平、叶灵风等都受到了这种小说的极大影响，从而形成了创造社以"情绪"表现为中心的小说群体。甚至，它还影响到了浅草—沉钟社的林如稷、陈翔鹤、陈炜谟等人和文学研究会的庐隐、王以仁等人的小说创作。

郭沫若虽然主要以诗歌和戏剧创作闻名，但早期也创作了一些具有浪漫情调的小说。郭沫若前期的小说创作，相当一部分以经济困窘为中心，直接表现自己的生活和感受，这包括著名的《漂流三部曲》《月蚀》《喀尔美萝姑娘》《人力以上》和《后悔》等。这些作品写得比较随意松散，像散文，却亲切真实。《漂流三部曲》也是郭沫若的自叙传体小说，写一位中国的青年学子出国求学——回国谋事——再次出国的故事。小说的主人公爱牟的遭遇也就是郭沫若的自况和自叙。通过这些作品郭沫若把他的家庭、他的情感、他的性格、他的缺点，统统公诸于世了。在抒情技巧上，郭沫若善于用联想、回忆和对比等深化感情，使所抒之情有深度和力度；善于借景抒情，创造抒情气氛，使感情得以升华。郭沫若早期还有一类小说是借古人或异域的事情来抒发自己的情感，如《牧羊哀话》《鹓鶵》《函谷关》等，主观色彩明显。其中《牧羊哀话》是其第一篇小说，小说主体是尹妈妈口述的一个凄婉悲凉的故事，朝鲜李氏王朝的子爵闵崇华因拒绝迎合日本的合邦，隐居金刚山。他的女儿配菱与仆人尹石虎的儿子尹子英青梅竹马，在牧羊中产生了爱情；但由于子爵的继室李夫人和仆人石虎的背叛，尹子英在石虎进入子爵住处刺杀子爵的时候被误杀。

倪贻德（1901—1970），浙江杭州人，著有小说集《玄武湖之秋》《东海之滨》《百合集》等，他还是一位有名的画家。其小说作品带着感伤的情调，有时还带着低调的愤慨，多写对爱情的追求。但与郁达夫不同的是，他的小说中的主人公不把爱的要求与性的苦闷、困惑、矛盾扭结在一起，而是追求比较单纯的精神感情，来安慰和温暖孤冷感伤的心灵。所以，他的小说虽有爱情的失落与失败，但对爱情带来的深深的孤冷忧郁情绪也有一种迷恋。文字哀婉悲抑，偏重于主观宣泄，是纯正

倪贻德小说集《玄武湖之秋》

的浪漫主义风格。其代表作《玄武湖之秋》的副题为"一个画家的日记"，实是作者本人一段经历的写照，写的是两小无猜的恋爱，发的是伤春悲秋的心语。写青年知识分子"我"与三个美貌女学生在玄武湖上荡舟作画，互表衷肠，这件事引起了全校学生的嘲笑、嫉妒和校长的干涉、监督，而"我"由此沦落在愁云惨雾之中不能自拔。作者把个人的身世和对社会的仇视联系起来，用自我的纯洁来反衬社会的腐朽，而不是以变态的心理来攻击变态的社会。

周全平（1902—1983），原名周承澎，江苏宜兴人，著有小说集《烦恼的网》《梦里的微笑》《苦笑》《楼头的烦恼》等。与其他创造社成员相比，他比较关注农村题材，关心农民苦难，揭露豪绅劣行，如小说《篛船》《邹夏千的死》《注定的死》。当然他也有很多带有自传色彩的抒情小说，而且这类小说在艺术上也取得了较高的成就。如中篇小说《林中》用缠绵的情调写逝去的爱情，短篇小说《楼头的烦恼》也是一部表达"灵与肉"冲突的作品，对病态的性心理描写十分细腻，这些写法都带有典型的浪漫抒情意味。

叶灵凤（1905—1975），原名叶蕴璞，江苏南京人，著有短篇小说集《菊子夫人》《鸠绿媚》《处女的梦》和长篇小说《红的天使》《穷愁的自传》等。因被鲁迅认为"齿白唇红"和"流氓气"而不入正史。叶灵凤擅长用意识流和弗洛伊德学说诠释性心理、性暗示和性变态等，作品中多有第三者婚外恋、同性恋、双性恋、自慰等的描写，他的作品有一种紧逼着生命的忧患，怅然于人生至美境界的难得和人无所不在束缚中的哀感。

王以仁（1902—1926），字盟欧，浙江天台人，他虽多写自我抒情小说，却是文学研究会作家，著有中篇小说《孤雁》和遗著《幻灭》。其创作思想和小说风格都深受郁达夫的影响，小说《孤雁》由 6 封

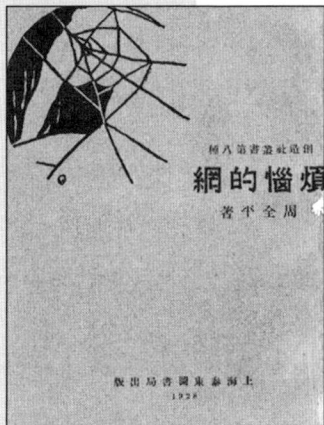

周全平小说集《烦恼的网》

叶灵凤小说集《菊子夫人》

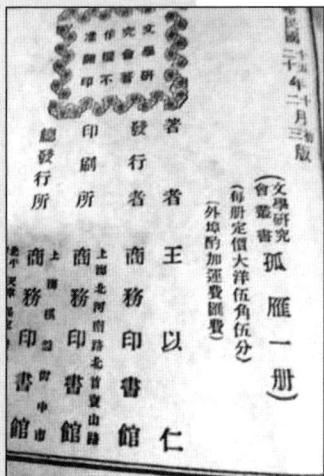

王以仁小说集《孤雁》版权页

可以独立成篇的书信组成，写一个失业知识青年（作者自我的化身）被人侵夺教员职位，到处流浪碰壁，返回故乡后又受冷眼歧视，最后呕血而亡。作者以书信形式倾诉心迹，亦叙亦议，亦忆亦叹，感情浓郁，忧郁的气息扑面而来，感伤的情调力透纸背。

冯沅君（1900—1974），笔名淦女士，河南唐河人。她是五四后出现的一位有影响的女作家，虽不是创造社成员，但受到前期创造社创作思想的影响。她强调创作要表现作者的"内心要求"，认为"文艺是生命的象征，在生命之流不到可翻动波澜的时期，决成不了可观的东西"。[01] 著有短篇小说集《卷葹》《春痕》和《劫灰》。代表作《卷葹》收入四个内容上带有连续性的短篇：《隔绝》《隔绝之后》《旅行》《慈母》。主人公姓名虽不同，但性格是一致的，前后情节也是

冯沅君小说集《卷葹》

连贯的。作者通过男女主人公的婚姻悲剧，写出了当时青年对封建婚姻制度的勇敢反抗，以及对爱情与自由意志的热烈追求。她早期小说大多取材于自我生活，具有明显的自叙传色彩，而且常采用书信体形式和第一人称写法，具有浓郁的抒情性和主观性，体现了她的浪漫主义艺术个性。

浅草社成员有林如稷、陈翔鹤、陈炜谟、冯至等，1923 年在上海出版《浅草季刊》，1925 年终刊后，部分成员又与杨晦、蔡仪等人组成沉钟社，在北京出版《沉钟》（先为周刊，后为半月刊）。该社受早期创造社影响，颇有"为艺术而艺术"的倾向，显示了他们在文艺方面的努力："向外，在摄取异域的营养，向内，在挖掘自己的灵魂，要发现心里的眼睛和喉舌，来凝视这世界，将真和美歌唱给寂寞的人们。"[02] 浅草社创作正处于五四运动退潮时期，他们的作品表现了人们（主要是小资产阶级知识青年）复杂、多变的精神世界，忠实地记载了他们（包括作者自己）的思想和情绪，反映了从追求理想、产生

[01] 冯沅君：《春痕·这许》，《冯沅君创作译文集》，山东人民出版社 1983 年版，第 122 页。

[02] 鲁迅：《中国新文学大系·小说二集·序》，《鲁迅全集》第 6 卷，人民文学出版社 2005 年版，第 250—251 页。

幻灭到苦闷矛盾和感伤及不甘失败而寂寞歌唱这样的心灵历程。感伤是浅草社创作的基本格调。有对爱情不自由、婚姻不幸福的悲愤倾诉（冯至的《吹箫人的故事》、陈炜谟的《甜水》、胡絮若的《青春的残迹》）；有经济困窘，无法自立于社会的哀叹（林如稷的《故乡的唱道情者》、陈翔鹤的《茫然》）；有人与人不能相交相知的苦恼（林如稷的《流霰》、陈翔鹤的《狂飚之夜》）；还有不满现实，却又不能摆脱现实黑暗阴影的烦闷诅咒（泠玲的《将睡觉时》）。

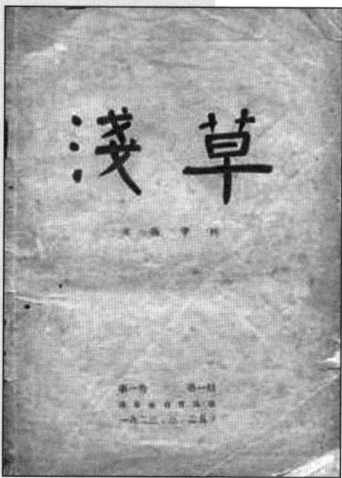

浅草社的《浅草》杂志

第四章　"立人"与"人生的艺术"：

语丝派的两种启蒙路径

　　创建于 1924 年的语丝社，是由《新青年》、"新潮"群体重新分化组合后，再结合一批青年作者围绕《语丝》周刊而形成的文学团体。其最具影响力的几位成员如鲁迅、周作人、刘半农、钱玄同、俞平伯等都曾是《新青年》作家群中最为重要的人物。他们的思想、行为及文化、文学观念都有着鲜明的五四印迹，表现出对五四启蒙传统的怀恋与承续，并力图在新时期传承五四文化精神方面有更大的拓展与超越。同人中即便是五四以后涌现的新锐，如林语堂、孙伏园、章川岛，也以其勇猛精进的姿态现身于文坛，几乎重现了当年《新青年》以文学为启蒙武器的战斗激情。

　　正如同蔡元培先生所指出的："《语丝》……为周树人、作人兄弟等所主编，一方面，小品文以清俊胜；一方面，讽刺文以犀利胜。"[01] 确实，在语丝社中，形成了以鲁迅为代表的"以犀利胜"的"鲁迅风"杂文和以周作人为代表的"以清俊胜"的"启明风"美文。前者主要以鲁迅、周作人、林语堂、川岛、刘半农、钱玄同为创作主力，延续了五四时期"随感录"的模式，"对新的事物加以催促，对旧的物事加以排击"，"反抗一切专断与卑劣"[02]，展开广泛的社会批

---

[01] 蔡元培：《二十五年来中国的美育》，《蔡元培美育论集》，湖南教育出版社 1987 年版，第 226 页。

[02] 鲁迅：《我和语丝的始终》，姜振昌主编：《语丝派杂文选》（上），文化艺术出版社 1996 年版，第 217 页。

评、文明批评等，其目的在于提出中国社会的"病苦"，以引起"疗救"的注意，而最终实现"立人"的主张，改造民族灵魂，塑造全新的国民。这方面的代表如鲁迅的《论雷峰塔的倒掉》《论"费厄泼赖"应该缓行》《论"他妈的"》，周作人的《上下身》《净观》，林语堂的《祝土匪》，等等。其中需要明确的是，这类杂文尤以鲁迅的为最，光是在1924—1927年间，鲁迅共创作杂文140多篇，刊载于《语丝》的就多达90多篇。这些文章以其充满义愤和理性的感情色彩，深刻、犀利的思想锋芒，奠定了他在中国散文史上不可动摇的地位，并且成就了"鲁迅风"的一派文风。与"鲁迅风"的"尖锐犀利泼辣"不同，以周作人为代表的"启明风"追求"平和冲淡"的美学风格，追求作品意蕴和文字的蕴藉，以个性化的情趣和艺术化的生活为旨归。这类文章对感情和文字的处理表现得十分冷静、节制，以徐舒自如、从容不迫中含一缕悠长隽永的韵味为特色。如周作人的《乌篷船》《喝茶》《品酒》《若子的病》《鸟声》等，以平和冲淡之笔，写风景、人情、物理、风俗、情趣等等，再如废名的《桥》《竹林的故事》等以清净幽雅、世外桃源式的牧歌笔调描绘"梦的乡村田园"，蕴含着作者对社会现实、人生认真而执著的体悟，充满幽远、质朴的美感。

《语丝》周刊

"鲁迅风"尖锐的社会批评和文明批评与"启明风"的个性化情趣和艺术化的生活，表面上看起来只是两种文体的不同，但其背后，包含的却是启蒙路径的不同。"鲁迅风"的杂文，继承的是《新青年》"随感录"的启蒙思路，开展社会批评与文明批评，旨在通过"立人"来"立国"；而"启明风"的美文，则旨在通过对人情物理的透析来涵养个性，从而塑造出一种艺术化的人生。可以毫不夸张地说，前者更多的是一种拯救乱世的文章，而后者更多的是一种在太平盛世如何过生活的文章。当然，在《语丝》上，"鲁迅风"的杂文与"启明风"的美文，是有许多交杂的，两者有时并不能截然分开，周作人也大量参与"鲁迅风"的杂文创作，而鲁迅先发表在《语丝》上后编入《朝花夕拾》的一些篇章，也带有"启明风"的况味。但是，鲁迅与周作人的两种不同的启蒙路向，却已经分明地显现了出来。

五
四
文
学
——
启
蒙
的
维
度
与
向
度

第一节　鲁迅与周作人启蒙路径的分野

　　鲁迅、周作人从《新青年》到指导文学研究会上的合作，并共同发起组织了语丝社，再到兄弟两人各领一派文风——"鲁迅风"的批判性杂文与"启明风"的"美文"，鲁迅逐渐成了"左翼"文坛的盟主，而周作人则成了冲淡派、幽默派散文的宗师，这是非常重大的现代文学史事件，以至于任何现代文学史在讨论中国现代文学基本格局的形成时，都无法回避这一问题。现有研究对于周氏兄弟的文学分途，一般着重于 1927 年之后，至多也推至 1923 年的"兄弟失和"，并且多从兄弟二人的性格不同入手。其实，鲁迅、周作人兄弟二人的文学思想由合而分，在五四新文化运动期间已初露端倪。虽然此时兄弟二人一起写了不少社会批评、文明批评类的文章，但是，在对于新文学的人道主义方向的看法上，兄弟二人的分歧已经初步显现。现有的文学史研究普遍把"为人生"、人道主义、现实主义视为三位一体关系，如果不做精细的区分，这种看法也不能说不妥，但在事实上，它与现代文学史实的实际情形，是有相当的出入的。周作人认为："这人道主义的文学，我们前面称他为为人生的文学，又有人称为理想主义的文学。"[01] 周作人把"为人生"的人道主义文学与理想主义相对应，显然和我们认定的"为人生"的人道主义与现实主义对应有所不同。而事实上，"为人生"的人道主义、现实主义更多的是体现在鲁迅身上。

虽然鲁迅和周作人的文学思想都把目光聚焦在"人"的问题上，重视人道与个性，重视人的"神思"，以"转移性情，改造社会"为目标；但是，兄弟二人在五四新文化运动期间，在看待"人"的出发点上，已经出现了相当大的差异。在周作人的《人的文学》中，关键词是"人类"的"人"，在《新文学的要求》一文中，他又提出人道主义的核心是"个人主义的人间本位主义"，其基本出发点，是从"人类""人生"（人的生活）的角度去看人和要求人；而鲁迅，则始终没有放弃"个性张，沙聚之邦，由是转为人国"（《文化偏至论》）的主张。两者的区别在于，周作人以世界主义的眼光去看人和要求人，鲁迅则更多地从民族救亡的角度去看国人和要求国人。鲁迅当年在《破恶声论》中，将"世界人"的声音看作是一种"恶声"，他认为，中国正处在民族危亡的时期，"世界人"的声音无疑会让中国人放松警觉，从而淡化民族危机意识，最终招致国家的灭亡。鲁迅的这种思想，在新文化运动期间并未改变。而周作人在五四期间，显然要比鲁迅"理想化"很多，他声称，"五四时代我正梦想着世界主义"[02]。

周作人曾这样回顾他的思想发展历程，他"最早是尊王攘夷思想"，"后来读了《新民丛报》《民报》《革命军》《新广东》之类，一变而为排满（以及复古），坚持民族主义者计有十年之久，到了民国元年这才转化。五四时代我正梦想着世界主义，讲过许多迂远的话，去年春间收小范围，修改为亚洲主义。及清室废号迁宫以后，遗老遗少以及日英帝国的浪人兴风作浪，诡计阴谋至今未已，我于是又悟出自己之迂腐，觉得民国根基还未稳固，现在须得实事求是，从民族主义做起才好"[03]。应该说，民族主义的思想起点，周作人和鲁迅是相同的，它导致兄弟二人在日本留学期间翻译《域外小说集》时，把目光都集中在了"被压迫民族""弱小民族"的文学上面，其用意在于，

---

[01] 周作人：《新文学的要求》，《晨报》，1920 年 1 月 8 日。

[02] 开明（周作人）：《元旦试笔》，《语丝》第 9 期，1925 年 1 月 12 日。

[03] 同 [02]。

借被压迫民族文学的强烈反抗色彩来激发起中国国民的自觉，从而实现"立人"并最终实现民族自强的目的。

自晚清以来，中国文化界的"国民性"批判叙事，始终和民族主义思想相伴随。这和严复、梁启超有关。其中，严复译述的《天演论》起了重要作用。赫胥黎在《进化论与伦理学》中认为，自然界没有道德标准，优胜劣败，弱肉强食，竞争进化，适者生存；人类社会则不同，人类具有高于动物的先天"本性"，能够相亲相爱，互助互敬，不同于上述自然竞争，"社会进展意味着对宇宙过程每一步的抑制，并代之以另一种可称为伦理的过程"[01]。但严复出于中国的民族救亡需要，在翻译《天演论》时却选择了斯宾塞的观点，认为"物竞天择"的法则在人类中同样起着支配作用。他认为赫胥黎不如斯宾塞的论述严密："赫胥黎保群之论……所以不若斯宾塞之密也。"[02] 在严复看来，人与人、民族与民族、国家与国家的关系，就是一种"弱肉强食"的竞争关系，"民民物物，各争有以自存。其始也，种与种争，群与群争，弱者常为强肉，愚者常为智役"[03]。而从"民族竞争"的角度看，鸦片战争以来每战必败的中国，则显然在"民智、民德、民力"上都不如西洋和日本，因此，批判中国国民性的弱点——如奴隶性、无公德心、无冒险进取精神、科学素质差、迷信、缠小脚、抽鸦片，让国民从积弱的泥潭中振拔出来，就被视为是中国自强的方略。梁启超的长文《积弱溯源论》[04]，正是从社会进化论的"民族竞争"角度来考察中国人的劣根性的重要论文。梁启超的这篇长文，分别从"理想""风俗"和"政术"三方面，分析中国积弱的根源。他认为，长期以来国人"不闻有国家，但闻有朝廷"，国家成为一姓之私产，遂使一国之民，不得不自居于奴隶，"性奴隶之性，行奴隶之行"。因为国与己无关，于是国人便养成了"漠然视之""袖手而观之"的习性。梁启超把中国人的"风俗"习性归纳为"奴性""愚昧""为我""好伪""怯懦""无动"六条。在《新民说》中，梁启超指出中国的大患，是一味地强调以"柔"为教，国人缺乏进取精神和"竞争

---

[01] 赫胥黎：《进化论与伦理学》，科学出版社 1973 年版，第 57 页。

[02] 严复：《严复集》第 5 册，中华书局 1986 年版，第 1347 页。

[03] 严复：《原强》（修订稿），《严复集》第 1 册，中华书局 1986 年版，第 16 页。

[04] 梁启超的长文《积弱溯源论》在 1901 年 4 月 29 日至 5 月 28 日，连载于《清议报》第 77 册至 80 册，后来收入《饮冰室文集》时，作《中国积弱溯源论》。

意识"[01]，"吾中国先哲之教，曰宽柔以教……夫人而至于唾面自干，天下之顽钝无耻，孰过是焉。今乃欲举全国人而惟此之为务，是率全国人而为无骨无血无气之怪物。吾不知如何而可也，中国数千年来，误此见解，习非成是，并为一谈，使勇者日即于销磨，怯者反有所借口，遇势力之强于己者，始而让之，继而畏之，终而媚之，弱者愈弱，强者愈强，奴隶之性，日深一日，对一人如是，对团体亦然，对本国如是，对外国亦然。以是而立于生存竞争最剧最烈之场，吾不知如何而可也"[02]。在此基础上，梁启超提出，"新国"就必须"新民"，应该从国民意识、公德心、进取心、竞争意识等各个方面，更新"民智、民德、民力"。

晚清以来，正是民族竞争主义的救亡思想，形成了中国近现代批判现实主义文学的基础。作为《新青年》文学之大宗的《随感录》——现代杂文之祖，则是这一传统的沿袭。为梁启超所批判的中国国民的"奴性""愚昧""为我""好伪""怯懦""无动"等，都可以在《新青年》的理论文章中找到对应的论述，更突出表现在《新青年·随感录》当中。而在《新青年·随感录》中，创作分量最大的除陈独秀外，则是鲁迅、周作人兄弟二人。《新青年》从 1918 年 4 月 15 日第 4 卷第 4 号起设立"随感录"栏目，到 1920 年 12 月第 8 卷第 4 号，共发表"随感录"103 则，作者主要有陈独秀、鲁迅、周作人、钱玄同、刘半农。鲁迅共有 27 篇，周作人用自己本名发表的有 2 篇，还有几篇是借用鲁迅的唐俟笔名发表的（参见《知堂回想录》）。周氏兄弟发表这些杂感文，形式上的特点主要是任意而谈、嘻笑怒骂、犀利灵活、短小精悍，兼有文学的形象性特征和政论的说理色彩；内容上则无一例外地以社会批评和文明批评为主。他们将解剖国民性病症的刀锋指向中国旧有文明的方方面面及这种文明影响下的现实社会人生。抨击"国粹"，批判传统文化中的迷信、道教、阴阳家、垂辫、缠脚、吸鸦片、叉麻雀、磕头、纳妾、贞节、研究灵学、研究丹田，揭露现实生活中房中术、武力割据、复辟、灵学背后的"鬼道"文明，反对"打拳"救国，主张对庸众宣战，批判"打靶子"的中国旧戏之野蛮及有害于世道人心：淫杀、皇帝、鬼神。鲁迅

---

[01] 梁启超：《新民说》，《梁启超全集》第 3 卷，北京出版社 1999 年版，第 657—658 页。

[02] 梁启超：《新民说》，《梁启超全集》第 3 卷，北京出版社 1999 年版，第 673 页。

批判中国传统的古国文明是"土人"的"野蛮文化"："试看中国社会里，吃人，劫掠残杀，人身买卖，生殖崇拜，灵学，一夫多妻，所谓国粹，没有一件不与蛮人的文化……恰合……拖大辫，吸鸦片，也正与土人的奇形怪状的编发吃印度麻一样"，"自大与好古，也是土人的一特性"[01]。周氏兄弟强烈批判中国现实中的人性阴暗面，目的是要剥落国民性当中的封建文化因素，最终目标在于文化革新和"立人"，进而到"立国"，在这一方面，他们自晚清以来基本上步调一致。

1917—1918 年间，周作人与鲁迅的"立人"思想其实已经开始出现微妙的分歧。1917 年周作人进入中国新文化运动中心北京大学，并与《新青年》发生了联系，而《新青年》在这一时段的"国外大事记""国内大事记"栏目中，非常关心国内外的时事，有关第一次世界大战的报道不断。同时，梁漱溟的《吾曹不出如苍生何》一文也对周作人触动很大。1917 年初，梁漱溟在去南方途中目睹了残酷的兵灾，痛心于战乱之可怕，愤而作《吾曹不出如苍生何》，自己印刷，向亲友传播。文章列举"法律之破坏""统一之破坏"等社会问题，并且断言这些都是由"政治上之武装的势力所作成"，"武装势力即是乱源"，而解决问题的途径则"一言以蔽之曰非战，曰组织国民息兵会"，传播"非战主义"，要求各方"罢兵"，"永不许战争见于国内"[02]。1917 年 10 月梁漱溟正式到北大哲学系任教，周作人在阅读梁漱溟的文章后，引发了他对武者小路实笃《一个青年的梦》的"反战"思想的共鸣。他在《读武者小路君所作〈一个青年的梦〉》中说："前次我看见梁漱溟先生作的《吾曹不出如苍生何》一篇文章，是心里极佩服，但不免又想：这个问题太早，又太好了！叫现在的中国的国民去求积极的和平？他们懂得么？他们敢么？""这是我当时的意见。近来又读日本武者小路君所作的脚本《一个青年的梦》，受了极强的感触；联想起梁先生的文章，起了一个念头：觉得'知其不可为而为之'的重要。"[03] 这里所谓的"知其不可为而为之"的，就是指"人道和平"。如果说 1917 年周作人还认为"人道和平"的可能性不

[01] 鲁迅：《随感录·四二》，《新青年》第 6 卷第 1 号，1919 年 1 月 15 日。

[02] 梁漱溟：《梁漱溟全集》第四卷，山东人民出版社 1991 年版，第 521—528 页。

[03] 周作人：《读武者小路君所作〈一个青年的梦〉》，《新青年》第 4 卷第 5 号，1918 年 5 月 15 日。

大的话，那么，1918 年 "一战" 结束之后随着蔡元培、高一涵等人提出的民族竞争主义已经破产，世界大同，人类互助是未来方向的观念之流行[01]，"人类""互助"的风潮在五四思想界大炽，周作人的人道主义思想开始由 "现实" 转入 "理想"，他热衷地做起了世界主义的美梦；他投入了武者小路实笃发起的 "新村" 运动，接连发表了《日本的新村》《新村的理想与实际》等文，"……新村的理想，这将来合理的社会，一方面是人类的，一方面也注重是个人的"[02]。他早期的 "民族／国民" 的人道主义视野，转变成了 "人类／个人"。正是这种视野的转换，导致周作人提出，人道主义的文学是一种理想主义的文学——因为当时现实的国际关系，仍然是民族竞争的关系，而周作人也清楚这一现实，但是，他认为，"人类" 之间的互助互爱的理想和世界大同，应该是未来的方向，这种理想对于改造中国人的思想很有好处。

周作人的人道主义思想 "理想" 色彩的增强，首先表现在他的翻译上。在号称 "为人生" 的人道主义之伊始的《域外小说集》中，无论是鲁迅的译作还是周作人的译作，所透出来的都是阴冷、沉重的气氛，其重点是批判现实社会与人生，用意在于激起民族反抗，其背后的 "民族竞争" 的思想色彩是较浓的。而在 1917 到 1921 年周作人的前期译作结集《点滴》中，则出现了一批轻松明朗的理想主义作品，如库普林的幻想小说《皇帝之公园》、南非女作家须莱纳尔的《快乐的花园》《沙漠间的三个梦》和《人生的礼物》。这 4 篇的翻译时间 1918 年正好是他沉醉于人类一家、世界一体的理想国的美梦中的时候。《现代小说译丛》第 1 集（1922 年，收周作人译 18 篇，

周作人译《点滴》

---

[01] 蔡元培：《黑暗与光明的消长——在庆祝协约国胜利大会上的演说词》，《北京大学日刊》，1918 年 11 月 27 日。高一涵：《近世三大政治思想之变迁》，《新青年》第 4 卷第 1 号，1918 年 1 月。

[02] 周作人：《新村的理想与实际》，《时事新报·学灯》，1920 年 6 月 25 日。

鲁迅译 9 篇,周建人译 3 篇,合计 30 篇)中,周作人的翻译,在文学色调上则更加明朗。在这个集子中,周作人译了希腊现代作家蔼夫达利阿谛思的作品 5 篇,波兰显克微支的 3 篇。显克微支的《二草原》《愿你有福了》,邓撒尼(爱尔兰作家,周译丹绥尼)的《乞丐》《朦胧中》,波兰戈木列支奇的《燕子与蝴蝶》,普路斯的《世界之霉》,科诺布支加的《我的姑母》,西班牙伊巴涅支(今译伊巴涅斯)的《意外的利益》,希腊蔼夫达利阿谛思的《库多非利斯》,等等,将《点滴》当中部分流露出来的人性光明色彩的倾向朝前推进了。《意外的利益》写一个小偷小摸的惯偷响应一个真正邪恶的大盗去偷一户人家,在偷来的被子里发现了一个"意外的利益——一个活的孩子"。大盗拿走了赃物,而小偷则自动将孩子送回,离开孩子的家门的时候被发现,被痛打了一顿并送回了监牢。《乞丐》写"我"在比加提利走路,看见"一切的乞丐都来到都市里了"。这些乞丐对任何东西和人都进行祝福。这些译作有一个共同点,那就是对于人性的理想化的描写,即使是在最下层最邋遢的"抹布"式的小偷身上,也呈现出一种人性的理想光芒,从而批判现实社会人生的阴冷色彩大大地减轻了。

鲁迅虽然在 1919 年翻译了武者小路实笃的《一个青年的梦》,赞赏其中的反战思想。但是,他对于周作人醉心于"新村"的"蔷薇色的梦"很不以为然。1920 年 10 月,鲁迅在《头发的故事》里通过小说主人翁提出了这样的问题:"改革么,武器在那里? 工读么,工厂在那里? ""我要借了阿尔志跋绥夫的话问你们:你们将黄金时代的出现豫约给这些人们的子孙了,但有什么给这些人们自己呢? "[01] 鲁迅当然相信人道主义,他说:"不满是向上的车轮,能够载着不自满的人类,向人道前进。"[02] 但他选择了批判现实社会的"不人道",因为他不相信"黄金世界":"夫人历进化之道途,其度则大有差等,或留蛆虫性,或猿狙性,纵越万祀,不能大同。"[03] "民族竞争"焦虑的始终不能释怀,使得鲁迅无法信任"人类大同":"公道和

---

[01] 鲁迅:《头发的故事》,《鲁迅全集》第 1 卷,人民文学出版社 1981 年版,第 465 页。
[02] 鲁迅:《热风·随感录六十一》,《鲁迅全集》第 1 卷,人民文学出版社 1981 年版,第 359 页;《新青年》第 6 卷第 6 号,1919 年 11 月 1 日。
[03] 鲁迅:《集外集拾遗补编·破恶声论》,《鲁迅全集》第 8 卷,人民文学出版社 1981 年版,第 32 页。

武力合为一体的文明，世界上本未出现，那萌芽或者只在几个先驱者和几群被迫压民族的脑中。但是，当自己有了力量的时候，却往往离而为二了。"[01] 在鲁迅看来，在近代"民族竞争"的世界格局中始终处于劣败地位的中国，其文明自然是劣等文明的代表，"我总觉得洋鬼子比中国人文明"[02]。中国的劣等文明熏陶出来的国民，如何有建成"大同"的希望？所以，国民性批判必须坚持到底。因此，鲁迅此一时期的翻译，特重阿尔志跋绥夫的作品，他对于阿氏作品中的阴冷和激愤，简直有一种沉迷。

如果说周作人的人类主义、世界主义、博爱主义倾向接近托尔斯泰的话，那么，鲁迅对于个人的"勇力"的重视，对于国民性的严厉批判，则比较接近尼采。虽然刘半农和钱玄同都以"托尼"来概括鲁迅，但事实上在鲁迅的思想中，托尔斯泰的影子很淡，而尼采的"勇力"主义的色彩很浓。他的《狂人日记》，有着强烈的"反叛"精神和进取精神，狂人的忧愤之深广，狂人向传统宣战时人格的壮美和崇高，狂人对于庸众的猛烈宣战，等等，既有办《民报》高呼革命时期的章疯子（章太炎）的影子，也有鲁迅自身和尼采"重估一切价值"励志改革的影子。鲁迅的《阿 Q 正传》中对于中国国民的奴隶性，对于"精神胜利法"，对于"阿 Q 革命"的强烈批判与梁启超、严复民族竞争主义眼光下的国民性批判叙事一脉相承。对于国民的奴隶性的批判，对于国民性格中"勇力"的振拔，鲁迅自晚清一直到 20 世纪 30 年代都是一以贯之的。而周作人则稍有不同，他的人性观时有摇摆，他一方面既从现实的角度出发，重视国民的民族竞争力，批判国民性的庸懦，批判封建制度的腐朽；另一方面，他也一度对人类未来的理想——世界大同、人类博爱相当倾心。1921 年 6 月 5 日，周作人在《山中杂信（一）·致孙伏园》中说："我近来的思想动摇与混乱，可谓以至其极了，托尔斯太的无我爱与尼采的超人，共产主义与善种学，耶佛孔老的教训与科学的例证，我都一样的喜欢与尊重，却又不能调和统一起来，造成一条可以行的大路。我只将这各种思想，

---

[01] 鲁迅：《华盖集·忽然想到（十）》，《鲁迅全集》第 3 卷，人民文学出版社 1981 年版，第 88—89 页。

[02] 鲁迅：《两地书·二九》，《鲁迅全集》第 11 卷，人民文学出版社 1981 年版，第 89 页。

凌乱的堆在头里，真是乡间的杂货一料店了。"[01] 原因很简单，中国民族危机的深重，需要尼采"超人"式的国民拯救；而未来的人类大同的实现，则需要托尔斯泰的"无我爱"——博爱。可以说，此后，周作人有相当长的时间都在"尼采"与"托尔斯泰"之间摇摆。

从"民族竞争"的角度去看中国国民，对中国传统文化的腐朽与现实生活的黑暗展开尼采式的批判，周作人称自己的这种倾向为"流氓鬼"；而撇开民族危机，来为"人类"的未来的"合理的生活"——个人的艺术化的生活——造出一条文明的大道来，则是周作人痴痴以求的梦想，周作人称自己的这种倾向为"绅士鬼"。从五四期间到1929年前后，周作人虽然已经开始倾心于后者，但是，他又并未放弃前一个方向。他批判中国人在精神上一直做着"祖先"的奴隶而不自知（《祖先崇拜》），呼吁来一场洗心革面的彻底的"思想革命"（《思想革命》），讥讽"为虎作伥"的兵警潜意识中的奴隶思想（《前门遇马队记》），批判国粹家心中与现代人的生活相违背的保守思想（《罗素与国粹》），揭露军阀对于爱国学生的迫害（《碰伤》），唾骂奴役妇女以满足男性变态心理的"缠小脚"（《天足》），批判国粹家"吃细菌"的迷信思想（《宣传》），批判名为教育实为虐待、毫无人道可言的中国式教子（《小孩的委屈》），提倡男女平等、批判中国的男权主义（《先进男之妇女》），提倡男女平权的性道德、反对男权文化对于女性的性虐（《可怜悯者》）。他对奉系军阀张作霖在北京捕杀李大钊、天津军阀以"宣传赤化"罪枪决上演《卧薪尝胆》一剧的伶人，和直系军阀孙传芳"在九江斩决了五十名学生"等暴行，都从正面进行了揭露和批判（见《偶感》《卧薪尝胆》和《养猪》等文）；对蒋介石制造的江浙党狱，周作人尤感悲愤。他深刻指出：国民党反动派大杀革命党人，正表现了"军阀的常态"，其"昏聩凶暴，无异于孙传芳和丁文江者流"（见《拜发狂》）。汪精卫治下的武汉政府，紧步蒋介石的后尘，竟然"师法洪宪政府令国民党自首的故智"，以"旷安室而不居舍正路而不由论'为题，来'择试共党男女党员'"，"实行反'士可杀不可辱'的政策"，周作人大义凛然，给了那些以满足兽性为快的革命的叛徒以猛烈的鞭挞（见《考囚徒》），而对"摇动他的

[01] 仲密（周作人）：《山中杂信（一）·致孙伏园》，《晨报副刊》，1921年6月7日。

毒舌、侮辱死者"以取媚刽子手蒋介石的吴稚晖和故弄玄虚、替反革命政变遮掩回护的胡适，周作人更以强有力的论辩予以怒斥和请责（见《偶感》《人力车与斩决》）。周作人以忍苦无告的平民百姓的代言人的姿态，将"好人政府"所制造的"反赤之京都"的令人"伤心""惨目"的景象昭示国人，揭露了这些所谓替人民除"赤祸"的军阀给人民所造的"白福"的实质（见《拆墙》）。对于军阀政府以"讨赤"为由，敲骨吸髓地盘剥人民的劣迹，周作人也予以无情的揭露和辛辣的嘲讽（见《包子税》），在他那横扫邪恶的笔下，我们还可以看到"最讲礼教的川湘督长"的"野蛮"，这些地方军阀和"京城里'君师主义'的诸位"，"都是一窟窿里的狸子"（见《萨满教的礼教思想》）。应该说，周作人这一类的批判性文章，其勇猛程度并不下于鲁迅。他把写这一类的文章称为"谈虎"。既然要"打虎"，那么，除"勇猛无畏"无他途。这里，我们既可以看到尼采式的"勇毅"，也可以看到周作人作为"越人"，其内心深处的那种刚猛有时也并不亚于他的兄弟鲁迅。

但与此同时，周作人也在营造着"个人主义的人间本位主义"的梦，从"人类"的"人"的角度，来倡导"艺术化"的生活。他在1920年1月的《新文学的要求》中指出："这人道主义的文学，就是个人以人类之一的资格，用艺术的方法表现个人的感情，代表人类的意志，影响于人间生活幸福的文学。"写于同一年的《圣书与中国文学》则从宗教与文学的统一关系上去认定文学的人类性。从1921年1月写《个性的文学》到一年后在《晨报副镌》上开辟"自己的园地"，"个人性"成为周作人日益关注的方面，而他的这种关注的前提是文学的"人类性"，而非"民族性"。他连篇累牍地写到"个性是个人唯一的所有，而又与人类有根本上的共通点"（《个性的文学》）；"所谓自己的园地，本来是范围很宽，并不限定于某一种：种果蔬也罢，种药材也罢——种蔷薇地丁也罢，只要本了他个人的自觉"（《自己的园地》）；"文艺是人生的，不是为人生的，是个人的，因此也即是人类的"（《文艺的统一》）；"文艺以自己表现为主体，以感染他人为作用，是个人的而亦为人类的，所以文艺的条件是自己表现，其余思想与技术上的派别都在其次"（《文艺上的宽容》）；"我始终承认文学是个人的，但因'他能叫出人人所要说而苦于说不出的话'，所以我又说即是人类的。然而在他说的时候，只是主观地叫出他自己所要说的话，并不是客观地去体察大众的心情，有意识地替他们做事，这也是真确的事实"（《诗的效用》）。在 1922 年的《贵族的与平民的》一文中，周作人"改变"了《平民的文学》的观点，把平民、贵族重新解释成两种精神现象，以前者为叔本华"所说的求生意志"，而后者则是"尼采所说的求胜意志"，并由此得出结论："我相信真正的文学发达的时代必须多少含有贵族的精神。求生意志固然是生活的根据，但如没有求胜意志叫人努力地去求'全而善美'的生活，则适应的生存容易是退化的而非进化的了"，"我想文艺当以平民的精神为基础，再加以贵族的洗礼，这才能够造成真正的人的文学"。正是在这种追求之下，周作人"绅士风"的散文越写越多，他开始撇开民族危机深重的中国社会现实，经营起自己个人的"园地"，想以"艺术化"的生活来涵养人生和改良人生，渴望过上这种"理想化"的生活。

随着对"人类性""艺术化的生活"的兴趣日浓，周作人开始大量从人类学、民俗学的角度来玩赏人事和物事。周作人早在《语丝》创刊时就提倡"复兴几千年前的'旧文明'，把中国固有的'有礼节重中庸'的'所谓礼'奉为'生活之艺术'"；他在 1925 年作的《雨天的书·自序二》中说，"检阅旧作，满口柴胡，殊少敦厚温和之气"，因而自叹"心境"的"荒芜"和"粗糙"，感到自己的小品"无聊""没有趣味"。同时，他大讲"忙里偷闲，苦中作乐"的"茶道"，想"在不完全的现世享乐一点美与和谐"（《吃茶》）；讲"把宇宙性命都投在一口美酒里"的饮酒的"悦乐"，想当"杯在口的一刻"间"忘却现世忧患"（《谈酒》）。《乌篷船》《济南道中》《故乡的野菜》《北京的茶食》《苍蝇》和《鸟声》等，更是"宇宙之大，苍蝇之微"无所不谈，任何人事和物事，都以一种"趣味"的眼光去看，持一种玩赏者的悠闲心态。特别是二十年代末以后，他开始大量阅读明清笔记，并把自己的阅读一则则抄下来，做

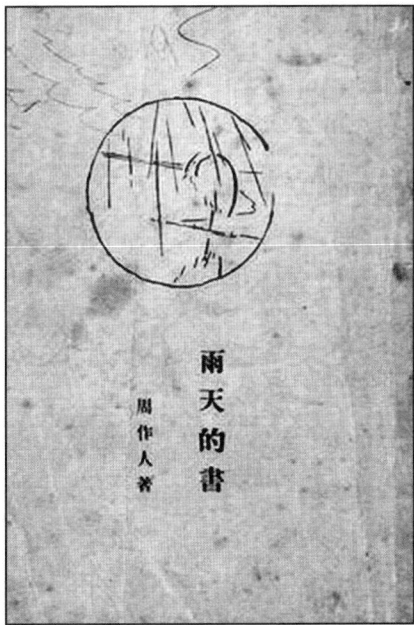

周作人散文集《雨天的书》

起了"文抄公"的工作，从泼辣辣的现实转向了死寂沉闷的书本，转向了他自以为"知"的"杂学"。《看云集》《夜读抄》和《苦茶随笔》三集，以"杂学"篇为主；《苦竹杂记》《风雨谈》和《瓜豆集》三集，大体上是"杂学"篇和明清小品读书杂记参半；而《秉烛谈》和《秉烛后谈》二集，则以读书杂记为主了。比如他从清代民俗著述中引了十来条资料考证油条、麻花的制作法，并且，还想费些功夫翻阅近代笔记，看看有没有别的记录"（《谈油炸鬼》）；又如虱子，更是不堪入文的卑俗之物，可是它生在赫赫有名的王荆公的相须上，生在法国贵妇人的青丝上，这就自然显出雅趣来（《草木虫鱼·虱子》）。林语堂把周作人的这种小品推崇为"闲适"和"幽默"的典范，说他"得力于会心之趣""得力于明末小品"，士大夫文人就是以这种闲适冲淡的笔墨表现他们的"性灵"，达成彼此的"会心"的（《论文（下）》及《与陶亢他书》）。从 1930 年开始，周作人联合俞平伯、废名、曹聚仁等人创办《骆驼草》周刊，宣称"不谈国事""立志做秀才"，要利用"有闲之暇"来"讲闲话，玩古董"。并且表现出"笑骂由你笑骂，好文章我自为之"的固执态度。但《骆驼草》不到一年即告终刊。1932 年 9 月，林语堂在上海创办了《论语》半月刊，后来出版了《人间世》和《宇宙风》，这样，以周作人和林语堂为盟主，就自然凑成了一个"以自我为中心，以闲适为格调"的散文创作流派。除周作人、林语堂、废名、俞平伯外，还有陶亢德、毕树棠、老向、丰子恺等人，他们都聚集到这个避风港来寻"会心之趣"，他们的散文创作采用"闲适笔调"，创造了所谓"闲谈体"和"娓语体"，"其景况适如风雨之夕，好友几人，密室闲谈"。

《骆驼草》周刊

　　周作人由抗争走向退隐，虽然有诸多复杂的因素，但是其民族危机意识的淡化，对"人类性""艺术化的个人生活"的兴趣日浓，则无疑起自五四时期他的人道主义思想的变化。特别是 20 世纪 30 年代之后，周作人一步步退守，用他"自己手造的墙"一步步与世隔绝，在民族危机面前，他的警觉性越来越低，终于走向沉沦，做了汉奸。

而相反的是，鲁迅在五四落潮以后，虽然有过一阵的"彷徨"，对于批判国民性的启蒙功效产生过某些怀疑，如《孤独者》《在酒楼上》的无路可走的颓唐，再如《祝福》中对于启蒙之后反而会让"铁屋子"中的人死得更加痛苦的怀疑，这些都不能不让鲁迅产生一种"虚无感"。但是，正像林毓生所说："鲁迅的虚无并不是对生活没有任何信仰，感受不到任何强制和约束，他虽然也在黑暗的虚无感中寻找生活的意义而进行着激烈的内心争斗，却总要受到一种拯救国家、唤醒人民的义务的束缚。"[01] 他始终对于中国的民族危机非常警醒，《伤逝》中虽然有女性觉醒之后无路可走的悲哀，但是社会解放是个人解放的前提这一点，鲁迅始终不敢忘怀。思想发展中产生的回旋，虽然使鲁迅多有"顾忌"，但是他仍决心在人生的歧路上"大步走去"，"即使前面是深渊、荆棘、狭谷、火坑"（鲁迅《北京通信》），也绝不像周作人那样"只想缓缓地走着，看沿路景色，听人家谈论，尽量享受这些应得的苦和乐"，以至不管"路线如何"（周作人《寻路的人》）。强烈的民族竞争意识使鲁迅只能选择"挣扎和战斗"，而没有像周作人那样走向"人类性"去追求"生活的闲适"。鲁迅不仅在自身的思想深处"和绝望抗争"（《野草》），而且在回忆性的"美文"中生生念念地寻觅着民间的"野性"的"反抗精神"（《朝花夕拾》）。在《语丝》存续期间，鲁迅和复古的章士钊战，和封建家长婆婆杨荫榆战，与吉祥胡同的"正人君子"战，和"学者"顾颉刚战，和枪杀学生的段祺瑞政府战。鲁迅创办《莽原》，希望中国的青年站出来，对于中国的社会、文明都毫无忌惮地加以批评，他从变革社会的要求出发，着意于培养一批新的文化战士，

《莽园》半月刊

---

[01] 林毓生：《关于知识分子鲁迅的思考》，《当代英语世界鲁迅研究》，江西人民出版社 1993 年版。

组成一个生气勃勃的散文创作流派。当时的一批进步的文学青年，诸如培良、长虹、尚钦、静农、素园、界野、明其、成均等，围绕在鲁迅的身边，形成了社会批评和文明批评的一支劲旅。他从 1925 年 7 月作《论睁了眼看》以后，又于 1927 年发表了《革命时代的文学》《革命文学》《文艺和革命》等讲演、通信和文章，要求中国青年和知识分子清醒地睁眼看看中国民族危亡的现实，认为只有"无产阶级革命"才能拯救中国的民族危亡。在 20 世纪 30 年代，与"启明风"的闲适小品相对，"鲁迅风"的批判性杂文，以千钧之势横扫文坛。鲁迅指出，闲适小品是"太平盛世"的"小摆设"，这派散文"靠着低诉或微吟，将粗犷的人心，磨得渐渐的平滑"，忘记在当今的虎狼当道之世，"生存的小品文，必须是匕首，是投枪，能和读者一同杀出一条生存的血路的东西"[01]。"左联"时期，鲁迅同瞿秋白、茅盾等人一起披荆斩棘，并肩战斗，并率领徐懋庸、唐弢、聂绀弩、王任叔、柯灵、周木斋等杂坛新秀，以批判性和革命性杂文为战斗武器，向一切反动势力和守旧势力做集团式冲锋，构成了当时杂文创作的主潮，显示了所向披靡的威势。文学史上称为"鲁迅风"的杂文，就在"左联"这一时期形成。

通过以上分析，我们可以发现，鲁迅、周作人兄弟的合与分，以及他们后来各自代表的不同文学战线，其分野始于五四时期人道主义思想的两种偏向——人类性还是民族性。鲁迅主张睁眼看清中国民族危亡的现实，以国民性批判为己务，以"揭起疗救的注意"，"立意在反抗，旨归在动作"，具有强烈的现实主义精神；而周作人虽然从事文学时和他兄弟同一起点，但自五四提倡人类主义时期起，他就一步一步地淡化民族危亡意识，逐渐走向"太平盛世"的文学，做起了"美梦"，这就难怪他会称人道主义的文学是"理想主义的文学"了。

---

[01] 鲁迅：《小品文的危机》，《鲁迅全集》第 4 卷，人民文学出版社 2005 年版，592 页。

五四文学——启蒙的维度与向度

第二节 "立人"以"立国"："鲁迅风"的启蒙路径

　　以启蒙为重，通过"立人"来"立国"，这是以鲁迅为代表的语丝派作家在对《新青年》历史传承的基础上结合现实做出的理性选择。语丝派的集结是在 20 年代初中期。当时五四的硝烟已经飘散，新文化运动落潮后的中国社会状况并没有得到根本改观，人们的精神面貌也没有因此而焕然一新。更为严重的是思想文化界依然混乱，复古风潮一浪高过一浪，尤其是中国人长期遭受精神奴役后的创伤并未因五四愈合，改造国民性的问题依然严峻，而"不孝有三，无后为大"的生殖崇拜、买妾蓄婢败坏人伦的恶习、对妇女贞操节烈的违反人情的要求、"三纲五常"对人性的束缚、伪道学的淫狠等现象，非但没有因五四的启蒙而略有改变，反有扩大的趋势。正如 1925 年鲁迅给许广平的信中说到的："说起民元的事来，那时确是光明得多，当时我也在教育部，觉得中国将来很有希望。自然，那时恶劣分子固然也有的，然而他总是失败。一到二年二次革命失败之后，即渐渐坏下去，坏而又坏，遂成了现在的情形。其实这也不是新添的坏，乃是涂饰的新漆剥落已尽，于是旧相又显了出来。"[01]

---

[01] 鲁迅：《两地书·八》，《鲁迅全集》第 11 卷，人民文学出版社 1981 年版，第 31 页。

　　"启蒙无果"的事实，引发了以鲁迅为代表的语丝同人对启蒙必要性的重新思考。面对时世的迁移，思想的依旧，他们发出了"久没有所谓中华民国""什么都要从新做过"[01] 的感慨。什么都要重新做！那么将如何重新做呢？在当时的历史语境下，"救亡"压倒"启蒙"是一种选择，更为激进的知识分子走上了"革命"的道路，文学中的"救亡"意识被大大强化了；意识到"启蒙"任务远未完成，重续"启蒙"重任，是又一种选择。以鲁迅为代表的语丝派作家无疑选择了后一种。对以鲁迅为代表的语丝派而言，他们"并没有主义要宣传，对于政治经济问题也没有什么兴趣"[02]，因此在他们看来，政治革命解决不了国民的思想问题，中华民国的建立并没有真正让中国好起来，就是明证。只有通过思想启蒙，改造国民深受封建文化毒害的灵魂，让他们树立现代人的意识，才是中国立国的务本之道。同时，他们本是五四的弄潮儿，承续五四的启蒙精神是他们的天责。于是，语丝同人就有了这样的企望："目下的工作是想对于思想的专制与性道德的残酷加以反抗，明知这未必有效，更不足以救中国之亡，亦不过行其心之所安而已。"[03] 这就意味着在新的历史时期，他们依旧会把启蒙作为思想文化建设的重要任务，并将这一思路贯穿在其行为规范与创作实践中。

　　语丝派作家的创作理念及《语丝》杂志确定的一项重要使命，便是用散文进行文明批评和社会批评。这两项批评都联系着"启蒙"的实质内涵，典型地反映了语丝派作家对启蒙的虔诚与执着。无论是对陈旧文明的否定，还是对黑暗时政、社会锢蔽的抨击，语丝派作家都将其纳入启蒙的视野中去，积极实践着以启蒙为导向的批评职能。文明批评作为否定陈旧文明、重建现代文明的批评思路，其体现启蒙的意义指向是不言而喻的。所谓"启蒙"，就是用理性扫荡一切现存的或潜在的专制统治，将人从种种迷信和蒙昧中解脱出来，使人成为独立地承担自己的命运，建构自由、平等、和谐的社会秩序的独立个体，通过重塑国民灵魂，从而达到重造中国的目的。

---

[01] 鲁迅：《华盖集·忽然想到三》，《鲁迅全集》第 3 卷，人民文学出版社 1981 年版，第 16 页。

[02] 周作人：《语丝·发刊辞》，《语丝》，1924 年第 1 期。

[03] 周作人：《答张岱年先生书》，《京报副刊》，1925 年 8 月 21 日。

五四文学——启蒙的维度与向度

鲁迅，是秉承"立人"以"立国"的启蒙思路的最为重要和杰出的代表。他大胆地指出："我们目下的当务之急是：一要生存，二要温饱，三要发展。苟有阻碍这前途者，无论是古是今，是人是鬼，是《三坟》《五典》、百宋千元、天球河图、金人玉佛、祖传丸散、秘制膏丹，全都踏倒他。"[01] 鲁迅在《灯下漫笔》中对封建主义的"吃人"统治做了彻底的揭露，指出"所谓中国的文明者，其实不过是安排给阔人享用的人肉筵席；所谓中国者，其实不过是安排这人肉筵席的厨房"。在他看来，如果由于上千年封建重压造成的扭曲的国民的奴隶思想不改变，中国恐怕只能永远像中华民国一样，只是换了一块新招牌，而内里却一切照旧。这样的国民，是拯救不了中国的，中国只能成为帝国主义的奴才。

鲁迅于《新青年》时期开始杂文创作，到了《语丝》时期，鲁迅的杂文功力更是炉火纯青，杂文成为此时期其最常用的文体。鲁迅是社会批评与文明批评的开创者和最高成就者，他将"古已有之"的杂体文加以改造，有意识地借鉴了西方随笔的艺术经验，并从"立人"以"立国"的启蒙思路出发，挖掘中国国民性的种种陋劣及其文化成因，并紧紧围绕着现实斗争，赋予其时代的内涵。在鲁迅的写作生涯中，杂文占有极为重要的地位。他一共创作了 16 本杂文集，共计百余万字。他的杂文大致以 1927 年为界分为前后两个时期，前期杂文集有《坟》《热风》《华盖集》《华盖集续集》《而已集》；后期杂文集有《三闲集》《南腔北调集》《伪自由书》《准风月谈》《花边文学》《且介亭杂文》《且介亭杂文二集》《且介亭杂文末编》，另有一些散篇收录在《集外集》《集外集拾遗》中。鲁迅一生致力于杂文创作，并将其视为战斗的利器，其杂文内容丰富、思想深邃、艺术精湛，无论在思想意蕴层还是文学审美层，都具有极高的价值。杂文这一在"文学革命"和"思想革命"中萌芽的新文体，也从此"侵入高尚的文学楼台"，成为我国现代散文的一个重要组成部分。

鲁迅最反对"瞒"和"骗"的艺术，他认为，凡是真正的"讽刺"，都必须基于现实。鲁迅在《论讽刺》中指出："非写实决不能成为所谓'讽刺'；非写实的讽刺，即使能有这样的东西，也不过是造

[01] 鲁迅：《华盖集·忽然想到六》，《鲁迅全集》第 3 卷，人民文学出版社 1981 年版，第 45 页。

谣和诬蔑而已。"启蒙的功效就会大打折扣。鲁迅杂文的启蒙思想价值，首先在于它是在真实记录一个时代、一个社会的基础上，来对中国的国民性展开批判。鲁迅在《语丝》时期的杂文，艺术地再现了 20 世纪二三十年代中国社会的历史真实与风云变幻，借现实批判来揭示中国国民的种种卑劣心理和奴性。新文化运动与文学革命浪潮的激荡，五四退潮后的困惑与彷徨，"五卅"运动、"三一八"惨案中与帝国主义及其帮凶封建军阀的争斗，大革命高潮到来时的兴奋与失败后的抗争，20 世纪 30 年代对国民党法西斯专制统治，以及卖国求荣行径的抗议，等等，这些重大的历史政治事件或隐或现于他的杂文中。鲁迅曾这样评价自己的杂文："我的杂文，所写的通常是一鼻，一嘴，一毛，但合起来，已几乎是或一形象的全体。"[01] 他的杂文作为一个整体，触及了广阔的时代，反映了"时代的眉目"。他的杂文涉及面之广，堪称现代中国社会的"百科全书"，政治、历史、文化、宗教、哲学、法律、教育、风俗、人情、民性，乃至于军事、经济等，大至国家前途民族命运，小至个人遭际一时之念，在其杂文中均有不同程度的反映。鲁迅对于中国历史和社会现实面的批判，是中国现代文学史上最为广阔，最为深刻的，对中国读者起到了振聋发聩的功效。

　　深刻而广泛的社会批评与文明批评，是鲁迅杂文最重要的艺术特色，也是他通过启蒙的"立人"来"立国"的最为核心的体现。在参与现实社会斗争和接触实际社会问题的过程中，鲁迅对中国统治者以及外来侵略者的黑暗专制统治的罪恶，进行了无情的揭露与抨击，对半殖民地半封建社会中各种畸形病态的社会现象进行了深入的挖掘与批判。《记念刘和珍君》《为了忘却的记念》均为政治斗争的直接产物，前者痛悼"三一八"惨案中死难的青年学生，对封建统治者的血腥屠杀发出了强烈反抗的声音："真的猛士，将更奋然而前行。"后者深沉怀念"左联"五烈士，控诉了国民党杀害革命青年的卑劣行径。"九一八"事变后，针对日本帝国主义的步步侵略，以及国民党政府对外投降、对内镇压的政策，鲁迅写下了《中国人的生命圈》《关于中国的两三件事》《文章与题目》《现代史》等，其中著名的《"友邦

[01] 鲁迅：《小品文的危机》，《鲁迅全集》第 4 卷，人民文学出版社 1981 年版，第 577 页。

惊诧"论》，以愤慨的笔触将帝国主义侵略与国民党卖国求荣的真面目暴露于光天化日之下。鲁迅杂文的社会批评，几乎触及社会生活和国民精神的各个方面，是社会沉疴和国民病态的精神"诊断书"。《论"他妈的"》《说"面子"》《论人言可畏》《几乎无事的悲剧》等文，从国人司空见惯的言谈举止中，挖掘出潜藏在灵魂深处的种种病态，令人深思。鲁迅的杂文往往能从日常的生活现象中，剖析出妄自尊大、保守排外、愚昧迷信、安于现状等种种国民性痼疾，从而体现出独特的社会批判价值。

思想革命一直是鲁迅关注的重点，他在《我之节烈观》《我们现在怎样做父亲》《灯下漫笔》等文中，猛烈地抨击了封建传统文化与宗法制度的不合理性及其"吃人"本质，其思想启蒙作用不言而喻。同时，鲁迅杂文一直注目于中国文化界各种现状，以及社会各阶层的思想与言论，如五四时期与学衡派、甲寅派的斗争（如《估学衡》《十四年的读经》），与现代评论派的论战（如《并非闲话》），20 世纪20 年代末关于"革命文学"的论争（如《"醉眼"中的朦胧》《文艺与革命》），30 年代与新月社、"自由人"、"第三种人"等自由主义文艺思潮论辩（如《"硬译"与文学的阶级性》《论"第三种人"》），与国民党右翼文艺的斗争（如《"民族主义文学"的任务和命运》），等等。在与各种社会思潮和文艺思潮的斗争中，显示出了更为广阔丰富的内容和更为敏锐深刻的思想。

鲁迅杂文的启蒙思想价值还在于它忠实地记录了鲁迅思想的发展历程，具有鲜明的自我解剖性。鲁迅的思想是在承受一次次的来自各方面的挑战与压力中逐渐发展并成熟的。他说："我的确时时解剖别人，然而更多的是更无情面地解剖我自己。"[01] 在前期杂文中，鲁迅思想随五四的高潮与落潮而矛盾起伏，新文化阵营分化后，鲁迅因看不到群体的力量而痛苦彷徨，"韧性战斗"精神既是鲁迅人格的写照，其实也是这时期对自我心境的一种安慰。后期杂文表现了一个先进知识分子鲜明的爱憎立场与斗争意志，在与党内外的各种思想倾向的斗争过程中，阐述了自己对马克思主义的理解，在审视历史文化及民族心理时，前期的悲观与否定已被乐观与肯定代替。在《题未定草》

---

[01] 鲁迅：《写在〈坟〉后面》，《鲁迅全集》第 1 卷，人民文学出版社 1981 年版，第 301 页。

中，鲁迅以北平居民慰劳"一二·九"运动中被袭击的青年学生为例，热情地肯定了民众的觉醒："谁说中国的老百姓是庸愚的呢，被愚弄诓骗压迫到现在，还明白如此。"在《中国人失掉自信了吗》一文中，更认为中国自古以来，"就有埋头苦干的人，有拼命硬干的人，有为民请命的人，有舍身求法的人"，讴歌了这些"中国脊梁"式的人物。这种对民众力量的肯定是鲁迅的马克思主义辩证观的鲜明体现，它显示了鲁迅在人生道路上寻求真理的探索精神。可见，鲁迅杂文的思想实录不仅仅属于个人，也属于整整一代的中国知识分子，它是对中国现代知识分子在前进道路上寻求人生真谛的心灵历程的忠实记录，因而具有更为普通的思想意义和现实意义。

鲁迅杂文是思想家的卓识与文学家的才华的统一，具有独特的审美价值。首先，鲁迅杂文确立了一种冷峭深沉的审美品格。杂文作为鲁迅进行社会批评和思想启蒙的重要手段，无论是驳斥论敌，抨击时弊，还是解剖自我，往往犀利泼辣，透彻明快，使事物本质昭然若揭。他的杂文"是匕首，是投枪，能和读者杀出一条生存的血路的东西"[01]。他面对形形色色的社会现象，感同身受着时代的跌宕，放笔直书，不仅指向现在，也指向过去，指向未来，指向民族的甚至是人类的历史，使杂文成为了"感应的神经"和"攻守的手足"。在《灯下漫笔》中，他激烈地抨击中国几千年的封建文明"不过是安排给阔人享用的人肉筵宴"，中国的历史只不过是一部"吃人"与"被吃"的历史，号召青年起来"扫荡这些食人者，掀掉这筵席，毁坏这厨房"。他对历史对现实的独特发现有时达到了尖刻的程度，《忽然想到之四》中，他沉痛地写道："历史上都写着中国的灵魂，指示着将来的命运。"对现代中国的忧患意识溢于言表，在冷峭背后涌动着为民族命运担忧的爱国赤诚之心。冷中蕴热，将热烈的情绪蕴含在冷峻的外在表现形式中，使鲁迅的杂文散发出独特的艺术魅力。

鲁迅曾概括自己的杂文的特点是"论时事不留面子，砭锢弊常取类型"。前者是其杂文思想尖锐、风格冷峻的突出表现，后者则概括了杂文的一个重要审美特质：形象性。鲁迅杂文是生动的形象与绵密的逻辑的高度统一，其评析说理不是单纯的逻辑推理判断，而往往通

---

[01] 鲁迅：《小品文的危机》，《鲁迅全集》第 4 卷，人民文学出版社 1981 年版，第 576 页。

过形象的展示与事实的描摹等手段来实现，成功地塑造了一系列为人称道的"类型"形象：落水狗、山羊、苍蝇、丧家犬、媚态猫、细腰蜂……构成了一个否定性的"类型"体系。这些"类型"形象，达到了典型化的高度。如《战士与苍蝇》针对当时个别论客对逝世后的孙中山先生的非议，他惟妙惟肖地描绘出一只苍蝇形象："战士战死了的时候，苍蝇们所首先发现的是他的缺点和伤痕，嘬着，营营地叫着，以为得意，以为比死了的战士更英雄。"然而，"有缺点的战士终究是战士，完美的苍蝇也终究不过是苍蝇"，生动地勾勒出反动文人诬蔑革命先行者的卑劣行径。此外，鲁迅杂文的形象性，还得益于对事物细节或情节的具体可感的描写。如《病后杂谈》描绘极端个人主义者和故作风雅的"才子"："一位是愿天下的人都死掉，只剩下他自己和一个好看的姑娘，还有一个卖大饼的；另一位是愿秋天薄暮，吐半口血，两个侍儿扶着，恹恹的到阶前去看秋海棠。"借形象的描摹，达到讽刺的目的。

与此同时，鲁迅杂文还在社会人生的思考中注入了强烈的主观情感，具有了一种蕴藉的诗美。鲁迅是一个充满激情的文学家，他的每一篇作品都是他内心情感的传达。他宣称自己的杂文"就如悲喜时节的歌哭一般，那时无非借此来释愤抒情"[01]。后来，他在谈到杂文的功用时也认为杂文要"生动、泼辣、有益，而且能够移人情"。可见，鲁迅杂文对人情世态的敏锐观察与深刻剖析，已不再是纯粹的理性认识，而往往是作者对人生的独特体验与感悟，他的热烈的爱和强烈的憎熔铸成了杂文的情感内核和"诗"的根性，从而产生了极强的艺术感染力。如《记念刘和珍君》为痛悼烈士之作，字里行间无不渗透着对烈士的敬仰和对反动派的愤懑："我实在无话可说，我只觉得所住的并非人间……长歌当哭，是必须在痛定之后的。""沉默啊沉默，不在沉默中爆发，就在沉默中灭亡。"以情寓理，而又情胜于理，足以引起读者对现实的思索。而在《忆刘半农君》等追忆性杂文中，叙述故友的事迹，怀念真挚的友情，其深情至为感人："我愿以愤火照出他的战绩，免使一群陷沙鬼将他先前的光荣和死尸一同拖入烂泥的深渊。"此外，鲁迅对现实的至情体验往往借助高度凝练的诗的语言加

---

[01] 鲁迅：《华盖集续编·小引》，《鲁迅全集》第 3 卷，人民文学出版社 1981 年版，第 1 页。

以表达，从而升华为深邃的人生哲理。"什么是路？就是从没路的地方践踏出来的，从只有荆棘的地方开辟出来的。"（《生命的路》）"有一分热，发一份光。"（《随感录四十一》）"石在，火种是不会绝的。"（《题未定草之九》）蕴蓄着感情的力量和诗的美感。

鲁迅杂文语言自由不拘，丰富精湛，极富创造力。或慷慨激昂，或娓娓而谈，或复沓回环，无不生动活泼、舒展自如。而排比、对偶、比喻、夸张、反语等修辞手法的运用，更增添了杂文的文学韵味。如《随感录三十九》以"无名肿毒"之喻讽刺国粹派的顽固保守："即使无名肿毒，倘若生在中国人身上，也便'红肿之处，艳若桃花；溃烂之时，美如乳酪'。国粹所在，妙不可言。"以一个辛辣的反语，嘲笑、挪揄了国粹派的守旧观念。在《"友邦惊诧"论》中，三个"不惊诧"构成了一串颇有气势的排比，揭示了帝国主义侵略和瓜分中国的反动实质。而鲁迅杂文语言最突出的一个特征是讽刺手法的运用，他善于抓住事物的假、丑、恶面，进行冷嘲热讽，暴露其可笑荒唐之处，具有喜剧的讽刺意味。如《文学与出汗》中写道：

譬如出汗罢，我想，似乎于古有之，于今也有，将来一定暂时也还有，该可以算得较为"永久不变的人性"了。然而"弱不禁风"的小姐出的是香汗，"蠢笨如牛"的工人出的是臭汗。不知道倘要做长留世上的文字，要充长留世上的文学家，是描写香汗好呢，还是描写臭汗好？这问题倘不先行解决，则在将来文学史上的位置，委实是"岌岌乎殆哉"。

诙谐幽默，涉笔成趣，揭露了资产阶级文人所提倡的"人性"论的不切实际性与虚伪性，其辛辣的挖苦与嘲弄，令人忍俊不禁。诚然，我们还应看到鲁迅的讽刺是"善意"的，是"希望他们改善"。

杂文代表了鲁迅散文创作的最高成就，但鲁迅的另外两部散文集——《野草》和《朝花夕拾》，也各有特色，在现代散文史上占有重要的地位。《野草》确切地说是一部散文诗集，写于1924年至1926年间，共23篇，陆续发表于《语丝》，是鲁迅在语丝时期散文创作的重要成果。《野草》的写作背景与《彷徨》大致相同，作者心境也基本一致。因而，《野草》交织着鲁迅彷徨苦闷和不倦探索的心

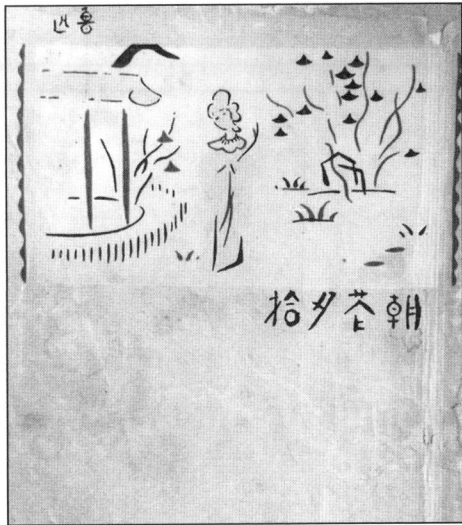

鲁迅散文诗集《野草》　　　　　　　　鲁迅散文集《朝花夕拾》

灵痛苦，交织着"希望"与"绝望"的矛盾。与《彷徨》相比，《野草》直逼自我灵魂深处，以近乎冷酷的笔触自剖内心的寂寞、感伤，以及不懈战斗的精神。可以说，《野草》是经历了巨大人生痛苦体验升华出来的鲁迅的哲学与鲁迅的诗，它在无情地解剖别人时也在无情地解剖自己。在绝望中看到希望，直面现实的黑暗，犹作韧性之战斗，构成了《野草》的主导思想倾向。《野草》仍保持了鲁迅一贯的清醒的现实主义精神，其思想是深刻而复杂的。有不少篇章是对黑暗现实与世俗社会的抨击，如《复仇》《狗的驳诘》《聪明人和傻子和奴才》《立论》《颓败线上的颤动》等，解剖出圆滑势利、冷漠麻木、懦弱卑怯等国民病态心理。《失掉的好地狱》《淡淡的血痕中》则对当局者的黑暗政治统治表达了极其憎恶之情。还有一些作品寄托了作者顽强求索永不疲倦的刚毅精神和战斗意志。《过客》中的"过客"其实是一个孤独的战士形象，他不断地跋涉，尽管他并不清楚前面是什么，但他知道前面有个声音在呼唤他，于是他只有不停地前行，前途茫茫的苦闷和义无反顾的求索，是如此矛盾地统一在"过客"的身上，折射出了鲁迅的现实悲怆感。《秋夜》《这样的战士》则更为鲜明地表达了鲁迅面对黑暗势力永不妥协的韧性战斗精神。《希望》《死火》《影的告别》《墓碣文》等文章真实地反映了鲁迅思想的苦闷与内心的倔强，表现了鲁迅勇于自我解剖的精神。《影的告别》中写道："然而黑暗又会吞并我，然而光明又会使我消失"，"然而我不愿彷徨

五四文学——启蒙的维度与向度

于明暗之间，我不如在黑暗里沉没"。"影"的困惑正是作者焦虑、苦闷、矛盾心境的写照。而《雪》《好的故事》等为数不多的文章，则以清新明丽的笔调表达了鲁迅对美好事物的憧憬和对理想的向往。总之《野草》是鲁迅对社会、对人生的独特感悟，也是对自我灵魂的一次拷问，其微妙而深厚的生命体验在更高层次上已升华为对生命的哲学思辨，展现出别具一格的艺术特质。象征手法的运用，是《野草》最显著的艺术特色。象征使作品的意蕴更丰厚，更能启发读者的想象与思考。《秋夜》中的枣树、小粉红花、小飞虫，《影的告别》中的影子，《死火》中的死火，《求乞者》中的求乞者，等等，都是匠心独运的意象创造，寄予着特定的社会内涵。鲁迅还有意识地摄取了西方象征派文学技巧，借助比喻、暗示、联想等多种手法，构成了一系列象征意象，如"野草作装饰的地面"（《题辞》），"奇怪而高的天空"（《秋夜》），"四面都是灰土"（《求乞者》），"冻云弥漫和高天的冰山"（《死火》），等等，象征隐喻当时压抑的环境与黑暗的现实。《野草》构思奇巧，想象奇崛，创造了一个个奇异诡丽的艺术意境，《影的告别》《墓碣文》等通过梦境将想象与现实水乳交融，在形式的虚幻与怪诞中，抒写自己灵魂的挣扎与痛苦。此外，《野草》的语言也颇具特色，鲁迅善于选择意义、声音、色彩都很精确的语词，加强文章的韵律感与情绪的力度，借以突出所要表现的复杂感受。它熔诗的语言与散文的洒脱于一炉，体现了鲁迅散文文体创造的独特性，为现代散文诗的发展开辟了一条新路。

"鲁迅风"的杂文，在语丝社中并不止于鲁迅一人创作，周作人、钱玄同、刘半农、林语堂、川岛、江绍原等，都大量参与此类文章的创作。这些"鲁迅风"的杂文，普遍从反封建入手，针对古老中国几千年来烂熟到已经足以让活人窒息的"传统文明"展开猛烈的揭露和批判，揭示中国当下现实中的传统劣陋国民性的遗传，以达到改造国民灵魂的"立人"效果，最终实现"立国"的目的。例如，江绍原的杂文，喜欢从搜集到的各种文献资料入手，剖析从古到今各种"宗教""礼俗""迷信"实在是毒害人的罪魁祸首；林语堂在《论士气与思想界之关系》中，窥探到了一系列人们已经司空见惯、习以为常的"士气"，指出它是封建旧势力的衍生物，足以把新生事物摧毁，如此等等。这些无一不灌注着语丝同人对现代文明的热切呼唤，对启蒙的强烈诉求。其他如江绍原的《女裤心理之研究》，钱玄同的《废话》，周作人的《抱犊谷通信》《上下身》《"净观"》《萨满教的礼教思想》《道学艺术家的两派》等，都是揭露中国封建文化在中国现实社会之遗传的文明批评之作，都具有发聋振聩的启蒙功效。这些作品揭示了贞洁观、性道德、女根不净论等不过是封建道统对人正常生理欲求的无情剥夺和横加干涉。在这类作品中尤其以周作人的最具有代表性。他一方面毫不留情地展现野蛮的传统道德对人性的摧残，特别是批驳性恐怖、性不净观的野蛮荒谬性，并且撕去假道学家们虚伪的面纱，揭露他们实质上是"一个戴着古衣冠的淫逸本体"。另一方面，他还把扼杀人性的传统道德与社会、国家、民族的命运联系在了一起，"以为在这一交涉里，宇宙之存亡，日月之盈，国家之安危，人民之生死，皆系焉"（周作人《萨满教的礼教思想》）。可以说，周作人对传统道德淫杀心理理解之透彻，批判角度之精准，思想锋芒之锋利，足以让沉睡中的人们为之惊醒，让封建的卫道者为之"推拒、惶恐、逃避、抖成一团"。

　　林语堂是周作人、钱玄同之外的语丝社中又一员大量从事"鲁迅风"杂文创作的大将。在《给钱玄同先生的信》中，林语堂对中国的"国民癖气"如惰性、奴性、敷衍、安命、中庸、识时务、无理想、无热狂等进行了鞭挞。《论性急为中国之所恶》一文赞颂了孙中山先生为主义为理想而"性急""狂热"的积极进取精神，认为这种精神是民族复兴的希望。林语堂还以尖锐的笔触进行时政论争，《读书救国论一束》一文，针对一些"名流""学者"的"勿谈政治""读书救国"之论调，敏锐地揭示出其荒谬之处。"三一八"惨案后，他相继写了《讨狗檄文》《打狗释疑》《闲话与谣言》《"发微"与"告密"》等文，对段祺瑞政府及其御用文人的谬论加以辛辣的嘲弄与有力挞伐。《讨狗檄文》是其中较有代表性的一篇，他以几个形象的比喻来说明事理，把反动军阀比作吃人的"虎"，而进步的知识界与爱国青年"至少须等于狼"，如此才能有同"虎"作战的力量，以"叭儿狗"喻知识界败类，正因"狼群中"杂入了些"叭儿狗"，削弱了"狼"的斗争力量，因而他主张开展"打狗运动"，"使北京的叭儿狗、老黄狗、螺蛳狗、笨狗，及一切的狗，及一切大人物所豢养的家禽家畜都能全数歼灭，此后再来打倒军阀"。其文笔之犀利，显示出战斗的锋芒。此时期，林语堂的散文深受鲁迅影响，慷慨激昂、尖锐泼辣、讽刺幽默，具有酣畅明快的风格气度。《祝土匪》一文，以泼辣、幽默的笔触嘲弄了"学者""名流"宁要脸孔不要真理的言行："现在的学者最紧的就是他们的脸孔，倘着他们自三层楼滚到楼下，翻起来时，头一样想到的是拿出手镜照一照他的假胡须还在乎？金牙齿没掉乎？雪花膏未涂污乎？至于骨头折断与否，似乎还在其次。"并以"土匪""傻子"自称，热情地歌颂"土匪"："我们生于草莽，死于草莽，遥遥在野外莽原，为真理喝彩，祝真理万岁，于愿足矣。"

五四启蒙主义的精神核心就是"立人"，通过"立人"最终达到"新民强国"的目的。继承《新青年》传统而来的语丝派的改造国民性思想，正是在"启蒙"的焦点上与"新民强国"的母题达到了最深层次的默契。周作人的《清朝的玉玺》《致溥仪君书》《元旦试笔》，钱玄同的《三十年来我对于满清的态度的变迁》《告遗老》，刘半农的《巴黎通信》等文章，针对当时的帝制复辟丑剧，深刻地揭露了中国国民由封建传统遗留下来的皇权心理和奴性心理，并坚决地予以批判。他们不仅仅从社会事件本身入手，鞭挞了那些逆时代潮流而动、借尸还魂复辟帝制的反动势力，而且义愤填膺地指出这一事件的根源就在于中国国民的守旧和集体无意识。

从文学视角审查语丝派散文以社会批评、文明批评为内涵的启蒙文本及其价值指向，延续并进一步深化了五四新文学"批评本体"的建构。中国新文学作为新文化运动的产物，在其产生之初就与"启蒙"达成了共识，并具有了一一对应的关系，在启蒙之光的烛照下，作家们把文学当作引导国民精神前进的灯火。然而，随着五四的落潮，在普遍致力于文学创作的 20 世纪 20 年代，以"批评本体"为主导的创作与前一阶段相比显得相对沉寂。从《新青年》分化出来的同人若是依照当年的标准，除了语丝派继续在社会批评、文明批评领域摸爬滚打，其余的五四健将，都已经分化出去。陈独秀、李大钊开始从事具体的革命工作，胡适退居书斋整理国故。正是在这样的背景下，语丝派作家将自己的创作定位在以社会批评与文明批评为主要职能的"鲁迅风"杂文之中，其触角伸展之广、针贬社会事象之毫不留情、对种种痼疾解剖之深，不仅继续了《新青年》的启蒙之风，在火力之集中和火力之猛上，更是大大超越了五四初期的情形。

　　总之，语丝社的"鲁迅风"的杂文创作，普遍以社会批评和文明批评为本体，以批判中国封建传统在现实社会中国民阴暗心理中的遗存为己务，以最凶猛的火力来对国民灵魂中的奴性意识开展批判，以期达到改造国民性的目的，以求最终实现"立人"以"立国"的启蒙目的。

第三节 "人生的艺术"："启明风"的启蒙思路

　　以周作人为代表的语丝派的"启明风"散文，历来被文学史家当作一种文体而称道。但是，这种文体的形成背后，却是以周作人为引领的另一种启蒙思路。《新青年》时期的周作人，跟随的是鲁迅的社会批评与文明批评的步伐，走的是鲁迅所主张的"立人"以"立国"的启蒙道路。如上节所述，《语丝》时期的周作人，仍然在鲁迅所确立的启蒙道路上有相当的作为，是语丝社中"鲁迅风"杂文的健将之一，但是，正像周作人自己在《两个鬼》和《十字街头》中所说的一样，他一方面扮演着"流氓鬼"的反叛角色，另一方面却渴望着"绅士鬼"的生活和艺术，企图开启一条不同于"载道派"的启蒙道路，而以"人生的艺术"为旨归，开启一代启蒙新宗。

　　在结集出版《艺术与生活》时，周作人回顾了自己的启蒙之路，他说：

　　　　一个人在某一时期大抵要成为理想派，以于文艺和人生抱着一种什么主义，我以前是梦想乌托邦的，对于新村有极大的憧憬，在文学上也就有些相当的主张。我至今还是尊敬日本新村的朋友，但觉得这种生活在满足自己的趣味以外恐怕没有多大的觉世的效力；人道主义的文学也正是如此，虽然满足自己的趣味，这使已尽有意思，足为经营这些生活或艺术的理由。以前我所爱好的艺术与生活之某种相，现在我大抵仍是爱好，不过目的稍有转移。以前我似乎喜欢那边所隐现的主义，现在所爱的乃是那艺术与生活自身罢了。[01]

其实，早在周作人发表的《人的文学》一文中，就已经显现出他与鲁迅的"立意在反抗，旨归在动作"的"立人"以"立国"的立场有所不同，周作人认为，人道主义是"一种个人主义的人间本位主义"，1922年1月，当他在《晨报副刊》上开辟"自己的园地"时，就在给一位文艺青年的回信中写道：

北京《晨报》副刊《晨报副镌》

据你所说，那么你所主张的文艺，一定是人生派的艺术了。泛称人生派的艺术，我当然是没有什么反对，但是普通所谓人生派是主张"为人生的艺术"的，对于这个我却略有一点意见。"为艺术的艺术"将艺术与人生分离，并且将人生附属于艺术，至于如王尔德的提倡人生之艺术化，固然不很妥当；"为人生的艺术"以艺术附属于人生，将艺术当作改造生活的工具而非终极，也何尝不把艺术与人生分离呢？我以为艺术当然是人生的，因为他本是我们感情生活的表现，叫他怎能与人生分离？"为人生"与人生有实利，当然也是艺术本有的一种作用，但并非唯一的职务。总之艺术是独立的，却又原来是人性的，所以既

---

[01] 周作人：《艺术与生活·序》，《知堂序跋》，岳麓书社1987年版，第22页。

不必使他隔离人生，又不必使他服侍人生，只任他成为浑然
的人生的艺术便好了。[01]

　　周作人将自己的这种追求，称为"人生的艺术"，表面上看，这
是周作人将鲁迅的"为人生"文学和"为艺术"的主张进行了折衷，
而实质上，这里却暗含着周作人意在开启另一种启蒙路径的想法。如
本章第一节所述，鲁迅的"立人"以"立国"的启蒙思路，是以强
烈的民族危机感为其动因的，而周作人的"人生的艺术"，却高居
于"人类"的高度，是在民族救亡之外去探寻人生的真义，力求通过
"人生的艺术"的启蒙让自己和其他中国人实现完满的人生。周作人
这种启蒙思路的形成，一方面和他的个人经历有关。和鲁迅在遭受家
族变故之后看尽世态炎凉有所不同，也和鲁迅在日本留学时遭受日本
人歧视而强烈感受到种种屈辱并产生出强烈的民族反抗意识不同，周
作人尽管对前两者都有所感受，但是作为家中的老二，无论是当年的
变卖家产还是留日时与日本人的种种接触，一直都有作为大哥的鲁迅
在前面独当一面，这使得周作人有可能更多地经营自己的小资情调。
再加上对希腊文明与文学的接触对他产生了很大影响，这使得他对于
"人"的问题形成了一套不同于鲁迅的看法。周作人说："希腊人有一
种特性，也是从先代遗留下来的，是热烈的求生的欲望。他不是只求
苟延残喘的活命，乃是希求美的健全的充实的生活。"在周作人看来，
与希腊人强烈的生命感和美感比较起来，中国人也很现实，但"实在
太缺乏求生的意志，由缺少而至于全无"，"将植物的生活来形容中
国人，似乎比动物的更切当一点"[02]，他进一步认为，"中国人最大的
毛病，除了好古与自大以外，要算是没有坚实的人生观，对于生命
没有热爱"。中国人很现实地苟活着，由于缺乏"爱美"之情而显得
俗。而文学于是就有这个使命："用为文者自己真挚的情感来感染他
人，从而生发出强烈的生命感来。"也就是周作人主张的"艺术以自
己表现为主体，以感染他人为作用，是个人而亦为人类的"[03]。正是

[01] 周作人：《自己的园地》，《晨报副镌》，1922年1月22日。
[02] 周作人：《希腊之馀光》，钟波河编：《周作人文类编》第8卷，湖南文艺出版社1998年版，第10—11页。
[03] 周作人：《秉烛谈》，河北教育出版社2002年版，第67页。

因为有以上的观点，与鲁迅对日本殊无好感不同，周作人对有"小希腊"之称的日本颇有好感，认为日本人的生活方式和习俗当中有一种天然、洒脱、朴素、自然的人情美，日本人的人生充满了艺术色彩。故此，周作人形成了以"人生的艺术"来启蒙国人，从而改造中国社会的启蒙思路。

1924 年，周作人写下了《生活之艺术》一文，文中说所谓"生活的艺术"，就是"灵肉一致"的生活。接着他提出了三种生活："动物那样的，自然地简易地生活，是其一法"；"把生活当作一种艺术，微妙地美地生活，又是一法"；再一法是"禽兽之下的乱调的生活"。而"生活之艺术只在禁欲与纵欲的调和"，正如蔼理斯所说："一切生活是一个建设与破坏，一个取进与付出，一个永远的构成作用与分解作用的循环。要正当地生活，我们须得模仿大自然的豪华与严肃。……生活之艺术，其方法只在于微妙地混和取与舍二者而已。"[01]可是，中国人的生活却是每况愈下："动物的生活本有自然的调节，中国在千年以前文化发达，一时颇有臻于灵肉一致之象，后来为禁欲思想所战胜，变成现在这样的生活，无自由、无节制，一切在礼教的面具底下实行压迫与放恣，实在所谓礼者早已消灭无存了。""中国现在所切要的是一种新的自由与新的节制，去建造中国的新文明。"[02]周作人的"生活艺术化"，受蔼理斯的"生活是一种艺术"观点的影响，还得到古希腊人和日本人对生命、自然与美的热爱之情的滋润。周作人认为，中国人的生活，最需要的就是这种"人生的艺术"的改造。

与此同时，周作人还认为，"人生的艺术"必须具备基本的"科学常识"和"艺术常识"，这样，人生才能丰满和滋润。1923 年周作人列出了四组"科学常识"和一组"艺术常识"，认为它们合成"正当的人生的常识"，是人应该具备的基本的人生的知识。他认为，"科学常识"，让"我们了解本身及本身有关的一切自然界的现象，人类过来的思想行为的形迹，随后凭了独立的判断去造成自己的意见"；艺术常识的"好处完全是感情上的"，周作人希望能"将艺术的意义

[01] 周作人：《夜读的境界》，钟叔河编：《周作人文类编》第 9 卷，湖南文艺出版社 1998 年版，第 25—26 页。
[02] 周作人：《夜读的境界》，钟叔河编：《周作人文类编》第 9 卷，湖南文艺出版社 1998 年版，第 26—27 页。

应用在实际生活上使大家有一点文学的风味"。在他看来，中国人却严重缺乏这些常识，"本来不应该还有这样的'常识荒'的现象"[01]。"物理人情"，物理就是科学知识，人情就是人类本性。物理与人情分属两类，文学中写物事应不违物理，给人增加知识；写人事不应违背人性，让人感觉温馨。不过，更多好的文学是将两者常"调合"在一块："以感情来润泽理智""以智慧去理解人情""于人情中求最高的真理"[02]。这也就是周作人所说的"以科学常识为本，加上明净的感情与清澈的理智，调合成一种人生观，'以此为志，言志固佳，以此为道，载道亦复何碍'"[03]。

于人情物理、事理人情中去寻找艺术，是周作人"人生的艺术"启蒙主张的重要追求。周作人希望："将艺术的意义应用在实际生活上，使大家有一点文学的风味，不必人人是文学家而各能表现自己与理解他人；在文字上是能通畅的运用国语，在精神上能处处以真情和别人交涉。"[04]周作人的很多作品，都是这种介绍人情物理之作，如《喝茶》《谈酒》《乌篷船》《故乡的野菜》《北京的茶食》《苦雨》等佳作，历来为人们所称道。他所叙的是平常的生活琐事，所记的是普通的地方风物，但人间情趣和人情物理即蕴于其中。如《故乡的野菜》，从妻子买菜看到荠菜，想到浙东乡间小儿妇女采野菜之事，又引《西湖游览志》等有关记载，联想到小孩所唱歌词……随兴而谈，不受拘束，作者所关注的并不是对故乡的眷念，他所侧重表现的是一种不谙人间愁苦的陶然之境、一种悠然闲适的人生兴味。再如《乌篷船》以书信笔谈的方式，向友人娓娓介绍了家乡的各种船，然后详细说明乌篷船及类型，引出"三明瓦"的船名，诠释其由来与内涵，并又写出自己坐船的感受与态度，"要看就看，要睡就睡，要喝酒就喝酒，我觉得也算是理想的行乐法"，寓知识与趣味于一体，将人生的艺术的追求融于人情物理的抒写之中。《苍蝇》一篇，引用有关苍蝇的典故，古今中外，一一搜罗，其渊博的学识令人叹服，而以日本作家小林一

---

[01] 周作人：《人与虫》，钟叔河编：《周作人文类编》第4卷，湖南文艺出版社1998年版，第385—386页。

[02] 舒芜：《周作人的是非功过》，人民文学出版社1993年版，第101—104页。

[03] 周作人：《本色》，钟叔河编：《周作人文类编》第3卷，湖南文艺出版社1998年版，第640页。

[04] 周作人：《人与虫》，钟叔河编：《周作人文类编》第4卷，湖南文艺出版社1998年版，第385页。

茶的俳句："不要打哪，苍蝇搓他的手，搓他的脚呢。"写出了许多生趣，表达了自己"以一切生物为兄弟朋友"的温情态度。这表面上是写苍蝇，实际上是写人应该怎样生活才是比较"艺术"的。再如《喝茶》一文：

> ……茶道的意思，用平凡的话来说，可以称作"忙里偷闲，苦中作乐"，在不完全的现世享乐一点美与和谐，在刹那间体会永久，是日本之"象征的文化"里的一种代表艺术，关于这一件事，徐先生一定已有透彻巧妙的解说，不必再来多嘴，我现在所想说的，只是我个人的很平常的喝茶观罢了。

> 喝茶以绿茶为正宗，红茶已经没有什么意味，何况又加糖——与牛奶？葛辛（George Gissing）的《草堂随笔》（原名 *Private Papers of Henry Ryecroft*）是很有趣味的书，但冬之卷里说及饮茶，以为英国家庭里下午的红茶与黄油面包是一日中最大的乐事，东方饮茶已历千百年，未必能领略此种乐趣与实益的万分之一，则我殊不以为然，红茶带"土斯"未始不可吃，但这只是当饭，在肚饥时食之而已；我的所谓喝茶，却是在喝清茶，在赏鉴其色与香与味，意未必在止渴，自然更不在果腹了。中国古昔曾吃过煎茶及抹茶，现在所用的都是泡茶，冈仓觉三在《茶之书》（*Book of Tea*，1919）里很巧妙的称之曰"自然主义的茶"，所以我们所重的即在这自然之妙味。中国人上茶馆去，左一碗右一碗的喝了半天，好像是刚从沙漠里回来的样子，颇合于我的喝茶的意思（听说闽粤有所谓吃工夫茶者自然更有道理），只可惜近来太是洋场化，失了本意，其结果成为饭馆子之流，只在乡村间还保存一点古风，唯是屋宇器具简陋万分，或者但可称为颇有喝茶之意，而未可许为已得喝茶之道也。

> 喝茶当于瓦屋纸窗下，清泉绿茶，用素雅的陶瓷茶具，同二三人共饮，得半日之闲，可抵十年的尘梦。喝茶之后，再去继续修各人的胜业，无论为名为利，都无不可，但偶然的片刻优游乃正亦断不可少。中国喝茶时多吃瓜子，我觉得

不很适宜，喝茶时可吃的东西应当是清淡的"茶食"，中国的茶食却变了"满汉饽饽"，其性质与"阿阿兜"相差无几，不是喝茶时所吃的东西了。日本的点心虽是豆米的成品，但那优雅的形色，朴素的味道，很合于茶食的资格，如各色的"羊羹"（据上田恭辅氏考据，说是出于中国唐时的羊肝饼），尤有特殊的风味。江南茶馆中有一种"干丝"，用豆腐干切成细丝，加姜丝酱油，重汤炖热，上浇麻油，必以供客，其利益为"堂倌"所独有。豆腐干中本有一种"茶干"，今变而为丝，亦颇与茶相宜，在南京时常食此品，据云有某寺方丈所制为最，虽也曾尝试，却已忘记，所记得者乃只是下关的江天阁而已，学生们的习惯，平常"干丝"既出，大抵不即食，等到麻油再加，开水重换之后，始行举箸，最为合式，因为一到即罄，次碗继至，不遑应酬，否则麻油三浇，旋即撤去，怒形于色，未免使客不欢而散，茶意都消了。[01]

通篇的意思，并不在于要怎样的好茶，而在于茶的喝法，也就是怎样"艺术"地喝茶，周作人的这种"闲话"式散文，大多从"自我"出发，写所见所闻、所思所感，笔触所至，旁征博引，草木虫鱼、衣食住行、历史文化、风土人情等包罗万象，蕴含着丰富的社会知识。他的闲话，不是单纯的"聊"，而是从平凡而习见的事物中谈出各种天然物趣和自我情趣，故乡的野菜、北京的茶食、东京的点心、中国的饮酒、日本的茶道等等，都写得饶有趣味。与此同时，作者虽然对自己所要表达的思想不露声色，但对其"人生的艺术"的追求，却隐现于其中。

在大量写作倡导"人生的艺术"的"美文"的同时，周作人还在《语丝》上搜集选登了许多通俗性很强的民间故事与神话传说，如"苦哇鸟"的故事、"菜瓜蛇"的故事、"蛇郎精"的故事、"小五哥"的故事、"狐外婆"的故事等，还对希腊陶瓷画等国外艺术，花鼓戏与目连戏等乡间戏曲，甚至五官搬家等趣味游戏进行介绍。周作人对于民间文学的研究的浓厚兴趣，对于神话、民间传说、寓言故事、童

---

[01] 周作人：《夜读的境界》，钟叔河编：《周作人文类编》第 9 卷，湖南文艺出版社 1998 年版，第 267—269 页。

话、民歌、笑话、谜语等的广泛收集，一直以来都是他的一大爱好。1918年2月1日，出于研究中国国民性的需要，北京大学设立了"歌谣征集处"，1920年12月9日北大歌谣研究会成立；1922年12月17日《歌谣》周刊创刊，到1925年6月停刊；继而又于1925年10月14日创刊《北京大学研究所国学门周刊》部分选刊歌谣研究会的资料和文章，至1926年8月底停刊。歌谣运动从兴起到衰亡，大约经历了7年的时间。在这整个过程中，周作人都是主要的发起者和推动者。周作人在1919年9月1日为刘半农写的《江阴船歌》的序——《中国民歌的价值》中说："这20首歌谣中，虽然没有很明了的地方色彩与水上生活的表现，但我的意思却以为颇足为中国民歌的一部分代表，有搜录与研究的价值。半农这一卷的江阴船歌，分量虽少，却是中国民歌的学术的采集上第一次的成绩。我们欣喜他的成功，还要希望此后多有这种撰述发表，使我们能够知道'社会之柱'的民众的心情，这益处是普遍的，不限于研究室的一角的；所以我虽然反对用赏鉴眼光批评民歌的态度，却极赞成公开这本小集，做一点同国人自己省察的资料。"其后，周作人在其执笔的《歌谣·发刊词》中宣布：

《歌谣》周刊

> 汇集歌谣的目的共有两种，一是学术的，一是文艺的。……歌谣是民俗学上的一种重要的资料。我们把它辑录起来，以备专门的研究；这是第一个目的。因此我们希望投稿者不必自己先加甄别，尽量地录寄，因为在学术上是无所谓卑猥或粗鄙的。从这学术的资料之中，再由文艺批评的眼光加以选择，编成一部国民心声的选集。意大利的卫太尔曾说"根据在这些歌谣之上，根据在人民的真情感之上，一种新的'民族的诗'也许能产生出来。"所以这种工作不仅是在表彰现在隐藏着的光辉，还在引起当代的民族的诗的发

展；这是第二个目的。[01]

　　显然，周作人对歌谣的研究兴趣，主要来自对中国国民性的研究兴趣，以及从民间艺术中发展出中国的"民族的诗"的设想。作为北京大学的《歌谣》的编者，周作人把他对民间文学研究的兴趣和倡导带到了《语丝》上，他在第 35 期的通信中说："我希望大家有兴趣的人都来汇集记录这类鸟以及兽虫鱼草木的故事，这些不但是传说学的好资料，也是极好的民间文学。"周作人介绍研究并发动读者汇集民间文学，是因为看到了民间文化形态的多样性和民间精神资源的丰富性，它们不仅可以用作文学创作的好材料，还可以服务于其"人生的艺术"的启蒙建构。

　　在《语丝》上发表的民俗学研究大致有以下几类：

　　一是民间谣谚谜语的搜集与收录。周作人十分重视民俗学资料的收集，《语丝》收录的民歌有中国的民歌和俗曲，如台静农的《山歌原始之传说》（11，括号内数字为刊期，下同）、敬文的《歌王》（23）、凯明的《蛮女的情歌》（26）、黄明的《我所爱的几首歌》（63）等。亦有国外民歌的翻译和介绍，如江绍原的《几首孟加拉的宗教诗》（6）、《又是三首孟加拉的宗教诗》（7），刘复的《国外民歌译》（28）、《国外民歌二首》（77）、《今希腊的民歌二首》（81），等。谜语方面则有杨荫深的《谈谈村名谜》（62）、负的《再谈村名谜》（73）、刘桂龄的《我也贡献几个地名谜》（96）等。此外，周作人还在《语丝》第 48 期发表《征求猥亵的歌谣启》，呼吁读者帮助搜集"猥亵的歌，谜语，成语等"，以"建设起这种猥亵的学术的研究之始基"，并希望能通过对这些歌谣的研究找出它们变为情歌，再加纯化而为"美人香草的文词"的痕迹，以期从中"窥测中国民众的性的心理"。启事刊出后，投稿者甚多，未及一年便已达到预期数量。

　　二是民间故事的整理和研究。对于民间文艺的征求一向是《语丝》周刊的重要目标之一，其征稿启事曰："凡民间流传的故事，如神鬼故事，名人故事，呆女婿故事，及其他一切趣事等，不论已经古人记录与否，皆所欢迎。"（第 4 卷第 1 期）对于民间故事的记录，

[01] 周作人：《歌谣·发刊词》，《歌谣》周刊第 1 号，北大歌谣研究会出版，1922 年 12 月 17 日。

周作人在《语丝》第50期为雪林的来信所写的案语中提出了这样的要求："记录故事，有两件事很要注意。一即……在特殊的新奇的以外，更要搜录普通的近似的以致雷同的故事，以便查传说分布的广远。二即如实的抄录，多用科学的而少用文学的方法。"《语丝》刊登的民间故事既有中国的传说，如雍也的《董道士的传说》（19）；也有外国译作，如周作人的《柿头陀》（33）等。另有不少是雷同故事及同一母题故事，如萧保璜的《鸟的故事》（24）、颜黎明的《杜鹃的故事》（28）等都是雷同或近似的故事。启明的《花束序》（第4卷第3期）、潘达仁的《关于"睡庙求医"》（第4卷第8期）等则是关于"睡庙求医"母题的故事。

三是古代礼俗及民间风俗的整理和研究。在这一方面，江绍原的成就尤为突出，他与周作人的"礼部文件"系列、《礼的问题》（3）、《女裤心理之研究》（5）、《周官媒氏》（43）是关于中国古代礼俗制度的搜集和整理；而他的百余篇系列民俗"小品"文则主要集中于礼俗迷信的研究，既有江氏自己搜集整理的原始资料，亦有读者提供的各地风俗资料。与读者的互通往来是江绍原有意为之："我想引起一些人对于迷信礼俗的兴趣，并且借此请求他们把每人所知道的性质相同或略同的东西写出来供众人研究。"在当时缺乏经费实行田野调查的条件下，这些来自各地的信件汇集了存于野官稗史、乡野之谈的零散民俗资料，实现了类似田野调查的资料搜集，为江绍原的研究提供了不可多得的翔实资料。这些短小灵活的民俗小品内容包罗万象，有关于身体与诅咒的风俗，如陈瑞华的《结发与占卜》（116）、《别士再谈滦州俗》（116）、刘晓浦的《薄饼：外加猪肉和大葱》（109）；有关于血液的，如江绍原的《元红、红珠》（97）；有关于鬼神的，如江绍原的《鬼神之名》（97）；另外还有关于成人礼、命名礼等礼俗的文章。此外还有其他作者的作品，如关于婚俗的廖南欧的《新娘的装束》（113）等，以及揭露陈规陋习的周作人的《狗抓地毯》（3）等。

《语丝》上这类民俗研究方面的文章，基本上是由周作人召集和编发的，虽然江绍原、顾颉刚等人的兴趣主要是在学术研究上，特别是历史学、人类学和民俗学的研究，属于纯学术领域，但在此基础上，周作人认为，这种文章同时也是值得玩味的"小品"，因为它从根本上探讨中国国民的生活和心理，同时又富含着"人生的趣味"，足以资助其"人生的艺术"的启蒙理想。

以"人生的艺术"的倡导为契机，《语丝》时期的周作人慢慢从"谈虎"的勇猛，转向平和冲淡的"趣味"。1925年周作人将自己的译文集定名为《陀螺》，并做了这样的解释："这一册小集子实在是我的一种玩意儿，所以这名字很是适合"，"我本来不是诗人，亦非文士，文字涂写，全是游戏——或者更好说是玩耍……我于这玩以外别无工作，玩就是我的工作"。虽然从功利的角度看这"玩"一无所得，"只是一切的愉快就在这里"[01]。1928年，随着对现实的失望的加剧，周作人写下了著名的《闭户读书论》，认为满口柴胡的"鲁迅风"的杂文，并不能起到应该有的启蒙功效，因此自己不免慢慢躲进了书斋的一角，以自己的"趣味"替代对现实社会的关注和应有的批判。

废名说："我们从知堂先生可以学得一些道理，日常生活之间我们却学不到他的那个艺术的态度。……'渐近自然'四个字大约能以形容知堂先生，然而这里一点神秘没有，他好像拿了一本自然教科书做参考。"[02] 是的，1928年以后的周作人，大抵是个把生活艺术化的人，是个没有任何神秘感的渐近自然的人。自然与美是他生活的支点，渊博的知识与雍容的态度是他的一生，不论是文学创作还是文学理论，不论是翻译外文还是掉书袋。

非常有趣的是，就像周作人在《语丝》时期一方面倡导"人生的艺术"，走着另类的启蒙路径之外，还写了大量的"鲁迅风"的杂文，鲁迅在《语丝》时期，也对"人生的艺术"有所眷顾，写于1926年2月至11月间的《朝花夕拾》，有不少篇章中都表现出对于"人生诗意"的追寻，以及追寻不可得的感伤。这些文章最初发表时总题为《旧事重提》，1927年5月在广州结集出版，改名为《朝花夕拾》，共收10篇作品，这是鲁迅的一本回忆性散文集。它记述了鲁迅青少年时期的一些生活片断，从一个侧面勾勒出中国社会的风貌，蕴蓄着鲁迅的思想情感，具有极高的认识价值与艺术价值。如《无常》《二十孝图》侧重于社会批判，《从百草园到三味书屋》《阿长和山海经》《父亲的病》侧重于风俗世态的描绘，《藤野先生》《范爱农》则是对

---

[01] 周作人：《知堂序跋》，岳麓书社1987年版，第232—233页。
[02] 陶志明：《周作人论》，北新书局1934年版，第23—24页。

师友的怀念，令人动容。在艺术上，《朝花夕拾》侧重于对传统散文风格的继承，色调平和明朗。善于用白描手法刻画情态逼真、栩栩如生的人物形象；在娓娓的叙述中渗透着热烈的抒情与深刻的议论，闪烁着思想批判的光芒；结构挥洒自如，笔调幽默流畅，感情真挚动人，呈现出朴实平易、墨淡意浓的风格。当然，鲁迅的《朝花夕拾》，也许并不是受"启明风"影响的结果，但是，我们说在这些作品中可以稍稍看到"启明风"的况味，也未尝不可。只不过，即使是在"人生诗意"的追寻中，鲁迅也很难忘却社会批评与文明批评，因为他的目标，最终仍然是通过"立人"来"立国"。

五四文学——启蒙的维度与向度

第五章　自由与理性：

新月派的文学启蒙风尚

　　新月派是由留学英美的中国知识分子，于 1923 年在北京由"聚餐会"的形式形成的一个自由主义文人群体。其主要成员有胡适、徐志摩等人，多数是留学英美的青年，有诗人、作家、戏剧家，也有政治家与学者。1925 年初，在美国留学的闻一多、余上沅、赵太侔、林徽因等相继回国，加入新月社。他们利用徐志摩于 1924 年 10 月接替孙伏园主编的《晨报副刊》阵地，一方面于 1926 年 4 月创办《晨报副刊·诗镌》，倡导"格律诗"，虽然只出了 11 期，但在新诗史上影响重大，并形成了独具特色的新月诗派。另一方面则由余上沅、赵太侔、闻一多于 1925 年在北京国立艺专建立戏剧系，并于 1926 年 6 月继《晨报副刊·诗镌》之后，在《晨报副刊》上创办《剧刊》，倡导"国剧运动"。1926 年 6 月以后，闻一多、徐志摩等相继离开北京，新月社在无形中解散。当他们与《现代评论》的胡适、陈西滢等人于 1927 年重新集合在上海，创办新月书店和《新月》月刊（1928 年 3 月—1933 年 6 月）时，便进入新月派活动的第二个时期，即后期新月派了。这一时期新月社的主要文学成就依然在诗歌创作上。陈梦家在 1931 年 9 月编选《新月诗选》时，收入 18 家诗人的诗作，显

月新

第二卷　第十号

上海 新月书店 发行

《新月》月刊

示了相当整齐的阵营。但这时闻一多已赴山东青岛大学任教，主要精力转入学术研究。骨干力量是以陈梦家、方玮德等南京中央大学学生诗人群和卞之琳等北方青年诗人群为主。他们大都是徐志摩的学生，奉徐志摩为盟主。当徐志摩于 1931 年因飞机失事而遇难后，这个诗派也就进一步分化。1933 年 6 月《新月》正式停刊，宣布了这个诗派解体。

新月派的形成，不仅是五四后知识界分化的结果，同时也是中国自由主义知识分子的一次大集结。与留日学生的激进和激昂的革命精神有所不同，新月派以胡适、徐志摩、梁实秋、闻一多等为代表的欧美留学生为主，他们大多是家境富裕的资产阶级知识分子，并受英美的经验理性主义思想的影响，心仪的是政治上的民主和个性上的自由，追求"理性"化的秩序。与革命派主张以激烈的革命方式去改造社会不同，新月派主张渐进的社会改良。新月派无论是追求文学格局多元化，还是提出"以理性节制情感"的美学原则，追求诗歌格律化的音乐美、绘画美和建筑美这"三美"主张，都是围绕着"自由"和"理性"建构起来的。在他们看来，中国国民灵魂的改造，最需要的并不是"革命"的激情，而是"自由"和"理性"的启蒙和熏陶，这成了新月派的文学风尚。

五四文学——启蒙的维度与向度

第一节　自由与理性：新月诗派的启蒙追求

　　新月派最初于 1923 年形成之时，并没有明确提出自己的主张，它只是英美派自由知识分子的一种定时不定时的沙龙式聚会。叶公超曾经回忆说："新月"不是一个正式的社团，最初是民国十三年在北平的一些教授，其中包括胡适、徐志摩、饶孟侃、闻一多、叶公超等人定期聚餐的一种集会。虽然是由徐志摩所集成，但是他这个人既不会反对什么，也不会坚持什么，只要想到要做，就拉了一些朋友，一些真正的朋友。因此，没有领袖，也没有组织，七八个人，几乎是轮流着到各人家里聚会谈天。[01] 政治、文学、国剧、教育、民生，他们几乎是无所不谈。对于新月社从聚餐会发展到社团的原因，徐志摩曾经在《致新月的朋友》信中提到："我们当初向往的是什么呢？当然只是书呆子们的梦想！我们想做戏，想集合几个人的力量，自编戏自演，要得的请人来看，要不得的反正自己好玩。"[02] 然而，他们又并非是没有目的。在《剧刊始业》中，徐志摩明确提到了他们的目的："第一是宣传：给社会一个剧的观念，引起一班人的同情与注意……

[01] 叶公超：《在"文复会文艺研究班"》，台湾《联合报》，1980 年 8 月 6 日，转引自尹在勤：《新月派评说》，陕西人民出版社 1985 年版，第 104 页。

[02] 徐志摩：《致新月的朋友》，虞坤林编：《志摩的信》，学林出版社 2004 年版，第 405 页。

五四文学——启蒙的维度与向度

第二是讨论：我们不限定派别，不论那一类表现法……都认为有讨论的价值……第三是批评与介绍：批评国内的剧本，已有的及将来的；介绍世界的名著。第四是研究：关于剧艺各类在行的研究……同时我们也征求剧本，虽则为篇幅关系，不能在本刊上发表。我们打算另出丛书，印行剧本以及论剧的著作。"不限定派别，显示出这帮自由主义知识分子对于自由选择的坚持，而"宣传"则透露出，他们是有明确的文学启蒙目标的。徐志摩在给朋友的信中又写道："当初罗刹蒂一家几个兄妹合起莫利斯明琼斯几个朋友在艺术界里就打开了一条新路，肖伯纳卫伯夫妇合在一起在政治思想界里也就开辟了一条新道。新月新月，难道我们这个新月便是用纸板剪的不成。"[01] 这分明透露出，新月派的文学活动目的，是和胡适企图通过对中国国民进行自由主义文化的启蒙来"再造共和"取同一态度的。

从以上可以看出，新月派并不是像许多研究者所认为的那样，是一个主张文学远离政治的团体。相反，他们的文学主张、文学倾向，以及《新月》月刊的创办与他们的自由主义文化主张和政治主张是分不开的。据梁实秋回忆，在一次聚会上，胡适定了总题《中国往哪里去》，"分派每人从经济、政治、社会、文化道德各方面来讲，我被分讲道德，这题目很难，我还是讲了，每次都讲到深夜十一二点才散去。讲了一段时间，大家又提议要办一份刊物，名称就叫《新月》"[02]。如果结合 1928 年《新月》月刊创办以后的情形来看，那么，新月派的这一倾向则更加明显。1929 年 4 月，《新月》第 2 卷第 2 号开始大量发表讨论政治和人权方面的文章，如罗隆基的《论人权》《专家政治》，胡适的《人权与约法》《我们什么时候才可以有宪法？》，还有梁实秋的《论批评的态度》《论思想统一》等政论类文章，特别是 1929 年的《新月》第 2 卷第 6、7 期合刊，

《新月》月刊第 2 卷第 2 号目录

[01] 徐志摩：《致新月的朋友》，虞坤林编：《志摩的信》，学林出版社 2004 年版，第 406 页。
[02] 梁实秋：《揭开历史的新月》，《中国时报》，1980 年 7 月 24 日。

不仅发表了胡适的《新文化运动与国民党》，罗隆基的《告压迫言论自由者》等文章，而且，其政治诉求还明显体现在文学的诉求中。梁实秋的《文学是有阶级性的吗？》《论鲁迅先生的硬译》，表面上是在排斥阶级斗争的政治对于纯文学的干预，但实质上是在倡导另一种政治——自由主义的政治，只不过它披上了"纯文学"诉求这样的外衣而已。新月派文人虽然对共产主义充满了排斥，但是，对蒋介石主导的国民政府也一样不满意，因为在他们看来，这两者都离他们所心仪的自由主义政治有巨大的距离，罗隆基的《什么是法治》《服从的危险》《论中国的共产——为共产问题忠告国民党》《对训政时期约法的批评》，王造时的《中国社会原来如此》，都是这一时期发表在《新月》月刊上的政论性文章，这种倾向同样体现在梁实秋的《文学的严重性》《所谓"文艺政策"者》等文学论文中。综合以上信息可以看出，新月派的文学主张和他们企图在中国开展自由主义文化的启蒙诉求是分不开的。

而正像政治学研究界普遍指出的那样，自由主义的前提是理性与秩序，在缺乏秩序的社会和缺乏理性的人群中，是不可能有真正的自由的。因此，新月派在其文学主张中，显示出其对于"理性"的强烈渴求。关于新月派的"自由"和"理性精神"，徐志摩在《新月》月刊的《新月的态度》中指出："我们办月刊的几个人的思想并不是完全一致，有的是信这个主义，有的是信那个主义，但我们的根本精神和态度却有几点相同的地方。我们都信仰思想自由，我们都主张言论出版自由，我们都保持容忍的态度（除了不容忍的态度是我们不能容忍的以外），我们都喜欢稳健的合乎情理的学说。"同时，徐志摩提出了文学的两大原则："健康""尊严"。他针对当时国内文学界的现状提出批评："这思想的市场上也是摆满了摊子，开满了店铺，挂满了招牌，扯满了旗号，贴满了广告……各有各的色彩，各有各的引诱。"并将国内文学归纳为十三大派别，即感伤派、颓废派、唯美派、功利派、

《新月》月刊创刊号目录

训世派、攻击派、偏激派、纤巧派、淫秽派、热狂派、稗贩派、标语派、主义派。他认为这都是应当扫荡的对象，原因是在思想言论上虽然应该享有充分的自由，但是，以上的文学派别，与"健康"和"尊严"两大原则相违背。而怎样的文学是健康的呢？徐志摩提出的主张就是："以理性来节制情感"，而"尊严"则是"人的尊严"和"人生的尊严"，既尊重和珍惜人的价值，又尊重和爱护人的生命。徐志摩认为，国内文学的乱象最大的根源，就是情感像野马般奔腾，失去标准、纪律和规范。[01] 显然，徐志摩的这番话是针对创造社的感情无节制而导致的"感伤"和"颓废"情绪泛滥，以及"革命文学""阶级文学"的激情革命，而发出的一种批评。而其背后彰显出来的，是徐志摩的自由主义文学观。

尽管梁实秋一再提出"纯文学"的主张，并以此来反对文学的阶级性和功利性，但是，这并不代表梁实秋的文学主张就真的不带有任何政治意图和文化意图，虽然他一再声称，"宣传"不是文学，但是，这只是针对"左派"的文学而言的，作为经历过五四运动的过来人，梁实秋显然很清楚胡适所谓的"在中国社会上造成一派势力"的重要性，而要"造成某种势力"来改良中国社会，文学就必须要担负起启蒙的功效，只不过，在启蒙的内容上，梁实秋排斥"阶级"理论，而心仪于"自由"和"理性"的自由主义文化而已。在《文学的纪律》一文中，梁实秋指出，"文学发于人性，基于人性，亦止于人性"，文学没有无产阶级和资产阶级之分，真正的文学应该要表现普遍的人性，"文学的目的是在藉着宇宙自然人生之种种的现象来表示出普遍固定之人性"。但是，究竟是怎样的人性呢？最终，梁实秋借白璧德之口，说出了他心中的人性理想，那就是：以理性约束自然，人的情感发展应该受到道德和理智的制约，通过克己自律来完善自我。因此，梁实秋提出，在文学创作上应该对浪漫主义有所节制，克制想象和情感，在理性的基石上重建古典审美。[02] 他认为人性的二元存在是复杂的，在文学创作中，放纵的情感和欲望应该受到理性和纪律的制约，这样才是文学创作的正确方式；另一方面，也正是因为人性的复杂而找不到也不可能有定式的条例可以限制其发展，所以，在文学

[01] 徐志摩：《新月的态度》，《新月》月刊第 1 卷第 1 号，1928 年。
[02] 梁实秋：《文学的纪律》，《新月》月刊第 1 卷第 1 号，1928 年。

创作中，"理性"成了"最高的节制的机关"。同时，梁实秋指出，跟理性一样可以起到约束情感和欲望泛滥的还有道德："伟大的文学是道德的，因为它有道德的目的；作者的态度是有道德的，因为他要达到一个目的。……人生是有道德的目的（moral purpose）的，所以文学的价值也不能不受道德的衡量了。"[01] 很显然，梁实秋的所谓"纯文学"，并不是西方真正意义上的所谓超越了社会功利和道德诉求的"纯文学"，只不过，他认为，只有"自由"和"理性"的自由主义文学，才是真正的"纯文学"而已。

如果说，以上所述的这些，是因为当时"左翼"文学思潮的泛滥，才导致新月派的徐志摩、梁实秋等在其文学主张上强化了自由主义的政治诉求来实现对国内文坛的纠偏，那么，我们可以来看看新月派从"纯诗"和纯形式角度提出来的"三美"说，即音乐美、建筑美、绘画美的新格律诗主张。新月派新格律诗的试验，起自 1925 年徐志摩接手《晨报副刊》后，特别是在闻一多等一批诗人的建议下，1926 年 4 月 1 日，徐志摩开辟《晨报副刊·诗镌》作为新诗和新诗评论的主要发表阵地，主要的撰稿者包括闻一多和"清华四子"——朱湘、饶孟侃、杨世恩、孙大雨，以及徐志摩、刘梦苇、赛先艾等人。正像朱自清所指出的：

> 他们要"创格"，要发现"新格式与新音节"。闻一多氏的理论最为详明，他主张"节的匀称"，"句的均齐"，主张"音尺"，重音，韵脚。他说诗该具有音乐的美，绘画的美，建筑的美；音乐的美指音乐，绘画的美指词藻，建筑的美指章句。他们真研究，真试验；每周有诗会，或讨论，或诵读。梁实秋氏说"这是第一次一伙人聚集起来诚心诚意的试验作新诗"。虽然只出了十一号，留下的影响却很大——那时候大家都做格律诗。[02]

除了做试验以外，闻一多还专门写了《诗的格律》这样的理论性文章，"三美"说的新格律诗主张，正是在这篇文章中提出来的。在

---

[01] 梁实秋：《文学与道德》，《新月》月刊第 2 卷第 8 号，1929 年。
[02] 朱自清：《中国新文学大系·诗集》，上海良友图书印刷公司 1935 年版，第 2 页。

五
四
文
学
——
启
蒙
的
维
度
与
向
度

文中，闻一多特别指出：

> 又有一种打着浪漫主义的旗帜来向格律下攻击令的人。对于这种人，我只要告诉他们一件事实。如果他们要像现在这样的讲什么浪漫主义，就等于承认他们没有创造文艺的诚意。因为，照他们的成绩看来，他们压根儿就没有注重到文艺的本身，他们的目的只在披露他们自己的原形。顾影自怜的青年们一个个都以为自身的人格是再美没有的，只要把这个赤裸裸地和盘托出，便是艺术的大成功了。你没有听见他们天天唱道"自我的表现"吗？他们确乎只认识了文艺的原料，没有认识那将原料变成文艺所必须的工具。他们用了文字作表现的工具，不过是偶然的事，他们最称心的工作是把所谓"自我"披露出来，是让世界知道"我"也是一个多才多艺，善病工愁的少年；并且在文艺的镜子里照见自己那倜傥的风姿，还带着几滴多情的眼泪，啊！啊！那是多么有趣的事！多么浪漫！不错，他们所谓浪漫主义，正浪漫在这点上，和文艺的派别绝不会发生关系。这种人的目的既不在文艺，当然要他们遵从诗的格律来做诗，是绝对办不到的。因为有了格律的范围，他们的诗就根本写不出来了，那岂不失了他们那"风流自赏"的本旨吗？所以严格一点讲起来，这一种伪浪漫派的作品，当它作把戏看可以，当它作西洋镜看也可以，但是万不能当它作诗看。格律不格律，因此就谈不上了。[01]

很显然，闻一多提倡的新格律诗，是针对创造社的郭沫若的"诗不是'作'出来的，只是'写'出来的"的一种对抗。尽管朱自清指出："'诗是写出来的'一句话，后来让许多人误解了，生出许多恶果来；但于郭氏是无损的。"[02] 但在闻一多看来，郭沫若的情感放纵而毫无理性节制的大鸣大放的自由诗，是对新诗的一种伤害。闻一多认为，感情只有经过理性的过滤之后，通过格律这样"带着镣铐的跳

---

[01] 闻一多：《诗的格律》，《晨报副镌》，1926 年 5 月 13 日。
[02] 朱自清：《中国新文学大系·诗集》，上海良友图书印刷公司 1935 年版，第 5 页。

舞"，才能真正成为"纯诗"。表面上看，这只是新月派和创造社的文学之争，但其背后却是新月派的英美式自由主义观念与留日派的激情主义和革命主义之争。新诗的格律的诉求，其背后其实是新月派的"自由"与"理性"相互结合的一种诉求，是自由主义思想的一种诉求。

作为新月派的新格律诗杰出代表的闻一多和徐志摩的诗歌创作，体现出来的正是这种"自由"与"理性"相结合的"纯形"诗。

闻一多（1899—1946），原名闻家骅，湖北浠水人。1913 年考入北京清华学校。1922 年赴美留学。其间开始从事中国诗歌格律的研究和新诗创作，1923 年出版他的第一部诗集《红烛》。1925 年回国，先后在青岛大学和清华大学等任教，同时致力于新诗格律化的倡导和实践，1928 年出版代表诗集《死水》。20 世纪三四十年代主要从事文学教学和学术研究工作，并在中国古典文学领域取得了丰硕的研究成果。对民族、对祖国深沉的爱恋是闻一多的新诗创作最主要的情感内容。与五四时期成长起来的许多知识分子一样，闻一多既接受过系统的中国传统文化教育，又有留学美国、接受西学的经历，两种异质文化的矛盾冲突，以及留美期间所感受到的民族歧视，使他的灵魂感到不胜重负，作为一种精神反抗，他创作了许多爱国诗篇，《红烛》中的《孤雁》《太阳吟》《忆菊》《秋深了》等作品都集中地表现了这一主题思想。

《红烛》诗集中的《太阳吟》情感浓烈奔放，诗人把太阳作为对话的伙伴和歌吟的对象，尽情地倾诉自己压抑的情感，企望"六龙骖驾的太阳"，急速飞翔，一日走完五年的历程，好让"憔悴如同深秋一样"的"我"，早一些回到日夜思念的家乡。这首诗歌在情感表达上，尽管有激烈的一面，但同时比郭沫若的表达方式要理性很多，是情感经过理性的过滤和洗礼之后的结果。《忆菊》抒发的也是远在异邦的游子对亲人、对祖国的绵绵思念之情，可贵的是，诗人并没有运用直抒胸臆的方法，而是选择了菊花这一具有深厚民族文化底蕴的意象，

闻一多诗集《红烛》初版封面

作为寄寓情感的象征物。诗人欲擒故纵，用大量的笔墨尽情描绘了祖国菊花绚烂的色彩和多姿的形态，无论是"霭霭的淡烟笼着的菊花"，还是"丝丝的疏雨洗着的菊花"，或是"金底黄，玉底白，春酿底绿，秋山底紫"的菊花，在诗人的笔端都被赋予了生命的灵性；诗的后半部分，诗人由菊花之美的赞颂，上升到对其文化层面的抒怀："你有高超的历史""你有逸雅的风俗！"在诗人看来，菊花就是东方文化完美的象征；结尾处，诗人纵情唱道："我要赞美我祖国底花！／我要赞美我如花的祖国！"这是诗人发自内心深处的呼喊，是他对祖国无限眷念与渴慕之情的自然流露。在《红烛》中，闻一多的诗歌在情感的浓烈上，有郭沫若诗歌的风味，但是，在表达上要远比郭沫若节制，要理性很多，诗行和诗形，音节和韵律，都要比郭沫若的《女神》中的诸诗规范很多。

　　到了诗集《死水》，闻一多用"理性节制情感"的色彩就更加明显，在情感表达的艺术化方面做了多种有益的尝试。《口供》是《死水》中的第一首诗，反映了五四之后诗人彷徨苦闷的矛盾心理。诗中的爱国主义激情，显然是对《红烛》的精神特质的继承，然而，在诗的艺术表现方面，诗人采用了客观化的间接抒情方式，通过丰富的艺术想象力，把强烈的个体情感化为一个个具体可感的客观对象："坚贞的白石""青松和大海""鸦背驮着夕阳""黄昏里织满了蝙蝠的翅膀"。这种主观情感的客观化，使情感表达显得含蓄蕴藉，从而大大地丰富和拓展了读者的审美想象空间。闻一多这一时期的新诗创作，还突破了浪漫主义把美与丑、善与恶完全对立的美学原则，在诗歌创作中大胆地引入了丑的意象。作品《死水》深刻地揭示了当时中国社会的腐朽与黑暗，诗人自觉地将反讽方法和"以丑为美"的原则融为一体，在想象的艺术天地里把"一沟绝望的死水"幻化得如此美丽："也许铜的要绿成翡翠，／铁罐上锈出几瓣桃花；／再让油腻织一层罗绮，／霉菌给他蒸出些云霞。"

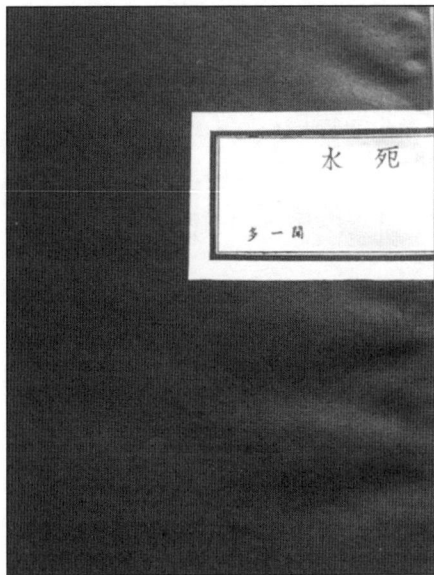

闻一多诗集《死水》初版封面

诗人这种化腐朽为神奇的艺术方法无疑丰富和发展了中国新诗的意象系统。

闻一多的许多作品还流露出对民族前途和民众苦难深沉的忧虑，作为一位清醒的爱国主义诗人，闻一多不可能仅仅满足于个体生活的安宁与幸福，他知道"灯光漂白了的四壁……隔不断战争的喧嚣"，只有走出"这墙内尺方的和平"，才能使自己的心灵更加贴近底层的广大民众，因而他自觉地把自己的目光投向了更为"辽阔的边境"（《心跳》）。在《荒村》中，诗人把初夏时节旖旎多姿的自然风光与荒凉破败的村落景象交织在一起描写，使人真实地感受到社会动乱中底层民众离乱与贫困的生活现状；《春光》则描写了一个要饭的盲者踟蹰在美好的春光里，用明媚的春色来反衬现实的黑暗；《飞毛腿》叙说了一个勤劳的人力车夫溺水而死的悲剧；《大鼓师》讲述了一对卖艺夫妇飘泊生活的辛酸遭遇。《死水》中的这类作品，虽然在形式上都严格地遵循着新诗格律的要求，但早期创作中的唯美主义的艺术色彩在此已经完全淡化了，取而代之的是强烈的现实批判精神和深沉浓烈的忧患意识，这表明闻一多的诗歌美学观念与其思想内涵都经历了一个发展和演化的过程，而这一过程显然又与当时社会历史的演进存在着某种密切的内在关联性。但是，闻一多的忧国忧民情感，虽然浓烈，在表达上却远非郭沫若那种纵情呐喊，更多地选择了浅吟低唱。用理性节制感情的自由主义追求在闻一多的诗中体现得非常明显。

闻一多还有许多诗歌着意于描写自然景色和抒发个人情怀，如《雪》《黄昏》《花儿开过了》《红豆》《忘掉她》《你莫怨我》等，这些作品韵趣生动、诗情悠扬，表现了诗人丰富而细腻的情感特征。《忘掉她》是闻一多为了纪念他早夭的女儿而写的，优美的诗境里潜藏着缕缕难以排遣的忧伤：

> 忘掉她，像一朵忘掉的花，——
> 那朝霞在花瓣上，
> 那花心的一缕香——
> 忘掉她，像一朵忘掉的花！
>
> 忘掉她，像一朵忘掉的花！

像春风里一出梦，

像梦里的一声钟，

忘掉她，像一朵忘掉的花！

我们可以想象，此时的闻一多，在女儿早逝之后内心承受着多大的痛苦，要是换成郭沫若的写法，那是非"泪浪滔滔"不可的，但是，闻一多却选择了"花""梦""钟"这些轻柔的意象，来有意冲淡诗中浓烈的情伤，其理性节制情感的色彩非常鲜明。

徐志摩（1896—1931），笔名诗哲，浙江海宁人，1917 年考入北京大学，1918 年留学美国，1920 年获经济学硕士学位后，由于受哲学家罗素的吸引，转赴英国剑桥大学学习哲学，其间兴趣转向文学，开始尝试新诗创作。1922 年回国，先后在北京大学、清华大学等学校担任教授。著有诗集《志摩的诗》《猛虎集》《云游》《翡冷翠的一夜》，散文集《秋》，小说集《轮盘》等，1931 年因空难身亡。

徐志摩是一个彻头彻尾的理想主义者，他用生命的热情去追求"爱与美与自由"，就浪漫习性而言，徐志摩和郭沫若可以一比。但是，具体到诗歌上，徐志摩的诗风与倾向与浪漫革命主义的郭沫若有巨大的不同，呈现出一种情感在理性节制之后的和谐之美，有着浓厚的自由主义色彩。将两者做一番对比，我们不仅能感受到徐志摩和郭

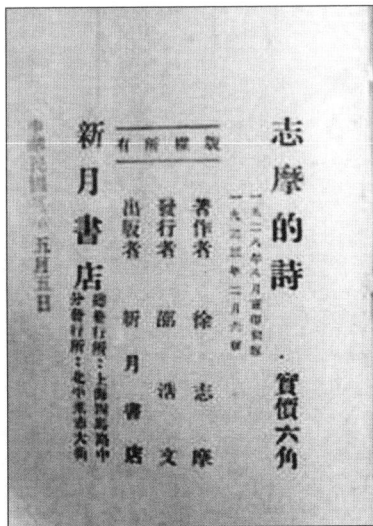

徐志摩诗集《志摩的诗》版权页

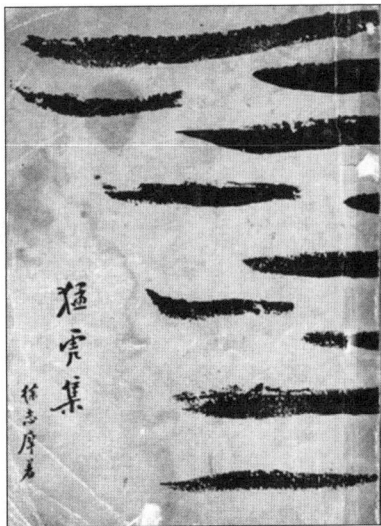

徐志摩诗集《猛虎集》初版封面

五四文学——启蒙的维度与向度

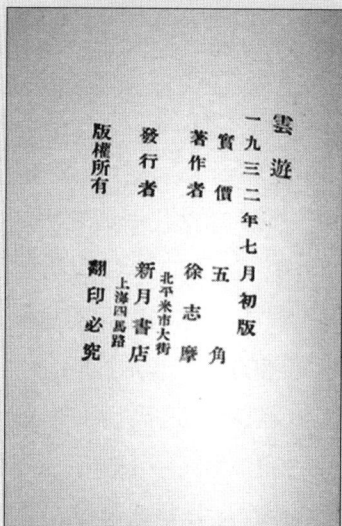

徐志摩诗集《云游》版权页　　　徐志摩诗集《翡冷翠的一夜》初版封面

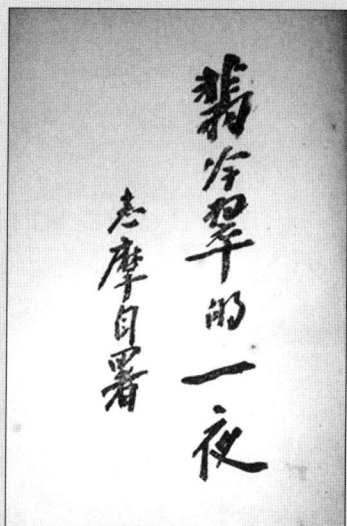

沫若完全不一样的"浪漫"，更能感受到充满革命激情的留日知识分子和追求自由与理性的留英留美知识分子在审美风尚上的巨大差别。1923 年 1 月 9 日，徐志摩心目中的"女神"——接见过他 20 分钟的英国女作家曼殊斐尔，因患有肺结核病在法国的枫丹白露镇疗养时去世。不久，徐志摩赶到巴黎曼殊斐尔的墓地凭吊，并于 1923 年 3 月 11 日作《哀曼殊斐儿》一诗（发表于 1923 年 3 月 18 日的《努力》周报），诗云："我昨夜梦入幽谷，/听子规在百合丛中泣血，/我昨夜梦登高峰，/见一颗光明泪自天坠落。……你记否伦敦约言，/曼殊斐儿！/今夏再见于琴妮湖之边；/琴妮湖永抱着白朗矶的雪影，/此日我怅望云天，泪下点点！……"1923 年 5 月 6 日，徐志摩在《努力》周报上发表《坏诗，假诗，形似诗》一文，批评郭沫若《重过旧居》（发表于 1922 年第 1 期《创造》季刊）一诗中的诗句"泪浪滔滔"过于夸张，而判定此诗句为坏诗、假诗、形似诗。郭沫若的《重过旧居》诗云："别离了三阅月的旧居，/依然寂立在博多湾上，/心中怦怦地走向门前……/我和你别离了百日有奇，/又来在你的门前来往；/我禁不住我的泪浪滔滔，/我禁不住我的情涛激涨……"而徐志摩在写此文之前，曾经主动向创造社和郭沫若示好——"及见沫若诗，始惊华族潜灵，斐然竟露"（徐志摩 1923 年 3 月 21 日致成仿吾信）。徐志摩此篇批评文章一出，徐、郭双方开始交恶，并把成仿吾等创造社成员和双方的朋友梁实秋牵扯了进来，成为现代文学史中的一桩公案。

　　同是中国现代诗歌史上的著名浪漫诗人，徐志摩与郭沫若诗中出现的"泪"，常常是"浪漫"得如此不同，情态各异。虽然徐志摩曾经在《我祖母的死》中写到过"不能自禁中怀的摧痛，热泪暴雨似的盆涌"，堪与郭沫若的"泪浪滔滔"相比，但这仅限于徐志摩的散文，而且此类现象很少。只要出现在诗中，徐志摩的"泪"，总是那么有节制、含蓄，那么轻浅、流丽：《小诗》中的"滴滴情泪"；《夜》中的"一滴明星似的眼泪""几滴明星似的眼泪"；《希望的埋葬》中的"凉露似的清泪"；《康桥再会罢》中的"临别的泪痕"。即使是小儿子病逝，徐志摩的《无儿》诗中，也只是"我泪溶溶"，而非郭沫若回到日本博多湾旧居一时找不到妻儿那种"泪浪滔滔"。反观郭沫若，其诗中只要见"泪"，就常"滔滔"。如《棠棣之花》中的"汪汪泪湖水"，《凤凰涅槃》中的"五百年来的眼泪淋漓如烛"，《星空》中的"我也禁不住滔滔流泪"，《创造者》中的"他泣成山洪"，《黄河与扬子江对话》中的"又流起眼泪，降下滂沱大雨"，这些泪的流法与情态，都极富夸张之能事。如果各用一张名片来形容中国现代文学史上这两位伟大的浪漫诗人诗作中的"泪"，那么，郭沫若是"泪浪滔滔"，而徐志摩则非"泪下点点"莫属。徐志摩诗风的最大特点就是感情的表达总是充满理性的节制，而郭沫若则倾向于夸大自己的感情。当然，造成这种差异，原因是多方面的，但是，留日的郭沫若，其激情的呐喊更多在于唤起人们的革命情感；而留学英美的徐志摩，其感情表达的节制，则是其自由主义思想中对于自由与理性合一的追求的一种曲折影射。

　　即使感情再浓烈，徐志摩在写诗表达的时候，都总要经过理性去节制，以达到一种和谐的美感，因此，徐志摩的诗，总是呈现出一种轻柔的美感。徐诗的意象多带有轻盈、柔美之态，如风、月、云、落叶、柳絮、落花、雪花、水莲花、溪水等都是轻盈飘动之物，充满了轻柔之美。

　　　　轻轻的我走了，
　　　　正如我轻轻的来；
　　　　我轻轻的招手，

作别西天的云彩。

……

悄悄的我走了，

正如我悄悄的来；

我挥一挥衣袖，

不带走一片云彩。

　　这首《再别康桥》诗篇开篇连用三个"轻轻的"，结尾连用两个"悄悄的"，通篇给人一种"轻柔"之感。另外，像《清风吹断春朝梦》中，"片片鹅绒眼前纷舞，疑是梅心蝶骨醉春风。……都教晓鸟声里的清风，轻轻吹拂——吹拂我枕衾"，让读者感觉仿佛眼前有轻柔的鹅绒吹过，不由自主地跟着鹅绒在空中自由飞舞。再如《山中》"如下一叶新碧，掉在你窗前。轻柔如同叹息，不惊你安眠"，轻柔刻骨！
　　再如：

我送你一个雷峰塔影，

满天稠密的黑云与白云；

我送你一个雷峰塔顶，

明月泻影在眠熟的波心。

深深的黑夜，依依的塔影，

团团的月彩，纤纤的波鳞——

假如你我荡一支无遮的小艇，

假如你我创一个完全的梦境！

　　这首《月下雷峰影片》，诗中的塔影、白云、黑云、塔顶、明月、波心、月彩、波鳞、小艇等意象，皆披上一种"轻柔"的色彩；深深的、依依的、团团的、纤纤的，这连续四个叠字句的应用，无论是选词用字，还是其审美内核，皆营造出一种轻柔之美。即使是写到大海，徐志摩也很少去写大海的惊涛骇浪，其笔下的海，同样以"静"和"柔"为主要特色：

我是天空里的一片云，

偶尔投影在你的波心——
你不必讶异，
更无须欢喜——
在转瞬间消灭了踪影。
你我相逢在黑夜的海上，
你有你的，我有我的，方向；
你记得也好，
最好你忘掉，
在这交会时互放的光亮。

　　这首《偶然》，写男女倾心后无奈放弃的情愫，本应该是怎样的心潮澎湃、狂涛巨浪，但是，作者却借"黑夜"中的海——云影波心的消逝，写得如此云淡风轻。显然，这是理性节制情感的结果。徐志摩的名篇《沙扬娜拉18》，更是他追求理性节制情感的和谐之美的经典代表：

　　　　最是那一低头的温柔，
　　　　像一朵水莲花不胜凉风的娇羞，
　　　　道一声珍重，道一声珍重，
　　　　那一声珍重里有甜蜜的忧愁——
　　　　沙扬娜拉！

　　总之，新月派的诗风，无论是对格律的追求，还是对理性节制情感的追求，其背后都是自由主义文学观驱使的结果。通过自由主义文化和思想来启蒙和改良中国社会，是新月派知识分子孜孜以求的目标。因此，我们可以说，新月派的诗歌追求"自由"与"理性"的风尚，是其自由主义的文学启蒙思想的一种外化和表现。

五四文学——启蒙的维度与向度

第二节　健康、尊严、和谐：新月派的小说风貌

　　和诗歌一样，新月派在小说创作上也处处体现出其自由主义启蒙文学观的痕迹。或者说，新月派的小说所追求的自由、理性、健康、尊严、和谐，是他们自由主义文学观念的具体化展示。到目前为止，学界对于新月派的研究，在诗歌和散文的研究上既充分而且深入，但是，有关新月派的小说，研究界只在近几年才慢慢开始关注。为了更好地让学界全面了解新月派小说的创作情形，我们将新月派小说的基本创作情况列表如下：

作者名	篇名	出版（社）刊物及日期
沈从文	《阿丽思中国游记》	1928 年 7 月新月书店出版发行
	小说集《好管闲事的人》（7 篇）	1928 年 7 月新月书店出版发行
	《好管闲事的人》	1927 年 12 月 19—24 日《晨报副刊》
	《或人太太》	1928 年 3 月《小说月报》第 19 卷第 3 号
	《焕乎先生》	1928 年 5 月、7 月《晨报副刊》
	《喽啰》	1927 年 9 月 5—8 日《晨报副刊》
	《怯汉》	1927 年 6 月 27 日、28 日《晨报副刊》
	《卒伍》	1928 年 3 月《中央日报·艺术运动》
	《爹爹》	1928 年《中央日报·摩登》第 13—17 号
	小说集《蜜柑》（8 篇）	1928 年 5 月新月书店出版发行
	《初八那日》	1927 年 6 月《现代评论》第 6 卷第 132 期

五四文学——启蒙的维度与向度

续表 1

作者名	篇名	出版（社）刊物及日期
沈从文	《晨》	1927 年 5 月《现代评论》第 5 卷第 126 期
	《早餐》	1927 年 6 月 17 日、18 日、20 日《晨报副刊》第 1974 号、第 1975 号、第 1977 号
	《蜜柑》	1927 年 5 月《现代评论》第 5 卷第 129 期
	《乾生的爱》	1927 年 6 月 23—25 日《晨报副刊》
	《看爱人去》	1927 年 5 月《现代评论》第 5 卷第 128 期
	《草绳》	1927 年 6 月 21 日、22 日《晨报副刊》
	《猎野猪的故事》	1927 年 6 月《现代评论》第 6 卷第 132 期
	《沈从文子集》（6 篇）	1931 年 5 月新月书店出版发行
	《龙朱》	1929 年作于上海，原载《红黑》第 1 期
	《丈夫》	1930 年 5 月《小说月报》第 21 卷第 4 号
	《灯》	1930 年 2 月 10 日《新月》第 2 卷第 12 号
	《建设》	作于 1929 年
	《春天》	作于 1930 年 3 月
	《绅士的太太》	1930 年 3 月 10 日《新月》第 3 卷第 1 期
陈衡哲	《小雨点》（10 篇）	1928 年 4 月新月书店出版发行
	《小雨点》	1928 年 4 月新月书店出版发行
	《一日》	1928 年 4 月新月书店出版发行
	《波儿》	1928 年 4 月新月书店出版发行
	《老夫妻》	1928 年 4 月新月书店出版发行
	《孟哥哥》	1928 年 4 月新月书店出版发行
	《西风》	1928 年 4 月新月书店出版发行
	《运河与扬子江》	1928 年 4 月新月书店出版发行
	《洛绮思的故事》	1928 年 4 月新月书店出版发行
	《老柏与野蔷薇》	1928 年 4 月新月书店出版发行
	《一支扣针的故事》	1928 年 4 月新月书店出版发行
凌叔华	《疯了的诗人》	1928 年 4 月 10 日《新月》第 1 卷第 2 号
西滢	《成功》	1928 年 4 月 10 日《新月》第 1 卷第 2 号
沈从文	《雨》	1928 年 11 月 10 日《新月》第 1 卷第 9 号
徐志摩	《浓得化不开》	1928 年 12 月 10 日《新月》第 1 卷第 10 号
徐志摩	《死城》（《北京的一晚》）	1928 年 3 月 10 日《新月》第 1 卷第 1 号
沈从文	《阿金》	1929 年 1 月 10 日《新月》第 1 卷第 11 号
徐志摩	《家德》	1929 年 2 月 10 日《新月》第 1 卷第 12 号
凌叔华	《小刘》	1929 年 2 月 10 日《新月》第 1 卷第 12 号
沈从文	《旅店》	1929 年 2 月 10 日《新月》第 1 卷第 12 号
凌叔华	《小蛤蟆》	1929 年 3 月 10 日《新月》第 2 卷第 1 号
徐志摩	《浓得化不开》（之二）	1929 年 3 月 10 日《新月》第 2 卷第 1 号
沈从文	《结婚以前》《阿黑小史》（之七）	1929 年 3 月 10 日《新月》第 2 卷第 1 号
凌叔华	《小哥儿俩》	1929 年 4 月 10 日《新月》第 2 卷第 2 号
凌叔华	《送车》	1929 年 5 月 10 日《新月》第 2 卷第 3 号
沈从文	《落伍》	1929 年 5 月 10 日《新月》第 2 卷第 3 号

作者名	篇名	出版（社）刊物及日期
凌叔华	《杨妈》	1929 年 6 月 10 日《新月》第 2 卷第 4 号
谢冰季	《秋天的梦》	1929 年 6 月 10 日《新月》第 2 卷第 4 号
沈从文	《一个母亲》	1929 年 7 月 10 日《新月》第 2 卷第 5 号
凌叔华	《搬家》	1929 年 9 月 10 日《新月》第 2 卷第 6、7 期合刊
沈从文	《我的教育》	1929 年 9 月 10 日《新月》第 2 卷第 6、7 期合刊
沈从文	《牛》	1929 年 9 月 10 日《新月》第 2 卷第 6、7 期合刊
高植	《除夕》	1930 年 1 月 10 日《新月》第 2 卷第 11 期
沈从文	《灯》	1930 年 2 月 10 日《新月》第 2 卷第 12 期
沈从文	《绅士的太太》	1930 年 3 月 10 日《新月》第 3 卷第 1 期
凌叔华	《凤凰》	1930 年 3 月 10 日《新月》第 3 卷第 1 期
谢冰季	《鞭策》	1930 年 4 月 10 日《新月》第 3 卷第 2 期
何家槐	《湖上》	1930 年 9 月 10 日《新月》第 3 卷第 7 期
沈从文	《道德与智慧》	1930 年 10 月 10 日《新月》第 3 卷第 8 期
林徽因	《窘》	1930 年 11 月 10 日《新月》第 3 卷第 9 期
谢冰季	《单恋的幻灭》	1930 年 11 月 10 日《新月》第 3 卷第 9 期
徐转蓬	《女店主》	1930 年 11 月 10 日《新月》第 3 卷第 9 期
沈从文	《中年》	1930 年 12 月 10 日《新月》第 3 卷第 10 期
高植	《花》	1931 年 1 月 10 日《新月》第 3 卷第 10 期
徐志摩	《呆女士》	1931 年 1 月 10 日《新月》第 3 卷第 11 期
何家槐	《牙痛》	1931 年 2 月 10 日《新月》第 3 卷第 11 期
徐转蓬	《打酒》	1930 年 4 月 10 日《新月》第 3 卷第 12 期
何家槐	《白舅舅》	1932 年 9 月《新月》第 4 卷第 2 期
沈从文	《若墨医生》	1932 年 10 月《新月》第 4 卷第 3 期
高植	《巷景》	1932 年 11 月《新月》第 4 卷第 4 期
沈从文	《医生》《新十日谈》（之一）	1933 年《新月》第 4 卷第 5 期
徐转蓬	《守望者》	1933 年 3 月《新月》第 4 卷第 6 期
徐转蓬	《磨坊》	1933 年 6 月《新月》第 4 卷第 7 期
高植	《月》	1933 年 6 月《新月》第 4 卷第 7 期
凌叔华	《女儿身世太凄凉》	1924 年 1 月 13 日《晨报副刊》
	《资本家之圣诞》	1924 年 3 月 23 日《晨报副刊》
	《我那件事对不起他？》	1924 年 12 月《晨报六周年增刊》
	《酒后》	1925 年 1 月《现代评论》第 1 卷第 5 期
	《吃茶》	1925 年 4 月《现代评论》第 1 卷第 20 期
	《绣枕》	1925 年 3 月《现代评论》第 1 卷第 15 期
	《再见》	1925 年 8 月《现代评论》第 2 卷第 34 期
	《茶会以后》	1925 年 10 月 19 日《晨报副刊》
	《中秋晚》	1925 年 10 月 1 日《晨报副刊》
	《花之寺》	1925 年 11 月《现代评论》第 2 卷第 48 期
	《有福气的人》	1926 年 1 月 1 日《现代评论一周年增刊》
	《太太》	1925 年 12 月《晨报七周年纪念增刊》

作者名	篇名	出版（社）刊物及日期
凌叔华	《等》	1926 年 4 月《现代评论》第 3 卷第 70 期
	《说有这么一回事》	1926 年 5 月 3 日《晨报副刊》
	《春天》	1926 年 6 月《现代评论》第 4 卷第 79 期
	《他俩的一日》	1927 年 9 月《现代评论》第 6 卷第 145、146 期
	《小英》	1926 年 10 月《现代评论》第 4 卷第 95 期
	《弟弟》	1927 年 1 月《现代评论第二周年增刊》
	《病》	1927 年 4 月《现代评论》第 5 卷第 121 期
	《绮霞》	1927 年 7 月、8 月《现代评论》第 6 卷第 138 期、139 期
	《写信》	1931 年 5 月《大公报》"万期纪念号"
	《倪云林》	1931 年 3 月《文艺月刊》第 2 卷第 3 号
	《旅途》	1931 年 6 月《文艺月刊》复刊号
	《晶子》	1931 年 10 月 20 日《北斗》
	《千代子》	1934 年 4 月《文学季刊》第 1 卷第 2 期
	《无聊》	1934 年 6 月 23 日《大公报》副刊《文艺》
徐志摩	《春痕》	1923 年 2 月 1 日《努力周报》第 41 期
	《吹胰子泡》	1923 年 4 月 15 日《努力周报》第 48 期
	《童话一则》	1923 年 6 月 24 日《努力周报》第 58 期
	《两姐妹》	1923 年 11 月《小说月报》第 14 卷第 11 期
	《老李的惨死》	1924 年 1 月 10 日《小说月报》第 15 卷第 1 期
	《赌婆儿的大话》	1924 年 9 月 10 日《小说月报》第 15 卷第 9 期
	《香水》	1925 年 2 月 24 日、26 日《晨报副刊》
	《一个清清的早晨》	1925 年 3 月 14 日《现代评论》第 1 卷第 14 期
	《船上》	1925 年 4 月 11 日《现代评论》第 1 卷第 18 期
	《轮盘》	作于 1929 年 2 月 3 日，在辑集前未发表
林徽因	《九十九度中》	1934 年 5 月《学文》杂志第 1 卷第 1 期

　　新月派从 1923 年成立到 1934 年消逝，在十余年的创作过程中，虽然历经一些政治风云变幻，但是作为一个以自由主义和绅士趣味为追求的团体，其小说更多的是呈现出与其政治理想和审美趣味相应的特色：或是以"健康"和"尊严"为原则，凸显"生命"的思想主题；或是以"理性"为轴心，彰显出"节制"与"和谐"的叙事风格。

一、以"健康""尊严"为主轴，礼赞健康的生命形式

　　五四新文化运动后，体现现代"人的文学"观念的作品不断增加，人的个性得到空前的张扬，人道主义得到首肯。新月派的多数作家都是从五四走过来的，经过"人的文学"思想的洗礼，加之他们又

受过英美文化中人本主义的熏陶。英美文化中的人本主义强调对个体的尊重，珍视生命，关爱生命。于是五四时期"人"的观念的积淀与英美文化自由主义的撞击，奠定了新月派"健康"与"尊严"的文学标准，在这种文学标准的作用下，他们在小说创作中高扬人的个体价值，歌颂人的尊严，表达了要求尊重健康人性的强烈愿望，从而形成了这种注重人个性的主题。后期新月派的活动，正值北伐战争时期，军阀混战给人们带来了极大的痛苦，新月派同人也目睹了这刀光剑影的革命运动，但是他们大都不是从政治运动的角度来反映社会生活，而是主要从伦理道德方面揭露"人"的处境和命运，关注人的健康的生命形式，具有较浓厚的人道关怀色彩。与"革命""左翼"作家的人道关怀中包含着强烈的控诉和革命狂飙的激情不同，新月派小说在揭露社会黑暗和关注下层人民疾苦之时，其笔调显得相当节制，语气较为温婉，其目标也不集中指向颠覆现有社会政治制度，而在于吁求必要的人性关怀，让人能够像"人"一样有尊严地生活。

新月派作家大胆追求性灵的自由，在他们的小说创作中自然少不了注入抒发个体性情的成分。倡导自由的生命个体是新月派作家文学创作的出发点和归宿。新月派核心成员梁实秋强调"人性"在文学中的地位，1927 年他在《文学的纪律》中指出："文学的目的是在藉着宇宙自然人生之种种的现象来表示出普遍固定之人生。"[01] 强调"人性"在文学中的重要性。徐志摩在《新月的态度》中提到了健康与尊严[02] 的文学原则，遵循这一原则，新月派小说家热情讴歌健康的生命形式。同时围绕着"生命"的主题又可分为两种情况，即表现自然的人性和赞美淳厚的人情。

在新月派作家笔下，健康的生命形式首先表现为一种自然的人性美。生命，是大自然所赋予的，凡有生命的生物，都有灵性。所以，在新月派小说家看来，只要有生命的跃动，就会有人性之美，在他们的笔下，人性美同对人的生命力的歌颂是分不开的。新月派同仁小说家沈从文竭力宣传"人性"是他写作的宗旨：我只想造希腊小庙。选山地作基础，用坚硬石头堆砌它。精致，结实，匀称，形体虽小而不

---

[01] 梁实秋：《文学的纪律》，《新月》第 1 卷第 1 号。
[02] 徐志摩：《新月的态度》，《新月》第 1 卷第 1 号。

纤巧，是我理想的建筑。这神庙供奉的是人性。[01] 人性，作为生命个体的重要组成部分，在新月派主将徐志摩那里也不例外，人性在徐志摩的眼里便是对爱、自由和美的追求与信仰。[02] 在文学创作中，新月派小说家高扬生命的赞歌，肯定个体生命的权利，表现自然的人性。

新月派作家对原始的、发自内心需要的生命力持一种肯定的态度，认为这是一种自然的人性宣泄。这首先突出地表现在关于两性关系的描写中。新月派的作家首先从正常的两性关系入手来强调个体自然的生命本能，以一种理性的笔调，在诗意的描写中，凸显出男男女女原始的性本能及其健康属性。新月派同仁小说作家沈从文的小说《旅店》就很好地表现了这样的主题。旅店的老板黑猫只有 27 岁，是一个年轻美丽、身体强健的寡妇，她那"结实光滑的身体，长长的臂，健全多感的心"，本是特意为男子夜来用的，可是随着她丈夫死去，就失去了这种用途。长久的压抑后，黑猫终于在八月的一天有点不同寻常，"在星光下想起的却是平时不曾想到的男女事情"，她本能地就在四个长期住店的客人上面"思索那可以光身的人了"，主动去勾引店中那个大鼻子的客人，客人也领会了她的意思，于是他们在秋天一个凉爽的早晨，得到了一种正常的性欲满足。黑猫要的是一种力，一种圆满健全的、带有原始野性的攻击，一种暴风暴雨后的休息。虽然黑猫和大鼻子客人之间的爱有点粗野，但是他们没有半点的做作，是建立在生命本能基础之上的爱情，充满了乡村式的野性与生命强力。在这里，作者对他们的本能结合丝毫不带鄙视，因为在他看来，两性之间的爱是合乎人性的，是一种自然的人性需求，是健康的。

对于自然人性的大胆追求，在其他新月派同仁小说作家的作品中也有体现。如徐转蓬的《女店主》中的女店主阿三的妻子是一个漂亮能干的女人，而阿三是个老实木讷的人，每天就知道进货，店里的所有事都交给妻子打理。阿三同样也不是一个懂得女人心事的人，从来没有主动地和妻子亲热过，就连妻子的暗示也不明了。夏天的一个雨

---

[01] 沈从文：《从文小说习作选代序》，《沈从文文集》第 11 卷，花城出版社 1984 年版，第 42 页。

[02] 朱栋霖主编：《中国现代文学史》，高等教育出版社 1999 年版，第 86 页。

天阿三到城里去进货，由于连下了几天雨，阿三回不来。这时店里来了一个茶商，阿三的妻子就主动勾引茶商，从茶商那里得到了自己对于性爱的满足。谢冰季《秋天的梦》中小铁儿和二妞无拘无束的充满原始生命力的爱情，也是对健康两性关系的肯定，与新月派尊严与健康的文学主张十分吻合。

如果说基于生命本能基础之上的两性之爱是人的一种天性，是一种自然人性的流露，那么在不被亲戚认同而被误解的情形下，个体仍能坚守自己的信仰，保持自然素朴的性格，将自己真实的性情寄托于对大自然美好景物的追求与向往中，也应是一种自然人性的表现。凌叔华的小说《疯了的诗人》写的就是一对夫妇追求美好自然人性的故事。双成嫁给觉生后，在封建大家庭里生活，她感觉不到生活的乐趣，便有了与大家庭不一样的生活方式，"她晚上就不睡了，常常半夜一个人出来院子里，走来走去，有时还念着书，后来不知怎么，还跑到后园玩，有一次还拉了静子一同到后园里又跑又跳地玩了好久"[01]。双成天真无邪，热爱大自然，自己摘来新柳条编成花篮及花冠，屋子里摆满了各式各样的花，婆婆以为双成病了，就把觉生叫了回来。回来之后，觉生发现双成并没有生病，只是渴望自由，热爱大自然，从此以后，觉生没有离开过双成。书房里、后园里，到处都有他们的身影，他们俩高兴得就像是一对十来岁的小孩子，可是那个封建气息浓厚的柳庄人认为他们俩都疯了。小说运用优美的语言细致地描绘人物的感情和神态，把觉生和双成不受世俗所累，寄情山水田园的强烈愿望展现出来。美丽的自然风景和人物融为一体，在一幅优美的画卷中，以诗意般的叙述方式展示了自然人性的伟大力量所带给我们的感动。

新月派小说作家肯定人身上具有的旺盛生命力和自然人性，并非是空洞抽象的，而是拥有具体的内容，即一个人未受到现代社会种种文明弊病的沾染，仍保持自然素朴的人性。因此，新月派的小说作家也不是盲目地赞扬自然的人性，而是在与现代社会变革中各种虚伪腐朽的生活现象对比中，来赞美自然素朴的人性。沈从文的《绅士的太太》描写了上流社会家庭生活的丑态。在这个表面上人人风流潇洒的

[01] 凌叔华：《疯了的诗人》，《新月》第 1 卷第 2 号。

家庭中，实际上彼此过的是瞒和骗的生活，丈夫背着妻子去会女人，妻子瞒着丈夫与人偷情，姨太太与少爷私通，人们在这种"体面"的绅士家庭中过着自欺欺人，醉生梦死的生活。维持他们之间所谓亲属关系的是虚情与假意，发誓与戏谑。这里所谓的绅士与太太，他们没有任何的理想，没有人生追求，就知道吃喝玩乐，生活如同行尸走肉，和动物已没有两样了。作者用讽刺的笔触，把上流社会一群男女在华丽衣饰掩盖下的虚伪、自私、肮脏的灵魂暴露无遗。绅士夫妇以及废物绅士大少爷和三姨太的所作所为，与自然素朴的人性美形成了鲜明的对比，在绅士之间体现于两性关系里的爱情已被社会风气污染，剩下的只是些互相利用的肉欲的满足。作者以自然人性的衡量标准鞭挞了所谓的上等社会人性的堕落和扭曲，在对人性的异化与扭曲的批判中肯定了自然人性的健康和美好。

与新月派同仁小说作家沈从文不同，核心小说作家凌叔华的《我那件事对不起他？》则在相同的上流社会中，控诉了封建婚姻制度对于女性的摧残。小说写了胡少奶奶不幸的婚姻生活。她公公是城中有名的老绅士，婆婆是有名的女善人，她对他们恪尽妇道，晨昏定省，只听见柔声细语，唯唯诺诺，表示上慈下孝的气象。她丈夫和她同岁，是家中独生子，从来不走花柳巷的好男儿。她甜蜜的婚姻生活只维持了一个月，婚后第二年她丈夫就出国留学，接受了新思想，渴望新的生活，向往自由恋爱，要与胡少奶奶离婚。胡少奶奶从小受了封建礼教影响，认为离婚是为大户人家所不允许的，所以就一死了之。小说以女性特有的细腻笔调，对处于现代社会变革和中西文化冲突中像胡少奶奶这种温顺女性所经历的精神痛苦做了大胆的刻画，对她失落、惆怅的心态做了客观化的剖析。胡少奶奶虽然也是个知书达理的女性，但是她潜意识里根本无法接受新思想带来的变化，只不过是作为一个男性的附属物而存在。作者正是通过批判这种压抑人性的制度及异化的生命形式，表达了对于健康的自然人性的追求。

表现健康的生命形式，塑造美好的生命形态，是新月派作家孜孜不倦地追求的目标和理想，而对人情美进行热情歌颂，是新月派作家讴歌健康生命形式的一个重要特征。《牛》《阿金》《成功》《杨妈》《小哥儿俩》《搬家》《家德》等都是表现人情美的典范性作品。

在新旧文明交替时期，现代都市文明的迅速发展以一种对立的姿态强势地排斥着原有的旧式文明，人与人之间原有的淳厚人情也已在现代都市文明的进程中渐渐为人们所淡忘。幸运的是，在新月派作家所营造的小说世界中蕴藏着人们之间淳厚的人情美：那里有纯朴的民风，有温情和关爱，他们通过优美的笔调塑造了一系列单纯率真、心灵善良的纯美人物形象。这些人物形象都带着纯洁自然的生命本色，富有浓厚的人情美，犹如一朵朵绽放的生命之花。

新月派作家小说营构的诗化世界里人际关系纯正和谐，这是他们礼赞健康生命形式的内容之一。那里无论是（父）母子、兄弟、主仆甚至人与动物的关系，都十分融洽和谐。

凌叔华的小说《杨妈》讲述的是杨妈为了寻找走失的儿子到高太太家里做用人的故事。杨妈为了儿子能有出息，就要儿子去上学，可是儿子不是那种爱念书的人，看到招兵的通知后，在端午节的第二天，没给家里人打招呼，自己一个人去当兵了，一走就杳无音讯。杨妈在高太太家里当用人，她每个月也要抽出一天的时间上街上去找儿子，虽然不知道儿子的下落，却还总是经常熬夜给儿子做鞋，托部队的人带过去，她托带的东西也许永远到不了儿子的手里，但是对儿子的思念并不因为东西送不到儿子身边而停止。杨妈是温情、慈爱的化身，作者在看似轻描淡写的叙述中，将母亲对儿子的爱永远定格在读者的心中。

还有那善良的高家主人，看到杨妈每天下工后，晚上还在灯下做工，以为是他们给的工钱太少，于是就不假思索地给杨妈加工钱，他们给杨妈加工钱的目的是不要杨妈太累，把身体弄垮了，因此非常关心她。后来知道杨妈是为了找走失的儿子，每月都要抽出一天的时间到街上去漫无目的地找。为了缩小杨妈找儿子的范围，高先生托了几处朋友查去年端午节后招兵的花名簿，再查他有无分发到外边等。高家主人和杨妈只是雇佣与被雇佣的关系，但是高太太并没有因为自己是主人，而对用人的事不闻不问，杨妈和高家上上下下的人相处得都很融洽，他们的关系很纯正，同时又充满了浓浓的人情美。

同样表现父母对子女的关爱之情，还有陈西滢的小说《成功》。小说用第一人称讲述了一个学有所成叫本的青年对父亲的深情回忆。小时候"我"的启蒙教育是受了爹爹的影响，爹爹坐在靠壁的一张方桌的上首，桌上点一个油盏——里面点着两根灯草，他打开一本全唐诗来念了。……有时他念的时候，"我"也坐在对面学着他摇头晃脑地唱。和父亲在堂前看书，背唐诗，这些都充满了家庭的温暖气息。"我"19岁中学毕业后在一所小学教书，教了两年书后，为了能有更好的发展，想到北京去读大学，可家里的条件并不好，最后"我"还是鼓足勇气说出了"我"想上大学的想法，父亲也同意了。为了供"我"在北京好好念书，父亲把家里的房子卖了，和"我"家的一个远房叔叔住在一起，最后"我"功成名就了，父亲却永远地离开了"我"。此处父亲对儿子的爱是深沉的，是无法用言语来表达的，但是作品的字里行间无不透露出浓浓的人情美。

新月派同仁小说作家徐转蓬的小说《磨坊》中的磨坊主人德五伯伯与祖辈完全不一样，在他身上找不出丝毫磨坊主人的脾气，和蔼可亲，还给他们村上最穷的农夫小三麻子免磨租。他与邻里的关系处理得很好，后来他病在床上，到了中午或是晚上用饭的时候，邻居们就会轮流送饭来。作者用一种舒缓的笔调展现了浓浓的邻里之情，散发着浓浓的人情美。

新月派小说作家善于以柔美的笔调来描绘人性的纯洁善良，就是通过一件不起眼的小事，也能把人类的优秀品质、纯真的人情味体现出来。沈从文的小说《阿金》中热心好事的地保，百般劝阻阿金不要娶麻衣相书上说的克夫的美妇人，为了避免阿金勤苦多年积下的财产让那个克夫的妇人毁了，他宁愿舍弃从中"叨光"的机会，的确全是为了阿金打算。后来阿金因为赌输了钱，而无法赢取那个妇人，地保却以为是自己的忠告让阿金打消了娶妇人的念头。于是，他就带了一大葫芦烧酒，到黄牛寨看阿金，替他祝贺。作者在这里着重强调的是地保身上具有的人情美，即使牺牲自己的利益也要让自己的同伴不损失财产，这是人类所具有的优秀品质，散发着耐人寻味的人情美。

还值得一提的是，新月派作家并不局限于通过人际关系来表现人情美，有时还通过表现人与动物的关系来延伸、强化这种人情美的内涵。

沈从文的《牛》讲述的是大牛伯耕田时为了一点小事，敲伤了与他相依为命的小牛后，心痛不已，多方求医，好不容易治好，遂又被政府强行征去。小说主要写了大牛伯把牛打伤后的懊悔与内疚之情。作者将牛拟人化，让人与牛展开感情的交流，微妙地揭示了人与牛在劳动中建立的亲密关系。作家通过写人与牛之间的关系及感情交流，体现了大牛伯的善良本质，升华了人情美的内容。

凌叔华的小说《小哥儿俩》通过大乖二乖一对小兄弟对猫由"恨"到"悯"的态度转变，描绘了他们纯真的童心。七叔给他们哥俩带来了一只非常漂亮的八哥，八哥的全身羽毛比妈妈的头发还黑得可爱。等他们从戏园回来，发现可爱的八哥已经被家里的黑猫吃了，大乖看到鸟毛和地上的血，就大声地哭起来了，二乖也跟着哭得更伤心了。于是他们两个找到一根长棍子，嚷道："报仇去，不报仇不算好汉！"可是当他们看到自己要打的黑猫生了一堆的小猫，就忘了报仇的事，看着可爱的小猫，大乖还说："它们多么可怜，连褥子都没有，躺在破纸的上面，一定很冷吧。"二乖说："哥哥，你看它的小鼻子多好玩，还出热气啦。"他们的爱和恨，一切都是出于自然本能和自然情感，表现出了最纯洁清明的人类之爱。我们在凌叔华笔下的儿童形象上能体会到的正是这种未受世俗污染的单纯、明净的人类之爱。

凌淑华小说集《小哥儿俩》

新月派作家遵循健康与尊严的原则，在他们的艺术世界里，高歌原始的生命力，通过对一群活泼、单纯、生命力极强、热爱自然的"健康人"的刻画，彰显出他们强大的生命力，赞扬了他们自然的人性。此外，原始的生命形式也在作家书写的爱情、婚姻、两性关系中获得了肯定，那是一种人性的正常展示，也是人性与自然的交融，具有鲜明的自然人性美。新月派作家追求一种和谐的人际关系，他们渴望人与人、人与自然的融洽相处，并为此也进行了深刻的思考和不懈的努力。他们不仅在思想认识上对人类的健康生命形态进行思索和分析，而且通过健康的生命形式和异化生命形式的对比，形象生动地营构出"爱"与"美"，"灵"与"肉"为一体的理想生命形态。这一理想生命形态包含了生命的自由、自然的人性、和谐的人际关系，以及对正常的性爱的礼赞。正如沈从文所说的建构一种象征着民族精神的"优美、健康、自然而又不悖乎人情的人生形式"[01]，新月派作家一直奋力朝着这个方向前进，对美好的人性进行不遗余力的赞扬，鲜明地体现出他们追求健康生命意识的深刻思考，给人们以悠远的启迪。

二、委婉、温和、理性、和谐的叙事特色

新月派作家大多受过英美绅士文化的洗礼和中国传统文化的熏陶，具有绅士风范和中国传统文化的中庸思想，他们在小说中，主要采用温和的叙事姿态、理性而有节制的表达方式，这与他们的"健康""尊严"的主题追求是相一致的。即使是揭露社会黑暗和现实中的矛盾，他们在小说的叙述中也不像革命文学、"左翼"文学那样刻意地进行渲染，从而使矛盾显得剑拔弩张，而是采取一种相对温和与平静的叙述语调，尽量给人一种平和的感觉。

新月派是以诗歌而出名的，新月派诗歌反对感伤主义，反对放纵，主张理性节制，在艺术上要求"和谐""均齐"。新月派小说作家自觉地将诗歌的艺术要求运用到小说创作中来，叙述故事，抒发感情，都力求节制。这种文学主张的存在，注定了新月派小说既不能拘泥于现实，又不能像郭沫若那样"泪浪滔滔"地进行肆无忌惮的抒情。相反，因为有意要避免革命文学、"左翼"文学那种过于激烈的矛盾冲突，因此，新月派小说普遍不重视故事的矛盾冲突，从而大都呈现出一种散文化的格调，以舒缓迂回的抒情风格取胜。与许多现代小说采用人物的矛盾冲突作为主干来进行叙述有所不同，新月派小说常常将人物融于环境当中，普遍采用一些象征性、隐喻性的形象来委婉、温和地表情达意。这非常突出地表现在以下两个方面：一、刻意营造清新婉约的意境来开展叙述。二、尽量选择柔和的意象来进行审美传达。

五四时期，创造社的许多作家如郁达夫等人创作的小说，带有强烈的主观性，抒情色彩浓重，往往采用直接倾诉的方式进行表达，有较为浓重的感伤色彩。《沉沦》最具代表性，小说以抒情为中心，注重抒发主人公抑郁寡欢、孤独凄清的心情，坦诚率真地暴露和宣泄人物感伤的，悲观的甚至厌世颓废的心境，整个小说就是一篇感伤色彩

[01] 沈从文：《〈从文小说习作选〉代序》，《沈从文文集》第11卷，花城出版社1984年版，第45页。

浓厚的抒情诗。这样浓烈的抒情色彩博得了人们的掌声，与读者产生了共鸣，取得了相当高的成就。但也不可否认，过度的感情宣泄一定程度上掩盖了小说所要表达的本质内容。周作人曾批评过这样的抒情小说："一切作品都像是一个玻璃球，晶莹透彻太厉害了，没有一点儿朦胧，因此也似乎缺少了一种余香与回味。"[01]

与创造社的抒情小说不同的是，新月派作家注重从中国传统文化中汲取营养，借助象征和隐喻的手法，营造出一种清新、隽永的意境。意境是我国古典美学的重要范畴。意，是指作家的主观思想感情，即审美主体；境，则是作品所描写的对象，即审美客体，它包括自然景物和一切人事。意境就是要求作家通过生动形象的描绘，来表达其感情，做到情景交融，从而使读者产生审美想象空间。新月派作家受过良好的传统教育，他们通过自然景色的渲染，把小说中的人物置于自然山水和社会环境中，两者浑然一体，融入小说的整体氛围之中，一切感情都物化在外在的景物之中，展现出特有的情感张力，蕴含着丰富的情感，使作品呈现出一种温和、含蓄的风格。

新月派作家不是简单的触景生情，然后就进行直接的抒发，而是把自己的情感内化于小说的字里行间，通过各种象征性的、隐喻性的形象，借以表达作者及人物的情感，从而使得其作品重视意境的营造，新月小说的散文化、诗化特色，即与此相关。如徐志摩的小说《春痕》，就是自然景物和人物感情完美结合的代表作，文中有不少自然景物的描绘，时时映照着人物的感情，意境盎然。全文分四节，即"一、瑞香花——春，二、红玫瑰——夏，三、茉莉花——秋，四、桃花李花处处开——十年后春"。每一节都将人物的心情波动与对大自然风光的描绘结合起来；用自然景物烘托和隐喻人物的感情变化，自然气候的季节，植物中的花，都带有象征意味。例如逸的万种风情无地着落的失落感，作者是通过盛开的瑞香花来隐喻的：

> 他走到窗前，把窗子打开，只觉得一层浓而且劲的香
> 气，直刺灵府深处，原来下院子里满地都是盛开的瑞香花，
> 那些紫衣白发的小姑子们，受了清露的涵濡，春阳的温慰，

---

[01] 周作人：《〈扬鞭集〉序》，《知堂序跋》（下册）（增订重编本），海南出版社1997年版，第901页。

便不能放声曼歌，……只是满院的芬芳，只勾引无数的小
蜂，迷醉地环舞。三里外的桑抱峰也只在和暖的朝阳里欣然
沉浸。[01]

这是多么美丽、意兴盎然的春之图，盛开的香气四溢的瑞香花等
待着人的欣赏，可是瑞香花的万种风情也只是引来了一些小蜂的飞
舞。作者通过对盛开的瑞香花的孤芳自赏的描写来暗示小说主人公
"逸"的失落心情，"逸"希望与美丽的少女相爱，可是他的风情万种
就如这盛开的瑞香花，便纵是万种风情也是无地着落。小说通过景物
的描写营造情景交融的艺术境界，化景物为情思，实写瑞香花，虚写
"逸"的心情，从瑞香花的香气四溢引不来真正的欣赏者隐喻"逸"
失落的心情，表现了这个外乡青年内心深处的淡淡忧伤与失意。

小说的第四节对花园繁荣景象的描绘及十年后春痕的容貌素描，
都带有明显的象征意味：

此时正是清明时节，箱根一带满山满谷，尽是桃李花竞
艳的盛会。这边是红锦，那边是白雪，这边是火焰山，那边
是银涛海；春阳也大放骄矜艳丽的光辉来笼盖着骄矜艳丽的
花园，万象都穿上最精美的袍服，一体的欢欣鼓舞庆祝春
明。整个世界只是一个妩媚的微笑；无数的生命，只是报告
他们的幸福；到处是欢乐，到处是希望，到处是春风，到处
是妙乐。[02]

百花争艳的美好景色最容易引起人的羡慕和对美好事物的憧憬，
人们看到这样的描绘，心里也会为之感到欣慰。但是，作家的思想感
情并不是简单地停留在优美景色的表面，而是触景生情，通过繁荣的
景象想到不幸的事情与命运，暗示春痕的不幸生活。

初恋是美好的，但随着时间的流逝，美好的事物也许只能永远停
留在回忆里。十年后，当逸成为一个有名望的人之后，再次回到他曾
经留学过的日本，他看到的景象今非昔比。他心目中的美丽少女随着

[01] 徐志摩：《春痕》，《努力周报》第 41 期，1923 年 2 月 1 日。
[02] 同 [01]。

时间的流逝已失去了原来的容貌，为生计所困扰。文中做了这样的描述："一家杂货铺里，走来一位主客，一个西装的胖妇人，她穿着蓝呢的冬服，肘下肩边都已霉烂，头戴褐色的绒帽，同样的破旧。"文中全是对人物的肖像描写，没有对春痕不幸生活的大段抒情，但是从作者的描写及与花园中美好景色的对比中，已透露出作者隐隐的失落感。

新月派作家凌叔华本身就是一个擅长山水花卉的画家，她的小说创作，正如朱光潜在《小哥儿俩·序》中所言："以一只善于调理丹青的手，调理她所需要的文字的分量，将平的，甚至有点俗劣的材料，提炼成无瑕的美玉。"[01] 作者写小说像她画画一样，轻描淡写，着墨不多，却意味隽永。她的许多小说，无论是讲述故事、刻画人物、描写环境，都力图从画境中来凸显人物的心情，如她的小说《疯了的诗人》，觉生心情是从这样的景物中得到体现的：

> 原来对面是连亘不断的九龙山，这时雨稍止了，山峰上的云气浩浩荡荡的，一边是一大团白云忽而把山峰笼住，那一边又是一片淡墨色雾气把几处峰峦渲染得濛濛漠漠直与天空混合一色了，群山的脚上都被烟雾罩住，一些也看不见。"山万重兮一云，混天地兮不分。"他一边吟咏着这两句话，觉得方才胸中的惆怅都消释了……[02]

作者用水墨画的基本色调烘染出笼罩山峰的大团白云与山峦的溟濛的淡墨色雾气，勾勒出九龙山的远景图，小说主人公即画家兼诗人的觉生在初春细雨之后云山远景的欣赏中，对有形的天地混茫的超越，使他忘记了料峭山风中骑驴下山时的怅惘。文本中对山的描绘实际上就是人物心情的观照，虽然叙述中没有出现人物的心情描写，但是读者在这景物的描写中可以感受到主人公的心情。

又如作者用简短的语言对双成的天真做了细致的刻画，建构了诗意般的画境，"这亭子是稻草做的顶，树枝做的柱子半歪半斜地支在一个小土山上，四面插满了盛开的杏花枝子，山下是一个水池子，有

---

[01] 朱光潜：《朱光潜全集》第九卷，安徽教育出版社 1993 年版，第 212 页。
[02] 凌叔华：《疯了的诗人》，《新月》第 1 卷第 2 号，1928 年 4 月 10 日。

一条硬纸剪成曲曲弯弯的小桥，桥过去的地方插了几棵粗的松柏枝子，旁边有整块砖头堆起来的一个台，她说这是读书台"。双成就像是个十来岁的孩子，渴望自己的空间，所以就玩起了小孩子"过家家"的游戏。对亭子的刻画，作者用了素描的手法，藏情于景中，很有意境。小说正是通过这诗意的意境营造——童话般的"后花园和读书台"，有意地暗示了双成不为周围环境所影响，依然追求着自己的审美理想；同时，作者通过双成和觉生童话般的生活来隐喻：爱情不能被封建制度束缚，他应该回归大自然，那样才是真正的爱情。

王国维在《人间词话》中，将意境分为"有我之境"和"无我之境"，认为"无我之境，以物观物，故不知何者为我，何者为物"。这里所谓的"无我之境"并不是指作者不在意境画面中出现，而是指那种情感比较含蓄、不动声色的意境画面。[01]沈从文创作的一系列小说，如《旅店》《雨》等正是通过一幅幅和谐恬淡的乡村画面，营造了清新、朴素的"无我"的意境，使得小说隽永有味。例如：

> 全说不清白，雨就落了这样久。乡村里打过锣了，放过炮了，还是落。落到满田满坝全是水，大路上更是水活活流着像溪，高崖处全挂了瀑布，雨都不休息。
>
> 因为雨，各处场上的生意也做不成了，毛伯坐在家中成天槌草编打草鞋过日子。在家中，看到颠子五明的出出进进，像捉鸡的猫，虽戴了草笠，全身湿得如落水鸡公，一时唱，一时哭，一时对天大笑，心中难过之极。[02]

作者的叙述平淡从容，用简单的笔墨为我们勾勒了一幅乡村下雨天乡下人在家编草鞋的图画，作者似乎不动声色，但是意境中所传达的感伤之情使读者能从画面中体会到，他们读过之后就如同身临其境。"一时唱，一时哭"，那是傻了的五明内心痛苦释放的方法，我们自然会对他在阿黑死后的失落感给予理解和同情。那连绵不断的雨就像是疯了的五明的愁思一样，下雨完全是按照五明的爱情线索设置的，这里绵绵的雨是毁灭的象征，隐喻了五明爱情的终结，一段爱恋

[01] 童庆炳：《文学理论教程》（修订二版），高等教育出版社 2005 年版，第 229 页。
[02] 沈从文：《雨》，《新月》第 1 卷第 9 号，1928 年 11 月 10 日。

被无情的雨水毁灭；同时也是原始健康的生命力的象征，暗示着五明对阿黑的爱至死不渝，像雨水一样连绵不断。作者采用素描的形式，勾勒图画，使读者在画面隐喻的意境里，间接领略到了自己所欲表达的思想感情，真正达到了"一切景语皆情语"的境界。

总之，营造婉约的意境来开展叙述，是新月派小说的重要特色，这种诗化的叙述方式，是使得新月派小说散文化、抒情化特色较为明显的一个重要因素。

意境的建构离不开意象的选择，他们两者是相辅相成的，"艺术是有选择的，一门艺术没有了选择和配合就不能称为艺术了"[01]。新月派小说温和的叙事姿态不仅体现在营造清新婉约的意境上，还在于作家选择了与之相对应的柔和意象，使得小说的意境更加隽永。意象是一个复杂的概念，在中国，早在《老子》中便有论述[02]，但是对意象提出比较完整的概念还要数《周易·系辞》提出的"圣人立象以尽意"。在西方，美学家康德提出："审美意象是一种想象力所形成的形象显现。"[03] 而荣格认为："每一个原始意象中都有着人类精神和人类命运的一块碎片，都有着在我们祖先的历史中重复了无数次的欢乐和悲哀的一点残余，而且总的来说始终遵循同样的路线。它犹如心理上一道深掘的河床，生命之流在其中突然奔涌成一条大江。"[04] 既然原始意象中包含着人类亘古以来的生活经验，加之新月派小说作家大多深受中国古典文化蕴藉之美的熏陶，所以他们很注重意象在小说中的运用。仔细阅读新月派的小说便会发现诸如"小草""月亮""绣枕""水"等柔性的意象随处皆是，这些意象具有很强的象征性，很少带有道劲有力的硬度，不需要借助直接抒情的手段就能表达出作者的感情，使得小说在有限的空间中散发出无限的委婉韵味。

徐志摩在《新月》月刊第 1 卷第 1 期上发表的《死城》，通过对"月亮"这一温柔意象的运用，对封建统治下的北京，做了有力的展示。北京有国中之国——东交民巷，小说的主人公廉枫，"走近东交民巷一边的城根，听着美国兵营的溜冰场里的一阵笑响，忽然记起这

---

[01] 叶公超：《写实小说的命运》，原载 1928 年 3 月 10 日《新月月刊》创刊号。
[02] 赵洁：《论沈从文湘西小说的诗化特征》，青岛大学 2007 年硕士学位论文。
[03] 同 [02]。
[04] 同 [02]。

边是帝国主义的禁地，中国人怕不让上去。果然，那一个长六尺高、一脸糟瘰的守门兵对他摇了摇头"。后来，廉枫走完胡同到了一个旷场（外国人的坟地），在这里他开始了自己的沉思：

> 廉枫抬着头望着月。月也望着他。青空添深了沉默。城墙外仿佛有一声鸦啼，像是裂帛，像是鬼啸。墙边一枝树上抛下了一捧雪，亮得耀眼。这不是人间吗？她为什么不来，像那年在山中的一夜？[01]

月是圣洁的象征，在这样空旷的坟地中，温柔的月亮也开始沉默了，月亮本应是给人带来希望的，可是在这样的情形下，我们看到的是死一样寂静的北京城，这种冷清的画面不正是北京城真实的写照吗？作者借用"月"这一意象，舍弃月是温柔的化身这一惯常的用法，而是赋予其一种孤独的象征意义，隐喻了整个社会的黑暗，穷人们没有粮食吃，没有衣服穿，只能在凄凉中死去，在月光的笼罩下变得更寂静。廉枫在月亮下看到的画面是"死城"的构成部分，同时也是当时整个中国社会的缩影和象征。这与当时文坛在揭露社会黑暗时普遍采用直接展示的方法，有很大的不同。

新月派同仁小说作家高植的小说《月》也采用了"月"这一意象，《月》中的"月"是温柔的化身，主人公秋在月色下独自踏着自己的影子，幻想着能和心爱的女子见面，可是他没有大胆地向女子表达自己的爱意，最后这种爱恋也变成像月亮一样，非常虚幻。小说采用"月"的意象，隐喻了主人公爱情的飘缈。

新月派著名小说作家凌叔华出身于一个封建士大夫的书香之家。她父亲是个典型的旧式文人，工于词章书画；凌叔华的母亲也通文墨，爱读诗书文章。凌叔华入学前即由辜鸿铭启蒙学英语，背诗词，又跟从慈禧的宫廷画师缪秀药习画，还师事丹青名家王竹林、郝漱玉。幼年和少年时期接受的深厚渊博的古典文学修养、缓慢而又无忧无虑的生活氛围、高雅古朴的生活情调，使她的小说蕴含着一股浓郁的古典气息。凌叔华在小说中善于用古典的柔性意象勾勒女性的命

[01] 徐志摩：《孔城》，《新月》第 1 卷第 1 号，1928 年 3 月 10 日。

运,《绣枕》便是一篇代表作。"绣枕"是中国古典诗歌中常用的意象,象征女性的柔情,凌叔华有意识地运用"绣枕"这一意象,不仅把女性的温柔和对爱情的憧憬表达得淋漓尽致,也隐喻了温柔女性的命运。大小姐听从父亲的安排,冒着酷暑赶绣枕套是希望自己将来能有个好的归宿,可是她历尽千辛万苦绣好的枕套的下场是她自己无论如何也想不到的:

> 一个绣的是荷花和翠鸟,那一个绣的是一只凤凰站在石
> 山上。头一天,人家送给她们老爷,就放在客厅的椅子上,
> 当晚便被吃醉了的客人吐脏了一大片;另一个给打牌的人,
> 挤掉在地上,便有人拿来当作脚踏垫子用,好好的缎地子,
> 满是泥脚印。[01]

此处"绣枕"意象具有多方面的象征意义。首先,绣枕隐喻了它的刺绣者——大小姐;绣枕的华丽精巧暗喻了大小姐的美丽容貌,心灵手巧;绣枕遭玷污的结果则隐喻了大小姐婚姻的失败,旧式女性在父权宗法制社会中的悲惨命运。绣枕绣好后就被转送,之后受尽轻视和蹂躏,象征着"男性社会对女性的粗暴蹂躏,而且似乎也表现出整整一套上流社会的优雅与美,连同这旧式高门巨族的大小姐一道,逝去了黄金时代并再没有生路"[02]。作家没有用大段抒情来渲染大小姐的爱情失败场面,而是通过"绣枕"这一富有女性特色的意象来隐喻大小姐的命运,蕴含着无限的意义。

凌叔华本身就是个画家,其小说无论是有意还是无意,常常通过意象化的方式来进行审美表达。如《花之寺》中"草"的意象。燕倩借陌生女子之口向丈夫写信,表达自己的心声:

> 我在两年前只是高墙根下的一棵枯瘁小草。别说和蔼的
> 日光及滋润的甘雨,是见不着的,就是温柔的东风亦不肯在
> 墙畔经过呢。我过着沉闷黯淡的日子不知有多久。好容易才
> 遇到一个仁慈体物的园丁把我移在满阳光的大地,时时受东

---

[01] 凌叔华:《绣枕》,《现代评论》第 1 卷第 15 期,1925 年 3 月。

[02] 孟悦、戴锦华:《浮出历史地表》,中国人民大学出版社 2004 年版,第 75 页。

风的吹嘘，清泉的灌溉。于是我才有了生气，长出碧绿的叶子。[01]

在这里"小草"不再是一棵简单的植物，而是被赋予了一种象征意义，暗示着娇小的妻子（女性）的可怜处境。小草只能躲在高墙根下生长，暗示女人地位的底下。遇到一个园丁之后，小草才有了新的生命，长出了碧绿的叶子，象征着女性没有独立性，此处的园丁就是男人的化身，只有有了园丁的帮助，小草才能散发出夺目的光彩，从中反映出男人与女人之间仍然是依附和被依附的关系。作家通过"小草"意象，表达她对自由个体生命的呼吁与追求，体现了她对于女性生存状况的深度思考。

新月派小说里还有大量关于"水"的意象。水，作为五行之一，是阴的象征，是女性的隐喻，中国古典文学中经常用水来表示女性。如《诗经》中经常以水为兴，以此来描写生活在水边的美丽女子，《蒹葭》中："所谓伊人，在水一方。"屈原《山鬼》《湘夫人》等也大量用水的意象来表示女性。对于水的意象的运用，沈从文的小说是这方面的代表。沈从文曾多次提到水对他写作的影响："檐溜，小小的河流，汪洋万顷的大海，莫不对我有过极大的帮助，我学会用小小的脑子去思索一切，全亏得是水，我对于宇宙认识的深一点，也亏得是水。"[02] 如《旅店》《雨》《丈夫》等小说，沈从文借挑水、雨、船等与水有关的温柔意象，表达了自己对于健康生命形式的歌颂。

在沈从文的小说中，水不仅是女性的象征，更多的是原始情欲的化身，是健康生命形式的体现。小说《雨》中写道：

> 这雨在去年五月落时，颠子五明同阿黑正在王家坡石洞里避雨。为避雨而来，还是为避别的，到后为雨留着，那不更容从五明的思想上分别得出了。……他又咬着她的唇，咬她的耳，咬她的鼻尖，几乎凡是突出的可着口的他都得轻轻

---

[01] 凌叔华：《花诗》，《现代评论》第 2 卷第 48 期，1925 年 11 月。
[02] 沈从文：《我的写作与水的关系》，《沈从文文集》第 11 卷，花城出版社 1984 年版，第 323 页。

咬了一下。[01]

雨在这里不但是一种自然现象，而且象征着一种人的情欲和生命活力的源泉。五明和阿黑由于下雨而在一起，他们才有可能做出一些放肆的事情。作者对雨的描写，象征了人原始情欲的自然形态。

正是通过柔和的审美意象，新月派的小说世界呈现出一种舒缓迂回的格调，展示出一种诗化、抒情化的温和叙述色彩。

叙述视角的选取，是小说作品审美表达方式的重要组成部分，也是作家在艺术经营中必然遇到的问题。不同的叙述视角，往往会导致叙事呈现出不同的色彩，如第一人称视角往往主观色彩比较浓厚，比较适合于直接抒情；第三人称视角往往比较客观、冷静。叙述视角又可以分为限制性和非限制性两种情形，一般人认为，第三人称的叙述往往是非限制性的，因为作者往往充当着叙述人的角色，可以叙述作品中的人物视线以外的事物；而第一人称视角，是限制性的，它使得小说作品只能叙述人物视线以内的事物。但是，事实又并非如此简单，第三人称叙述也可以出现限制性的情形。如在第三人称小说中，叙述者常常放弃自己的眼光而转用故事中主要人物的眼光来叙事[02]，这样，第三人称小说中也就出现了限制性叙述的情形；同样，第一人称叙述，也可能出现非限制性叙事的情形，如一些后现代小说虽然采用第一人称来叙述，但又将人物视线以外的事物，大量写入小说。

新月派小说在叙述视角上，通常比较喜欢采用限制性的叙述方式，有第三人称也有第一人称，其作用在于营造一种平和的叙述情境，使叙述显得有节制，从而符合新月派所追求的健康、理性、和谐的审美风格。

新月派小说在创作中采用比较多的是第三人称的限制叙事，将叙述限制于某一个人物的视域之内，作者只客观地记录人物的所见所闻，而不做主观性的评价，从而使叙述显得冷静、平和。如谢冰季的《鞭策》，主人公根子从乡下来到城里当警察，整日地奔波，可是几个月也拿不到饷银，连个安身的地方都没有，大冬天老母亲还要跟着挨冻。这样的作品，如果作者直接跳出来采用大段的抒情，的确更能把

[01] 沈从文：《雨》，《新月》第1卷第9号，1928年11月10日。
[02] 申丹：《叙述学与小说文体学研究》，北京大学出版社2001年版，第186页。

军阀混战时期民不聊生的现实情况表现得非常强烈。但是在作品中，根子工作的八面槽甬路的破败场景，根子生活的艰苦，母亲没有冬衣过冬、没有粮食吃，都通过根子的眼光所见来加以描绘，作者并没有站出来渲染当时社会生活的惨状。实际上，在这种第三人称的小说中，作者完全可以像充满"血和泪"的控诉小说那样，铺张地描写下层人物的悲苦，刻意地展现各种矛盾冲突，但在这里，小说有意地将这种悲惨仅仅限定于根子的所见，他只是一个客观的见证人，而非悲愤感情的抒发者，从而使得作品的叙述充满了节制、平和的色彩。再如徐志摩的《死城》，也是采用了第三人称，但在叙述过程中，作者有意把视线限定在主人公的眼光之中：主人公廉枫来到墓园中，看到一个人影，最后才知道是看园的老人，于是廉枫就开始听老头讲自己身边的事情："就在这儿东城根，多的是穷人，苦人。……听说有钱的人都搬走了，穷人苦人那走得了？有钱人走了他们更苦了，一口冷饭都讨不到。"主人公由一个亲历者很快就成了一个旁观者，下层民众生活的悲惨全由老人来转述，从而使得小说呈现出一种客观、冷静的色调。再如凌叔华的《女儿身世太凄凉》中婉兰对三姨娘所讲述的一段话：

> 三姨娘呀，今天趁人人都出街，我不妨跟你说说我的苦处；可是，你不要和我娘说呵。我自从去年春天知道要嫁这样一个荒唐男子，我没有一晚上不落泪的。他呢，也就变了，每天总是晚上两三点回来，醉薰薰（醺醺）的满口胡言乱语。一回说我像花小宝，一回又叫我林平卿，在人前动手动口的作那局促态度，把我羞的什么似的。他口袋里，不时的带回些香巾哪，头发哪，像片哪，他还津津的告诉我，这是谁的定情东西，那肉麻的相片，摆了一房子，我怕人看见，收起来，他反笑我呢。那银香自从失宠，迁怒于我，朝夕的在婆婆面前学是非。[01]

这里，作者采用小说中的人物婉兰作为叙事视角，读者只能从婉

[01] 凌叔华：《女儿身世太凄凉》，《晨报副刊》，1924 年 1 月 13 日。

五四文学——启蒙的维度与向度

兰的口中得知她的处境。她新婚燕尔，没过多久就变成一个没人过问，连丫鬟都嫌弃的可怜女人。作者并没有告诉读者自己的见解和评价，也没有自己来讲述故事发生的一切，而只是通过主人公的叙述，让读者一下子明白了人物的处境和命运。作者聚焦于故事中的人物，不是采用全知的视角，而是从某一个角度入手，让故事中的人物充当叙述者，而且仅仅是一个客观的叙述者，而不是让她去强烈抒发自己的情感，这样，一出命运的悲剧，就在叙述人的平静讲述中呈现为一种淡淡的忧伤，而不是撕心裂肺的痛楚！

又如沈从文的《好管闲事的人》《牛》《若墨医生》，凌叔华的《吃茶》《有福气的人》《绣枕》，徐志摩的《死城》《浓得化不开》《春痕》，徐转蓬的《女店主》《打酒》，谢冰季的《鞭策》等均是如此。在这些作品中，人物的性格，人物内心活动，各种矛盾冲突，都在限定性的叙述中得以展示，作者退到幕后，声音逐渐弱化，这势必会增强作品的冷静、平和色彩。

新月派小说作家虽然大多采用的是第三人称的有限叙事视角，但也不能排除他们有时也使用第一人称的叙事视角。但是，即使是使用第一人称视角进行叙述，作家们也会有意识地加以一定的限制，淡化人物的情感色彩，尽量让人物做客观、冷静的叙述，避免人物情感的强烈抒发。如徐志摩的《家德》，沈从文的《灯》都用了第一人称内在式焦点叙述。但是这样的叙事视角并不妨碍他们作品的客观、冷静的叙事风格。《家德》虽然用了第一人称的叙事视角，但是作品中的"我"只是故事的叙述者或者说是处于旁观者的位置，同主要故事几乎不发生任何关系，这里"我"与故事的这种关系，就使得第一人称叙事和第三人称叙事几乎等同了。第一人称叙事与第三人称叙事的实质性区别，一个很重要的方面就在于二者塑造的那个虚构的艺术世界的距离不同。[01] 在新月派这些作品中，第一人称的"我"只是充当叙述者的声音这一角色，与文本的距离拉开了，这样也如同是第三人称的叙述。《灯》也采用了第一人称的叙事视角，"我"是一个将军的儿子，与上面不同的是，"我"曾与故事中的老兵接触过，他照顾过我的生活，但是"我"在故事中并没有起到推动故事情节发展的作用，

---

[01] 秦芳林：《浅草—沉钟社研究》，中国社会科学出版社 2002 年版，第 356 页。

只是"我"通过对灯的回忆来赞扬这个老兵的坚贞的品质，因而，在作品中，"我"实际上也是一个讲述者。同时"我"这个讲述者在小说中所扮演的也不是抒发情感的角色，而只是一个旁观者的角色，从而使得小说与郁达夫小说那种用第一人称强烈抒发感情的情形大相径庭。也就是说，第一人称叙述本来是非常适于强烈抒情的，但是，到了新月派小说中，由于作者有意地对第一人称叙述加以适当的限制，它反而主要不是起抒情的作用，而是起见证人的作用。这样，就很好地避免了新月派所反对的"滥情"，从而使得小说的叙述呈现为一种节制、平和色彩。

新月派小说这种限制性叙述，并不只是作家在表现技巧上刻意地标新立异，而是和他们在文学精神上追求"健康""理性"的要求相一致的。通过限制性叙述，新月派小说的抒情机制得到了某种程度的抑制，使小说的叙述不再纵情，从而呈现出一种绅士化、淑女化的叙述色彩。

新月派理论家梁实秋一直强调文学的情感要接受理性的制约。他受白璧德的影响，尊崇古典主义，反对浪漫主义。他说："古典主义者所注重的是艺术的健康，健康是由于各个成分之合理的发展，不使任何成分呈畸形的现象，要做到这个地步，必须要有一个制裁的总枢纽，那便是理性。"[01] 新月派作家在为人处世上表现出温文尔雅、稳健理性的绅士风度，他们的小说也同样呈现出这样的风格。

新月派小说作家通常在作品中不太追求故事矛盾的集中展现，故而其故事即使有情节主线，也往往缺乏事件和矛盾的起因、冲突的暴发、冲突的高潮、冲突的结局等完整链条的线性展示；他们更多地喜爱截取日常生活中的一两个片段或是一段对话来叙述和描写，重在展示生活场景或是细节刻画；或是从人物的言谈、举止、神态中揭示人物的心理活动，从生活场面的理性呈现来刻画人物性格，最终呈现出一种比较节制的叙述风格。

新月派作家节制化的叙事姿态的一个重要表现，就是打破了传统小说高度集中的戏剧化结构，采用无情节或是淡化情节的叙事技巧，从而达到淡化矛盾和冲突的目的，最终呈现出一种具有较浓理性色彩

---

[01] 梁实秋：《文学的纪律》，《新月》第 1 卷第 1 号。

的艺术世界。

　　凌叔华的小说大多情节简单，人物不多，结构纤巧，有的几乎到了无情节或情节淡化的地步。她通过生活中的几个场景展现人物的情思，平平淡淡地叙述事情，用笔简约，事情完了，小说也就此结束，不做过分地渲染和铺排。凌叔华与五四时期的反叛女作家冯沅君的风格截然不同，冯的小说中作者与作品中的人物融为一体，对爱情进行大胆直接的描写，感情强烈而真挚。而凌叔华并不把自己置于小说中与主人公一起反抗、呼喊，而是极力避免情感的外泄。如《茶会之后》，小说通过阿珠和阿英两姐妹的对话，把她们在茶会上看到的新奇事情讲出来，没有任何故事情节，谈话结束，故事也戛然而止。谈到最后，两姐妹开始慢慢反思自己的生活方式，思考自己的未来：

　　　　阿珠此时也正望着窗间。她面上很觉凉淡，眼是发直的，她忽说：
　　　　"姐姐，你想将来我们是不是……"
　　　　"我想我们现在……"
　　　　两人话说出半句后，才觉得有人和自己说话，不期都住了口等着。
　　　　"姐姐，你想说什么？"
　　　　……
　　　　阿英一翻身怔怔地看着墙上淡灰的花影，一会儿又闭上了眼。[01]

　　小说只写了姐妹俩茶会后在卧室里谈话的情景，她们长期守在闺房中，很难接受外面的新鲜事物，回来后就开始说三道四，无法接受新式文明。一方面她们担心自己不能入流，为现代青年所嘲笑，另一方面她们又无法摆脱旧式文明的束缚。小说通过她们的对话，让她们在谈话中明白自己的处境：不合时宜，守旧古板。小说以阿英谈话的神情结尾，展示了她们被时代抛弃后的凄凉和恐惧。小说没有任何情节可言，但是用意颇深，耐人寻味，姐妹俩的可悲命运清晰可见。但

[01] 凌叔华：《茶会之后》，《晨报副刊》，1925 年 10 月 19 日。

是，由于作者采取了理性节制的叙述，这种凄凉和悲哀又并不那么尖利，而是呈现为一种淡淡的忧伤。

凌叔华不仅擅长用对话来展现闺房中女性的命运，也习惯于用冷静、平和的叙述来表现受过新式教育的"新女性"的命运变化，从而彰显出一种相当有节制的理性化叙事风格。例如《小刘》的前后时间跨度很大，作者只写了"我"两次与小刘在一起的生活片段，第一次作者是通过语言片段来展现小刘活泼好动、神采飞扬的神情：

> "这算什么，最可怜的是，才坐过花轿就来坐讲堂，耳朵里还闹着吹打声，那里听得见讲书呀！"小刘说。
> "她是个新娘子吗？"我问。
> "没瞧见里头袄子今天大红，明天大绿的吗？"小刘冷笑答，随接下低声说道："不但是个新娘子，还是半个……"说到这里忽然止了。[01]

小刘心直口快、机智聪明，受过新式文明的教育，通过她和别人的对话，读者便能一目了然。作者没有采用大段的抒情，就是在这简短的对话中小刘对封建旧式家庭女性的鄙视可见一斑，"漆黑的大眼珠，粉红的腮儿，活泼伶俐，锋芒毕露"便活灵活现地呈现在读者面前。

第二次是"我"十几年后去拜访小刘，见到的却是"一个三十上下，脸色黄瘦的女人，穿了一件旧青花丝葛的旗袍，襟前闪着油腻光，下摆似乎扯歪了"这样一个衣冠不整的中年家庭妇女。十几年后的小刘对生活失去热情，对子女间的争吵熟视无睹，就连丈夫的胡闹行为也不闻不问。通过两个生活片段的展示，两种截然不同的人物形象的对比，展示了一个受过新式教育的女性在旧式家庭制度下消磨了青春，失去理想的可怜悲剧。

在这里，既不见你死我活的尖锐斗争，也没有哪里有压迫哪里就有反抗式的强烈对抗，只有一种对于女性不幸命运的淡淡的忧伤，矛盾被作者有意无意地加以淡化，从而显示出一种理性温和的风貌。

沈从文在文学批评中，提出了"理性"和"节制"的重要标尺，

---

[01] 凌叔华：《小刘》，《新月》第1卷第12号，1929年2月10日。

他在《情绪的体操》一文中，曾对淡化情节的理性抒情表示赞赏，他的一系列湘西小说也最能显示这一特色。《丈夫》是其中具有代表性的一篇。妻子在城里当船妓，乡下丈夫进城来探望。当耳闻妻子在前舱被客人调戏时，丈夫并没有大发雷霆，而是躲在后舱，显出一种无奈又不满的神情；丈夫在水保面前的卑微、畏怯；酗酒士兵对妻子的骚扰，侮辱。当丈夫拿着妻子给他的卖身钱时，他实在无法忍受了，"男人摇摇头，把票子撒到底下去，两只大而粗的手掌捂着脸孔，像小孩子那样莫名其妙的哭了起来"。应该说，小说中的矛盾本应是非常突出的，试问一下有几人能够像作品中的丈夫那样忍受而不引起剧烈的冲突？但是，作品每到冲突就要爆发的关键时刻，总是笔锋一转，让人物选择了忍让与承受。可以说，小说中的丈夫完全可以看作是理性节制情感的体操中的表演者。正因为作品不仅不有意去渲染矛盾和冲突，反而有意淡化种种矛盾和冲突，所以，作品呈现出一种相当节制的理性化叙述风格。沈从文是对湘西的"野性"充满眷恋，对生命的强力有所痴迷的作家。但是，沈从文的小说在叙述风格上，一点也不显得狂野，反而具有浓郁的抒情风味又并不滥情，这不能不说，新月派的审美表达原则对他充满了召唤的魔力。

新月派作家淡化矛盾冲突的独特风格，不独上面列举的两个作家，在解读新月派小说时，读者可以感受到这种艺术风格的无处不在。新月派主将徐志摩擅长写诗歌，属于那种一开口就要唱歌的情感型诗人，但与他的诗歌创作抒情而不滥情一样，他创作的几篇小说同样具有一个鲜明的特点，即不注重故事冲突和矛盾的生动性与完整性，而偏重于舒缓迂回的抒情，在淡化冲突的同时呈现出一种相对节制的叙述风格。这种叙述风格其实与多情且情感浓烈的徐志摩的本性并不完全相符，但作为一种新月派的审美原则，它还是成为徐志摩小说审美表达风格的主流。徐氏的《家德》以第一人称的介绍性叙述语言写成，没有完整的故事情节，只是实实在在地写家德所做的每一件事情，从而突出他的孝道和忠厚的优秀品质。作者是这样叙述主人公的：每天天一亮他就从他的破烂被窝里爬起身。一重重的门是归他开的，晚上也是他关的时候多。我们家后面那个"花园"也是他管的。蔬菜，各样的，是他种的。每天浇，摘去焦枯叶子，厨房要用时采，都是他的事。为了突出他的孝心，作者也举出一些典型的事件，根本没有曲折的故事情节和激烈的矛盾冲突：因为妻子不孝敬娘，就不理睬妻子；钱也给娘，不给妻子和不成材的儿子，接娘出来看灯，让娘睡在他自己的床上，自己却在灶边稻柴堆里睡。小说虽然使用的是第一人称的书写方式，但只重列举家德的行为表现，并不像郁达夫的第一人称小说那样，总是有抒不完的激烈情感。不能不说，这与徐志摩遵循新月派的"理性节制情感"的审美表达追求有关。

新月派小说作家也注重从人物的行为、神态中揭示人物的心理活动，将笔尖强有力地伸向人物的内心，但是，他们并不过于描写人物内心的激烈的矛盾冲突，即使是人物内心的冲突很剧烈，他们也很少像郁达夫那样做直接的抒发和展示，也很少像革命文学、"左翼"文学作家那样去刻画、表现人物内心的咆哮，而是将这种冲突转化为客观景物的象征性、隐喻性呈现，从而使得其叙述充满了节制的力量。林徽因是新月派优秀的女作家之一，她的小说数量虽然有限，在新月期间创作的小说仅就两篇，但其中小说《窘》在挖掘人物的内心活动时所做的审美展示，却在新月小说的理性化、节制化叙述中具有相当的代表性。小说描写了一段尴尬的恋情，主人公维杉喜欢朋友之女芝，但是自己的年龄比芝大了很多，算起来是芝的长辈，于是他就陷入了极为尴尬的暗恋的窘态之中。作者在表现人物内心的极度苦闷时，不做情绪化色彩过于浓郁的叙述，而是有意无意地通过转化性的表达来淡化这种矛盾。如芝在拉天棚的时候，绳子划破了手心，维杉其实内心很难受，但是，作者只做了这样的描绘：

> 小孙说："你别用胰子就好了。来，我看看。"他拿着她的手仔细看了半天，他们两人拉着一块手巾一同擦手，又吃吃咕咕地说笑。维杉觉得无心下棋，却不得不下。[01]

这一段描写，作者并没有直接描写人物内心的纠结，而是通过男主人公维杉看到的情景和他"无心下棋"来反映他的内心世界，从而将他内心的嫉妒、窘态生动地再现在读者面前。这不仅在一种没有故事情节的艺术营造中收到了发展情节的效果，还通过人物内心矛盾的

---

[01] 林徽因：《窘》，《新月》第 3 卷第 9 期，1930 年 11 月 10 日。

暗示性表达，收到了有节制地进行理性化抒情的审美表达效果。

徐志摩的《一个清清的早上》也有异曲同工之妙。作品详细描写了咢先生从睡醒到起床前的内心活动。先从"翻身"开始写起，接着就开始写他睡不着，思量着想要做的事，接着小说从他想心事出发，进入了他的遐想之中，开始了他对朋友之妻小彭的幻想，想着自己回家后能看到这么美艳的女子，心里真是舒服，"每回出门的时候，她轻轻的软软的挂在你的臂弯上，还有晚上看了戏或是跳过舞一同回家的时候，她的两靥让风刮得红晕晕的，口唇上还留着三分的胭脂味儿，那时候你拥着她一同走进你们又香又暖的卧房，那是……"，想的时候，咢先生狠狠地挤着枕头，非常隐秘地写出了主人公对于女性的追求。文章的最后，主人公回到了现实中，"随你绕大弯儿小弯儿想去，回头还是在老地方，一步也没有移动。空想什么，咒他的——我也该起来了"。整篇小说没有故事情节和激烈的矛盾冲突，咢先生的内心冲动也只是发乎情而止于礼。理性节制情感的力量无处不在，而作品所做的，就是平和地叙述出这种人间情感，并不做过分的铺排和渲染。

这种发乎情而止于礼的人物内心活动和节制、平和的叙述态度，同样也普遍出现在凌叔华的小说中。如她的《酒后》，采苕在酒醉的情况下，大胆地向丈夫提出了一个要求，想吻她心仪已久的男人子仪，于是在征得丈夫同意后，她"轻轻地走向子仪睡倒的大椅边去，愈走近，子仪的面目愈现清楚，采苕心跳的速度愈增。及至她走到大椅前，她的心跳度数竟因繁密而增声响。她此时脸上奇热，心内奇跳，怔怔地看着子仪，一会儿她脸上热退了，心内亦猛然停止了强密地跳。她便三步并两步的走回永璋身前，一语不发，低头坐下……不要 Kiss 他了"。在小说中，采苕并没有有意地压抑自己对丈夫之外的男人的爱欲之情，不像郁达夫小说中人物在相似情境下总是痛苦不堪；同时，作为丈夫的一方，也没有因为吃醋而大吵大闹、大发雷霆，或者说，作者是有意回避这种现实中可能出现的剧烈冲突的性情，而让人物在发乎情而止于礼的情形下自然止步。这里，理性对于情感的节制，焕发出了一种人性的光辉。与之相适应的是，作者对于人物的内心冲突，始终采取一种舒缓、平和的叙述语调，让人物的言行、举止像微风一样地自然流淌，显示出一种节制之美。

参考文献

[1] 严家炎.考辨与析疑惑"五四"文学十四讲[M].北京：中国海洋大学出版社，2006.

[2] 方习文.五四文学思想论稿[M].安徽：合肥工业大学出版社，2008.

[3] 俞兆平.写实与浪漫 科学主义视野中的"五四"文学思潮[M].上海：上海三联书店，2001.

[4] 岳凯华.五四文学的生成与可能[M].成都：巴蜀书社，2009.

[5] 许祖华.五四文学思想论[M].武汉：华中师范大学出版社，2002.

[6] 李宗刚.父权缺失与五四文学的发生[M].北京：人民出版社，2016.

[7] 王德威、宋明炜.五四100：文化、思想、历史[M].上海：上海文艺出版社，2019.

[8] 俞兆平.现代性与五四文学思潮[M].厦门：厦门大学出版社，2002.

[9] 肖霞.浪漫主义：日本之桥与"五四"文学[M].山东：山东大学出版社，2003.

[10] 陈明彬.文化意识的更新与再构"五四"新文化运动深层解读[M].2013.

[11] 陈平原.触摸历史与进入五四[M].北京：北京大学出版社，2005.

[12] 陈平原.作为一种思想操练的五四[M].北京：北京大学出版社，2018.

[13] 陈万雄.五四新文学的源流[M].上海：生活·读书·新知三联书店，2018.

[14] 朱德发.五四文学初探[M].济南：山东人民出版社，1982.

[15] 刘再复.共鉴"五四"：与李泽厚、李欧梵、林岗诸友人论衡五四新文学运动[M].福州：福建教育出版社，2010.

[16] 李今.个人主义与五四新文学[M].哈尔滨：北方文艺出版社，1992.

[17] 许志英，倪婷.五·四：人的文学[M].南京：南京大学出版社，1992.

[18] 周策纵.五四运动史：现代中国的知识革命[M].北京：世界图书北京出版公司，2016.

[19] 岳凯华.五四激进主义的缘起与中国新文学的发生[M].长沙：岳麓书社，2006.

[20] 舒衡哲.中国启蒙运动：知识分子与五四遗产[M].北京：新星出版社，2007.

[21] 陈平原.红楼钟声及其回响：重新审读"五四"新文化[M].北京：北京大学出版社，2009.

[22] 欧阳哲生.新文化的传统：五四人物与思想研究[M].广州：广东人民出版社，2004.

[23] 吴志凌.围城内外的变奏；五四文学婚恋伦理叙事[M].长沙：湖南师范大学出版社，2015.

[24] 张文娟.五四文学中的女子问题叙事研究：以同期女性思潮和史实为参照[M].济南：山东人民出版社，2013.

[25] 喻天舒.五四文学思想主流与基督教文化[M].北京：昆仑出版社，2003.

[26] 许志英.五四文学精神[M].南京：江苏文艺出版社，1991.

[27] 邓伟.转型与创制：五四文学语言研究[M].北京：中国社会科学出版社，2018.

[28] 刘纳.论"五四"新文学[M].上海：华东师范大学出版社，2014.

[29] 张先飞.人的发现："五四"文学现代人道主义思潮源流[M].北京：人民出版社，2009.

[30] 张光芒.决绝与新生：五四文学现代化转型新论[M].北京：中国文联出版社，1999.

[31] 邓瑗.晚清至"五四"文学批评的人性话语研究（1897–1927）[M].南京：江苏人民出版社，2018.

[32] 吴翔宇.五四儿童文学的中国想象研究 [M].北京：北京师范大学出版社，2014.

[33] 方忠.台湾当代文学与五四新文学传统 [M].南京：江苏凤凰教育出版社，2016.

[34] 孙强.晚清至五四的国民性话语 [M].北京：中国社会科学出版社，2014.

[35] 员怒华.五四时期"四大副刊"研究 [M].武汉：华中师范大学出版社，2018.

[36] 姚涵.刘半农对五四新文学的贡献 [M].上海：上海社会科学院出版社，2015.

[37] 王玉春."五四"报刊通信栏玉多重对话研究 [M].北京：人民出版社，2018.

[38] 张步洲.台湾及海外五四研究论著撷要 [M].北京：教育科学出版社，1989.

[39] 魏继洲.形式意识的觉醒：五四白话文研究 [M].北京：民族出版社，2011.

[40] 张胜利.中国"五四"自由主义流变 [M].北京：中国社会科学出版社，2016.

[41] 林贤治.五四之魂：中国知识分子精神史 [M].桂林：广西师范大学出版社，2008.

[42] 张志平.建构"五四"以来中国文学的理论范式 [M].北京：中国社会科学出版社，2013.

[43] 丁帆.重回"五四"起跑线 [M].北京：人民文学出版社，2004.

[44] 刘擎.中国启蒙的自觉与焦虑：新文化运动百年省思 [M].上海：上海人民出版社，2016.

[45] 段炼."世俗时代"的意义探询：五四启蒙思想中的新道德观研究 [M].上海：上海人民出版社，2015.

[46] 张宝明.启蒙与革命："五四"激进派的两难 [M].上海：学林出版社，1998.

[47] 王桂妹.文学与启蒙：《新青年》与新文学研究 [M].北京：中国社会科学出版社，2010.

[48] 彭平一.启蒙思潮史话 [M].北京：社会科学文献出版社，2000.

五
四
文
学
——
启
蒙
的
维
度
与
向
度

[49] 资中筠.启蒙与中国社会转型[M].北京：社会科学文献出版社，
2011.

[50] 刘慧英.女权、启蒙与民族国家话语[M].北京：人民文学出版社，
2013.

[51] 张继红.启蒙、革命与后革命转移：20世纪资源与新世纪"底层文
学"[M].北京：中国社会科学出版社，2014.

[52] 田建民.启蒙先驱心态录：《野草》解读与研究[M].北京：人民出版
社，2019.

[53] 张光芒.中国当代启蒙文学思潮论[M].上海：上海三联书店，2006.

[54] 韩毓海.锁链上的花环：启蒙主义文学在中国[M].长春：时代文艺出
版社，1993.

[55] 陈留生.伦理传统与五四作家的人格及其文学创作[M].上海：学林出
版社，2011.

[56] 朱德发.中国五四文学史[M].济南：山东文艺出版社，1986.

[57] 倪婷婷."五四"文学论集[M].北京：人民文学出版社，2007.

[58] 杨联芬.晚清至五四：中国文学现代性的发生[M].北京：北京大学出
版社，2003.

[59] 吴静.《学灯》与五四新文化运动[M].北京：中国书籍出版社，2013.

[60] 王洪兵.启蒙与审美：中国现代主义文论研究[M].北京：光明日报
出版社，2009.

[61] 黄开发.文学之用：从启蒙到革命[M].北京：北京十月文艺出版社，
2004.

[62] 李亮.扬弃"五四"：新启蒙运动研究[M].上海：上海三联书店，
2012.

[63] 郝明工.从经学启蒙到文学启蒙：现代文学思潮中的中国生成[M].
北：中国社会科学出版社，2013.

[64] 袁盛勇.鲁迅：从复古走向启蒙[M].上海：上海三联书店，2006.

[65] 洪俊峰.思想启蒙与文化复兴：五四思想史论[M].北京：人民出版社，
2006.

[66] 邓晓芒.批判与启蒙[M].武汉：崇文书局，2019.

[67] 姜义华.理性缺位的启蒙[M].上海：上海三联书店，2000.

[68] 殷叙彝.从五四启蒙运动到马克思主义的传播[M].北京：三联书店，1979.

[69] 魏义霞.从明清之际到五四运动[M].北京：中华书局，2011.

[70] 姜异新.互为方法的启蒙与文学：以20世纪中国文学史上的三次启蒙高潮为例[M].北京：中国社会科学出版社，2010.

[71] 熊敬忠.启蒙现实主义形态研究[M].北京：中国书籍出版社，2011.

[72] 赵歌东.启蒙与革命：鲁迅与20世纪中国文学的现代性[M].北京：中国社会科学出版社，2011.

[73] 赵林.启蒙与重建：全球化与"国学热"张力下的中国文化[M].北京：人民出版社，2015.

[74] 国家玮.启蒙与自赎：鲁迅《呐喊》与《彷徨》的思想艺术[M].北京：人民出版社，2017.

[75] 张宝明.启蒙中国：近代知识精英的思想苦旅[M].北京；中国社会科学出版社，2015.

[76] 姜振昌.启蒙与反叛："新青年"派杂文选[M].北京：文化艺术出版社，1996.

[77] 张宝明.转型的阵痛：20世纪中国文学思想与文化启蒙论[M].上海：学林出版社，2007.

[78] 许纪霖.启蒙如何起死回生：现代中国知识分子的思想困境[M].北京：北京大学出版社，2011.

[79] 黄燎宇，(德)奥特弗里德·赫费.以启蒙的名义[M].北京：北京大学出版社，2010.

[80] 郑文惠，颜健富.革命·启蒙·抒情：中国近现代文学与文化研究学思录[M].北京：三联书店，2014.

[81] 李洪华.生命意识与文化启蒙：中国现代文学专题研究[M].北京：商务印书馆，2017.

[82] 赵凌河，张立群，李明明.中国新文学现代性启蒙实践研究[M].北京：社会科学文献出版社，2018.

[83] 张清华.火焰或灰烬[M].20世纪中国文学中的启蒙主义[M].北京：中国文联出版社，1999.

[84] 林朝霞.现代性与中国启蒙主义文学思潮[M].厦门：厦门大学出版社，2015.

[85] 刘桂生 . 时代的错位与理论的选择：西方近代思潮与中国'五四"启蒙思想 [M]. 北京：清华大学出版社，1989.

[86] 萧延中，朱艺 . 启蒙的价值与局限：台港学者论"五四" [M]. 太原：山西人民出版社，1989.

[87] 施瓦支 . 中国的启蒙运动：知识分子与五四遗产 [M]. 李国英，译 . 太原：山西人民出版社，1989.

[88] 叶曙明 . 重返五四现场 [M]. 北京：中国友谊出版社，2009.

[89] 王跃，高力克 . 五四：文化的阐释与评价·西方学者论五四 [M]. 太原：山西人民出版社，1989.

[90] 顾昕 . 中国启蒙的历史图景：五四反思与当代中国的意识形态之争 [M]. 香港：牛津大学出版社香港有限公司，1992.

[91] 丁晓原 . 行进中的现代性：晚清"五四"散文论 [M]. 北京：中国社会科学出版社，2016.

[92] 刘为民 . "赛先生"与五四新文学 [M]. 济南：山东大学出版社，1997.

[93] 刘东方 . 五四时期胡适的文体理论 [M]. 济南：齐鲁书社，2007.

[94] 黎保荣 . "启蒙"民国的"暴力"叫喊——暴力叙事与中国现代文学的审美特征 [M]. 台湾：花木兰文化出版社，2013.

[95] 王文参 . 五四新文学的民族民间资源 [M]. 北京：民族出版社，2006.

[96] 彭晓丰，舒建华 . "S"会馆与五四新文学的起源 [M]. 长沙：湖南教育出版社，1995.

[97] 高旭东 . 五四文学与中国文学传统 [M]. 济南：山东大学出版社，2000.

[98] 王锦厚 . 五四新文学与外国文学 [M]. 成都：四川大学出版社，1989.

[99] 黄健 . 五四小说与人的文学 [M]. 徐州：中国矿业大学出版社，2004.

[100] 陈思和，李存光 . 五四新文学精神的薪传 [M]. 上海：上海三联书店，2014.

后　记

　　本著中的部分章节内容曾发表于《文学评论》《学术月刊》等刊物。另，本著第一章第四节，由万鹏完成。第五章第二节，由黄长华完成。

　　感谢我的硕士导师王嘉良先生长期的支持和帮助，感谢我的岳父邱炳荣先生多年来为我操持家务，让我能以比较悠闲的心境从事学术研究，感谢我的夫人邱江宁女士多年来对我懒惰的宽容，感谢浙江师范大学中国现当代文学学科的同仁们的鼓励与帮助，同时向出版本著的浙江工商大学出版社致谢。需要特别说明的是，书中的图片部分来自360图片网、孔夫子旧书网和当当网，特此声明并致谢！

——潘正文于浙江师范大学

2018 年 11 月 25 日